LAURA NICK
LILYAN C. WOOD

DIE DREIZEHNTE MAGIE

GÖTTLICHE ERBIN

IMPRESS

© privat

Laura Nick wurde März 1995 inmitten des Ruhrpotts geboren. Jedem, der sie hören wollte – oder auch nicht –, erzählte sie Geschichten über fantasievolle Abenteuer und Liebe. Unter dem Pseudonym Aurelia L. Night hat sie seit 2016 Fantasy- und Liebesromane veröffentlicht. Sie ist aktives Mitglied im PAN e.V. und setzt sich für die deutsche Phantasik in der Buchbranche ein. Mittlerweile lebt, liest und arbeitet Laura Nick mit ihrem Ehemann in Niedersachsen, nahe des Meeres und der niederländischen Grenze.

© Stefanie Blaumeiser

Lilyan C. Wood wurde 1985 in Saarbrücken geboren und lebt nach einem Zwischenstopp in Baden-Württemberg wieder im beschaulichen Saarland. Hauptberuflich bringt sie als Grundschullehrerin Kindern u. a. das Rechnen, Lesen und Schreiben bei. Seit ihrer Kindheit denkt sie sich fantastische Geschichten und Figuren aus und traute sich 2015 endlich, ihre Fantasie auch zu Papier zu bringen. Seitdem geht sie in jeder freien Minute ihrer größten Leidenschaft, dem Schreiben, nach.

PROLOG

Pompeji im Jahre 79 n. Chr.

Ihre Pfoten donnern über den Boden. Kaum berühren die großen Tatzen die trockene Erde, da heben sie wieder ab, während die Wölfin über die Ebene prescht. Heißer Wind pfeift ihr um die Ohren und fegt durch das hellgraue Fell.

Die Panik treibt sie weiter an. Larentia kann es sich nicht gestatten, innezuhalten und zu verschnaufen. Je näher sie dem Vesuv kommt, von dessen Gipfel eine säulenartige Aschewolke aufsteigt, desto mehr schnürt ihr die Angst die Kehle zu. Blitze zucken in dem dunklen Grau und immerzu spuckt der Vulkan glühende Lava aus. Unheilvoller Dunst verfinstert den Himmel. Schon seit einer Weile ist die Sonne nicht mehr zu sehen.

Die Anzeichen verheißen Unheil für Pompeji und seine Bewohner. Der Gedanke lässt Larentia noch schneller laufen, bis sie fast über die Ebene fliegt.

Sie darf nicht zu spät kommen! Ihr Zirkel braucht sie – die Tredecim braucht sie! Nie hätte sie Pompeji verlassen dürfen. Aber die Wölfin hatte keine Wahl gehabt.

Der Geruch nach Asche, Schwefel und Verbranntem steigt Larentia in die Nase und dreht ihr den Magen um. Darunter mischt sich der Gestank nach Tod, den nur die feine Nase eines Wolfes wahrnehmen kann. Ihr Herz bricht bei der Erkenntnis, dass ihr Fortgang schon seine Opfer gefordert hat.

Ein Grollen hallt durch die Luft, ehe die Erde bebt. Die schwarze Wolke stürzt in sich zusammen und entlässt Gestein, Asche, Lava und glühend heißen Schlamm auf den Vesuv. Larentia reißt die Augen auf. Die Angst gräbt sich in ihre Eingeweide.

Wie eine tödliche Welle rast das Gemisch die Hänge hinab, direkt auf Pompeji zu. Ihre Heimat kann Larentia in dem dichten Rauch nur erahnen.

Nein. *Nein!* Ihre Brüder und Schwestern sind in der Stadt!

Es beginnt ein Wettrennen mit der Welle, die erbarmungslos alles niederwalzt, was ihren Weg kreuzt.

Innerlich betet Larentia zu Hecate. Die Göttin darf das nicht zulassen!

Die Wölfin stößt ein Heulen aus und sammelt ihre restlichen Kräfte, um die Wesen zu retten, die sich auf ihren Schutz verlassen haben.

»Lass mich nicht zu spät sein«, fleht Larentia stumm. »Lass mich sie nicht verlieren!«

Kapitel 1

2018 n. Chr. im Juni, Flugzeug

Nervös zwirble ich das Kopfhörerkabel zwischen den Fingern. Die Musik dröhnt in meinen Ohren und übertönt die Geräusche der Maschine, deren Brummen ich trotz der lauten Bässe fühle. Wie gebannt starre ich auf den Sitz vor mir. Viel zu schnell rast das Herz in meiner Brust – und das seit Stunden. Ich hasse diese Art zu reisen. In einer bescheuerten Metallbüchse über das Land zu fliegen ist für mich der schlimmste ... *Nein* ... Mit zusammengekniffenen Augen verscheuche ich die aufkommenden Erinnerungen. Es ist der zweitschlimmste Albtraum. Getrennt von all den Elementen fühle ich mich der Verbundenheit zur Welt beraubt. Mir fehlt der Wind im Gesicht, die Erde unter meinen Füßen, das Feuer, dessen Wärme uns umhüllt, und das Wasser, das träge in den Pflanzen und der Umgebung fließt.

Meine Sitznachbarin holt mich aus meinen Gedanken, als sie sich über mich beugt, um aus dem kleinen Guckloch zu schauen. Überrascht weiche ich vor der Frau zurück, deren dunkelbraune Haare mich im Gesicht kitzeln, weil sie auf einmal so nah ist, und nehme einen Kopfhörer aus dem Ohr.

»Entschuldigung?«, frage ich, in der Hoffnung, dass sie den Wink versteht und sich wieder auf ihren Platz begibt.

»*Scusa?*«, erwidert sie.

Mit den Händen deute ich zwischen uns, wo keinerlei Freiraum mehr ist, weil sie mir beinahe auf dem Schoß sitzt, und hoffe, sie begreift, dass sie mir zu nah ist.

Etwas verwirrt sieht sie auf den nicht vorhandenen Abstand. »Oh! Entschuldigung!« Ein hauchfeiner italienischer Akzent durchzieht ihre melodische Stimme. »Wenn *mia patria* in Sicht kommt, kann ich mich kaum zurückhalten.« Ein träumerischer Ausdruck schleicht sich in ihre braunen Augen, die von Lachfalten umrahmt sind. Sie ist vermutlich im selben Alter wie meine Mutter, dennoch wirkt sie reifer.

»Kein Problem«, meine ich mit einem Lächeln und warte, dass sie sich zurückzieht – vergeblich. Stattdessen rückt sie noch näher, um eine bessere Sicht aus dem Fenster zu haben. »Sie wohnen also auf Sizilien?«, frage ich unwohl und rutsche näher an die Flugzeugwand. Es ist nicht so, dass ich Körperkontakt verteufle, seit Neustem versuche ich diesen nur weitestgehend zu beschränken. Ich horche in mich. Die mit Magie verstärkte Rune, die Mama auf meinen Rücken gezeichnet hat, wirkt noch.

»*Sì*.«

»Das ist schön«, sage ich und richte den Blick wieder stoisch auf den Sitz vor mir, in der Annahme, dass das Gespräch damit beendet ist.

»*Destra!* Nirgends kann man schöner leben als auf Sizilien. Die Leute, die *natura*. *Mia patria* ist nicht schön. Es ist *fantastico!*«, schwärmt sie und hält unsere Unterhaltung zu meinem Leidwesen am Leben.

»Hm«, murmle ich und zwirble unaufhörlich das Kabel zwischen meinen Fingern.

»Möchtest du hier Urlaub machen?«, fragt sie.

Ich schaue zu ihr und werde von ihren Augen fast durchbohrt. »So … ungefähr«, weiche ich der Frage aus.

Am liebsten möchte ich ihrem Blick entkommen, aber dafür müsste ich aus dem Guckloch schauen und das will ich noch weniger. Nicht nur Flugzeuge sind der Horror, sondern auch Höhe. Dieser ganze Trip ist wie ein Marsch durch die Hölle und ich hasse meine Eltern dafür, dass sie mich in diese Maschine gesteckt haben. Obwohl ich verstehen kann, warum sie so gehandelt haben.

»So ungefähr?« Die Frau sieht auf den Monitor, der über den Sitzen hängt. »Wir haben noch eine halbe Stunde Zeit, die können wir doch besser vergeuden, als uns anzuschweigen.« Sie zwinkert mir zuversichtlich zu und stützt sich wissbegierig auf die Armlehnen, um mich geduldig zu mustern.

Ein Seufzen will sich über meine Lippen bahnen, aber dank der höflichen Erziehung, die ich erfahren habe, unterdrücke ich den Impuls. Die letzten Stunden hat die Frau mit Schlafen verbracht, wobei sie wesentlich umgänglicher war als jetzt.

»Ich heiße Acca. Es freut mich, dich kennenzulernen …?«, fährt sie fort und hält mir erwartungsvoll eine Hand hin.

Ich ergreife sie widerwillig und erwidere den sanften Druck. »Sophia.«

»Ah. Ein guter Name. Die Tugendhafte …« Acca grinst und legt den Kopf schief. »Und was treibt ein junges Mädchen wie dich nach *fantastico Sicilia?*«

»Meine Großmutter lebt dort«, weiche ich aus – obwohl das eine glatte Lüge ist. Meine Großeltern sind in Deutschland und ich würde darauf wetten, dass sie mit der restlichen Familie im Schrebergarten an Grill und Pool sitzen, um die Sommerferien gebührend zu starten.

Ein sehnsüchtiges Ziehen breitet sich in meiner Brust aus. Ich wäre so gern bei ihnen. Zumindest lieber als hier. Aber das ist keine große Kunst. Diese Metallbüchse ist eine Zumutung. Ich verstehe nicht, warum die Menschen so versessen aufs Fliegen sind.

»Hmhm. Sicherlich hattest du eher vor mit Freundinnen in den Urlaub zu reisen, oder nicht? Jedenfalls ging es mir in jungen Jahren so. Ich wollte Abenteuer erleben und …« Sie winkt ab. »Na ja, meine Großmutter war nicht dafür bekannt, eine … Wie sagt ihr jungen Leute heute das? Eine Partylöwin zu sein.«

An meinen Mundwinkeln zupft ein leichtes Schmunzeln. »Es gab leider einen kleinen Unfall. Deswegen muss ich zu ihr. Ansonsten wäre ich tatsächlich mit Freundinnen auf dem Weg nach Spanien.«

»*Sicilia* ist schöner als Spanien, vor allem wenn man sich in den richtigen Ecken auskennt«, behauptet Acca und grinst genüsslich.

»Ich denke nicht, dass viel Zeit bleibt, um mich umzusehen«, gebe ich kleinlaut zu.

»*Scusa?*«, fragt meine Nachbarin überrascht.

Weiterhin drehe ich nervös das Kopfhörerkabel in meinen Fingern hin und her. Diese Frau besitzt etwas, das überraschend vertrauenserweckend ist. Ein Gefühl der Verbundenheit, das ich mir nicht erklären kann. »Ich muss lernen.«

Acca lacht laut. »Du bist auf *Sicilia!*«, erinnert sie mich und umfasst meine nervös hantierenden Finger, sodass sie abrupt zum Stillstand kommen. »Auf der Insel lernt man eines: das Leben lieben!«

Mir liegt eine Antwort auf der Zunge, die ich hinter fest zusammengepressten Lippen einsperre. Bis vor wenigen Monaten habe ich das Leben geliebt. Ich war eins mit mir, meinen Fähigkeiten, doch dann ... Wieder starre ich auf den Sitz vor mir und weiche damit dem Blick der Fremden aus.

»Was ist los?«, hakt Acca direkt nach. »Habe ich etwas gesagt, das dich verletzt hat? Mir passiert ...«

»Nein. Ich ... Ich verstehe, was Sie meinen. Aber es ist besser, wenn ich meine ganze Aufmerksamkeit auf das Lernen konzentriere.«

Accas Augen durchbohrt mich nahezu, obwohl ich nicht einmal hinsehe, spüre ich ihren Blick, als presse sie ihre Hände auf meinen Körper. »Wenn du das sagst. Aber behalte die Worte im Kopf, *piccola strega*, die wichtigsten Lektionen erteilt dir das Leben.«

Verwirrt sehe ich sie an. Ich weiß, dass ich *piccola strega* schon einmal gehört habe, aber ich bin mir der Bedeutung nicht mehr sicher. Auf Sizilien sollte ich dringend mein Italienisch auffrischen.

»Ah, die Blase!«, ruft die Fremde plötzlich aus und richtet sich auf, um auf die Flugzeugtoilette zu taumeln.

Erleichtert über die Ruhe, die mir ihr Fortgang beschafft, lasse ich mich in den Sitz zurücksinken und starre dabei an die kahle weiße Decke des Flugzeuges.

Wie von selbst wandert mein Blick nun doch zum Fenster. Der Magen sackt in die Kniekehlen, als ich die Höhe sehe, in der wir uns befinden, und sich die Angst vor einem Absturz in den Gedanken festbeißt. Gleichzeitig lässt der Anblick aus tausenden Metern Entfernung mein Herz freudig schlagen. Die Landschaft Italiens ist ein Augenschmaus. Ein raues Gebiet, durchzogen von grünen Hügeln, grauen Felsen und hellblauen Flüssen, raubt mir den verfügbaren Sauerstoff. Ich kann verstehen, wieso sich Acca an das winzige Fenster pressen wollte. Obwohl die Angst präsent in meinem Hinterkopf pocht, will ich keinen Augenblick dieser Schönheit verpassen.

***

Ich ziehe den Koffer hinter mir her, während mein Blick durch die Flughafenhalle schweift. Mama hatte nur ein unscharfes Porträt von Maria Grassi, der Anführerin des europäischen Zirkels, die definitiv nicht meine Großmutter ist. Kurzfristiger Verwandtenbesuch war bei Alex und Leonie bloß die beste Ausrede, um zu rechtfertigen, dass ich unseren lang geplanten Urlaubstrip nach Spanien nicht antrete. Ich hole mein Handy aus der Tasche und schalte den Flugmodus aus. Sofort sprudeln Nachrichten auf den Bildschirm, von denen ich die meisten ignoriere und direkt zum Chat mit meinen Freundinnen swipe.

Sophia:
Bin angekommen! Wie sieht's bei euch aus?

Leonie:
Wir sitzen im Stau. Wer hatte noch mal die beknackte Idee, mit dem Flixbus nach Spanien zu fahren?

Alex:
Das warst du selbst. Danke dafür.

Sophia:
Ich würde alles geben, um jetzt bei euch zu sein. Versucht nur bitte euch nicht zu zerfleischen, okay? Ich melde mich, sobald ich bei meiner Großmutter bin.

Alex:
Viel Spaß bei deiner Mafia-Großmutter!

Ich verdrehe die Augen.

Sophia:
Sie gehört nicht der Mafia an, @Alex!

Leonie:
Als ob die Mafiosi zugeben, dass sie zur Mafia gehören …

Ein lautes Stöhnen schlüpft über meine Lippen. Seit ich von der angeblichen sizilianischen Großmutter erzählt habe, spinnen sie sich zusammen, dass wir einem altehrwürdigen Mafiaclan angehören und ich in die Ausbildung gehe, damit aus mir die kommende Mafiosi-Königin wird – wenn sie wüssten. Die Realität übertrifft ihre Fantasie bei Weitem.

Plötzlich rammt mich ein Gewicht und ich stolpere nach vorn. Mein Handy fällt mir aus der Hand. Im letzten Moment fange ich meinen Fall auf dem kühlen Fliesenboden ab, um nicht mit der Nase auf den Boden zu schlagen.

»*Mi scusi! Sono di fretta!*«, schreit ein dunkelbrauner Lockenschopf über die Schulter und rennt weiter.

»Du kleiner Mist…«

»*Scusi? Posso aiutare?*«

Überrascht sehe ich zu der Stimme auf, die meinen wütenden Monolog unterbrochen hat. Der junge Mann strahlt mich mit einem Tausend-Volt-Lächeln an und zeigt dabei seine weißen Zähne, die aus einer Zahnpastawerbung stammen könnten. Die roten Haare fallen ihm lässig in die Stirn und verbergen fast seine … Irritiert blinzle ich, aber noch immer schimmern seine braunen Augen in einem verwirrenden Rotton.

»Was?«, frage ich.

»Ah … Du stammst aus *Germania?*«

»Ähm, ja.«

Er reicht mir die Hand, die ich dankbar annehme. Als sich seine Finger um meine schließen, schießt Energie durch mich hindurch. Ein heftiger Schmerz rast über die Rune auf meinem Rücken. Sie wird mit einem Schlag geschwächt, als sich die wilde, ungestüme Macht im Inneren aufbaut und gegen den Käfig wirft, in den ich sie gesperrt habe. Ein kurzes Beben rollt durch den Flughafen. Die Leute sehen sich mit panischen Blicken um. Kinder fangen an zu weinen und ein paar der Erwachsenen schreien angsterfüllt auf, als sie sich Hilfe suchend an den nächsten Gegenstand klammern. Ich reiße diese Magie zurück, halte sie beisammen und zwinge sie weg von den Gitterstäben. Die restlichen Passagiere verharren in ihrer Position, als seien sie sich nicht sicher, was das eben war. Woher sollten sie das auch wissen?

Sobald ich wieder aufrecht stehe, nehme ich Abstand zu dem Mann und starre ihn mit weit aufgerissenen Augen an. »Vielen Dank für die Hilfe!«, bedanke ich mich, greife nach dem Koffer und will schon umkehren, als seine Finger mich aufhalten.

Er hält mir einen Gegenstand entgegen. »Dein *telefono.*«

Mit zittrigen Fingern nehme ich mein Handy und versuche dabei den Fremden nicht erneut zu berühren.

Mir bricht eiskalter Schweiß aus den Poren, während ich mich darum bemühe, dem Zerren und Wehren in meinem Inneren standzuhalten. »Danke«, wiederhole ich mit zittriger Stimme und gehe einen Schritt zurück, um so viel Abstand wie möglich zu dem Unbekannten zu bekommen

»Gern, mia bella. Arrivederci.«

Verzweifelt trete ich die Flucht an. Wobei ich einen Blick über die Schulter werfe, um den Mann noch einmal zu betrachten. Doch er ist verschwunden. Wer – nein – *was* war er?

Eilend durchquere ich die Flughafenhalle und suche die Menge nach Maria Grassi ab. Ich muss von hier verschwinden, ehe diese wilde, unkontrollierbare Magie den Rest der Rune vernichtet und sich alles einverleibt. Mein Blick gleitet über die wartenden Menschen und endlich entdecke ich sie. Mit einem Gehstock bewaffnet steht sie zwischen den anderen wartenden Menschen und mustert mich mit finsterem Blick. Meine Hände sind schweißnass und nur mit wackeligen Schritten schaffe ich es, die Entfernung zwischen uns zu überbrücken. Die Kraft hat sich mit jeder Sekunde, seit der Mann weg ist, beruhigt, dennoch spüre ich sie. Wie sie sich gegen die kümmerlichen Reste des Wehrs wirft und an ihrem Gefängnis rüttelt.

Die Frau sieht aus, als könnte sie mit Leichtigkeit als meine Großmutter durchgehen. Ihre Augen erinnern mich an einen Habicht, der seine Beute erspäht und sich bereit zum Angriff macht. Das volle weiße Haar hat sie zu einem strengen Dutt nach hinten gebunden.

»Maria Grassi«, sage ich und nicke zur Begrüßung.

Offenkundig wandert ihr akribischer Blick über mich. »Sophia Schwarz. Die Rune hat nachgelassen«, stellt sie fest. Die Stimme ist belegt von einem schweren italienischen Akzent.

»Ja, eben, nachdem ich ...«

»Schwafle nicht, sondern folge mir. Oder willst du den gesamten Flughafen abreißen?«

Ich schlucke schwer und gehorche der alten Frau, die ein überraschend zügiges Tempo vorlegt, bei dem jeder ihrer Schritte von dem Klacken des Gehstocks begleitet wird.

Mein Handy vibriert und kündigt einen Anruf an, aber ich traue mich nicht, ihn anzunehmen. Meine Mutter meinte, dass Maria Grassi eine nette alte Frau sei, die für ihren Zirkel alles tue. *Nett* ist aber nicht unbedingt das erste Wort, was mir für Maria einfällt, die wie ein Marschall voranschreitet und mich zum Parkplatz des Flughafens bugsiert.

KAPITEL 2

POMPEJI IM JAHRE 79 N. CHR.

Magie rauscht durch meine Adern. So kraftvoll, dass sie mich erschüttert, bis unter meinen Fußsohlen der Boden bebt. Die Magie will ins Erdreich, sich ausbreiten und ihre Macht entfalten. Doch ich halte sie im Inneren, obwohl es mich fast zerreißt, die Gabe zu zügeln. Als zerre eine unsichtbare Kraft an jeder Faser meines Körpers. Schweißperlen stehen mir auf der Stirn.

Tief atme ich durch und versuche das wild pochende Herz zu beruhigen. Meine Muskeln spannen sich an, ich bemühe mich die ausgestreckten Arme ruhig zu halten. Ich starre auf die zur Decke gerichteten, zitternden Handflächen. Meine Brüder und Schwestern, in deren schützenden Kreis ich stehe, werden zu undeutlichen Schatten. Alles verschwimmt zu einem Meer aus Farben. Einzig die Magie existiert in diesem Augenblick für mich.

Hitze breitet sich in meiner Brust aus, strahlt auf die Arme aus und wandert bis in die Fingerspitzen. Die Lebenslinien auf meinen Handflächen leuchten rötlich golden auf. Ein brennendes Prickeln begleitet die Magie. Mit dem Willen forme ich diese Macht, bis Flammen von meinen Händen emporsteigen. Angenehm streicht die Wärme des in der Luft schwebenden Feuers über mein Gesicht.

Ich bewege die Finger, spiele mit den Flammen. Auf einen stummen Befehl hin schweben sie aufeinander zu und verschmelzen zu einer flackernden Kugel. Ihr Licht tanzt über den mit Mosaiken verzierten Boden der Tempelhalle. Die Wärme wird zu einer sengenden Hitze, die die Luft zum Knistern bringt, ohne mir zu schaden. Der Anblick der gestaltgewordenen Magie zieht mich in seinen Bann. Ich spüre die unbändige Kraft, die meinem stärksten Element innewohnt. Es ist gleichermaßen kraftvoll wie widerspenstig und schwer zu formen. Allmählich fällt die Anspannung von mir ab, seufzend atme ich aus, während ich stolz mein Werk betrachte. Das Flackern der ineinander verschlungenen Flammen betört mich und lässt jegliche Gedanken verstummen. Ich fühle mich frei von Sorgen und Selbstzweifeln und genieße das Gefühl von Stärke, das durch mich pulsiert. Und den Eindruck zu schweben. Wie schön wäre es, wirklich frei zu sein. Frei zu tun und zu lassen, wonach ich mich sehne.

Zu spät bemerke ich den Fehler – ich habe mich in den Verlockungen der Magie und meinem Sehnen verloren.

Das Gefühl von Glückseligkeit endet so schnell, dass es mich wie ein Peitschenhieb trifft. Die Magie wallt auf, lässt die Flammen erzittern und drängt mit aller Macht gegen meine Führung. Mein Körper bebt und meine Kiefermuskeln verkrampfen, während ich mich gegen die Magie stemme. Ich starre auf die Feuerkugel, die im Takt meines Herzschlages pulsiert. Mit jedem Schlag wächst sie heran, bis sie so groß ist, dass sie mich verschlingt. Flammen tanzen um mich herum, streichen über meine Haut und locken mich, die Macht weiter zu entfesseln. Auf einmal spüre ich die Hitze, als müsste ich verglühen. Das Licht des Feuers wird so grell, dass ich die Augen zusammenpresse, aus Angst zu erblinden.

»Kontrolliere es, Helvia!«, ruft Larentia. Ihre Stimme klingt weit entfernt, als dränge sie aus einer anderen Welt zu mir vor.

Angestrengt beiße ich die Zähne zusammen und sammle meine Kraft, damit ich die Magie in die Tiefen meiner Seele zurückdrängen kann. Meine Beine zittern so sehr, dass ich kaum aufrecht stehen kann. Der Untergrund tanzt unter meinen Fußsohlen.

Wir sind uns ähnlich – meine Magie und ich. Keine von uns mag es, von anderen kontrolliert zu werden. Es ist ein Machtkampf und ich drohe ihn zu verlieren.

Entsetzt ringe ich nach Atem, als mir die Führung komplett entgleitet. Die Feuerkugel explodiert so schlagartig, dass mich die Wucht von den Füßen reißt. Schmerzhaft lande ich auf dem Hintern. Vor Schreck reiße ich die Augen auf und sehe dabei zu, wie die Flammen an die magische Barriere stoßen.

»Nein …«, hauche ich. Es vergeht nur ein Herzschlag, bis ich das Gefühlschaos in mir zurückdränge und mein Wille zu seiner gewohnten Stärke zurückfindet. Energisch strecke ich die Hand aus und rufe die Magie zurück. Ich beherrsche meine Gabe und nicht umgekehrt!

Die Flammen schrumpfen in sich zusammen und die gestaltgewordene Magie dringt in meinen Körper ein, zieht sich zurück. Schwer atmend presse ich eine Hand auf die Brust, mein Herz trommelt viel zu schnell dagegen.

Mehrmals blinzle ich, bis sich meine Augen wieder an das natürliche Licht in der Tempelhalle gewöhnt haben. Ich starre auf eines der farbenprächtigen Mosaike auf dem Boden, das unsere Göttin Hecate abbildet, als jemand in mein Blickfeld tritt. Langsam sehe ich von den ledernen Sandalen höher über die cremefarbene, knöchellange Stola mit dem purpurnen Saum bis hin zur Hand, die Larentia mir entgegenstreckt.

Kurz zögere ich, bis die oberste Gestaltwandlerin unseres Zirkels auffordernd die Brauen hochzieht. Ich ergreife die Hand und lasse mir aufhelfen. Noch sind meine Beine weich, es kostet mich Mühe, einen sicheren Stand zu finden.

»Du warst abgelenkt.« Vorwurfsvoll sieht mich Larentia aus ihren braunen Augen an. »Das kenne ich von dir nicht.«

»Verzeih, Princeps«, sage ich und senke den Blick. Heiß prickeln meine Wangen vor Scham. Seit ich denken kann, lehrt mich Larentia, mit der Magie der Dreizehnten umzugehen. Es ist das erste Mal seit den Lehrstunden in meiner Kindheit, dass ich derart kämpfen musste, um die Kontrolle über die Gabe der Tredecim zu behalten.

»Du weißt doch, dass inneres Gleichgewicht und Konzentration bei solch einer Magie wie deiner unerlässlich sind«, erinnert sie mich.

Mit entschuldigend verzogenem Mund sehe ich wieder zu ihr auf und nicke.

Aufmerksam mustert mich Larentia. »Wenn unser Schutzkreis nicht gewesen wäre ...« Sie seufzt.

»Ich habe meine Magie zurückgerufen!« Fest sehe ich ihr in die Augen und straffe dabei die Schultern.

»Im letzten Augenblick!« Ihr harscher Ton lässt mich zusammenzucken. »Helvia, so etwas darf nicht wieder vorkommen. Deine Brüder und Schwestern vertrauen auf dich. *Ich* vertraue auf dich«, belehrt sie mich.

Flüchtig sehe ich mich um und begegne den Blicken der anderen von der Göttin Auserwählten, in deren Mitte Larentia und ich stehen. In den Mienen der Hexen, Zentauren, Faune und Gestaltwandler unseres Zirkels spiegeln sich Verwirrung und Sorge wider. Natürlich fragen sich die Baciato, warum ich meine Macht nicht mehr zuverlässig unter Kontrolle habe.

Geräuschvoll atme ich aus, bevor ich mich wieder Larentia zuwende. »Ich werde euer Vertrauen nicht enttäuschen.« In meinem Inneren rumort es. Larentia darf nie erfahren, dass ich an meinen eigenen Worten zweifle.

»Das will ich hoffen«, murmelt sie. Ihr Blick wandert über mich, bevor sich ihre Lippen zu einem nachgiebigen Lächeln verziehen und sie ihre angespannte Körperhaltung aufgibt. »Vertrauen ist etwas Wertvolles, meine kleine Tredecim. Verliere nicht, was du dir in den letzten Jahren erarbeitet hast.« Sie ergreift meine Hände und drückt sie sich an die Brust.

»Werde ich nicht«, wispere ich und erwidere ihr Lächeln, obwohl meine Mundwinkel zittern.

»Für heute war das genug Magielehre.« Larentia wendet sich von mir ab und den anderen Wesen zu. »Lasst uns die Festlichkeiten zu Ehren Vulcanus' vorbereiten, meine Brüder und Schwestern. In drei Tagen werden wir die Glückliche erwählen, die dem Gott der Vulkane, des Feuers und der Schmiedekunst geopfert wird. Auf dass der Frieden für die nächsten einhundert Jahre gesichert ist.«

»Wenn nicht Rom unsere Pläne zunichtemacht«, murrt jemand.

Sofort schnellt Larentia zu Cornelius herum. Der Faun erbleicht, seine in die Höhe gebogenen hellen Hörner blitzen in der Sonne auf, als er vor Schreck zurückweicht. Nervös trippelt er auf dem Boden, wobei seine Hufe kleine Staubwolken aufwirbeln.

»Der Kaiser kann sich von mir aus auf den Kopf stellen, doch ich lasse nicht zu, dass er unsere Traditionen stört.« Kälte hat sich in ihre Stimme gemischt.

»Gewiss, Princeps«, murmelt der Faun kleinlaut.

»Mein Zorn gilt nicht dir, Cornelius. Diese Römer sind eine wahre Plage.« Abfällig schnaubt sie. »Im Besonderen ihr Kaiser.«

Augenblicklich verändert sich die Atmosphäre in der Tempelhalle. Sie ist bedrückend und flimmert nur so von unausgesprochenen Flüchen. Kein Wunder. Seit Generationen versuchen die römischen Herrscher die Macht über uns Wesen an sich zu reißen.

Geräuschvoll stößt Larentia den Atem aus und setzt ein bemühtes Lächeln auf. »Genug von den Römern. Die Lose für die Ziehung der Auserwählten wollen vorbereitet werden.«

Ehrfürchtig betrachte ich die Gestaltwandlerin mit dem hochgesteckten dunkelbraunen Haar, wie sie den Kreis mit scheuchenden Gesten auflöst und die Baciato anweist, ihr zu folgen.

Es muss Larentia schmerzen, dass das Reich, deren Grundstein einst ihre Ziehsöhne Romulus und Remus mit der Gründung Roms gelegt haben, sie dermaßen bedrängt. Ihr Zugeständnis, dass alle zwanzig Jahre ein Mitglied ihres Zirkels an einen hohen römischen Gesandten verheiratet wird, stellt den neuen Kaiser nur mäßig zufrieden. Er strebt ebenso wie seine Vorgänger nach mehr Macht. Doch wie die anderen zuvor hat er nicht mit Larentias ungebrochenem Willen gerechnet. So geht das bereits seit mehreren Jahrhunderten.

Legenden besagen, sie sei einst die Gesandte von unserer Schutzpatronin Hecate, der Göttin der Magie, gewesen. Vom Götterhimmel ist Larentia auf die Erde hinabgestiegen, um zwischen Göttern und Wesen zu vermitteln und ihre schützende Hand über uns zu halten. Die Wölfin unternimmt nichts, um die Gerüchte, die sich um sie ranken, zu entkräften oder zu bestätigen. Stattdessen schmettert sie jegliche Fragen zu ihrer Abstammung ab – und das äußerst stur. Es scheint ihr Freude zu bereiten, uns im Unklaren zu lassen.

Mit dem Blick folge ich meinen Brüdern und Schwestern, die hinter Larentia aus der mit hohen Säulen gesäumten Halle gehen. Sie verschwinden in dem mit Wandmalereien der Götter verzierten Gang, der zum innenliegenden Atrium führt und alle Räume des Tempels miteinander verbindet. Hitze schießt durch mein Inneres, als ich den schwarzhaarigen Mann entdecke, der mit vor der Brust verschränkten Armen an der Wand neben dem rundbogenförmigen Durchgang lehnt. Die blaue Tunika reicht ihm bis zu den Knien und endet an den Armen am Ellbogen, sodass der Stoff seine muskulösen Arme hervorhebt. Für die vorbeigehenden Wesen erübrigt er bloß ein knappes Nicken, dafür huscht sein Blick immer wieder zu mir und beschleunigt meinen Herzschlag.

»Wie lange stehst du schon da?«, frage ich und gehe auf ihn zu.

Seine Lippen verziehen sich zu einem breiten Lächeln. »Lange genug, um mitanzusehen, wie du auf deinen Hintern gefallen bist.«

Das Blut schießt mir in die Wangen und bringt sie zum Prickeln. Zornig funkle ich den Gestaltwandler an, als ich vor ihm stehen bleibe. Ich muss den Kopf in den Nacken legen, um ihm in die bernsteinbraunen Augen zu blicken. »Du bist ein Esel, Lucius!«

Er lacht. »Ich bin kein Esel, sondern ein Wolf.« Das tiefe Raunen in seiner Stimme verschafft mir eine Gänsehaut.

Mein Herz macht einen Satz, als er auf mich zutritt und seine Finger durch das lange Haar, das mir in braunen Wellen über die Schultern fällt, gleiten lässt.

Betont langsam neigt er sich ein Stück zu mir, bis sein Atem auf meinem Gesicht kitzelt. »Niemand erwartet von dir, perfekt zu sein, Helvia. Jeder macht Fehler«, wispert er und schenkt mir ein Lächeln, aus dem jeglicher Spott verschwunden ist.

Ich lege die Hand auf seine Brust, unschlüssig, ob ich ihn wegdrücken oder näher zu mir heranziehen soll. »Der Tredecim dürfen aber keine Fehler unterlaufen.« Meine Stimme klingt nicht so fest, wie ich es mir wünsche. Ich weiß nicht, ob es der Frust ist, versagt zu haben, oder Lucius' Nähe, die mich aus dem Gleichgewicht bringt. Vielleicht eine Mischung aus beidem.

»Du bist zu streng zu dir«, sagt er und neigt den Kopf weiter, bis es ihm ein Leichtes wäre, mich zu küssen.

Sein herber Duft weht mir entgegen und sorgt für ein sanftes Flattern in meinem Magen.

»Nicht«, wispere ich und übe sanften Druck auf seine Brust aus, bis er von mir zurückweicht. »Wenn deine Mutter uns erwischt …«

In seinem Blick erkenne ich dieselbe Sehnsucht, die in mir schwelt.

»Larentia lässt es sich nicht nehmen, haarklein zu erklären, wie die Lose geschrieben werden. So schnell kommt sie nicht zurück.« Er verzieht den Mund zu einem verführerischen Grinsen.

In meinem Inneren pulsiert es, meine Lippen prickeln, doch ich kann diesem Sehnen nicht nachgeben. Ich darf es nicht. Tief atme ich ein, um mich zu besinnen. »Aber sie wird sich fragen, wo ich bleibe.«

Er zuckt leichthin mit den Schultern. »Sie weiß, dass ich hier bin. Außerdem hast du dich nur mit einem Freund unterhalten.«

Seine Hartnäckigkeit bringt mich zum Schmunzeln. Ich stelle mich auf die Zehenspitzen und hauche ihm einen Kuss auf die Wange. »Es geht nicht, Lucius. Die Götter sehen alles«, flüstere ich.

Bevor ich reagieren kann, schlingt er die Arme um meine Taille und drückt mich an sich. Sein Atem kitzelt an meinem Ohr, als er die Wange an meine presst.

»Diese verdammten Götter.«

Seine leise gesprochenen Worte ziehen mir das Herz zusammen. Weil ich mich ebenso wie er zwischen der Verpflichtung den Göttern gegenüber und meinen eigenen Wünschen hin- und hergerissen fühle. Außerdem weiß ich, was es bedeutet, sich gegen die Fügung der Götter aufzulehnen. In Lucius' Armen verkrampfe ich mich.

»Verzeih mir, Helvia.« Sanft streicht er mit den Händen meinen Körper hinab, bis er mich freigibt. Die Sehnsucht ist aus seinem Blick verschwunden, dafür herrscht dort jetzt eine Traurigkeit, die mich schmerzt.

Es ist nicht nur die verbotene Anziehung, die uns beide quält. Es ist so viel mehr ... Und es bringt mich aus dem Gleichgewicht. Meine Gefühle für den Gestaltwandler lassen mich mit meinem Schicksal hadern. Nie zuvor habe ich mich mehr danach gesehnt, gegen die Bestimmung und die Rolle, in die ich gezwängt wurde, aufzubegehren.

»Helvia?«, ertönt Larentias Stimme aus dem Gang.

Augenblicklich weichen Lucius und ich mehrere Schritte auseinander.

»Ich muss gehen«, sage ich gehetzt, als hätte Larentia uns dabei erwischt, wie wir uns nahekommen. Zu nahe für zwei Wesen, die nicht füreinander bestimmt sind.

»Eine Princeps lässt man nicht warten, nicht wahr?« Er grinst, doch das Lächeln erreicht nicht seine Augen.

»Vor allem nicht, wenn das Opferfest kurz bevorsteht«, entgegne ich und versuche ebenfalls zu lächeln.

Unbeirrt liegt Lucius' Blick auf mir und hält das verräterische Flattern in meinem Magen am Leben. Er streckt einen Arm nach mir aus, als wollte er mich nicht gehen lassen, doch er senkt ihn mit entschuldigender Miene wieder.

Ich weiß nicht, ob ich erleichtert oder enttäuscht sein soll, dass er mich nicht zurückhält. Bevor ich eine Dummheit begehe, wende ich mich von ihm ab und husche in den Gang hinaus, um zu Larentia und den anderen zu laufen. Mein Herz schlägt viel zu schnell und meine Wangen prickeln verdächtig. Niemand darf erfahren, welche verbotenen Gefühle ich für den Ziehsohn der Princeps hege. Selbst wenn den Göttern nichts verborgen bleibt, so mögen sie mir die Schwäche verzeihen und gnädiger mit meinem Schicksal sein als mit dem meiner Mutter vor so vielen Jahren.

KAPITEL 3

2018 n. Chr., Aci Castello

Hauchfeine Staubpartikel tanzen in den wenigen Streifen Sonnenlicht, die durch die hölzernen Fensterläden hindurchscheinen. Begleitet von einem Seufzen streiche ich über mein Gesicht, um die Müdigkeit zu vertreiben – mit nur geringem Erfolg.

»Sophia! *In piedi!*«

Ich richte mich auf und bleibe einen Moment auf der Bettkante sitzen. Die Sonne ist kaum aufgegangen und Maria treibt mich schon an wie ein Kommandant von der Armee. Unten höre ich verschiedene Töpfe gegeneinanderprallen. Es würde zu ihrer bisherigen Erscheinung passen, absichtlich Lärm zu veranstalten, damit ich nicht weiterschlafe.

Erneut reibe ich mir über die Augen. Als wir gestern Abend bei ihrer Hütte angekommen sind, hat sie direkt die Rune erneuert, damit die Bewohner des kleinen Stadtteils vor der willkürlichen Macht in mir sicher sind. Danach habe ich meine Mutter zurückgerufen, um ihr zu sagen, dass ich gut angekommen bin. Wobei ich weder ihr noch Maria von der Begegnung mit dem Mann am Flughafen erzählt habe. Obwohl er es mit einer einzigen Berührung geschafft hat, die Magie zu wecken, die alle möglichen Leute fest in mir verschlossen haben wollen – mich eingeschlossen.

Das Auftragen der Rune ist ein Kraftakt, nicht nur für die Person, die sie aufbringt, sondern auch für mich. Ein Teil meiner Seele wird dabei vom Rest des Körpers getrennt. Was genauso schmerzhaft ist, wie es sich anhört. Diese neue Magie in mir macht das Verfahren keinen Deut leichter. Bei jeder sich bietenden Gelegenheit wirft sie sich gegen den Käfig, nutzt alle unaufmerksamen Momente, um ihre Krallen auszufahren. Als würde sie mir immer wieder in Erinnerung rufen wollen, dass sie sich nicht von mir kontrollieren lässt – niemals.

Ich horche in mein Innerstes. Ausnahmsweise regt sich nichts. Die Rune ist intakt und ich bilde mir ein, dass Maria Grassis Zauber mehr Einfluss hat als der meiner Mutter. Wenn ich mich konzentriere, kann ich sogar das Kribbeln der magischen Tinte auf der Haut fühlen.

Automatisch greife ich nach meinem Handy, wie jeden Morgen nach dem Aufstehen, und wische über das Display, auf dem mir bereits die Nachrichten aus unserem Gruppenchat angezeigt werden.

Alex:
Sophia, du glaubst es nicht! Aber wir sind ebenfalls endlich angekommen.

Leonie:
Sei froh, dass du nicht hier bist. *Würg-Smiley* Diese Unterkunft ist der Horror!

Alex:
Ich glaube, ich habe eine Kakerlake im Bad entdeckt …

Leonie:
ALEX! Darüber scherzt man nicht!

Unwillkürlich muss ich grinsen. Meine Freundinnen fehlen mir schon jetzt. Über das niedliche Dachzimmer, das Maria mir zur Verfügung gestellt hat, kann ich mich nicht beklagen. Trotzdem würde ich es sofort gegen eine kakerlakenverseuchte Unterkunft tauschen, um bei ihnen zu sein. Zugegeben, nach dem ersten Eindruck von Maria hatte ich Angst, dass mich die Anführerin des Zirkels in irgendeine Kaschemme schleppt. Zum Glück hat sich diese Befürchtung schnell wieder relativiert, als ich die bezaubernde, kleine Hütte sah, die etwas abseits von den anderen Häusern steht. Es ist urig. Vielleicht kann es sogar gemütlich werden.

Sophia:
Oje! So war das vom Reisezentrum nicht versprochen. Konntet

ihr noch etwas machen? Ich habe mit der Unterkunft Glück gehabt. Aber meine Großmutter ist gruselig!

»Sophia!«, schallt es auf einmal durchs komplette Haus, sodass ich erschrocken zusammenzucke.

»Komme«, rufe ich runter und beeile mich, mir hastig etwas im Gehen überzuziehen.

Außer Atem erreiche ich die Küche, in der Maria am Hantieren ist. Der Raum scheint auf den ersten Blick der größte in der Hütte zu sein – wobei ich den Eindruck nicht loswerde, dass sie die Zimmer mithilfe von Magie verzogen hat. Von außen wirkt das Gebäude längst nicht so groß wie im Inneren. In der Küche steht ein riesengroßer, runder Esstisch aus dunklem Holz, an dem locker acht Personen Platz hätten, wenn nicht überall Bücher, Tiegel und Mörser stehen würden. An der ebenfalls mit dunklem Holz vertäfelten Wand zwischen der Tür und Küchenzeile hängen Wildblumen und Kräuter zum Trocken, die ihren herben Duft im Raum verteilen. Über der Küchentheke folgen dann Töpfe und Pfannen.

»Ab morgen möchte ich, dass du vor *alba* aufstehst«, murmelt sie geistesabwesend, während sie mir mit dem Rücken zugewandt an der Küchenzeile beschäftigt ist.

»*Alba?*«, frage ich vorsichtig, wobei ich eine leise Vermutung habe, was die Zirkelanführerin von mir möchte.

Sie sieht über ihre Schulter zu mir. »Ach, *naturalmente* … Die Rune verhindert deine Sprachbegabung. Vor Sonnenaufgang. Wir haben eine Menge Arbeit und nur wenig Zeit.«

Unwohl beiße ich mir auf die Lippe. Das Thema reißt eine Wunde auf, die ich während des Fluges sorgsam verschlossen habe. »Meine Eltern haben kein Rückflugticket gekauft.«

Die Tatsache fühlt sich immer noch wie ein Schlag ins Gesicht an. Es war nur die Rede davon gewesen, dass ich die ersten Wochen der Sommerferien hier verbringe, bis ich am Flughafen bemerkt habe, dass meine Eltern kein zweites Ticket besorgt haben …

Endlich dreht sich die Anführerin des europäischen Zirkels zu mir. Ich bilde mir ein, dass ihre dunklen Augen etwas größer als sonst sind. »Sophia, deine Eltern wollen dich wieder bei sich wissen«, versichert sie mir und kommt auf mich zu. Dabei benutzt sie ihren Gehstock nicht – und humpelt kein bisschen. Offensichtlich benötigt sie den Stab nicht. »Aber wir brauchen nicht noch mehr Druck durch ein Datum, wenn wir schon einen straffen Zeitplan haben.«

Ein Kloß setzt sich in meinem Hals fest. Ich bezweifle, dass ich innerhalb der sechswöchigen Sommerferien die Kontrolle über diese Macht erlerne. Nicht bei den Kräften, die sie mir bisher demonstriert hat. Dagegen bin ich eine Ameise und sie ein Elefant. Wie soll ich sie da kontrollieren lernen? Widerstrebend nicke ich. »Natürlich, Frau Grassi.«

Sie runzelt die Stirn und betrachtet mich dabei wie ein Habicht. Ich habe mir das kurze Aufflackern von Mitleid gerade wohl nur eingebildet.

»Nenn mich Maria.«

Überrascht mustere ich sie. »Oh, in Ordnung.«

Sie nickt und dreht sich wieder zur Küchentheke. »Ich habe dir Frühstück gemacht, damit wir loskönnen, sobald du aufgegessen hast«, sagt sie auf einmal in einwandfreiem Deutsch. Neben ihrem Kopf schwebt ein Brettchen, das direkt auf die minimal freie Stelle des Tisches zufliegt, um sich dort niederzulassen.

Ich runzle die Stirn. »Wo ist Ihr Akzent?«

»Das meine ich mit der Sprachbegabung. Umso mehr Zeit wir in der Nähe von jemandem verbringen, dessen Sprache nicht die unsere ist, passen wir uns ihm an. Das ist ein Vorteil vom Kuss der Göttin – nur einer von vielen«, erklärt sie, ohne mir nur einen Blick zu widmen. »Die Rune auf deinem Körper verhindert die Fähigkeit der Sprachen zurzeit.«

»Auf den Vorteil könnte ich verzichten«, grummle ich und fühle mich dabei wie ein trotziges Kleinkind.

»Du weißt deine Gabe nicht einzusetzen. Viele andere Menschen und Wesen würden töten, um die Macht der Tredecim in die Finger zu bekommen.«

»Meinetwegen können sie die gern haben«, murmle ich und setze mich widerwillig in Bewegung, um mich dem Frühstück am Tisch zu widmen.

Seit sich die Magie der Dreizehnten in mir niedergelassen hat, ist mein Leben eine Katastrophe. Ich hätte das davor nur zu gern zurück.

Plötzlich befreit sich ein Topf aus der Verankerung und fliegt in einem rasenden Tempo auf mich zu. In allerletzter Sekunde kann ich mich ducken. Der Windzug streift meine blonden Haare nach hinten, als das Ding an mir vorbeizischt. Mit aufgerissenen Augen sehe ich auf die Stelle, an die der Topf mit einem lauten Scheppern geknallt ist. »Was zum …?«

»Die Göttin wählte dich für diese Kraft aus! Sei dankbar für die Möglichkeit, ihr in diesem Maß dienen zu dürfen.«

Sprachlos schaue ich wieder zur Leiterin des Zirkels, die sich mit einem Gemüsemesser in der Hand vor mir aufbaut. Hat sie wirklich einen Topf nach mir geworfen?

»Über zwei Jahrtausende blieb die Kraft verschollen. Wir alle glaubten, dass sie nach diesem …« Ihre Stimme verebbt. »Wir alle haben geglaubt, die Magie sei gestorben und damit so viel unserer Kultur und Kraft. Doch das ist sie nicht. Ich weiß nicht, warum sie ausgerechnet jetzt und in dir zurückgekehrt ist. Wenn die Magie nicht von den Baciato weitergegeben wird, erwacht sie am Tag der Geburt in einem Geküssten.« Sie reibt sich über die Stirn. »Aber die Macht der Tredecim ist anders. Nach allem, was ich gehört habe, erwählte die Göttin immer Neugeborene. Keiner weiß, wieso sie erst jetzt entschieden hat. Fazit ist, dass du die mächtigste Quelle ihrer Macht bist, und jetzt musst du lernen damit umzugehen. Sei dankbar! Und verhalte dich dementsprechend.«

Ihre Worte sind wie ein Schlag in die Magengrube. Ich habe mein vorheriges, normales Leben geliebt. Diese neue Kraft hat die Beziehung zu meinen Eltern verändert und sogar das Verhältnis zwischen mir und meinen Freundinnen. Zwar besaß ich vorher schon Geheimnisse vor ihnen, aber nicht in diesem Ausmaß – und vor allem habe ich nicht die Macht besessen, mit einem einzigen Wimpernschlag zu töten. Trotzdem würde sich jedes Zirkelmitglied die Finger nach der Magie lecken, was es mir kein bisschen leichter macht.

Ich schaue auf meine zu Fäusten geballten Hände. Zwanghaft löse ich sie, betrachte aber weiter die Handflächen. Die Erinnerung an das Gefühl ... an diesen Rausch schwappt über mich hinweg und für einen Moment fühle ich mich leicht, als ich an die flüsternden Verlockungen denke, ehe die Schwere zurückkehrt und mich zurück auf den Boden der Tatsachen holt. »Sie ist unkontrollierbar«, bringe ich erstickt hervor. »Ich weiß nicht, was die Göttin sich dabei gedacht hat. Aber ich bin mit Sicherheit kein geeignetes Gefäß für diese Macht und nicht bereit für die Verantwortung, die damit einhergeht.«

Die Anführerin seufzt und geht zurück zur Küchenzeile. »Du musst lernen, wie du sie handhabst. Es ist etwas anderes, den Kuss der Göttin zu besitzen, als die Gaben von Mutter Natur zu nutzen.«

»Es ist etwas gänzlich anderes und wenn ich nicht gerade diese verdammte Rune auf dem Rücken habe, die bei jedem Auftragen mehr schmerzt, ist diese Macht unkontrollierbar«, verharre ich stur auf meinem Standpunkt.

Ich habe zugestimmt, diese Reise zu unternehmen, in der Hoffnung, dass Maria Grassi mir hilft diese Magie zu unterdrücken. Dass sie mir mein normales Leben zurückgibt – soweit es als Hexe nun mal funktioniert. Niemals habe ich damit gerechnet, dass die Zirkelanführerin die Idee hat, dass ich diese Kraft nutze! Es soll wieder so sein wie davor. Und nichts anderes möchte ich erreichen.

Wind lässt die zusammengebundenen Kräuter und Blumen an den Wänden rascheln und fährt durch meine Haare. Der Boden unter den Füßen regt sich, als befände sich ein Riese tief im Erdreich, der sich nach einem langen Schlummer aufrichtet.

»Du hast Angst«, belehrt Maria mich. »Das ist normal. Du bist mit dem Wissen aufgewachsen, dass alles, was du tust, im Einklang mit der Natur geschehen muss. Wir Hexen sind Geschöpfe der Erde, des Wassers, des Feuers und der Luft und als diese sind wir an die Gesetze der Welt gebunden. Aber du bist nicht mehr nur eine Hexe. Du bist die Tredecim und besitzt die Magie der Dreizehnten – eine göttliche Macht und diese will genutzt werden. Deswegen werde ich dir helfen, die Magie zu kontrollieren. Ich kenne das Locken der Kräfte. Wir, die mit den Gaben der Baciato geboren wurden, haben gelernt den Verführungen zu trotzen. Wenn wir restlichen zwölf das schaffen, dann du auch. Also lerne.«

Ihre Stimme hallt wie ein Echo von den Wänden wider. Marias pure Magie in diesem Raum lässt die Luft knistern wie bei einem drohenden Gewitter. Meine feinen Härchen stellen sich auf. Überfordert weiche ich einen Schritt von ihr zurück. Mir ist bewusst, dass Maria eine Machtdemonstration vollführt – und verdammt! Sie ist eindrucksvoll.

»Es tut mir leid«, sage ich kleinlaut und senke den Blick.

Genauso schnell, wie der Wind und das Beben aufgetaucht sind, verschwinden sie wieder.

»Iss. Danach brechen wir auf«, sagt sie und lässt mich in der Küche zurück.

Kaum ist sie aus der Tür, sacke ich in mich zusammen. Ich presse meine Handballen auf die Augen und versuche die wirbelnden Gefühle zu verdrängen. Maria Grassi hat recht. Dass ich Angst habe, ist kein Geheimnis. Diese Kräfte widersprechen allem, was ich jemals gelernt habe. Sie verlangen nichts im Gegenzug. Da ist schier unendlich viel Magie und alles, was sie will, ist, dass ich sie nutze. Dadurch wirkt alles so ... leicht und verführerisch. Solche Macht sollte ihren Preis haben – immer – und niemand sollte davon ausgenommen sein. Vor allem dann nicht, wenn sie göttlichen Ursprungs ist. Ich weiß, dass ich lernen muss, doch dieser eine Augenblick ... Ein Zittern durchläuft meinen gesamten Körper, als die Erinnerungen an den Abend auf mich einprasseln.

»Verdammt!«, fluche ich und haue mit der flachen Hand auf den massiven Holztisch. Doch die Gedanken bleiben. Sie haften an meinem Geist wie Teer und beschweren mich. Ich kneife die Augen zusammen und hole bewusst Luft.

Ein- und wieder ausatmen ...

Bei jedem Atemzug versuche ich den Duft der Kräuter, die um meine Nase tanzen, einzuziehen. Beim zehnten öffne ich die Augen und setze mich an den Tisch, um zu frühstücken. Bevor Maria mich in der Magie unterweist, die mich nicht nur zu einer machtvollen Hexe, sondern auch zu einer Auserwählten der Göttin Hecate macht.

***

Für ihr Alter legt Maria ein zügiges Tempo an den Tag, als sie, wieder mit ihrem Gehstock bewaffnet, durch die raue, aber grüne Landschaft zieht, die an ihr Häuschen anschließt.

»Setz dich.«

Überrascht sehe ich über die Schulter. Die bunten Häuser der Siedlung sind noch in Sichtweite. Obwohl es noch früh am Morgen ist, scheint die Sonne bereits so stark auf die roten Dächer, dass die Luft um die verschiedenen Gebäude flirrt. Die Kleinstadt Aci Castello sieht wie ein durcheinandergewürfelter Haufen aus. Kein Haus passt zu dem anderen. Jedes davon ist einzigartig. Dicht an dicht drängen sie sich aneinander, sodass sich eine hügelige Landschaft aus roten Ziegeln unter der bereits hell leuchtenden Sonne erstreckt.

»Hier?«, frage ich skeptisch.

Maria Grassi hebt ihre Augenbrauen. »Hier.« Sie nutzt ihren Gehstock und zieht einen Kreis um uns, der durch das hohe Gras beinahe sofort wieder verschwindet. »Ich werde einen Wall um uns ziehen, damit kein Ton, keine Magie an Außenstehende dringt. Setz dich und meditiere.«

»Okay.« Ich lasse mich auf den Boden sinken und kreuze die Beine untereinander. Vereinzelte Halme kitzeln auf meiner nackten Haut.

»Zieh die Schuhe aus.«

Ich folge ihrem Befehl. Sofort spüre ich die warme Erde an den Zehen. Ein kühler Windzug streift über die weitläufige, mit dürftigem Gras bewachsene Fläche, weht Staub um meine Nase und bringt die verschiedensten Düfte wilder Blumen.

»Schließe die Augen, werde dir deiner selbst bewusst.«

Kontrolliert stoße ich die angehaltene Luft aus, die ich wenige Herzschläge im Inneren gehalten habe, und versuche mit ihr all die Gedanken loszuwerden. Ich strecke den Rücken, wende das Gesicht der Sonne zu, um ihre Wärme, ihr Feuer zu spüren. Der sanfte Wind kühlt angenehm meine erhitzten Wangen und trägt dabei das Geräusch der tanzenden Zweige mit sich, während meine Zehen sich in die Erde graben. Ich konzentriere mich auf die

Atmung, nehme jeden Zug bewusst war, schmecke das Salz, das durchs Meer in die Luft gebracht wird

Mich hier mit den Elementen zu verbinden, ist anders als zu Hause. In unserem Garten war es bei Weitem nicht so vielfältig. Alles hier ist intensiver; die Gerüche, die Wärme. Jedes Element erscheint mir kraftvoller, präsenter.

»So machst du das gut. Werde dich dir in diesem Universum bewusst. Verankere dich mit der Erde, fliege mit dem Wind, brenne mit dem Feuer, schmecke das Wasser.«

Ich tue, was Maria Grassi sagt. Diese Gefühle kenne ich. Sie machen mir keine Angst, sie geben mir Sicherheit. Mit ihnen bin ich aufgewachsen. Zu ihnen gehöre ich. Im Angesicht der Elemente fühle ich mich klein, aber nicht unbedeutend.

Hexen sind dafür bekannt, dass sie eine tiefe Verbindung mit Mutter Natur hegen. Unsere Magie kommt von den Elementen und an unserem Lebensende kehren unsere Magie und wir wieder zu ihnen zurück. Wir nutzen die Macht, die die Elemente uns schenken, und geben im Gegenzug etwas zurück. Ein Stück der Seele, des Lebens, das in uns schlummert. Es ist ein ewiger Kreislauf, auf den ich stolz bin, von dem ich gern ein Teil bin.

Die eiskalte Hand der Zirkelanführerin legt sich auf meinen nackten Rücken. Ihre Magie greift nach der Rune. Abrupt spanne ich mich an, um die Sicherheit nicht zu verlieren, die die magische Tinte mir gibt. Doch sofort spüre ich den Widerstand und lasse los, versuche der Anführerin des Zirkels zu vertrauen. Maria will mir helfen, damit ich mein altes Leben wiederbekomme, auch wenn es nie mehr so sein wird wie noch vor wenigen Monaten.

Ich atme bewusst. Ein und aus. Versuche die Panik zu verdrängen, die penetrant gegen meinen Hinterkopf klopft und scheinbar nur darauf wartet, mich gänzlich einzunehmen.

»Du darfst keine Angst haben. Dir kann nichts passieren. Die Magie will dir nichts Böses. Sie ist dein Werkzeug. Deine Gabe der Göttin, um ihr zu dienen.«

Ich schlucke schwer und nicke. »Das weiß ich«, murmle ich, obwohl sich dieser Gedanke nicht vollständig in mir gefestigt hat. »*Ich* bin sicher. Doch was ist mit denen, die um uns herum sind? Was passiert mit ihnen, wenn ich es nicht beherrsche?«

»Du wirst es kontrollieren. Du wirst dich nicht übermannen lassen. Verstanden?«

Nur widerwillig bringe ich ein Nicken zustande. Dann ballt sie ihre auf meinem Rücken liegende Hand zur Faust und zieht die Rune von der Haut. Ich spüre, wie die Tinte aus den Poren gerissen wird. Der Schmerz drückt mir die Luft aus der Lunge. Es fühlt sich an, als würden sich kleine Widerhaken an mich klammern. Aber Marias Griff ist unausweichlich. Die Tinte löst sich und die zuvor schlummernde Magie regt sich.

»Spürst du sie?«

»Ja«, bringe ich zwischen trockenen Lippen hervor.

Ich will das nicht. Angst streckt ihre Krallen nach mir aus. Kratzt über mein Bewusstsein und versucht mich in die Dunkelheit zu locken.

»Beschreibe sie mir.«

Marias Befehl lenkt mich ab. Die quälende Furcht zieht sich zurück; immer noch bereit jederzeit zuzuschlagen. »Die Magie fühlt sich geschmeidig und gefährlich zugleich an. Ein Tiger mit seidigem Fell, der durch mein Innerstes streift wie durch einen Dschungel«, festige ich das Bild.

»Weiter.«

Verwirrt runzle ich die Stirn.

»Was fühlst du noch?«, bohrt sie nach.

Ein bitterer Geschmack legt sich auf meine Zunge, der mit jeder Sekunde, die die Magie nicht in ihrem Käfig schlummert, deutlicher wird.

»Angst«, bringe ich zittrig hervor. Ich habe unglaubliche Panik davor, dass es erneut passiert. Dass ich wieder die Kontrolle verliere und dabei nicht mein eigenes, aber das Leben meiner Liebsten bedrohe.

»Wovor?«

»Dass ich die Kontrolle verliere und meine Mitmenschen gefährde, ohne dieser Macht etwas entgegensetzen zu können«, spreche ich die Gedanken aus, wodurch sie noch realer werden. Mit jedem Wort, das mir über die Lippen kommt, wächst die Furcht. Mein Herzschlag beschleunigt sich, genauso wie meine Atmung.

»Beruhige dich, Sophia.« Marias Stimme ist sanft.

Ich wünsche mir, dass ich ihre Worte verinnerliche, doch die Furcht übernimmt das Ruder. Sie vereinnahmt mich. Hektisch klopft mein Puls gegen die Venen. »Ich kann es nicht«, stoße ich zittrig hervor und kneife die Augen zusammen. Meine Muskulatur verspannt sich.

Der Tiger scheint die Angst zu spüren. Die Magie streckt ihre Krallen aus und Kraft durchtränkt meine Knochen, fährt durch jeden Muskel. Diese Macht … Ich gebe ein Stöhnen von mir, als mich diese reine, pulsierende Magie erfüllt. Sie lockt mit dem, was ich tun könnte, wenn ich sie zulasse. Ich krümme mich, will diese berauschenden Gefühle nicht spüren. Vor Anstrengung, ihren Lockungen nicht nachzugeben, grabe ich die Hände in die weiche, warme Erde unter mir. Suche die Verbindung zu Mutter Natur, damit ich mich selbst wiederfinde und halte.

Plötzlich fühle ich Finger, die sich um meine Handgelenke schließen und sanft zudrücken. »Du musst sie führen. Du bist diejenige, die die Kontrolle besitzt.«

Ich öffne die Augen und sehe geradewegs ins faltige Gesicht der Anführerin. Zum allerersten Mal liegen in ihrer Mimik sanfte Züge. Sie atmet vor mir ein und aus. Signalisiert mir Ruhe. Ich klammere mich an sie; klammere mich an den Frieden, den sie ausstrahlt. Mit jedem Atemzug beruhigt sich mein wild schlagendes Herz.

»Du musst lernen die Magie in dir als Teil deines Selbst zu akzeptieren. Sie ist kein Fremdkörper. Kein Objekt. Sie ist du und du bist sie. Ihr seid eins und funktioniert als ein Wesen.«

In ihrem Blick liegt Gewissheit, so viel Glauben an mich, dass es mir den Atem verschlägt. Mein Puls beruhigt sich.

»Okay.« Ich schließe die Augen, um mich auf das Chaos in mir zu konzentrieren.

Die Magie heißt mich willkommen, kratzt über mein Innerstes. Sie testet. Fordert heraus. Dieses Mal will ich mich nicht davon vertreiben lassen. Das ist mein Körper und ich bin gewillt, ihn zu teilen – aber zu meinen Bedingungen. Die Kraft bekommt keinerlei Kontrolle über mich. Erneut versucht sie mich zu betören. Lockt mit der Macht, singt ein verführerisches Lied wie eine Sirene und will mich in den Abgrund ziehen. Aber ich sträube mich dagegen. Mit den Händen versuche ich nach der Magie zu greifen, streife über ihr samtenes Fell und plötzlich gerate ich in einen Strudel. Sie verschlingt mich. Ich spüre, wie die Macht durch jede Faser dringt. Ein Kribbeln durchfährt meinen ganzen Körper wie eine Armee aus Ameisen, die über meine Haut tanzen.

»Kämpfe dagegen an!«, befiehlt mir Maria.

Die Erde unter mir fängt an zu brodeln. Um uns bildet sich ein hauchfeines Leuchten an der Grenze des Kreises, den Maria gezogen hat, um die Magie auf diesen kleinen Bereich zu beschränken. Ich spanne meine Hände an, die Halt suchend um ihre Gelenke geschlungen sind. Die Kraft streichelt sanft über meine Haut, liebkost und verführt mich. Ich will den Verlockungen widerstehen. Will stärker sein als dieser Tiger, der nur auf einen Moment wartet, um mich zu verschlingen. Meine Nägel bohren sich in Marias Haut.

Das Beben der Erde wird schlimmer. In dem Wind zittern die Grashalme, der sich in dem Kreis aufbaut. Mit jeder Sekunde leuchtet die Barriere strahlender in der Bemühung, die Macht der Tredecim zu halten. Das Feuer der Sonne wird intensiver. Alles wird um mich herum heißer, bis mir der Schweiß aus den Poren bricht. Ich beiße mir auf die Lippe, um ins Hier und Jetzt zurückzukehren, doch es bringt nichts. Die Magie verschlingt mich und ich verliere mich in Dunkelheit. Panik schlingt ihre Arme um mich. Zerdrückt mich. Raubt mir die Luft zum Atmen, während sie mich fester und fester hält. Das Rauschen in meinen Ohren erstickt jedes andere Geräusch, während der Puls hektisch gegen meine Venen trommelt. Ich will das nicht. Und doch vergehe ich vor Angst. Falle immer tiefer in die Finsternis und werde verschlungen von dem endlos tiefen Meer aus Schwärze.

Ich strecke den Rücken durch, spüre, wie jede Faser von der Kraft der Tredecim benetzt wird. Unwillkürlich löse ich die Finger von Maria und breite stattdessen die Arme aus. Es ist wie damals. Die Macht führt mich wie eine

Marionette. Alles um mich wird intensiver. Die Panik verschwindet. Stattdessen fühle ich die Erde, die unter mir pulsiert. Den Wind, der über meine Haut streichelt, dabei Gerüche von Pflanzen, dem Meer und Stimmen mit sich bringt. Reine, vollkommene Macht benetzt jedes meiner winzig kleinen Moleküle.

Schmerz explodiert auf meinem Rücken. Die magische Tinte gräbt sich in die Haut und treibt den Tiger in seinen Käfig; verbarrikadiert das Gefängnis.

Kraftlos sacke ich zusammen. Mühevoll zurückgedrängte Tränen brennen in meinen Augen. Ich habe versagt – erneut. Diese Magie ist zu berauschend. Zu machtvoll. Zu viel von allem. Und trotzdem sehne ich mich bis zur kleinen Fingerspitze nach dieser Kraft. Jedes Mal gebe ich dem Rausch nach. Und jedes Mal verzehrt es mich mehr. Obwohl ich es nicht will, vermisse ich die Macht, die Intensität, mit der sie mich die Welt hat fühlen lassen. Ich weiß, wie falsch diese Gefühle sind, keine so mächtige Kraft sollte ohne Konsequenzen genutzt werden. Doch gebe ich mich ihr hin, weil ich nicht stark genug bin. Weil ich es nicht schaffe zu widerstehen.

»Es tut mir leid«, wispere ich schuldvoll mit einem schweren Kloß in meinem Hals.

»Du lässt dich verführen. Mehr noch, du springst willig in ihre Arme.«

Verletzt presse ich die Lippen aufeinander. »Ich will das nicht«, verteidige ich mich, obwohl ich weiß, dass mir dieses Wollen nichts bringt, wenn ich es nicht umsetze.

»Und genau deswegen bist du hier.« Maria legt mir eine Hand auf die Schulter und drückt sie zuversichtlich.

Ich sehe zu ihr hoch. Auf ihren schmalen Lippen liegt ein kleines Lächeln.

»Deine Mutter hatte recht.«

Überrascht mustere ich sie. »Inwiefern?«

»Du bist lernwillig. Als ich dich zuerst sah, hatte ich Zweifel.«

»Ich habe versagt«, erinnere ich sie.

Sie winkt ab. »Das ist in Ordnung. Keine Hexe, kein Werwolf, keine Sirene, niemand hat seine Kraft von Beginn an unter Kontrolle. Es ist ein Prozess. Ein Kennenlernen. Wir Baciato besitzen den Vorteil, dass unsere Magie ein

Teil von uns war, seit wir geboren worden sind. Aus irgendeinem Grund hat Hecate dich so spät erwählt. Dementsprechend kannst du erst jetzt diese Machtspiele austragen, die wir im Kleinkindalter geführt haben, in dem es nicht so gravierend war, die Kontrolle zu verlieren. Das Wichtigste ist, dass du nicht aufgibst.«

Ihre Worte bringen ein schwerfälliges Lächeln auf meine Lippen. »Das habe ich nicht vor.« Nicht, wenn ich jemals wieder mein altes Leben zurückhaben möchte.

»Gut. Dann hilf mir hoch, damit ich dir die Bücher geben kann.«

Verwirrt blinzle ich, stehe aber auf, um ihr zu helfen. »Bücher?«, hake ich nach.

Sie sieht mich mit hochgezogenen Augenbrauen an. »Glaubst du etwa, dass ich dich nach diesem Kontrollverlust weiterüben lasse?«

»Äh ...« Noch immer überrumpelt starre ich die oberste Zirkelhexe an. Wie soll ich sonst lernen? Bücher werden kaum helfen diesen Reizen der Kraft zu widerstehen.

»Nein!«, ruft sie aus, bevor ich etwas sagen kann, und geht vor, wobei sie mit ihrem Gehstock die Barriere vernichtet, die Aci Castello vor dem Ausmaß der dreizehnten Magie geschützt hat.

Ich beeile mich, ihr zu folgen. »Was ... ähm ... sollen mir die Bücher denn beibringen?«, frage ich, während wir zurück zum Haus gehen. Marias Heim steht etwas abseits, leuchtet aber mit seiner pastellrosa Fassade genauso bunt wie die anderen Gebäude. Das rote Ziegeldach glitzert in der strahlenden Sonne, vor der sich die meisten Anwohner hinter verschlossenen Fensterläden verstecken.

»Das Verständnis für unsere Geschichte, für das, wer wir sind. Und somit auch den Umgang mit der Macht.«

»Aber ...« Ich verstumme hastig, als ich ihren Blick bemerke.

Maria schüttelt den Kopf und öffnet ihre Tür, die sie nur angelehnt hat. Offensichtlich hat sie keine Angst, dass jemand bei ihr einbricht.

»Die Zirkel und restlichen Wesen haben sich nach dem Unglück auf Pompeji zurückgezogen, wenn sie dort nicht gestorben sind. So oft ich es gegenüber den anderen Oberhäuptern erwähne, sie wollen nichts davon wissen, dass wir einander wieder näherkommen müssen, und sie können sich diesen Luxus erlauben, auch wenn ich ihn nicht gutheiße. Du hingegen bist nicht nur für die Schwestern und Brüder deines Zirkelns zuständig, sondern für jedes Wesen auf der Erde. Deswegen musst du auch Dinge über sie lernen.«

Die Worte sind wie ein Amboss, den sie mir in den Weg wirft. Ich bleibe wie erstarrt im Türrahmen stehen. Die Verantwortung legt sich schwer auf meine Schultern und ich versuche den Kloß zu verdauen, der sich ungenießbar in mir ausbreitet. Mit meinen gerade Mal sechzehn Jahren sollte ich diese Last nicht schultern müssen. Doch offensichtlich hat Hecate andere Pläne mit mir.

Ich presse die Lippen aufeinander und folge Maria ins Wohnzimmer. »Dann sollten wir uns wohl ans Werk machen«, sage ich langsam, noch immer nicht vollkommen bereit, das Schicksal, das ich plötzlich erfüllen soll, anzunehmen.

Das Erste, was mir in dem Raum auffällt, ist ein kleiner Fernseher, bei dem es mich wundern würde, wenn er über buntes Bild verfügt. Gegenüber dem Gerät steht ein Sofa, ein zerschlissener Sessel und ansonsten ist alles voll mit Bücherregalen. Leonie würde sich hier vorkommen wie Belle im Schloss des verfluchten Prinzen – oder war es doch ein Fürst?

Ich schüttle den Kopf und folge Maria, die scheinbar wahllos Bücher aus dem Regal reißt und auf ihrem Arm sammelt. Als sie merkt, dass ich hinter ihr bin, drückt sie mir die dicken Schinken in die Hand.

»Das sollte für den Anfang reichen.«

Verwirrt blinzle ich, als ich ihre Worte höre. »*Für den Anfang?*«, wiederhole ich und starre auf die zehn dicken Wälzer auf meinem Arm und die anderen auf ihrem.

Mit einem Lächeln geht sie in Richtung Küche und lässt die Bücher auf den Tisch plumpsen, der in dem Moment etwas größer wird, sodass meine Last ebenfalls Platz hat. Staub wirbelt auf, als ich sie fallen lasse.

»Da steht der gesamte Anfang der Wesen drin«, erklärt Maria und mustert die Bücher wie einen geliebten Freund.

»Ich werde Jahre brauchen, um das alles zu lesen«, gebe ich entsetzt von mir und kann den Blick nicht von diesem Berg Seiten lösen.

»Die Magie in uns ist etwas Besonderes. Sie ist ein Geschenk der Göttin und unsterblich. Um sie anzuwenden, musst du verstehen – und zwar alles.«

Überrascht horche ich auf. »Unsterblich? Heißt das ...?«

»Natürlich nicht, du *stupido* Kind. Glaubst du, wären wir unendlich, würde ich so aussehen? Nein. Wir sind die sterblichen Wirte einer unsterblichen Kraft. *Wir* werden sterben. Die Magie ist nicht an diese Gesetze gebunden, denn sie gehört zu Hecate. Dafür leben in ihr die Erinnerungen der vorherigen Träger.« Sie schweigt einen Moment und tippt nachdenklich auf das Buch, als wollte sie noch etwas sagen. Aber sie schüttelt nur leicht den Kopf, ehe sie mich wieder ansieht. »Lies es. Verstehe es. Danach reden wir.«

»Darf ich das Buch mit auf mein Zimmer nehmen?«

Sie zieht die Augenbrauen zusammen. »In Ordnung. Aber behandle es gut. Ich will keine Eselsohren oder andere Sachen darin finden, die nicht hineingehören, wenn du es zurückgibst.«

»Ist gut.«

Ich greife mit beiden Händen nach dem Buch, presse es an die Brust und schlurfe nach oben. Obwohl ich es vor der obersten Hexe nicht zeigen wollte, hat mir das Versagen zugesetzt. Ich verstehe nicht, aus welchem Grund es mir so schwerfällt, dieser Kraft zu widerstehen – trotz der Angst vor ihr. Warum lasse ich mich so leicht verführen? Wieso gebe ich so schnell nach, obwohl ich weiß, was es für Konsequenzen hat?

In meine düsteren Gedanken versunken lasse ich das Buch aufs Bett fallen und plumpse direkt daneben auf die Matratze, die unter mir federt. Wie soll ich bitte innerhalb von sechs Wochen all diese Bücher lesen und lernen diese Magie zu kontrollieren? Verzweiflung wellt in mir hoch. Den Tränen nahe fahre ich mir übers Gesicht und durch die Haare. Neben mir fängt mein Handy an zu vibrieren. Hastig greife ich danach, als ich den Namen der Anruferin sehe.

»Mama«, das Wort zittert auf meinen Lippen.

»Was ist los?«, fragt sie sofort. »Ist dir etwas passiert?«

»Ich kann's nicht.« Plötzlich bricht der Damm, den ich mühevoll aufrecht gehalten habe. Tränen kullern über meine Wangen. Die Verzweiflung greift mit solch einer Wucht nach mir, sodass sie mir jegliche Hoffnung entreißt.

»Götter ...«, murmelt meine Ma. »Sophia, deswegen bist du doch bei Maria.«

»A-aber ...«

»Nein nichts Aber«, unterbricht sie mich. »Ich verstehe, dass du Angst hast. Die hätte jeder, der plötzlich eine solch große Macht besitzen würde.«

Schluchzend höre ich der beruhigenden Stimme meiner Mutter zu. Am liebsten möchte ich mich in ihre Arme werfen. Möchte, dass sie mich vor dieser Magie und der Welt beschützt, damit ich mein Leben weiterleben kann.

»Du wirst es lernen, verstehst du?«

»Und was ist, wenn nicht?«, halte ich dagegen.

»Mein Spatz, ich weiß, dass du es wirst.«

»Was macht dich so sicher?« Ich zwirble die Decke zwischen den Fingern und starre durch die hölzernen Läden hindurch, die die Sonne davon abhalten, das Haus wie einen Backofen aufzuheizen.

»Weil ich dich kenne. Für dich ist Aufgeben keine Option. Das war es nie und bei diesem Thema erst recht nicht. Du bist so unglaublich stark.«

Ihre Worte sind Balsam für meine Seele.

»Ich weiß, dass du lernen wirst, die Magie zu meistern. Egal wie viel Zeit es benötigt. Du schaffst das. Okay?«

Ich schließe die Augen. Leichte Schluchzer lassen meine Schultern beben. »Ich gebe mein Bestes.«

»Das weiß ich doch. Es tut mir so leid.«

Überrascht halte ich inne. »Es tut dir leid?«

»Dass ich nicht bei dir bin und ich dich allein zu Maria geschickt habe, um mit dieser Verantwortung zurechtzukommen.«

Der Kloß in meiner Kehle wird größer. »Ich verstehe, warum ihr mich hergeschickt habt«, gebe ich leise nach.

»Bist du ansonsten okay? Ist Maria nett?«, hakt Mama nach.

»Sie ist schon ein bisschen gruselig, aber sie hilft mir«, sage ich gedämpft.

Meine Mutter lacht. »Ja. Ich habe gehört, dass es normal ist, dass alte Menschen mit der Zeit unheimlich werden, vor allem wenn man kein richtiger ist. Vergiss nicht, dass wir dich lieben, ja? Wenn ich die Möglichkeit gehabt hätte, hätte ich dich niemals fortgeschickt. Doch Maria …«

»Ich weiß«, unterbreche ich sie. »Es ist okay. Es ist nur … so viel.«

Ein Seufzen dringt von ihrer Seite des Telefons in mein Ohr. »Ich weiß, dass du das meistern wirst.«

»Wie geht es Papa?«, frage ich, um vom Thema abzulenken. Ich möchte nicht mehr darüber sprechen, möchte nur so tun, als wäre ich daheim und würde am Küchentisch sitzen, um über normale Themen zu reden – so wie immer.

»Du kennst ihn, er versinkt in Arbeit«, meint Mama. Ich sehe vor mir, wie sie die Augen verdreht. »Das wird wieder besser, wenn der Fall vorbei ist. Vielleicht schaffen wir es dann, dich eine Woche zu besuchen – vorausgesetzt, Maria lässt dir ein paar freie Stunden mit deinen Eltern.«

»Ich kann sie ja fragen«, willige ich ein. Es wäre schön, wären sie ebenfalls hier.

»Das halten wir auf jeden Fall fest. Ich vermisse dich.«

»Ich dich auch, Mama.«

»Dann lern jetzt etwas, okay?«

Ich werfe einen skeptischen Blick auf das dicke Buch neben mir. »Ich gebe mir Mühe.«

»Ich weiß. Ich hab dich lieb.«

»Lieb dich auch!«

Damit beenden wir das Gespräch und ich nehme den Wälzer in die Hand. »Dann wollen wir mal«, murmle ich und schlage die erste Seite des Kolosses auf. Das Papier fühlt sich unter meinen Fingerspitzen rau und brüchig an, sodass ich bei jeder Berührung Angst habe, dass die Seite auseinanderfällt, wenn ich sie nur ein bisschen zu schnell umblättere.

KAPITEL 4

Pompeji im Jahre 79 n. Chr.

»War Lucius deinetwegen im Tempel?«

Überrumpelt von ihrem Auftauchen und ihrer Frage starre ich Iulia an. Die junge Gestaltwandlerin, die mir den Weg versperrt, stemmt die Fäuste in die Seiten und betrachtet mich argwöhnisch. Der Stoff der zartgelben Stola ist an den Schultern gerafft, sodass sie den Blick auf ihre muskulösen Oberarme freigibt.

»Hast du mir etwa aufgelauert?« Ich habe damit gerechnet, der Princeps in die Arme zu laufen anstelle meiner Freundin.

Sie schnalzt mit der Zunge. »Wieso sollte ich? Nein, Larentia schickt mich, dich zu holen.« Sie zieht spöttisch die Brauen hoch. »Wer weiß, was du schon wieder treibst.«

»Das klingt, als hätte ich nur Blödsinn im Kopf.« Als ich lachend an Iulia vorbeigehen will, ergreift sie mein Handgelenk und hält mich auf. Überrascht sehe ich zu ihr.

In ihren Augen spiegelt sich Sorge. »Habt ihr gesprochen?«

»Meinst du Lucius und mich?«

Sie nickt. Ihr durchdringender Blick löst ein nervöses Rumoren in meinem Magen aus.

»Wir sind Freunde. Natürlich haben wir miteinander gesprochen«, sage ich. Iulia und ich sind zusammen aufgewachsen. Normalerweise weiß ich genau, was im Kopf der Wölfin vor sich geht. Doch diesmal ist etwas anders. Ihr Blick ist bohrender und argwöhnisch. Ahnt sie etwa, dass Lucius und ich mehr als Freundschaft füreinander empfinden? Der Gedanke bringt meine Wangen zum Prickeln. In meinem Inneren pocht etwas unaufhörlich und nährt die Angst, einen schrecklichen Fehler begangen zu haben.

Iulia lässt mein Handgelenk los und schaut mir tief in die Augen. »Ich bin nicht blind, Helvia«, sagt sie sanft. Mitleid zeichnet sich in ihrer Miene ab.

»Vielleicht könnt ihr alle anderen täuschen, aber ich kenne euch. Mir ist nicht entgangen, wie Lucius dich seit Kurzem ansieht.«

Schlagartig weicht mir das Blut aus dem Gesicht. Mit großen Augen sehe ich sie an, unfähig etwas zu erwidern.

Hörbar atmet sie durch. »Du musst dich von Lucius fernhalten.«

Wie eine tosende Welle treffen mich ihre Worte und erschüttern mich. »Weshalb? Empfindest du etwas für ihn?«

Amüsiert zieht Iulia ihre Mundwinkel in die Höhe. »Für diesen aufgeblasenen Esel?«

Normalerweise würde ich über ihre Bezeichnung lachen. Doch ich spüre, wie meine Magie pulsierend erwacht und auf die Gefühle reagiert, die meine Freundin ausgelöst hat. Wenn Iulia weiß, was Lucius und ich füreinander empfinden, wer dann noch? Furcht breitet sich eiskalt in meinem Inneren aus und vermischt sich mit Verzweiflung, die sich um meine Kehle legt und mir den Atem raubt. Ich habe versucht die Gefühle für Lucius zu unterdrücken und Abstand zu dem Gestaltwandler gesucht. Aber alles war vergebens. Es zieht mich immer wieder in seine Nähe.

»Helvia …«, sagt Iulia und ergreift meine Hände. »Du wirst eines Tages mit einem Gesandten Roms verheiratet, Lucius mit einer Wölfin aus dem Rudel. Und ich …« Sie stößt leidvoll den Atem aus, ihre Mundwinkel wandern nach unten. »Ich muss mich ebenfalls fügen. Wir sind Auserwählte, unser Schicksal steht geschrieben. Niemand fragt, ob uns das gefällt.« In ihren Augen schimmern Tränen. Ich weiß, wie sehr sie sich nach erfüllter Liebe sehnt. Ein Verlangen, das ihr als Baciato verwehrt bleibt. »Die Götter sehen alles, weißt du noch? Ihr werdet nie zusammen sein dürfen. Denk bloß an deine Mutter! Ihr Schicksal hat uns gelehrt uns nicht gegen die Bestimmung zu stellen«, spricht sie weiter.

Sie hätte keine anderen Worte wählen können, um mich mehr zu treffen. Die Trauer um Mutter steigt so schnell in mir auf und reißt mich mit sich, dass ich nichts dagegen unternehmen kann. Gleichzeitig peitscht die Macht auf und schießt durch mich hindurch, um den Schmerz zu ersticken. Sie prickelt auf meiner Haut und breitet sich bis in meine glühenden Fingerspitzen aus. Mit jedem Atemzug erwacht das Beben, das meinen Körper erschüttert, mehr zum Leben. Die Luft um uns herum flirrt. Staub rieselt von der mit floralen Mustern verzierten Decke, als die Magie stoßweise ins Erdreich jagt und den Tempel erzittern lässt. Haarfeine Risse ziehen sich über die wellenförmige Oberfläche der Säulen, die die Decke stützen, und die farbenprächtige Malerei an der Wand, die Hecate an der Seite des Göttervaters Iuppiters zeigt. Im offenen Atrium erheben sich Vögel erschrocken von den Büschen. Wasser schwappt aus dem Becken in der Mitte des innenliegenden Gartens und umspült die bronzene Figur unserer Schutzpatronin, als stünde sie inmitten eines tosenden Meeres.

Iulia reißt die Augen auf, während sie von mir zurückweicht. »Ich will dich doch nur schützen!«

Was darf ich überhaupt noch fühlen? Ich klammere mich an das letzte bisschen Beherrschung in mir. In meinen Ohren rauscht es, ich presse die Lippen aufeinander, in dem Versuch, die Tränen zurückzuhalten. Die Magie will mich vor dem Schmerz, der in meinem Herzen tobt, schützen und mit sich reißen.

»Helvia!« Larentias Stimme durchschneidet die Luft.

Wie aus einem Traum gerissen zucke ich zusammen, mein Blick huscht zur Princeps, die mit strammen Schritten auf uns zuhält.

Auf einen Schlag weicht die Trauer dem Schrecken, dass ich beinahe die Fassung verloren hätte. Mit aller Macht dränge ich die Magie mitsamt meinen Gefühlen in die Tiefen zurück. Sofort endet das Beben des Untergrunds, die Luft kühlt merklich ab. Im Becken glitzert das Wasser friedlich im Sonnenlicht, als wäre nichts geschehen.

Erschrocken sehe ich auf meine Handflächen hinab, bevor ich Iulia betrachte. Schwer atmend starrt sie mich an. In ihrer Miene finde ich keinen Zorn, sondern reine Sorge. Ich weiß nicht, was schlimmer ist.

»Das ... das wollte ich nicht ...«, stottere ich. Um ein Haar hätte sich die Magie gegen meine Freundin gerichtet. Die Verzweiflung darüber versetzt mir einen Stich.

»Da lasse ich euch kurz aus den Augen und ihr reißt beinahe den Tempel ab!« Als Larentia uns erreicht, huscht ihr Blick über die Risse, die sich durch Hecates hübsches Gesicht in der Wandmalerei ziehen, ehe sie uns wild anfunkelt. »Was ist heute bloß in dich gefahren?«, fragt sie mich.

»Es ist meine Schuld«, entgegnet Iulia schnell. »Ich habe Helvia bedrängt.«

Mit gerunzelter Stirn betrachtet Larentia uns. »Habt ihr euch gestritten?«

»Verzeih, Princeps«, entgegnet Iulia bloß.

Mit noch immer rasendem Herzen betrachte ich meine Freundin. Nicht nur der Gedanke, sie in Gefahr gebracht zu haben, quält mich. Es ist die Angst, sie könnte Lucius und mich verraten.

»Helvia?« Abwartend sieht mich Larentia an. Ich spüre, wie aufgewühlt ihre Aura ist.

»Ich hätte die Fassung nicht verlieren dürfen. Es tut mir leid«, sage ich leise und verknote meine Hände ineinander.

Geräuschvoll atmet Larentia aus. »Manchmal habe ich das Gefühl, ihr seid euch eurer Verantwortung nicht bewusst. Du bist eine Baciato«, sagt sie zu Iulia und bohrt ihren Blick in den der Gestaltwandlerin. Dann wendet sie sich mir zu. »Und du bist die Tredecim. Jedes Wesen im Römischen Reich legt sein Leben in eure Hände.«

Betreten senkt Iulia den Kopf. Es liegen so viele unausgesprochene Worte zwischen uns, dass ich das Schweigen, das entsteht, kaum aushalte. Unwohl winde ich mich, als sich zwischen den Schulterblättern ein penetrantes Ziehen ausbreitet.

»Darüber unterhalten wir uns noch in Ruhe«, kündigt die Princeps an, nachdem sie uns argwöhnisch beobachtet hat. »Jetzt seht zu, dass ihr den anderen beim Loseschreiben helft. In drei Tagen nimmt Vulcanus unser Opfer am Vesuv in Empfang. Bis dahin muss alles erledigt sein oder uns trifft sein Zorn. Und das will keine von uns.«

»Gewiss nicht«, bestätigt Iulia und schüttelt sich.

Larentias Worte lösen auch bei mir Schauder aus. Vulcanus zu verärgern wäre fatal.

Mit der Hand weist Larentia in die Richtung, aus der die Stimmen der anderen Wesen zu uns hallen.

Iulia setzt sich in Bewegung, ich folge ihr. Als ich jedoch an der Princeps vorbeigehe, legt sie ihre Hand auf meine Schulter, um mich aufzuhalten.

»Einen Moment.«

Kurz sieht Iulia zu mir zurück, das Gesicht entschuldigend verzogen, bevor sie am Ende des Gangs in einem Raum verschwindet.

Mit einem mulmigen Gefühl im Magen wende ich mich meiner Princeps zu. »Sie hat mich an Mutters Tod erinnert«, erkläre ich.

»Ich weiß«, sagt Larentia und nimmt ihre Hand von meiner Schulter. »Ich habe die Trauer gespürt. Doch damit musst du umzugehen lernen.« Sie seufzt, die Strenge weicht aus ihrer Stimme. »Ich spüre jede Erschütterung deiner Magie, genauso wie die anderen Baciato. Du gleichst momentan einem brodelnden Vulkan und ich bete zu den Göttern, du mögest nicht ausbrechen.«

Schuldbewusst senke ich das Haupt. Larentia legt mir eine Hand gegen die Wange und streicht tröstend über die Haut. Als ich zu ihr aufsehe, lächelt sie nachgiebig.

»Du steckst voller Gefühle, meine kleine Tredecim. Das ist wundervoll, aber es macht dich angreifbar. Für Menschen, die dir schaden wollen, indem sie deinen Kummer ausnutzen. Für die Römer, für ...« Sie verstummt. Kurz wird ihre Miene ernst, ehe die Wölfin wieder ihr sanftes Lächeln aufsetzt. »Wir arbeiten daran. Gemeinsam.«

Stumm nicke ich.

»Verrätst du mir, was dich so beschäftigt, dass es dich aus dem Gleichgewicht bringt?«

Ein Stich schießt durch meine Brust, als würde mir das Herz vor Schreck stehen bleiben. Nur um im nächsten Moment doppelt so schnell weiterzuschlagen. »Es ist nichts.«

»Du weißt, dass du mit mir über alles reden kannst?«

»Natürlich.«

Zweifelnd runzelt sie die Brauen. Larentia kennt mich seit meiner Geburt, sie merkt sofort, dass ich ihr etwas verheimliche. Doch sie scheint vorerst nicht weiter nachhaken zu wollen und nickt. »Die anderen warten auf dich.«

Bevor sie es sich anders überlegen kann, drehe ich mich von ihr fort und gehe los.

»Wollte Lucius zu dir?«, ertönt es hinter mir.

Steif halte ich inne. »Er hat seine Hilfe bei den Vorbereitungen angeboten.« Eine andere Lüge fällt mir auf die Schnelle nicht ein.

»Lucius?« Ihre Verwunderung ist nicht zu überhören. »Es geschehen noch Wunder …«, murmelt sie.

Ohne auf ihre Worte einzugehen, setze ich meinen Weg fort. Die Nähe zu Lucius bringt mich nicht nur aus dem Gleichgewicht, sondern in Gefahr. Und dabei denke ich nicht nur an den Zorn der Götter, der uns beide treffen würde.

***

Meine Schreibfeder kratzt über das Pergament, als ich den letzten Buchstaben des Namens schwungvoll vollende. Die feuchte Tinte glänzt im Licht der Abendsonne, das durch das hohe Fenster in den Raum fällt. Ich lege die Feder beiseite und sehe mich um.

An den übrigen Tischen, die in Form eines Kreises aneinandergereiht sind, schreiben die anderen noch fleißig Namen auf Lose. Mein Blick gleitet an den kunstvoll verzierten Tischbeinen hinab zu den Mosaiken, die über die gesamte Fläche des Bodens rahmenförmige Muster und die vier Elemente abbilden, deren Farben im warmen Licht leuchten. Am Abbild des Feuers verweile ich, bis die Erinnerung an mein Scheitern vorhin wach wird. Wie die aus roten Steinen zusammengesetzte Flamme brennt jetzt Scham heiß in meinem Gesicht. Bevor es die anderen Wesen im Raum sehen können, drehe ich meinen Kopf schnell zu den Schränken aus dunklem Holz, die an einer Wand stehen und in denen unzählige Papyrusrollen aufbewahrt werden. Normalerweise dient dieser Raum dem Studium der Magie- und Götterlehre, dem jeder der dreizehn Geküssten nachgehen muss. In Gedanken an die Zeit, die ich hier schon verbracht habe, schürze ich die Lippen.

Sanft weht der Herbstwind durch die runden Bögen herein und bringt den Duft nach frisch zubereitetem Essen, würzigen Kräutern und gebratenem Fleisch mit sich.

Der Tempel der Hecate liegt als eines der wichtigsten Gebäude der Stadt im Herzen von Pompeji. Menschen und Wesen bevölkern die nahegelegenen Straßen, ihre Stimmen hallen bis zu uns in den Studierraum. Darüber erklingen die Rufe der vielen Arbeiter, die den Häusern bis in die Abendstunden hinein zu altem Glanz verhelfen. Das Klirren von Hammer und Meißel mischt sich darunter. Seit siebzehn Jahren, seit dem schweren Beben bei meiner Geburt, gleicht Pompeji einer riesigen Baustelle. Ich bin es gewohnt, dass tagsüber ein Konzert aus den verschiedensten Geräuschen von den Wänden der Häuser und vielen Tempel widerhallt.

Tief atme ich durch, falte das Papier und lege es zu den anderen in der Schale auf meinem hölzernen Schreibpult. An die einhundert Namen habe ich mittlerweile auf kleine Lose geschrieben. Namen von weiblichen Wesen, die dem Kindesalter entwachsen sind und im Gebiet unseres Zirkels leben. Genau genommen von Jungfrauen, denn nicht weniger verlangt Vulcanus.

Stumm danke ich Larentia, dass sie Hecates Auserwählte, die sich seit Jahrhunderten im Zirkel zusammenfinden, von der Losung ausschließen ließ, als sie den Pakt mit dem Gott eingegangen ist. Durch den Kuss unserer Schutzpatronin besitzen wir die Macht, unser Volk zu beschützen und den Frieden mit den Menschen zu wahren. Wir sind zu bedeutend, um uns zu opfern. Im Gegensatz zu den übrigen jungen Frauen im Süden des Römischen Reiches. Mir wird mulmig, wenn ich daran denke, dass sich in drei Tagen für eine von ihnen alles ändert. Dass von einem auf den anderen Augenblick ihr Schicksal in den Händen eines Gottes liegt, der Gegenstand unzähliger grausamer Geschichten ist. Als Unsterbliche ist Larentia die Einzige in diesem Reich, die Vulcanus bisher begegnet ist, schließlich findet die Zeremonie nur alle hundert Jahre statt. Ihre Warnungen vor dem Temperament und Wankelmut des Gottes begleiten mich seit Jahren. Doch selbst die Princeps weiß nicht, wie es den Frauen ergangen ist, die geopfert wurden. Schauder kriechen meine Arme hinauf und verschaffen mir eine Gänsehaut. Ich will gar nicht daran denken, was der Gott des Feuers einem unschuldigen Lebewesen aus Fleisch und Blut alles antut. Mit einem unguten Gefühl im

Magen starre ich auf den Haufen Pergament in der Schale.

»Bist du fertig?«

Aus den Gedanken gerissen sehe ich zu Iulia auf. Mein Blick gleitet über die Falten ihrer Stola, bevor er auf die mit Flammen bemalte Vase, die sie in Händen hält, fällt.

Ohne ihr zu antworten, kippe ich die Lose hinein. Leise raschelt das Pergament darin, das Gefäß ist bis oben hin gefüllt. In meiner Brust wird es eng. Ich habe das Schicksal der Frauen, deren Namen ich geschrieben habe, besiegelt. Sie werden in Kürze mit klopfendem Herzen und umringt von Schaulustigen im Amphitheater stehen. Jede einzelne wird hoffen, dass es nicht ihr Name sein wird, den Larentia zieht.

»Hoffentlich tun wir das Richtige«, murmle ich.

»Wir besänftigen mit unserem Opfer einen Gott, der das gesamte Römische Reich mit einem einzigen Augenaufschlag zerstören könnte, Helvia.« Geräuschvoll stellt sie die Vase auf meinem Schreibpult ab und lehnt sich darauf, um mich anzusehen. Einzelne, dunkle Strähnen lösen sich aus ihrer Flechtfrisur und fallen ihr ins Gesicht. »Außerdem ist es eine Ehre, einem Gott geopfert zu werden.«

Nachdenklich mustere ich sie. Obwohl sie sich bemüht hat ihre Stimme fest klingen zu lassen, höre ich die Unsicherheit heraus. Ihre Mundwinkel zucken, die Selbstsicherheit in ihrer Miene droht zu kippen. Das bevorstehende Opferfest stellt sie und ihre Familie auf eine harte Probe. Ich würde ihr diese Last gerne nehmen, doch das kann ich nicht.

»Es ist nicht richtig, jemandem ein Schicksal aufzuzwingen«, entgegne ich und meine damit nicht nur das Opferfest.

Tief atmet Iulia durch. Kurz wird ihre Miene weich, Traurigkeit blitzt in den dunklen Augen auf. Sie erkennt, was hinter meinen Worten steckt. Doch dann presst sie verbissen die Lippen aufeinander. »Seit Jahrhunderten wird es so gehandhabt.«

»Nur weil etwas schon immer so gehandhabt wird, heißt es nicht, dass wir es fortführen müssen.« Stur halte ich ihrem Blick stand, während ich von meinem Stuhl aufstehe.

Sie würde vor den anderen nie zugeben, dass sie derselben Meinung ist wie ich.

Iulia richtet sich auf und zieht die schwarzen Brauen hoch. »Hast du einen besseren Vorschlag, wie wir einen uralten Gott besänftigen?«

Um uns herum wird es still, die anderen legen ihre Schreibfedern ab und drehen sich nach uns um. Ich spüre ihre Blicke auf mir, sie machen mich nervös.

Frustriert presse ich die Lippen aufeinander und starre die Vase mit den Losen an. Ich finde keine Antwort auf Iulias Frage.

»Wusste ich es doch«, sagt sie resignierend, als hätte sie sich selbst schon unzählige Male den Kopf darüber zerbrochen. »Wenn es einen anderen Weg gäbe, hätte ihn Larentia längst gefunden.« Tränen schimmern in ihren Augen, langsam beginnen ihre Schultern zu beben. »Wir sollten akzeptieren, dass es Dinge gibt, die nicht in unserer Hand liegen. Auch wenn sie uns das Herz brechen.« Der gequälte Klang ihrer Stimme jagt mir einen stechenden Schmerz durch die Brust.

»Iulia ...«, wispere ich und greife nach ihrer Hand, doch sie entzieht sie mir. Bevor ich weitersprechen kann, schnappt sie sich die Vase und wirbelt herum. Mit schnellen Schritten ist sie an der Tür und stellt das Gefäß so schwungvoll auf dem marmornen Tischchen daneben ab, dass es gefährlich schwankt. Sie achtet nicht darauf und stürmt auf den Gang hinaus.

Schnell springt Milonia auf und greift beherzt nach der Vase, ehe diese kippen und auf dem Boden zerschellen kann. Mit gerunzelter Stirn sieht die Hexe mit dem weißen Haar zu mir. »Was ist denn in Iulia gefahren?«

Geräuschvoll stoße ich den Atem aus. »Ihre Schwester ist vor wenigen Tagen vierzehn geworden.« Mitleidig sehe ich zum Rundbogen, durch den die Wölfin verschwunden ist. »Ihr Name steht auf einem der Lose.«

Betretene Stille folgt auf meine Worte.

Ich bin in Pompeji nicht die Einzige, die mit dem Schicksal hadert. Mit einem unangenehmen Pochen in der Brust lasse ich mich wieder auf den Stuhl sinken und starre auf die mit Tinte getränkte Spitze meiner Schreibfeder. Die Diskussion mit Iulia hat mich mehr getroffen, als ich mir anmerken lasse. Sie wirbelt erneut Gedanken auf, die mich seit Tagen quälen.

Seit meiner Geburt ist mein Leben vorherbestimmt. Geplant von anderen, die etwas Größeres im Blick haben als mein Glück. Von mir wird erwartet, mich zu fügen und es als Ehre zu betrachten, dem Zirkel zu dienen. Ich werde ebenfalls geopfert. Nicht etwa einem Gott, nein, ich werde eines Tages in die Ehe mit einem römischen Gesandten gedrängt, um den Kaiser zu besänftigen und den Frieden durch die Verbindung zwischen Wesen und Menschen aufrechtzuerhalten. Der Gedanke an die Zukunft ist immer wie ein Geschwür gewesen, das in meinem Magen rumort. Doch seit sich meine Gefühle für Lucius geändert haben, zieht sich die Aussicht auf eine arrangierte Ehe wie eine glühende Klinge durch mein Herz.

***

»Sei morgen nicht schon wieder zu spät«, sagt Larentia, als sie mich am Portal des Tempels verabschiedet. Die anderen Baciato sind längst fort.

»Ich konnte nichts dafür. Vater hat mich aufgehalten.« Leise seufze ich. »Er versetzt das gesamte Haus in Aufruhr, weil in wenigen Tagen Gesandte aus Rom eintreffen.«

Larentia schnaubt, während sie das goldene Stoffband, mit dem sie das Haar zurückgebunden hat, zurechtzupft. »Weshalb schickt der Kaiser schon wieder Gesandte nach Pompeji? Wenn er denkt, er könne unsere Feierlichkeiten stören, wird er meinen Zorn zu spüren bekommen!« Energisch senkt sie die Arme, während ein tierisches Knurren aus ihrer Kehle dringt.

»Der Kaiser lässt seine Männer einen weiteren Handel mit meinem Vater abschließen. Das kann anscheinend nicht warten«, erkläre ich und zucke mit den Schultern.

»Sehr lästig, diese Gesandten ...«, murmelt sie. »Deinem Vater muss ich ins Gewissen reden. Er weiß doch, wie bedeutend die bevorstehenden Tage für uns sind und dass wir dich hier brauchen.«

»Rom war ihm schon immer wichtiger als unsere Traditionen.«

»Mehr Macht, Geld und Einfluss, das ist alles, was er will«, spuckt sie aus und verzieht abfällig das Gesicht. »Er ist durch und durch ein Mensch.«

Darauf fällt mir keine Erwiderung ein.

Larentia schüttelt den Kopf. »Ich frage mich bis heute, was deine Mutter geritten hat, als sie sich gegen den Zirkel und für Marcus entschieden hat.«

Ihre Worte sind wie ein Schlag in den Magen. Mein Herz zieht sich schmerzhaft zusammen, als ich an die Folgen der Entscheidung meiner Mutter denke. Doch dieses Mal weise ich die Magie in ihre Schranken, bevor sie aufwallt. Ich will nicht schon wieder jemanden in Gefahr bringen, weil ich die Trauer nicht im Griff habe.

»Verzeih mir, Helvia. Du weißt, wie ich das meine«, sagt Larentia schnell und legt mir eine Hand auf die Schulter. Mit ihrer Berührung sendet sie Magie aus, die sich tröstend um meine Seele schmiegt und mir hilft, die Gefühle zu beherrschen.

»So verkehrt ist Vater nicht …« Mutter hätte sich nicht für ihn entschieden und sich gegen ihre Bestimmung gestellt, wenn er es nicht wert gewesen wäre.

Anstatt darauf zu antworten, hebt Larentia zweifelnd die Augenbrauen. Mutters Tod wird auf ewig zwischen ihr und meinem Vater stehen. Ich muss mir keine Illusionen machen, dass sie sich eines Tages vertragen.

»Bis morgen«, sage ich und hauche ihr einen Kuss auf die Wange. In diesem Moment ist sie nicht die Princeps, sondern meine Patentante, die mir seit Jahren versucht eine Mutter zu ersetzen.

Liebevoll betrachtet sie mich. Als sie mir mit der Hand sanft über die Wange streicht, wandert wohlige Wärme durch mein Inneres. »Pass auf dich auf, kleine Tredecim.«

Nach einem flüchtigen Nicken lasse ich Larentia vor dem Tempel zurück und laufe über den Vorplatz, auf dem eine steinerne Statue von Hecate auf einem Sockel thront. Flüchtig lasse ich die Hand über den glatten Stein streifen und bitte die Göttin in Gedanken um ihren Schutz, ehe ich mich in den Strom von Menschen und Wesen einfüge, die durch die Straßen ziehen. Beinahe Schulter an Schulter laufe ich durch die viel zu schmal gepflasterten Gassen, zu deren Seiten Häuser in die Höhe ragen. Manche fügen sich aneinander, andere, prunkvollere Villen, sind etwas nach hinten versetzt. Unter den von Säulen gestützten Vordächern finden sich Grüppchen zusammen, in denen hitzig diskutiert wird. Von einem Balkon aus ruft eine Frau nach ihren Kindern, die laut lachend durch die Menge flitzen, ehe sie durch die offen stehende Tür ins Hausinnere schlüpfen.

Mein Blick schweift über die Schriftzüge, die emsige Helfer auf Hauswände gemalt haben, um für die anstehende Wahl des Vorsitzenden des Stadtrates Stimmung zu machen und für die Kandidaten zu werben. Ich schnaube, als ich Vaters Namen entdecke. Er muss Unsummen ausgegeben haben, damit sein Name überall in der Stadt zu lesen ist.

Wenige Häuser weiter haben Kinder das Alphabet geübt, indem sie Buchstaben mit Kreide auf die Steinmauern geschrieben haben. Der Anblick entlockt mir ein Schmunzeln, als ich mich an meine eigenen ersten Schreibversuche erinnere.

Abgelenkt von meinen Kindheitserinnerungen bemerke ich erst im letzten Moment einen berittenen römischen Soldaten, dessen Pferd scheut und nervös durch die Gasse tänzelt. Schnell springe ich zur Seite und werde von den Eisenschienen seines Brustpanzers geblendet. Wütend über so viel Rücksichtslosigkeit setze ich meinen Weg fort. Pompeji ist ein Ort des Friedens, Menschen und Wesen leben in Einklang miteinander.

Endlich kommt Vaters Haus in Sicht. Rötlich braun schimmern die Ziegel der zweistöckigen Villa in der Abendsonne und bilden einen Kontrast zu den hellen Säulen, auf denen die Last des Obergeschosses ruht. Das Licht unzähliger Öllampen empfängt mich, als ich mein Zuhause betrete. Es beleuchtet die bis zur Decke bemalten Wände des Eingangsbereichs und betont das Abbild eines beladenen Handelsschiffes, das über das Meer steuert. Wie in vielen Häusern Pompejis dringt das Tageslicht nur spärlich durch die kleinen Fenster und Löcher in den Wänden ins Innere.

Erleichtert seufze ich, dass mich Stille empfängt und aus dem Gang, der zum Atrium und den restlichen Räumlichkeiten führt, keine Geräusche dringen. Am Morgen, bevor ich aufgebrochen bin, glich unser Zuhause einem geschäftigen Ameisenhaufen. Vater findet ständig neue Aufgaben für die Dienerschaft, damit es den Gesandten an nichts fehlt, wenn sie in wenigen Tagen eintreffen. Am liebsten würde ich mich im Tempel einquartieren, bis unser hoher Besuch wieder nach Rom zurückkehrt.

Meine Sandalen verursachen dumpfe Töne auf dem Mosaikboden, auf dem kein Körnchen Staub zu sehen ist. Die Säulen, die von wellengleichen Mustern durchwirkt sind, erstrahlen in hellem Grau. Farbenprächtige Blumen in kunstvoll bemalten Vasen verströmen ihren lieblichen Duft. Vater scheut weder Kosten noch Mühe, um die Gesandten zu beeindrucken. Er hat sogar jemanden beauftragt, die Freskenmalereien an den Wänden im Eingangsbereich und im Tablinum, wo Vater seine Gäste empfängt, aufzufrischen.

Schritte ertönen. Eilig will ich mich in meine Räumlichkeiten zurückziehen, doch ich komme nicht weit. Vater taucht im Gang auf, der den Eingangsbereich mit dem westlichen Teil des Hauses verbindet, und entdeckt mich.

Bei meinem Anblick lächelt er strahlend. »Helvia, liebste Tochter, wie gut, dass du zurück bist.« Mit ausgebreiteten Armen kommt er so schwungvoll auf mich zu, dass die Tunika und der rote Umhang bei seinen Bewegungen wallen.

Sein Enthusiasmus bringt mich zum Lachen. »Weshalb freust du dich so, dass ich zu Hause bin?«

»Darf sich ein Vater nicht über die Gesellschaft seiner Tochter freuen?« Sein Lächeln wirkt plötzlich schief. Unbeholfen tätschelt er mir die Schultern, sein Blick aus braunen Augen huscht über mich. Skeptisch mustere ich ihn. Die Gesichtsmuskeln unter dem dunklen Bartschatten zucken, nervös befeuchtet er sich die Lippen.

»Du brauchst meine Hilfe«, murmle ich. »Sag bitte nicht, dass es die römischen Gesandten betrifft.« Grimmig verziehe ich das Gesicht.

»Dieser Besuch ist eine Ehre und kein Grund, so mürrisch dreinzublicken«, sagt er in tadelndem Tonfall und tritt einen Schritt zurück. »Die Gesandten treffen morgen Abend ein und ich erwarte, dass du anwesend bist.«

Geräuschvoll ziehe ich den Atem ein. »So kurz vor dem Opferfest? Du weißt, dass der Kaiser alles unternimmt, um unsere Traditionen zu stören.«

Vater übergeht meine Fassungslosigkeit. »Der Besuch des Herrn Präfekt und des Legatus Tiberius hat nichts mit Vulcanus und eurem Fest zu tun, sondern einen viel erfreulicheren Grund.« Aufgeregt zucken seine Mundwinkel.

»Und der wäre?« Eine ungute Vorahnung verknotet mir den Magen und pocht unangenehm in meiner Brust.

Vater ergreift meine Hand und tätschelt sie liebevoll. »Legatus Tiberius sucht nach einer Ehefrau und der Herr Präfekt muss ihm in höchsten Tönen von deiner Schönheit vorgeschwärmt haben. Der junge Gesandte aus Rom will sich selbst ein Bild von dir machen. Er erwägt, dich zur Frau zu nehmen, Helvia! Es wäre für uns nur vorteilhaft. Dem Legatus soll eine bedeutsame politische Laufbahn bevorstehen.« Die Worte sprudeln förmlich aus seinem Mund. Seine Augen leuchten wie die eines kleinen Jungen. »Weißt du, was das für unser Haus bedeutet? Legatus Tiberius soll ein Günstling des Kaisers sein!« Seine Stimme überschlägt sich regelrecht, während ein penetrantes Rauschen in meinen Ohren einsetzt, das Vaters letzte Worte fast verschluckt.

Mir wird heiß und kalt zugleich. »Ich dachte, der Herr Präfekt soll einen neuen Handel mit dir abschließen.« Meine Stimme klingt eintönig. Mit einem Mal verstehe ich. »*Ich* soll diesen Tiberius heiraten?«

»Das sind wunderbare Neuigkeiten, findest du nicht?« Vater zieht mich an sich, um mich in seine Arme zu schließen.

Steif lasse ich es geschehen. Ich bin vor Schock wie erstarrt, unfähig etwas zu erwidern. Vaters Worte kreisen in meinem Kopf, dennoch würde ich sie gerne als Einbildung abtun. Das ist gerade nicht passiert!

Zittrig ziehe ich den Atem ein, Schluchzer mischen sich darunter und erschüttern mich. Pulsierend erwacht die Magie und schießt heiß durch meinen Körper. Wie benebelt bin ich unfähig auf das Rufen der Macht zu reagieren.

Sanft schiebt Vater mich von sich, seine Hände um meine Oberarme geschlungen. Verwirrung zeichnet sich auf seiner Miene ab, als er mich mustert. »Du freust dich gar nicht.«

Die Starre fällt von mir ab, mein pochender Herzschlag drängt den Schrecken nieder. Übrig bleibt nur noch Zorn. Zorn darüber, dass andere entscheiden, mit wem ich den Rest meines Lebens verbringen soll. Grob befreie ich mich aus Vaters Griff und stolpere von ihm fort. Mit geballten Fäusten halte ich seinem Blick stand.

Streng verzieht er das Gesicht. »Du weißt doch, dass diese Ehe einem höheren Zweck dient. Es war Larentias Entscheidung, dich an einen römischen Gesandten zu verheiraten.«

Seine Worte machen es nicht besser und schüren die Wut, die ich schon so lange in mir trage. Es ärgert mich, dass er sich rauszureden versucht. »Dennoch ist es auch in deinem Sinne, wenn du im Ansehen des Kaisers aufsteigst«, werfe ich ihm vor. Meine Lippen beben. Tränen brennen in den Augen und lassen Vaters Gestalt hinter einem schimmernden Vorhang verschwinden.

»Helvia! Unterstellst du mir, dich für meine Zwecke zu benutzen?«

»So wie Larentia es auch tut? Ja.«

Vater schüttelt den Kopf. Trotz der Tränen erkenne ich den Schmerz in seiner Miene. »Mit keinem Wort hast du angedeutet, dass du mit deiner Bestimmung haderst.«

»Welche Wahl hatte ich denn?« Eine Träne stiehlt sich aus dem Augenwinkel und rinnt heiß über meine Wange. »Ich muss mich fügen, wenn ich nicht wie Mutter enden will.« Meine Stimme bricht. Stechender Schmerz zieht mir die Brust zusammen. Ich klammere die Finger in der Höhe meines Herzens um den Stoff der Stola.

Rauschend fließt Magie durch meinen Körper und bringt ihn zum Glühen, als würde sie all den Schmerz aus mir herausbrennen wollen. Die Luft im Empfangsbereich beginnt vor Hitze zu flirren. Schweißperlen stehen auf Vaters Stirn. Doch was mich tief im Inneren trifft, sind die Tränen, die auch in seinen Augen schimmern.

»Ich werde nicht zulassen, dass dich dasselbe Schicksal ereilt wie deine Mutter.« Seine Stimme ist belegt. »Wir wissen beide, dass niemand vor dem Zorn der Götter davonlaufen kann.« Seine Miene verschließt sich, streng betrachtet er mich. »Lehne den Legatus nicht ab, bevor du ihn kennengelernt hast. Vielleicht berührt er dein Herz.«

»So wie du Mutters Herz berührt hast? Nein, Vater ...« Steif schüttle ich den Kopf. »Liebe kann man nicht erzwingen.«

»Hier geht es um Größeres als Liebe, Helvia.«

Dass mein eigener Vater die Ziele des Zirkels und seine eigenen über mein Glück stellt, bricht mir das Herz.

»Du wurdest dein Leben lang darauf vorbereitet, einen Fremden zu heiraten«, erinnert er mich und tritt einen Schritt auf mich zu. »Bisher hast du dich nie beklagt oder Widerwillen gezeigt. Wir wussten beide, dass dieser Tag kommen würde. Was ist geschehen, Helvia? Weshalb brichst du bei dieser freudigen Nachricht in Tränen aus? Die Ehe mit dem Legatus ist für alle von Vorteil. Es könnte dich schlimmer treffen.«

Mein Herz pocht so kräftig, dass es mich mit jedem Schlag erschüttert. Vielleicht hätte ich mich gefügt und mit einem Leben ohne Liebe zum Wohle des Friedens arrangiert. Wenn da nicht diese Gefühle für Lucius wären.

Stumm schüttle ich den Kopf, während ich von Vater zurückweiche. Ich habe die Kontrolle längst verloren. Lockend pulsiert die Magie in mir und streckt ihre Fühler ins Erdreich aus. Meine Fußsohlen prickeln, als ich die Wellen spüre, die sich durch den Untergrund ziehen. Vater scheint es ebenfalls zu bemerken, denn er sieht auf den Boden hinab, die Stirn besorgt gerunzelt.

»Verzeih mir, Vater«, wispere ich. Ich ertrage seine Nähe und sein Unverständnis nicht. In mir herrscht ein zu großes Durcheinander, um meine Magie noch länger im Zaum zu halten. Getrieben von der Furcht, meinem Vater zu schaden, wirble ich herum und stürme zum Eingangsportal.

»Wir können nicht vor unserem Schicksal davonlaufen«, ruft er mir hinterher, als ich ins Freie renne.

Hastig wische ich mir die Tränen von den Wangen, bevor ich mir einen Weg durch das Treiben auf den Straßen suche. Schaulustige Blicke folgen mir, doch ich versuche sie zu ignorieren und starre auf den gepflasterten Weg, der zwischen den eng beieinanderliegenden Häusern hindurch führt. Mein Herz schlägt immer schneller, während die Magie aufwallt und ich am liebsten vor Überforderung schreien möchte. Ich remple gegen einen Mann, der mich an den Schultern packt und meinen Fall damit verhindert.

Besorgt sieht er mich an. »Geht es dir gut?«, fragt er.

Schluchzer stecken im Hals fest, ich kann ihm nicht antworten. Es fühlt sich an, als schlänge jemand die Finger um meine Kehle und erschwerte mir das Atmen. Ich schüttle die Hände des Mannes ab, ertrage seine Berührung nicht. Mit großen Augen starre ich ihn an, während ich rückwärts von ihm zurückweiche. Dann wirble ich herum und renne davon. Bei jedem Tritt spüre ich die Erschütterung im Erdreich. Panik flammt in mir auf. Wenn ich jetzt die Kontrolle über die Magie verliere, werde ich zu einer Gefahr für die Menschen und Wesen in Pompeji.

Ich muss hier weg! Muss raus aus der Stadt, weg von den Leuten, die nicht ahnen, dass ich ein brodelnder Vulkan bin.

Die rettende Stadtmauer liegt vor mir, da spüre ich eine Aura, die mir das Herz zerreißt. Als sie sich nähert, renne ich noch schneller, um ihr zu entkommen. Lucius nach der Neuigkeit zu sehen würde mich den letzten Funken Fassung kosten.

Ich laufe davon. Nicht vor meinem Schicksal, sondern den Gefühlen, die mich nur ins Unglück stürzen.

KAPITEL 5

2018 n. Chr., Aci Castello

Seit vier Tagen regt sich die Magie nicht mehr. Marias Rune scheint ein Wundermittel zu sein. Es fühlt sich an wie vor dem Abend, an dem sich mein ganzes Leben verändert hat. Kein Tiger, der im Inneren die Krallen wetzt und versucht sich gegen das Gefängnis zu werfen.

Nur hat sie ihre Drohung, dass ich zunächst mehr über die magischen Wesen und die göttliche Magie lernen muss, wahr gemacht. Der Stapel aus dicken Wälzern wird neben dem Bett mit jedem Tag größer – genauso wie meine Verzweiflung. Seit dem gemeinsamen Training bin ich kein einziges Mal vor der Tür gewesen. Obwohl sie es nicht ausdrücklich gesagt hat, bezweifle ich, dass wir einen erneuten Versuch starten, ehe ich nicht all diese dicken Schmöker verinnerlicht habe.

Mir war bewusst, dass ich nicht viel von Sizilien sehen würde. Dass ich aber nicht einmal die Chance habe, meiner Affinität zum Wassers nachzugeben, setzt mir mehr zu, als ich zugeben will. In Deutschland war der kleine Teich in unserem Garten ein Anker für mich. Immer wenn meine Gedanken zu viel wurden, wenn ich Ruhe haben wollte … Es hat mich immer dorthin gezogen. Die einzige Quelle, die ich jetzt für die Nähe zu meinem Element habe, ist der Wasserhahn.

Freudlos lache ich und schlucke den Kloß in meinem Hals runter, dessen Gewicht das Heimweh in mir weckt. Diese Bücher hätte ich auch zu Hause lesen können. Dafür hätte Maria sie nur zur Post bringen müssen. Dann wäre ich bei meiner Familie, anstatt in der Ferne an ein kleines Haus gefesselt zu sein.

Ich starre auf die Buchstaben, die leicht verblasst sind. Es ist nicht so, dass die Hintergründe der Magie nicht spannend sind – im Gegenteil, sie faszinieren mich. Vor allem weil die Geschichte etwas in mir bewegt. Etwas, das sich anfühlt, als wäre mir all dies bekannt und nur verschollen in den Untiefen meines Unterbewusstseins. Fast wie ein Déjà-vu. Trotzdem habe ich das Bedürfnis, das nächste Buch, das mir Maria in den Schoß wirft, gegen die Wand zu schmeißen. So viel, wie in den letzten Tagen, habe ich noch nie zuvor gelesen, nicht einmal für die Schule.

Gelangweilt und frustriert kaue ich an meiner Lippe und blättere um. Langsam beginnen die Worte vor meinen Augen zu verschwimmen. Zu den unendlich, vielen Buchstaben gibt es zum Glück abstrakte Illustrationen, die passend zum Textabschnitt gewählt sind, sodass ich mir die Erlaubnis erteilt habe, manche Absätze zu überspringen – was ich Maria niemals sagen würde.

Mein Handy vibriert und ich öffne wie ferngesteuert die Nachricht. Ein herrlicher Strand, das wilde Meer und die Sonne, die aussieht, als würde sie im Wasser versinken, bohren sich in meine Netzhaut und wecken ein sehnsuchtsvolles Ziehen im Herzen.

Sophia:
Ich hasse euch!

Alex:
Gott, lässt dich deine Oma noch immer nicht raus?

Sophia:
Leider nein ... Wenn ich noch ein Buch lesen muss, dann werde ich irre.

Leonie:
Ich bezweifle, dass du von Wissen verrückt wirst.

Sophia:
Ich kann dir bald das Gegenteil beweisen.

Alex:
Sorry, @Leonie, da muss ich Sophia recht geben. Genie und Wahnsinn liegen sehr nah beieinander.

Leonie:
Ihr stellt euch beide an! Bücher haben noch niemandem geschadet.

Sophia:
Es sind Lehrbücher ...

Leonie:
Oh.

Sophia:
Ja, oh. Ich kriege die Krise. Und irgendwie scheint sie immer neue Bücher hervorzuzaubern ...

Alex:
Vielleicht wirst du ja wie die Maus aus Pinky und der Brain.

Sophia:
Du glaubst, ich bekomme einen extrem großen Schädel?

Mein Blick wandert zu dem offenen Fenster, durch das eine sanfte Brise hereinweht, die den salzigen Geruch des Meeres mit sich trägt. Sehnsuchtsvoll flattert mein Herz in der Brust. Ich will raus. Die Sonne genießen und den Wind spüren.

Alex:
Eigentlich meine ich eher, dass du deine Flucht planen sollst. Aber das Bild stelle ich mir lustig vor!

Sophia:
Das ist keine üble Idee ...

Leonie:
Du kannst doch nicht von deiner Oma abhauen! In einem Land, dessen Sprache und Gegend du nicht kennst.

Alex:
Sie soll ja nicht gleich ein Straßenkind werden.

Sophia:
Ich stimme Alex zu. Nur mal kurz frische Luft schnappen.

Ein wahnwitziges Kribbeln setzt sich in meinem Bauch fest, das heftiger wird, umso länger ich über den Plan nachdenke. Maria geht immer früh ins Bett, das bedeutet, dass ich es vielleicht noch schaffe, den Sonnenuntergang am Meer zu beobachten. Ich stehe auf und lehne meine Ellenbogen auf die Fensterbank, um mir den Wind ins Gesicht wehen zu lassen. Etwas anderes zu sehen als die alten, dicken Wälzer hört sich traumhaft an.

Nachdenklich trommle ich mit den Fingern auf das Holz. Eine Stimme, die verdächtig nach meiner Mutter klingt, rät mir, es nicht zu tun. Die Sicherheit, die Maria bietet, nicht zu riskieren. Immerhin kann es sein, dass die Rune nur hält, weil im Haus keinerlei Reize auf mich einfließen.

Ein kurzes Bild vom Unfall flackert vor meinem inneren Auge auf, das ich hastig wegblinzle. Der Abend, der mein ganzes Leben auf den Kopf gestellt und mich dazu verdammt hat, außergewöhnlich in einer Gesellschaft zu sein, die eh schon besonders ist. Ich reibe mit Zeigefinger und Daumen über meine Stirn. Aber ich halte es nicht länger aus. Ich fühle mich wie eine Gefangene in Marias vier Wänden, die sie Zuhause nennt.

Ich bin ihr dankbar, dass sie mich aufgenommen hat und lehrt, mit diesem Kuss der Göttin umzugehen. Doch ich brauche einen Tapetenwechsel, zumindest für einen kleinen Moment. Im Haus wirkt alles ruhig. Als ich in Richtung des Flurs durchs Zimmer sehe, erkenne ich nirgendwo mehr Licht.

Mein Handy vibriert auffordernd auf der Fensterbank und ich schaue auf das Display. Eine Nachricht von Leonie leuchtet mir entgegen.

Leonie:
Mach es nicht. Deine Großmutter wird dich nicht einsperren wollen, rede mit ihr und du kommst sicherlich nach draußen.

Ich verziehe die Lippen zu einer Grimasse. Ich liebe Leonie. Trotzdem kann ich nicht die Wahrheit mit ihr teilen. Sie versteht nicht, wieso ich hier bin oder was genau an dem Abend passiert ist. Obwohl sie so belesen ist, geht sie davon aus, dass es ein Beben war. Mitten in Deutschland. Ich stoße ein Schnauben aus. Für nichts und niemanden auf der Welt würde ich meine Freundinnen eintauschen, doch dass sie genauso wie der Rest glauben, dass es ein Erdbeben war, zeigt nur, dass die Menschen nicht an Übernatürliches glauben wollen. Sie brauchen die Logik, die Rationalität, die ihnen Sicherheit gibt. Ich bin in ihrem Leben eine Variable, die sie weder begreifen noch verstehen.

Dank dieses Abends bin ich das sogar für andere Hexen und das wird so bleiben, wenn ich nicht lerne den Kuss zu kontrollieren. Deswegen brauche ich diesen Ausflug. Nicht nur damit ich einen Tapetenwechsel bekomme, sondern um zu lernen mit Reizen umzugehen und die Rune nicht in Anspruch zu nehmen. Ich will mir selbst beweisen, dass ich ihrem verlockenden Sog entkomme. Dass ich keine Marionette dieser Macht bin, die mir Hecate aufgebürdet hat. Dass ich wieder zurück zu meinen Eltern und dem Leben kann, das ich davor geführt habe.

Es ist besser, um Verzeihung zu bitten, als um Erlaubnis. Zumindest hat mir das meine echte Großmutter mal ins Ohr geraunt, als Mama und Papa nicht in Hörweite waren.

»Ach, scheiß drauf«, stoße ich hervor und wende mich von der Fensterbank ab.

Ich raffe meinen Mut zusammen und öffne vorsichtig die Zimmertür. Für ein paar Augenblicke horche ich in den Treppenflur, höre aber nichts. Kein

Geklapper von Töpfen oder das Rascheln von Kräutern, die Maria trocknet. Ich lehne meine Tür an und tapse auf Zehenspitzen über den Flur, in dem Maria ebenfalls ihr Zimmer hat. Ihre Tür ist geschlossen und kein Laut dringt daraus hervor. Nicht einmal Licht ist durch die Ritzen zu sehen.

Die Treppen knirschen leise und tief, während ich vorsichtig nach unten gehe. Als ich die letzte Stufe erreicht habe und mein Tor in die Freiheit nur noch eine Armlänge von mir entfernt ist, halte ich kurz inne, um zu lauschen. Doch kein verräterischer Ton ist in dem Haus zu hören. Hastig stürze ich auf die Eingangstür und öffne sie. Kühler Wind begrüßt mich und ich fröstle ein bisschen in dem leichten T-Shirt und der kurzen Stoffhose. Doch das ist mir egal. Wenn ich jetzt noch einmal umkehre, werde ich wahrscheinlich nicht erneut den Mut haben, Marias unausgesprochene Regeln zu brechen.

Ich schiebe die Fußmatte zwischen Tür und Rahmen, damit sie nicht zufällt. Nur ein kleiner Spalt bleibt zurück, durch den sich hoffentlich kein Einbrecher stiehlt. Wobei ich mir vorstellen kann, dass dieser Jemand es bereuen wird – und danach ich.

Kurz verharre ich an der Schwelle. Das ist wahnwitzig. Mein Blick gleitet über die Schulter ins Innere. Sollte Maria mich erwischen, wird sie mich an dieses Haus bannen, bis ich sterbe, und selbst dann werde ich wohl in dem Gebäude spuken. Ich sehe wieder nach vorn.

Die Laternen der Straße erhellen die Umgebung und ich bilde mir ein, in der Ferne das Rauschen der Wellen zu hören. Mir fehlt das Wasser. Meine Magie ist dem Element zugeneigt und ich sehne mich nach der reinigenden Wirkung des Wassers, nach der Ruhe, die es ausstrahlt.

Ich hole tief Luft und stoße mich von der Tür ab. Der Geruch des Meeres weist mir den Weg. Es ist ein befreiendes Gefühl, endlich wieder herumzulaufen. Ich atme tief ein und schließe für wenige Herzschläge die Augen, spüre den Wind, der über meine Haut streift.

Nur ein paar Minuten Fußweg trennen mich vom Meer. Am Strand angekommen beobachte ich die im Wasser verschwindende Sonne. Ein Pärchen spaziert am Ufer an einer Gruppe Jugendlicher vorbei, die mit einem Ball spielt und sich gegenseitig auf Italienisch befeuert. Auf meinen Lippen breitet sich ein Lächeln aus und ich schlüpfe aus den Schuhen, um die Zehen ins noch warme Nass zu tauchen.

Das Gefühl der Steine, die unter meinen Füßen glatt und kalt auf dem Grund des Meeres liegen, ist beruhigend. »Bei den Göttern, tut das gut«, murmle ich.

Das Wispern des Meeres dringt durch jede Pore und ich fühle geradezu, wie sich meine Energie auflädt. Ich spaziere weiter, genieße, wie mit jeder leichten Welle das Meer an meiner Haut leckt. Die Magie in mir ist ruhig. Kein Tiger, der seine Krallen an dem Käfig wetzt, in den Maria und ich ihn gesperrt haben. Nichts als selige Ruhe, die mit jedem Schritt durch das Wasser tiefer in mich sickert. Ich bleibe stehen, richte den Blick Richtung Horizont und beobachte, wie der rote Feuerball in der schier unendlichen Weite des Meeres versinkt. Hier gehöre ich her. Nicht an Bücher gefesselt in dem staubigen Zimmer. Hierhin. Ruhe erfasst mich, die ich schon seit Tagen nicht mehr gespürt habe.

»Hey! *Pericolo!*«

Ein Schlag gegen meinen Hinterkopf lässt mich nach vorn stolpern. Gerade eben kann ich noch verhindern mit dem Gesicht voran ins Wasser zu fallen.

»Was zum …?!«, rufe ich und fasse mir an den Kopf, an dem ein brennender Schmerz zurückgeblieben ist. Mit brodelnder Wut im Magen drehe ich mich um und funkle die Jugendlichen an, von denen sich mir einer nähert.

Plötzlich regt sich etwas in mir. Es ist erst ein zaghaftes Ziehen, als wollte die Magie mich erinnern, dass sie noch existiert. Erschrocken halte ich inne, als sich der Tiger aufrichtet. Angst schießt durch meine Adern, kühlt die Wut in mir ab und schlagartig wird mir eiskalt. »Scheiße, nein!«, zische ich.

Die Magie übermannt mich. Sie streckt ihre Pranken aus, schabt mit ihren Krallen über die Rune, um sich einen Weg in die Freiheit zu bahnen. Ohne darüber nachzudenken, haste ich los. Ich muss hier weg!

Panik rast durch meine Venen und befeuert die Kraft. Die Macht greift nach mir. Die Rune hat im Laufe der Tage stärker nachgelassen, als ich befürchtet habe. Das berauschende Aroma der Magie breitet sich auf meiner Zunge aus. Sie verführt mich – trotz der intakten Rune.

»Nein!« Die Furcht zerfrisst mich und die Magie macht sich meine Schwäche zunutze. Ich weiß, dass ich diese hemmenden Gefühle von mir schieben, diese Kraft willkommen heißen muss, um sie zu kontrollieren. Das kann ich jedoch nicht – nicht jetzt. Verdammt! Ich hätte bei Maria bleiben sollen.

»*Aspettare!*«, ruft eine männliche Stimme hinter mir.

Ich blicke über die Schulter, stolpere und falle längs auf die Erde. Scharfe Steinkanten schaben die Haut auf und hinterlassen brennende Striemen. Ich kneife die Augen zusammen, als der Schmerz durch meinen Körper schießt. »Mist!«

Die Macht schlägt abrupt ab und zieht sich zurück. Alles ist wie verraucht. Verwirrt blinzle ich und horche. Nichts. Als hätte die Situation gerade nur in meinem Kopf stattgefunden.

»*Va tutto bene?*«, fragt mich ein Junge, der in meinem Alter sein muss und vor mir stehen bleibt. Perplex sehe ich zu ihm auf. Seine braunen Augen mustern mich besorgt, als er mir seine Hand hinhält.

»Was?«

Er runzelt die Stirn. »Du kommst aus Deutschland?«

Ich ergreife seine Finger und er zieht mich hoch. »Ähm ... ja.« Verwirrt von seinem plötzlichen Sprachwechsel mustere ich den Jungen.

Was ist da gerade passiert? Warum hat sich die Magie so schlagartig zurückgezogen? Ich bin erleichtert darüber, kein Pulverfass mehr zu sein, das bei der nächsten Kleinigkeit explodiert. Vor allem weil ich mir nicht vorstellen will, was Maria mir antäte, wenn ich wegen eines dummen Fehlers ihre Heimat den Erdboden gleichmache.

Der fremde Junge schenkt mir ein kleines, entschuldigendes Lächeln. »Wir wollten dich nicht erschrecken oder dir wehtun. Alles in Ordnung?«

An irgendwen erinnert mich der Junge. Ich runzle die Stirn und überlege, wo ich ihn schon gesehen habe.

»Alles okay? Oder habe ich etwas im Gesicht?«, fragt er amüsiert, als ich nicht antworte.

»Du bist der Junge vom Flughafen!«, fällt es mir siedend heiß ein.

Überrascht blinzelt er, als wüsste er nicht, wovon ich rede, bis seine Augen sich ein Stück weiten. »Götter, ich habe dich umgerannt.«

Bei seinem Ausruf stocke ich kurzzeitig. Götter? Ich wusste nicht, dass auf Sizilien die Menschen noch an die alten Götter glauben. »Genau.« Ich verschränke meine Arme vor der Brust.

Seine dunkelbraunen Haare wellen sich in leichten Locken, die verspielt von seinem Kopf abstehen. In mir kommt der Wunsch auf, hineinzugreifen, um zu fühlen, ob sie so samtig sind, wie sie aussehen.

»Ich habe wohl eine umwerfende Wirkung auf dich.« Seine Mundwinkel zucken verräterisch.

»Bitte?«, frage ich und reiße die Augen auf.

»Entschuldigung, das war vielleicht zu früh.« Er stößt ein nervöses Lachen hervor. »Ich bin Nevio. Meine Freunde nennen mich Nev«, antwortet er feierlich und deutet eine Verbeugung an.

Ich hebe die Augenbrauen in die Höhe. »Und *ich* sollte jetzt gehen.« Zwar ist die Magie ruhig, aber sicher, dass sie nicht zurückkommt und mich zu einer machthungrigen Marionette macht, die nicht mehr unterscheiden kann, wer Freund und Feind ist, bin ich mir nicht.

»Warte! Du solltest so spät nicht mehr allein unterwegs sein. Lass mich dich begleiten und es gutmachen, dass ich scheinbar bei jedem Treffen so umwerfend bin. Okay?«

Seine Worte versetzen mich in Staunen. Mir fällt keinerlei Erwiderung darauf ein, weswegen ich seine Bemerkung gekonnt übergehe. »Also meinst du, es ist sicherer, mit einem Fremden abends nach Hause zu laufen anstatt allein?«

Nevio grinst. »Ja. Glaubst du etwa nicht?«

»Nein. Du solltest mich in Ruhe lassen und zu deinen Freunden zurückgehen.«

»Ich denke, ich habe was bei dir gutzumachen. Oder nicht?«

Ich verkneife mir ein Stöhnen. »Wenn du mich jetzt in Ruhe lässt, vergesse ich alles, was bisher passiert ist.«

Ein Grinsen breitet sich auf seinen vollen Lippen aus. In meinem Bauch zieht sich etwas zusammen, dass ich so nicht einordnen will; zumindest nicht für ihn.

»Wer sagt denn, dass du mich vergessen sollst?«

»Was?«, frage ich komplett überrumpelt. So offensichtlich hat noch nie jemand mit mir geflirtet. Schweiß sammelt sich an meinen Handflächen und ich unterdrücke den Reflex, sie an der Stoffhose abzuwischen.

»Lass mich dich nach Hause bringen, ja? Dabei gebe ich mir Mühe, dass du mich kennenlernst. Dann gehst du auch nicht mit einem Fremden nach Hause – Problem gelöst!« Er zwinkert mir fröhlich zu und sein Lächeln wird noch ein Stück breiter.

Ich runzle die Stirn. »Du lässt nicht locker, oder?«

»Nein, bei so was bin ich wie ein Terrier, der sich festgebissen hat. Aber ich verspreche hoch und heilig, dass ich mich benehmen und dich nicht zu Fall bringen werde.«

»Okay«, gebe ich nach. Seine Nähe ist irgendwie ... beruhigend und es fühlt sich nicht an, als müsste ich Angst vor ihm haben.

»Und wie heißt du?«

Ich beiße mir auf die Lippe, will ihm schon meinen Namen sagen, doch dann halte ich inne. »Ich verrate ihn dir, wenn du Wort hältst.«

»Das klingt nach einem Deal. Abgemacht.«

Ein kleines Lächeln breitet sich auf meinen Lippen aus. »Gut. Also, Nevio, wer bist du?«

»Meine Mutter würde sagen, ich sei *Diavolo* in Person. Dabei bin ich bloß ein Schüler und Aushilfskellner in unserem Familienbetrieb.« Er legt seinen Zeigefinger an sein markantes Kinn, an dem ein leichter Bartwuchs zu sehen ist, während ich den Weg zu Maria vorgebe. »Hm, was kann ich noch zu mir erzählen? Ich bin gerade achtzehn geworden.«

»Deine Familie betreibt ein Restaurant?«, hake ich nach.

»Ja, meine Mutter hat seit gefühlten Ewigkeiten ein sehr angesehenes Bistro, in dem ich aushelfe, wenn sie mich nicht zum Lernen verdonnert.«

Ich schmunzle kurz. »Das kenne ich. Meine Eltern sind auch sehr ...«

»Dominant?«, hilft er mir aus, als ich nicht auf das Wort komme.

Ich nicke, wobei ein kurzer Stich der Sehnsucht in mein Innerstes fährt. Momentan würde ich beinahe alles geben, um wieder nach Hause zu können, an meinem eigenen Schreibtisch oder dem kleinen Teich zu lernen und dabei den Blick meiner Mutter im Rücken zu spüren. »Ja, dominant, wenn es um Schulbildung geht.«

»Schrecklich, oder? Ich kann kaum glauben, dass ich irgendwas davon in meinem späteren Leben benötige.«

»Nein, das denke ich nicht. Nur die Noten.«

Er hebt die Augenbrauen und sieht zu mir runter. Nevio überragt mich um einen halben Kopf, es ist ein angenehmer Größenunterschied. Vor uns kommt Marias Haus in Sicht. In einem Fenster leuchtet Licht. Ich bleibe stocksteif stehen. »Verdammt.«

Nevio sieht zu dem Haus. »Warte, du wohnst bei *Signora Grassi?*«

»Du kennst sie?«

»Ja, sie und Mutter verstehen sich gut. Ich wusste gar nicht, dass sie Besuch bekommt.«

»Sie ist meine Großmutter«, springe ich vorschnell ein, bevor er noch etwas anderes sagen kann.

Er runzelt die Stirn. »*Signora Grassi* hat doch ...« Überrascht weiten sich seine Augen. »Du bist eine Hexe?«

Meine ganzen Muskeln im Körper spannen sich an. Schlagartig verwandelt sich mein Mund in eine Wüste. »Was?«, bringe ich mit piepsiger Stimme hervor.

Wie konnte es sein, dass er es nach so wenigen gemeinsam gewechselten Worten erkennt, aber meine Freundinnen, mit denen ich das halbe Leben verbracht habe, vollkommen ahnungslos sind?

Nervös sehe ich mich um, ob noch jemand anderes unser Gespräch mitbekommen haben könnte. Doch wir sind zum Glück allein in der kleinen Gasse, die Marias Haus mit dem Rest der Siedlung verbindet.

Nevio schnüffelt auf einmal offensichtlich an meinem Oberteil. Hastig stoße ich ihn weg.

»Was zum Teufel ...?«, frage ich aufgebracht und spüre wieder die Hitze, die gleichzeitig Kälte in mir weckt. Ich kneife die Augen zusammen und schlinge die Arme um den Rumpf. »Scheiße«, keuche ich. Anscheinend war die Magie niemals weg, sondern nur überdeckt von anderen Gefühlen und dem Schock vom Sturz.

»Was ist los?«, fragt Nevio und beugt sich zu mir.

»Geh weg!«, rufe ich und krampfe mich zusammen, als könnte ich die Magie so zurückhalten, die sich wie ein Orkan alles aneignet. Ich versuche mich gegen die Macht zu wehren, die so verführerisch nach mir ruft.

»Weg von ihr!«, fordert eine zweite Stimme, die mir bekannt vorkommt.

Ich sehe auf und begegne Marias Blick, der selbst Orcus, dem römischen Gott der Unterwelt, in Angst und Schrecken versetzen würde.

»Ich kann doch nicht ...«

»Verschwinde, Nevio, oder ich rufe deine Mutter an, dass du fremde Mädchen belästigst«, warnt Maria den Jungen und greift nach meinem Arm, um mich hochzuziehen.

»Ich habe sie nicht ...«

»Verschwinde!«, zischt die oberste Zirkelhexe, greift um meinen Oberarm und zerrt mich in Richtung ihrer geschützten vier Wände.

Als die Tür hinter ihr zuknallt, verfrachtet sie mich direkt auf den kleinen Stuhl im Flur. »Du *stupido* Kind!«

Ihre Finger sind warm, als sie das T-Shirt hochreißt und meinen Rücken entblößt. Sofort fühle ich ihre ausgestreckte Hand, die sich auf die erhitzte Haut legt und plötzlich fährt ein blindmachender Schmerz durch meine Glieder. Reflexartig strecke ich den Rücken durch. Ein Schrei gellt durch meine Kehle.

Der Kuss der Göttin will nicht eingesperrt werden. Stattdessen krallt sich die Magie in die Eingeweide, um dem Käfig zu entkommen, den Maria in meinem Inneren erschafft.

»Was hast du dir nur gedacht?«, schnauzt Maria mich an.

Ich ignoriere ihre Worte. Noch immer verschnüren mir Angst und Panik die Kehle und lassen kaum zu, dass ich mich auf die Eindämmung der Magie konzentriere. Der Boden grollt gefährlich unter meinen Füßen. Wind bauscht sich um meine Glieder.

»Kontrolliere es!«, höre ich Marias Befehl.

Wenn ich es könnte, würde ich es tun! Ich schließe die Augen und plötzlich ... Stille. Die Rune ist fertig. Schweiß benetzt jede Zelle meines Körpers.

»Du *stupido* Kind«, schilt mich die Anführerin des Zirkels erneut und lässt sich erschöpft gegen die Wand sinken. »Wieso bist du gegangen?«

Ich ringe nach Worten, die meine Tat richtig erscheinen lassen, doch egal wie ich die Buchstaben im Kopf sortiere, alles klingt nach einer billigen Ausrede. »Ich brauchte frische Luft«, gebe ich kleinlaut zu.

Maria schnauft. »Das ist es dir wert, unschuldige Leben aufs Spiel zu setzen?«

Ich beiße mir auf die Lippe. Erschöpft fahre ich durch meine Haare. Sie sind vom Schweiß feucht. »Es tut mir leid«, murmle ich leise.

»Das sollte dir mehr als nur leidtun«, staucht Maria mich zusammen. »Du hast alle Menschen, die hier leben, in Gefahr gebracht! Nur weil du frische Luft brauchtest.«

Ihre Kritik ist berechtigt. Ich fühle mich unsagbar mies und ihre Worte machen es nicht besser. Im Gegenteil, sie sind wie Peitschenhiebe, die mich noch weiter runterdrücken.

»Das war nicht meine Absicht. Ich ... ich dachte ...«

»Du sollst nicht denken. Sondern lernen und keine Angst mehr vor dem Geschenk der Göttin haben«, unterbricht mich Maria. Sie seufzt und fährt sich durch ihr graues Haar. »Geh ins Bett. Wir reden morgen«, schiebt sie versöhnlicher nach, was alles nur schlimmer macht.

Ich habe versagt. Auf ganzer Linie. Die Kraft der Göttin Hecate lässt sich nicht unter Kontrolle bringen – vor allem nicht, wenn mir bei den Ausmaßen, die ich erreichen kann, die Knie schlottern.

KAPITEL 6

POMPEJI IM JAHRE 79 N. CHR.

Das hektische Treiben in den Straßen Pompejis liegt längst hinter mir, trotzdem renne ich, als wären die Götter höchstpersönlich hinter mir her. Ich will so viel Abstand wie möglich zwischen die Stadtbewohner und mich bringen. Bei jedem Atemzug sticht es in der Seite. Als mir nur noch vereinzelt Reisende auf der Straße nach Oplontis begegnen, werde ich langsamer. Aber stehen bleiben kann ich nicht, obwohl meine Beine zittern. Es treibt mich fort von der Stadt mit ihren Verpflichtungen und Erwartungen.

Tief atme ich durch. Der Duft von wilden Kräutern und Pflanzen steigt mir in die Nase. Darunter mischt sich der salzige Geruch des Meeres, der vom Wind über die Küste getragen wird. Wenn ich die Augen schließe, meine ich die Wellen rauschend auf den Strand rollen zu hören. Die Geräusche, die ich trotz der Einsamkeit wahrnehme, besänftigen das Gefühlschaos in mir und gleichzeitig meine Gabe. Wenn ich die magischen Fühler ausstrecke, höre ich nicht nur das Rauschen der Wellen, sondern auch das Rumpeln der Erde, während sich abertausende Ameisen durch den Untergrund graben. Sowie das Rascheln der Pflanzen und Schleifen der Halme, die in der sanften Brise aneinanderreiben, und das Säuseln des Windes, der vom Meer her über das Festland zieht. Die Magie verbindet mich mit der Natur und deren Wundern. Aus den Elementen ziehe ich Stärke und Ruhe.

In nicht allzu weiter Ferne ragt der Vesuv wie ein finsterer Riese in den dämmernden Himmel. Den Blick auf den Gipfel des Vulkans gerichtet sinke ich auf den Boden und schlinge die Arme um meinen Oberkörper. Obwohl ich bewusst die Einsamkeit gesucht habe, fühle ich mich mit einem Mal zu einsam. Allein gelassen mit der Last zu wissen, was mich erwartet.

Wie gerne wäre ich so unwissend wie die Menschen. In den Tiefen des Vesuvs lauert eine Gefahr, die nur Wesen kennen – das Tor zu Vulcanus' Reich.

In drei Tagen wird die Auserwählte den Gott begleiten. Sie wird ihre Familie und Freunde nie wiedersehen. Vielleicht sogar Menschen, denen sie verbotenerweise ihre Liebe geschenkt hat.

Eine Träne stiehlt sich aus meinem Augenwinkel, rinnt die Wange hinab und tropft auf den Erdboden, als ich mich nach vorne beuge und mit den Händen abstütze. Ich weiß einfach nicht, was ich tun soll. Es fühlt sich so unwirklich an, dass mir der Kopf schwirrt. Doch der stechende Schmerz, den jeder Herzschlag in meine Brust aussendet, beweist, dass mein Albtraum Wirklichkeit geworden ist. Ich wurde zu einer pflichtbewussten und folgsamen Tochter und Hexe erzogen, doch nun begehrt alles in mir beim Gedanken an diese Heirat auf.

Schlagartig erstarre ich. Mein Herz schlägt schneller, mit aufgerissenen Augen starre ich auf den Boden. Die Arme, mit denen ich mich abstütze, zittern. Ich war zu tief in Gedanken versunken, um zu bemerken, wie er sich nähert. Jetzt spüre ich seine Aura hinter mir wie einen drohenden, brodelnden Sturm. Sein Geruch liegt in der Luft. Er erinnert mich an Erde mit ihren herben und wilden Duftnoten. Seine Schritte knirschen auf dem Untergrund, als er in mein Blickfeld tritt und vor mir in die Hocke geht.

Angespannt schließe ich die Hände zu Fäusten, schramme mit den Fingern über die Erde, bis sich Dreck unter den Nägeln sammelt. Mein Körper bebt. Ich schaffe es nicht, ihm ins Gesicht zu sehen. Stattdessen starre ich auf seine Hand, mit der er sich am Boden abstützt.

»Was ist passiert?« Die Sanftheit in seiner Stimme bedroht meine Fassung, die ich nur mit Müh und Not aufrechterhalte.

»Nichts.«

Kurz herrscht Stille, reglos verharrt Lucius. Mein eigener Herzschlag dröhnt in den Ohren, während ich überlege, ob ich ihn fortschicken oder bei ihm Halt suchen soll.

Er beugt sich zu mir vor und legt eine Hand an meine Wange. Zärtlich streicht er dabei mit den Fingerspitzen über meine Haut. Mit nur sanftem Druck bringt er mich dazu, zu ihm aufzusehen. Sorgenvoll hat er die Brauen zusammengezogen. »Ist zwischen dir und Larentia etwas vorgefallen?«

Kaum merklich schüttle ich den Kopf. Seine Berührung ist wie Balsam für meine Seele sowie Qual zugleich.

Geräuschvoll atmet er durch. »Wieso rennst du dann mit Tränen in den Augen durch die Stadt, als wäre jemand hinter dir her?« Zärtlich streicht er mir das Haar hinter das Ohr. Als seine Fingerspitzen an meinem Hals hinabstreifen, wandern zarte Schauer über meine Haut.

Wenn ich die Neuigkeit jetzt ausspreche, wird sie zur erschreckenden Wirklichkeit. Jedoch wird er sie irgendwann erfahren, ob ich will oder nicht. »Morgen Abend trifft der Präfekt in Pompeji ein.«

»Deshalb ist meine Mutter so schlecht gelaunt«, folgert Lucius und nickt. Während ich nach den richtigen Worten suche, beobachtet er mich aufmerksam.

»Ein römischer Gesandter begleitet ihn. Ein Legatus Tiberius. Er … ist auf Brautschau.«

Mehr muss ich nicht sagen, Lucius versteht sofort. Er versteift sich, finstere Schatten huschen über seine Augen und verdunkeln sie.

»Du sollst ihn heiraten?« Seine Stimme bebt. An seinen angespannten Gesichtsmuskeln erkenne ich, wie mühevoll er sich beherrscht.

»Wenn ich seinen Ansprüchen genüge.«

»Und das wirst du«, raunt er, begleitet von einem Grollen, das den Tiefen seiner Kehle entspringt. Seine Aura wird so dunkel und wild, dass ich fürchte, er könnte sich jeden Augenblick in einen Wolf verwandeln. Er ballt die Hand, mit der er sich abstützt, zur Faust und schlägt damit krachend auf den Boden ein.

Beruhigend lege ich ihm eine Hand auf den Unterarm. Dabei tobt in mir genauso ein Sturm wie in ihm. »Wir wussten beide, dass der Tag kommt, an dem ich Larentias Pakt mit dem Kaiser erfüllen muss. Ich war dumm zu träumen, es könnte anders sein.«

Stumm starrt er auf meine Finger, während er mit dem Kiefer mahlt und sichtlich mit sich hadert. Dann sieht er zu mir auf, sein Blick wird sanft, die Gesichtszüge weich. Auch seine Aura kommt zur Ruhe. »Es muss nicht beim Träumen bleiben, Helvia«, flüstert er, rutscht näher und ergreift meine Hände. Es ist das erste Mal, dass wir auf ernsthafte Art und Weise über uns reden. Über eine Zukunft, die nie sein wird.

Ein Stich fährt durch meine Brust. »Doch, das muss es, Lucius. Wir sind beide dazu verdammt, uns den Plänen und Wünschen unserer Eltern zu fügen.«

»Ich füge mich niemandem!«

»Wir dürfen das nicht, Lucius«, sage ich, als ich daran denke, wie Larentia auf unsere Rebellion reagieren würde.

»Was dürfen wir nicht? Uns lieben?« Durchdringend sieht er mich an.

Schauer schießen durch meinen Körper und lösen ein Flattern im Magen aus. Alles in mir ist in Aufruhr. Die Magie reagiert auf das Toben in meinem Herzen, doch noch kann ich sie besänftigen. »Du liebst mich?«, frage ich, die Stimme kaum mehr als ein Hauchen.

Quälend lange erscheint es mir, bis Lucius die Lippen zu einem liebevollen Lächeln verzieht. »Ich liebe dich schon lange, Helvia«, sagt er. Das Funkeln in den Augen, die flüssigem Harz gleichen, zieht mich in seinen Bann. Alles in mir sehnt sich danach, in seinem Blick zu versinken und zu vergessen.

So schnell, dass ich nicht reagieren kann, zieht er mich in seine Arme und neigt den Kopf, bis seine Lippen meine fast berühren. Sein Atem kitzelt auf meiner Haut. Zu deutlich spüre ich seinen kräftigen Herzschlag. Sein Körper bebt.

»Tu das nicht …« Ich stemme eine Hand gegen seine Brust und sehe ihm in die Augen. »Du weißt nicht, ob ein Kuss nicht ausreicht, um die Götter zu erzürnen.« So sehr ich mich danach sehne und so oft ich davon geträumt habe, nie haben wir uns geküsst. Jedes Mal, wenn er mir so nah kam, dass sich unsere Lippen beinahe berührten und mir das Herz in der Brust fast zersprungen wäre, habe ich ihn aufgehalten. Aus Angst vor dem Zorn der Götter, die nicht zulassen, dass ich von meinem vorgeschriebenen Weg abkomme.

»Es quält mich, dir nicht nahe sein zu können, Helvia«, wispert er an meinen Lippen. »Es ist mir egal, wen Larentia für mich als Braut auserwählt hat. Ich will nur dich.« Er legt seine Hand über meine, die noch immer an seiner Brust ruht, und verwebt unsere Finger miteinander. »Wir gehen fort. Weit weg von Pompeji und dem Zirkel, und fangen neu an. Ich brauche kein Rudel, über das ich herrschen kann. Mit dir zusammen zu sein ist das Einzige, was ich will.«

Mein Herz müsste zerspringen vor Glück und Liebe, doch es schmerzt. So sehr, dass ich es mir am liebsten aus der Brust reißen würde. Leicht neige ich den Kopf, bis ich meine Stirn gegen Lucius' sinken lasse. »Ich würde dich sofort begleiten. Doch egal wie weit wir gehen, Larentia würde uns finden.« Ich lehne mich zurück, kühl streicht die Luft über mein Gesicht. Wenn ich jetzt keinen Abstand zu Lucius gewinne, werde ich es nie schaffen.

Mit einem traurigen Ausdruck sieht er mich an. Er weiß selbst, dass uns sein Vorschlag nur ins Verderben führen würde. »Und wenn wir ihren Segen hätten?«

Zweifelnd runzle ich die Stirn. »Den wird sie uns niemals geben. Du weißt, wie stur sie an Regeln festhält. Ich bin Teil der Abmachung mit Rom«, entgegne ich gequält. Verbissen presse ich die Lippen aufeinander, während ich gegen den Frust ankämpfe, der mir die Kontrolle über meine Mimik entreißen will. Es fällt mir so schwer, nicht in Tränen auszubrechen. Als ich weiterspreche, klingt meine Stimme angestrengt. »Und es ist nicht nur Larentia, die uns im Weg steht. Die Götter haben diesen Pakt gesegnet und sie sehen es nicht gerne, wenn sich Auserwählte gegen ihre Bestimmung stellen. Entweder erfülle ich meine Rolle in der Abmachung oder ich darf mich wie die Baciato an niemanden binden.«

»Einzig gebunden an die Götter …«, zitiert er die göttlichen Regeln und schnaubt. »Der Zirkel kann nicht ewig an diesen verdammten Traditionen festhalten.«

»Er tut es aber. Larentia tut es.« Es zerreißt mir das Herz, als ich eine Entscheidung treffe, um Lucius und mich zu schützen. »Wir haben keine Wahl«, wispere ich und sehe ihm tief in die Augen. »So sehr ich auch wünsche, es wäre anders.«

»Wir haben immer eine Wahl, Helvia.«

»Nein, haben wir nicht«, erwidere ich resigniert und streiche mit den Fingern durch sein Haar, das ihm bis zu den Ohren reicht, während ich ihm ein entschuldigendes Lächeln schenke. »Ich trage es Larentia und Vater nach, dass sie über meine Zukunft bestimmen. Trotzdem will ich ihnen nicht das Herz brechen, indem ich Mutters Fehler wiederhole und auf grausame Weise sterbe.«

»Also brichst du lieber mir das Herz?« Sein eisiger Blick bohrt sich tief in mein Innerstes.

In meiner Brust wird es eng. Wieso muss dieser Wolf nur so stur sein? »Es würde auch dich verletzen, wenn ich sterbe, oder?«

Er presst die Lippen zu schmalen Linien zusammen. Doch er schüttelt den Kopf. »Du wirst nicht sterben.«

»Sei nicht töricht, Lucius. Auch du kommst nicht gegen die Macht der Götter an, wenn sie mich strafen.«

»Du gibst einfach auf?«

»Lucius ...«

Schwungvoll erhebt er sich und sieht auf mich hinab. Zornig verzieht er das Gesicht. »Nein, Helvia. *Ich* werde uns nicht aufgeben! Noch bleibt Zeit, um mir etwas einfallen zu lassen. Es muss einen Weg geben, wie wir das Schicksal ändern können. Es muss!« Seine Aura wandelt sich so schlagartig, dass ich zurückweiche. Die Stärke und Macht, die auf mich zurollen und wie eine Welle über mir zusammenschlagen, bringen mich zum Japsen. Innerhalb eines Atemzuges wandelt sich Lucius' Gestalt in einen gigantischen Wolf mit glänzend schwarzem Fell. Augen so dunkel wie die finsterste Nacht blicken zu mir zurück, bevor Lucius in seiner Wolfsgestalt davonsprintet.

Mit wild klopfendem Herzen sehe ich ihm nach, Tränen brennen in meinen Augen.

Lucius würde für mich sein Rudel aufgeben und sein Leben riskieren. Verflucht, er liebt mich ebenso wie ich ihn!

Mit seinem Geständnis hat er mich weiter ins Unglück getrieben. Wie soll ich mein Schicksal akzeptieren, wenn ich weiß, dass er für mich – für uns – kämpft?

Mit aller Kraft versuche ich die aufkommenden Tränen zurückzuhalten. Doch meine Beherrschung bekommt Risse. Die Magie brodelt, erst leicht, dann immer kräftiger, bis sie mich beben lässt. Sie will mich vor den Schmerzen bewahren, die mich quälen.

Tief grabe ich die Finger ins Erdreich, suche nach der Ruhe des Elements. Meine Muskeln zittern, Tränen tropfen auf den Boden und verschwinden in den Grashalmen, die die Ebene bedecken. Mit jedem Herzschlag wächst die Magie in mir. Als ich das Gefühl habe, innerlich bersten zu müssen, schreie ich den Schmerz und Frust hinaus. Meine Stimme klirrt in den Ohren.

Schlagartig endet das Zittern. Hitze schießt durch meinen Körper und bringt die Luft um mich herum zum Flirren. Die Trauer weicht der Wut. Wut darüber, mir wie eine Spielfigur vorzukommen, während ich mir nichts sehnlicher wünsche, als selbst über mein Leben zu bestimmen. Flammen entstehen wie aus dem Nichts und schweben wie Insekten um meinen Körper, bevor sie mich in einen gleißend hellen Kokon hüllen. Es fühlt sich an, als schwebte ich über dem Erdboden. Steif richte ich mich auf, jeder Muskel meines Körpers ist zum Zerreißen gespannt.

Ein weiteres Mal schreie ich die Gefühle hinaus, dieses Mal zorniger. Dabei schlage ich mit der Faust auf den Untergrund. In dem Augenblick, in dem ich den Boden berühre, reißt sich meine Magie von den Fesseln und schießt ins Erdreich. Eine gewaltige Druckwelle geht von meinem Schlag aus. Es kracht und knackt, als sich unter meiner Faust der Boden teilt und ein Riss entsteht. Hektisch weiche ich zurück und beobachte mit großen Augen, wie er sich ausbreitet und sich zügig und schlängelnd wie ein Reptil in Richtung der Stadt vorarbeitet. Ein dunkles Grollen zieht sich durch das Erdreich. Mein Herz bleibt stehen. Der Schreck kühlt die Hitze so schnell ab, dass mir schwindelt. Ungelenk rapple ich mich auf und starre auf die Erdspalte, die sich unaufhörlich ausdehnt und dabei immer weiter auf Pompeji zuhält.

Mein Arm zittert, als ich ihn ausstrecke und versuche die Kontrolle über die Magie zurückzuerlangen. Mit verbissener Miene starre ich zum Horizont, an dem sich meine Heimat erstreckt.

»Halte ein!«, rufe ich und lege jegliche Strenge in meine Stimme. Ich bebe, die Magie begehrt auf. Sie will die Menschen in Pompeji büßen lassen, die mich so verletzt und aus dem Gleichgewicht gebracht haben.

»Das lasse ich nicht zu«, grummle ich und beiße die Zähne zusammen. Ich spanne die Muskeln in meiner Hand so sehr an, dass ich die Finger zu Krallen krümme. Schweißperlen stehen mir auf der Stirn.

Endlich reagiert die Magie auf meinen Willen und umspült meinen Körper wie eine Welle, bereit von mir geformt zu werden. Sie hält inne – und mit ihr der Riss. Erschöpft stoße ich den Atem aus.

Ich sinke auf den Boden und starre mit Tränen in den Augen zur Stadt. Vater, meine Freunde, meinen Zirkel – sie alle habe ich in Gefahr gebracht. Weil ich in Selbstmitleid zerflossen bin. Bin ich zu egoistisch, weil ich glücklich sein will? Die Gefühle für Lucius bringen mich durcheinander. Seit sie erwacht sind, ist meine Magie unbeständig. Oder bin ich es, die unberechenbar ist?

Ich wische mir mit dem Handrücken die Tränen von den Wangen, ehe ich die Hand vor den Ausgangspunkt der Erdspalte lege. Tief atme ich ein und besinne mich auf die Magie. Meine Gefühle sperre ich in mir ein. Mit dem Blick folge ich dem Riss. Unter meiner Handfläche pocht es, als ich die Magie mit dem Element Erde verbinde. Ein Krachen arbeitet sich durch den Untergrund, als sich die Spalte schließt. Nur ein feiner Riss zeugt von der Naturgewalt, die ich ausgelöst habe. Das darf nie wieder geschehen.

Geräuschvoll stoße ich den Atem aus und erhebe mich.

Ich mache mich auf den Weg zur Stadt, doch nach wenigen Schritten erfasst mich eine Unruhe. Schlagartig spüre ich eine mir unbekannte Aura. Sie drängt sich auf und strotzt nur so vor Kraft und Macht, dass mir ein Schauder über den Rücken läuft. Ich klammere die Hände um den Gürtel, der meine Stola um die Taille rafft, und drehe mich zum Vesuv um, dessen Masse sich dunkel vor dem Abendhimmel absetzt. Ein rot glühendes Leuchten schwebt über dem Gipfel. Es pulsiert im Takt meines Herzschlages, als rufe es nach mir. Der Anblick bannt mich. Was hat dieses Licht zu bedeuten? Auf einmal schlägt die Faszination um und hinterlässt in mir ein ungutes Gefühl. Angst kriecht durch meine Knochen. Es kann kein Zufall sein, dass die Erscheinung wie wallendes Feuer aussieht und ausgerechnet über dem Tor zu Vulcanus' Reich schwebt.

Ein heißer Windhauch erfasst mich und wirbelt durch mein offenes Haar. Ich habe den Eindruck, als stünde jemand hinter mir und atmete in den Nacken. Die fremde, machtvolle Aura ist mir so nah, dass sich in meinem Magen ein Knoten bildet. Ich drehe mich um, doch niemand ist zu sehen. Dennoch kann ich nicht aufatmen, das Gefühl der Bedrohung prickelt auf der Haut wie eine ungewollte Berührung.

Ich sehe erneut zum Vesuv zurück und erstarre. Das Leuchten breitet sich aus, bis es den gesamten Gipfel verschlingt. Es verändert sich und formt sich zu einer rot glühenden Wolke, die den Hang des Vulkans wie eine gewaltige Walze aus Licht hinab rollt. Obwohl sie die Natur unversehrt lässt, spüre ich, dass sie mich nicht verschonen wird.

Panik wallt in mir auf und braust durch mein Inneres. Die Wolke nähert sich so rasend, dass sie mich in wenigen Atemzügen verschlingen wird, wenn ich hierbleibe. Ein Ruck geht durch meinen Körper, ich raffe die Stola, wirble herum und renne auf Pompeji zu. Mir wird es eng in der Brust. Ich bin nicht schnell genug! Die Magie zupft an meinem Bewusstsein, ich lasse sie zu und forme sie zu Wind, der über die Ebene fegt. Er rauscht um meinen Körper und schiebt mich voran, bis ich in unglaublicher Geschwindigkeit fast über den Boden fliege. Ich wage es nicht, zurückzuschauen. Das brauche ich auch nicht, denn ich spüre sie – die glühend heiße Wolke, die sich rasch nähert, und mit ihr diese Aura, die mir den Atem raubt.

Mein Herz rast, während es mir wie eine Ewigkeit erscheint, bis ich endlich die Stadtmauer erreiche und in den Schutzkreis des Zirkels eintauche. Erst jetzt lässt das Gefühl, gejagt zu werden, nach. Der Wind flaut ab, ich habe wieder festen Boden unter den Füßen. Mein Atem geht schwer, als ich zum Vesuv zurücksehe, der in der Ferne wie ein Riese aufragt. Die Wolke ist verschwunden, als wäre sie nie da gewesen. Ich muss mehrfach blinzeln. Der Vulkan sieht so unscheinbar aus wie immer. Habe ich mir alles nur eingebildet? Eine ähnliche Aura habe ich noch nie zuvor gespürt. Selbst Larentias strahlt nicht solch eine unbändige Macht aus.

Mein Herz rast noch immer, als würde ich verfolgt werden. Ich lege mir eine Hand auf die Brust und versuche meinen Atem zu kontrollieren. Diese

Aura ... Sie ist eines Gottes würdig. Aber das ist unmöglich. Es sind doch noch drei Tage bis zum Opferfest! Wie kann Vulcanus so früh aus den Tiefen seines Reiches aufsteigen? Und warum hat mich diese Wolke gejagt? Der Gedanke lässt meine Nackenhärchen zu Berge stehen. Die Vorstellung, Vulcanus in wenigen Tagen am Gipfel des Vesuvs gegenüberzustehen, lässt mich erschaudern. Durch die Kostprobe seiner Macht ahne ich, wie verheerend sein Zorn sein wird, wenn wir ihn nicht mit unserem Opfer besänftigen. Vulcanus hat mich das Fürchten gelehrt. Vielleicht war genau das seine Absicht.

Kapitel 7

2018 n. Chr., Aci Castello

Mein Blick klebt an der weißen Decke. Ich bin in einer Starre, kann mich nicht bewegen. Sobald ich nach unten gehe, werde ich den Ärger meines Lebens bekommen – vollkommen zu Recht.

Ich lege den Unterarm auf die Stirn. Brennende Tränen steigen in mir hoch, die ich hastig runterschlucke. Der Scham über mein gestriges Verhalten ist in den letzten Stunden wie eine Monsterwelle gewachsen, bis sie mich verschlungen hat. Es war eine egoistische und vollkommen sinnlose Aktion, die nicht nur mich, sondern auch andere in Gefahr gebracht hat. Das ist mir so klar wie nie zuvor. Ich bin eine Schande für den Zirkel der Hexen. Und eine noch größere Blamage für Hecate.

Mit einem Seufzen richte ich mich auf und werfe einen Blick auf das Handy.

Alex:
Sophia, was ist los? Wieso meldest du dich nicht?

Leonie:
Hat sie dich doch erwischt? Melde dich bitte!

Ich beiße mir auf die Lippe. Sie können nichts dafür. Leonie hat sogar versucht mich davon abzuhalten. Aber ich kann die Ablenkung nicht gebrauchen. Sie jeden Tag anlügen zu müssen, ihnen etwas zu erzählen, was nicht einmal ansatzweise der Wahrheit entspricht, kostet Kraft, die ich in die Kontrolle der göttlichen Kräfte stecken muss. Ich mache einen tiefen Atemzug.

Sophia:
Mir geht es gut. Ich brauch Zeit für mich. Also wundert euch

nicht, wenn ich erstmal nicht antworte. Habt einen schönen Urlaub!

Schnell schreibe ich meiner Mutter ebenfalls, dass alles okay ist, ich das Handy aber ausmache, damit ich mich dem Training mit Maria widmen kann. Das Display in meiner Hand wird schwarz. Ich weiß gar nicht, wann ich jemals freiwillig offline war – wahrscheinlich noch nie.

Ich fahre mir durchs offene Haar, stehe auf, schlüpfe in frische Kleidung und schleiche nach unten, wo ich Maria schon hantieren höre. Der Kloß in meinem Hals wird mit jedem Schritt größer, den ich mich der Küche nähere.

»Was hast du zu deiner Verteidigung zu sagen, Kind?«, erkundigt sich Maria, ohne mich eines Blickes zu würdigen, als ich im Türrahmen stehen bleibe.

Für eine kurze Weile schweige ich, in der Hoffnung, dass sie sich umdreht, doch vergeblich. »Es gibt keine Rechtfertigung für mein Verhalten«, sage ich leise. Jegliche Kraft ist aus meiner Stimme gewichen. Wie konnte ich nur so dumm sein? »Ich habe damit Menschen in Gefahr gebracht, die ich geschworen habe zu beschützen. Ich bin eine Hexe, die wegen egoistischer Wünsche beinahe alles zerstört hat …« Meine Kehle schnürt sich bei den Worten zu. »Der Zirkel sollte mich verbannen.«

Endlich dreht sich Maria zu mir um und mustert mich. Ihr Blick bohrt tief in mein Innerstes. Unwohl winde ich mich, halte ihr jedoch stand.

Mir tut es leid – unendlich. Leonie hatte absolut recht, als sie meinte, dass ich mit Maria hätte sprechen sollen. Diese Kräfte sind zu groß und wenn ich könnte, würde ich sie hier und jetzt an jemanden geben, der besser damit umgehen kann.

Auf einmal seufzt sie und senkt den Blick.

Erst jetzt fällt mir auf, dass ich die Luft angehalten habe, und ziehe hastig den dringend benötigten Sauerstoff in die Lungen.

»Selbst wenn wir wollten, wir können dich nicht aus dem Zirkel werfen. Hecate hat dir die Kräfte der Tredecim vermacht. Den Kuss, der mit nahezu gottgleichen Mächten versetzt ist. Sie hat etwas mit dir vor und wir müssen abwarten, was dies sein wird.«

Das Unwohlsein rumort in meinem Magen. Mir gefällt das nicht. Absolut nicht. »Etwas mit mir vorhaben?«

»Hast du denn nichts aus den Büchern gelernt?« Maria deutet mir, mich auf einen Stuhl am runden Küchentisch zu setzen. Sie lässt sich ebenfalls auf einen freien Platz sinken und verschränkt ihre Finger miteinander, ehe ihr bohrender Blick sich erneut auf mich richtet. »Hecate war die erste Göttin, die uns wahrgenommen hat. Die in unseren Kräften und Möglichkeiten keinen Fluch, sondern eine Gabe gesehen hat. Sie hat unsere Vorfahren aufgenommen und ihnen eine Heimat ermöglicht. Doch die Menschen waren der Meinung, dass die anderen Götter Flüche über uns gelegt hätten. Sie wollten uns vernichten, um das Wohlwollen dieser zu erlangen.«

»Das weiß ich«, erinnere ich sie. »Das steht nicht nur in den Büchern, die du mir zum Lesen gegeben hast.«

Selbst wenn die Hexen in Deutschland eher für sich bleiben und ihre Traditionen nicht so ausleben wie auf Sizilien, kenne ich die alten Geschichten. Jedes Jahr zum Vollmond im Mai geben wir Hexen ein Fest des Dankes für die Göttin, wo unsere Verbindung zu Hecate gefeiert wird, damit jede Generation der Hexen niemals vergisst, was wir der Göttin zu verdanken haben. Wir nehmen das Fest ernst, denn das ist der einzige Zeitraum, in dem mehrere Hexenfamilie zueinanderfinden und sich austauschen.

»Lass mich ausreden, du ungeduldiges Kind«, ermahnt mich Maria. »Als Hecate bemerkte, dass diese vielfältigen Außenseiter, die sie lieb gewonnen hatte, in Gefahr waren, wählte sie diejenigen, deren Herzen voller Mut und Kampfwille, aber auch gefüllt von Güte waren. Sie gab ihnen ein unvergleichliches Geschenk. Einen Teil ihrer eigenen, unerschöpflichen Macht. Es waren zunächst zwölf, die für ihre Leute kämpften. Die Wesen, die sich Baciato nennen. Eine Mischung aus göttlicher Macht und ihren eigenen Kräften – heute bin ich eine von ihnen. Doch die Menschen gewannen die Oberhand. Die anderen Götter – allen voran Diana, die schon immer eifersüchtig auf Hecate war – mischten sich ebenfalls ein und schickten ihre eigenen Krieger ins Feld. Beinahe unterlagen wir, doch bevor es so weit kam, erwählte Hecate noch eine weitere Person und schenkte ihr einen beachtlichen Teil ihrer Kräfte. Der allererste Tredecim schaffte es mit einer Attacke, die feindlichen Armeen zu zerstreuen, um uns Wesen zu schützen.«

Ich sehe Maria mit großen Augen an. Das muss ein Scherz sein. Mit einer einzigen Attacke gelang es dem Tredecim, jegliche Feinde zu vernichten? Mir wird schwindelig bei dem Gedanken, dass ich diese Macht besitzen soll.

»Selbst wenn ich wollte, könnte ich dich nicht ausstoßen. Nach fast zweitausend Jahren gibt es endlich wieder eine Hexe, die die Mächte der Tredecim in sich trägt. Hecate wird einen Grund haben, wieso ausgerechnet du diese Kräfte bekommen hast.«

Meine Worte stecken mir im Hals fest. Ich weiß nicht einmal, was ich darauf sagen soll, abgesehen davon, dass das absolut wahnwitzig klingt. Ich will nicht die Auserwählte für etwas sein, was auch immer die Göttin sich in den Kopf gesetzt hat.

»Du bist etwas Besonderes, Sophia. Deine Kräfte sind eine Ankündigung. Ich weiß nur noch nicht, ob es Gutes oder Schlechtes sein wird«, gibt Maria mit einem nachdenklichen Ton zu.

Zum Glück sitz ich, denn meine Knie sind weich wie aufgewärmte Butter. Ich versuche irgendwas aus mir herauszubekommen, aber ich weiß nicht was. Die Verantwortung, die sich auf meinen Schultern breitmacht, ist tonnenschwer und am liebsten möchte ich nur meine zittrigen Beine in die Hand nehmen und fliehen. Irgendwohin, wo mich niemand findet – nicht einmal Hecate. Wobei ich bezweifle, dass so ein Ort existiert.

Mit bebenden Fingern fahre ich mir durchs Gesicht. »Das ist ein Scherz, oder? Maria …« Hilfe suchend sehe ich zu der Hexe, doch ihr Blick ist fest auf mich gerichtet.

»Hecate hat dich zur Tredecim erwählt. Du musst lernen den Kuss der Göttin zu kontrollieren. Es wird etwas auf uns zukommen und du wirst eine ausschlaggebende Variable sein. Ich weiß nicht, was passiert, solltest du jemals die Kontrolle verlieren.«

»Scheiße …«, entfährt es mir. Ich vergrabe mein Gesicht zwischen den

Händen. In mir lauert eine Macht, die mit Leichtigkeit ein Heer vernichten kann, wenn ich nur will. Diese Insel, auf der so viele Menschen leben, könnte ich mit einem Schnipsen zu einem zweiten Atlantis machen. Mir wird bei dem Gedanken übel. Wie kann eine so zerstörerische Macht in einem einzelnen Wesen existieren? Und wenn ich allein schon dazu in der Lage bin, wozu sind die Götter dann fähig?

Maria steht auf und geht an die Küchentheke. »Ich möchte, dass du dies zu Nevio bringst – mit einer Entschuldigung.«

Überrascht sehe ich die oberste Hexe an. »Ich soll raus?«

Sie hebt ihre Augenbrauen. »Das wolltest du doch.«

Ich schlucke den Kloß, der sich breit in meinem Hals niedergelassen hat, hinunter. »Ja, aber ich habe gestern mitbekommen, was passiert. Wieso es besser ist, wenn ich drinnen bleibe, wo du mir jederzeit helfen kannst.«

»Du brauchst keine Angst haben.«

Ich weiß, dass Maria recht hat. Dennoch jagt es mir eine Heidenangst ein. Ich stehe auf, aber meine Beine wollen mich nicht wirklich tragen. Die ganze Welt scheint aus Wackelpudding zu bestehen, als ich auf Maria zugehe.

»Wo finde ich Nevio?«, frage ich und versuche meine Furcht nicht allzu offensichtlich herausklingen zu lassen.

»Er wird bei seiner Ziehmutter Acca Larentia sein.«

Ich blinzle verwirrt. Der Name sagt mir was, aber das kann nicht dieselbe Frau sein, die neben mir im Flugzeug gesessen hat. So viel Zufall existiert nicht. Doch noch etwas anderes weckt dieser Name, das ich weder begreifen noch fassen kann. Eine Vertrautheit, die sich wärmend in mir ausbreitet.

»Acca besitzt ein Bistro, in dem Nevio im Sommer immer aushilft.« Sie drückt mir die Dose in die Hand und erklärt mir den Weg zum Restaurant.

»Das bekomme ich hin.«

»Das will ich hoffen. Wenn dir an der Rune etwas merkwürdig vorkommt, ehe du zurückkommst, sag Acca Bescheid.«

»Okay.«

»Gut. Dann ab mit dir.«

Sofort mache ich mich auf den Weg. Rauszugehen fühlt sich merkwürdig an, nachdem das letzte Mal so eine Katastrophe war. Ich schlucke und dränge die negativen Gedanken beiseite, wobei mir Accas Name die ganze Zeit im Gedächtnis bleibt.

***

Das Restaurant zu finden ist nicht so schwer, wie ich befürchtet habe. Theoretisch führt mich der Weg nur geradeaus, ehe ich direkt vor dem Gebäude ankomme. Eine weite rote Sonnenmarkise spendet den draußen sitzenden Menschen Schatten.

Mein Blick gleitet über die Terrasse, in der Hoffnung, Nevio zu entdecken, aber er ist nicht zu sehen. Plötzlich krabbelt eine Gänsehaut meinen Rücken hinauf und sammelt sich eiskalt im Nacken wie eine böse Vorahnung.

»*Scusi!* Wir kennen uns doch?«

Als ich die Stimme höre, versteifen sich schlagartig jegliche Muskeln in meinem Körper. Langsam drehe ich mich um und schicke ein Stoßgebet zu den Göttern, dass es nicht *er* ist.

Die Gebete bleiben unerhört; wie so oft in den letzten Wochen. Ich blicke in roten Augen, die mich unheimlich mustern. Ein Lächeln liegt auf den vollen Lippen. Dabei wirkt es keinesfalls freundlich oder gar unbeschwert, sondern berechnend, als stünde mir gegenüber ein Raubtier, das endlich seine Beute entdeckt hat – mich.

Ich schlucke einen dicken, fetten Kloß hinunter. »Ähm …«, stammle ich und ringe nach einer ausweichenden Antwort.

»Auf dem Flughafen, ich habe dir dein Handy zurückgegeben«, hilft mir der junge Mann auf die Sprünge, als ob ich tatsächlich eine Auffrischung meiner Erinnerung brauche.

Ich zwinge ein Lächeln auf die Lippen. »Ja, ich erinnere mich. Schön dich wiederzusehen«, lüge ich und schaue über meine Schulter und suche nach der Rettung in Form von Nevio.

»Wie ungewöhnlich, dass wir uns auf so einer großen Insel wieder über den Weg laufen.«

»Ja, ich … ich muss aber wieder los«, bringe ich stockend hervor und hebe Marias Dose vor mich wie ein Schild.

»Vielleicht kann ich dir ja erneut helfen?« Er legt seinen Kopf schief und mustert mich durchdringend. Sein Blick wandert über meinen Körper wie eiskalte Finger. Mit Mühe unterdrücke ich ein Schaudern. So kenne ich mich gar nicht. Aber etwas an ihm lässt sämtliche Alarmglocken läuten. »Ich denke nicht. Ich … ich muss zu jemandem.«

»Ach … und zu wem, *mia bellissima?*«, fragt er, während er einen Schritt auf mich zukommt.

Mein Herz pumpt unnötiges Adrenalin durch den Körper. Die Magie regt sich und versucht aus dem Käfig der Rune zu entkommen. Ich bemühe mich, nicht panisch vor dem Mann wegzulaufen, um keinerlei unwillkommene Aufmerksamkeit auf uns zu ziehen, und gleichzeitig, die Magie unter Kontrolle zu halten.

Plötzlich legt sich ein warmer Arm um meine Schultern. »Sophia, schön, dass du es zu uns geschafft hast! So schnell hätte ich gar nicht mit dir gerechnet.«

Überrascht sehe ich zu der Frau, die mich an ihren Körper zieht. Schlagartig entspanne ich mich. Die dunklen Haare hat sie zu einem losen Zopf gebunden, der ihr über die Schulter fällt. Ihre braunen Augen liegen bei den Worten auf dem Mann, der noch immer vor uns steht, als hätte sie jedes davon an ihn gerichtet.

Ihre Umarmung legt sich wie eine warme Decke über die zitternde Magie in mir. Sie schmiegt sich sogar an den Käfig, als wollte sie die Frau erreichen.

»Acca Larentia … Ich dachte nicht, dass es dich noch gibt.« Die braunen Augen mit dem roten Schein sprühen regelrecht Funken des Zorns.

»Hast du nicht schon genug Schaden angerichtet?«, erkundigt sich Acca mit einem drohenden Unterton.

Verwirrt sehe ich zwischen den beiden hin und her. Es ist offensichtlich, dass sie sich kennen und keiner den anderen leiden kann.

»Du erinnerst dich vielleicht daran, dass ihr mir noch etwas schuldig seid?«

Ein Knurren entspringt ihrer Kehle. »Wag es nicht«, grollt sie. »Du hattest genug Opfer, für ein ganzes göttliches Leben.«

Ich werde hellhörig. Opfer? Göttliches Leben?

»Du weißt ebenso wie ich, dass das inakzeptabel ist«, erwidert der junge Mann, der höchstens wie Mitte zwanzig aussieht. »Ihr habt mir etwas Wertvolles vorenthalten und ich verlange den Preis, der mir zusteht.«

»Das ist mein Grundstück. Scher dich fort, ehe ich dich zwingen muss«, droht Acca mit leiser Stimme.

Auf meinen Armen stellen sich die feinen Härchen auf. Zwischen den beiden entlädt sich ein gesamtes Gewitter. Die Spannung ist greifbar und ich will nichts lieber, als mich verkriechen.

Der Typ runzelt die Stirn. Zuvor wirkte er entspannt, schon beinahe belustigt, als würde ihm der Schlagabtausch mit ihr Spaß machen. Doch jetzt verzieht er sein Gesicht zu einer wütenden Grimasse, die beinahe jegliche Attraktivität zunichtemacht. »Das eine Mal, Acca Larentia. Aber du weißt, dass sie mir zusteht.«

»In deinen Träumen«, spuckt die Frau aus.

Was zur Göttin passiert hier? Ich kann nur vollkommen sprachlos zwischen den beiden Fremden hin und her sehen.

Der Mann greift nach meiner Hand und haucht einen Kuss auf die Haut. Ich will den Arm wegziehen, aber er hält mich in einem festen, zugleich auch sanften Griff. »*Presto, mia bellissima*«, raunt er und wendet sich dann von uns ab.

Meine Knie zittern und ich will mich am liebsten hinsetzen. Dieser Mann jagt mir eine Heidenangst ein. Die Magie reißt aber nicht die Macht an sich wie beim letzten Mal, sondern schmiegt sich weiterhin an die Berührung der fremden Frau.

»Ähm ... danke«, bringe ich zittrig hervor.

Erst als der Mann endlich in einer Gasse verschwindet, sieht Acca mich aus besorgten Augen an. »Ist alles okay, *mia cara?*«

Sie nimmt ihren Arm von meiner Schulter, streicht dabei über die Haut, als wollte sie den Verlust des Kontakts unbedingt herauszögern.

»Ich denke schon«, murmle ich, noch nicht ganz sicher, ob ich meinen eigenen Worten Glauben schenke.

»Komm, setz dich. Nevio?«, ruft sie über die Tische.

Ein mir bekannter brauner Lockenkopf erscheint in der Tür. Er versteift sich, als er mich sieht, ehe er seine Konzentration auf Acca richtet. »*Si?*«

»*Un cacao* für Sophia«, ordert sie.

Sein Blick wandert für den Hauch einer Sekunde wieder zu mir, wobei ein kleines Grinsen seine Lippen ziert. »Ein Kakao für *Sophia,* kommt sofort!«, wiederholt Nevio, wobei er meinen Namen absichtlich betont und mir zuzwinkert.

»Das, das ist nicht nötig!«, wehre ich ab, als mir einfällt, dass ich keinen Cent in meiner Tasche habe.

Acca hebt abwehrend die Hand und bugsiert mich zu einem der kleinen Metalltische, die auf der Terrasse stehen. »Dieser Mann hätte dich gar nicht erst belästigen dürfen, Sophia. Der Kakao geht aufs Haus.« Sie zwinkert mir freundlich zu. »Also, was verschlägt dich her? Ich dachte, du besuchst deine Großmama und hast keine Zeit, *bella Sicilia* kennenzulernen?«, fragt sie, wobei auf ihren Lippen ein wissendes Lächeln liegt.

»Ähm ...« Ich winde mich ein wenig auf meinem Stuhl. »Ich bin zu Besuch bei Maria Grassi«, gebe ich widerstrebend zu.

»Ich weiß, *mia piccola strega.*« Sie lehnt sich genüsslich auf ihrem Stuhl zurück. In ihren Augen funkelt es vielsagend.

»Was?« Überrascht starre ich sie an.

»Ich wusste von Anfang an, wer du bist, Sophia.«

»Das klingt gar nicht gruselig oder so«, murmle ich.

Acca bricht in schallendes Lachen aus. »Da hast du recht, *piccola strega.* Aber mal was anderes, wie läuft das Studium?«

Ich presse die Lippen aufeinander. Auch wenn sie weiß, wer ich bin, für mich ist sie jemand Fremdes. Obwohl ich mich in ihrer Gegenwart verblüffend wohlfühle, als würde ich sie ewig kennen, möchte ich ihr ungern Dinge erzählen, die ich bisher nur mit meiner Familie besprochen habe.

In dem Moment taucht Nevio auf und stellt einen dampfenden Kakao vor mir ab. Eine dicke Schicht Sahne, die von dunklem Puder umhüllt ist, wackelt auf dem Getränk. »Bitteschön, Sophia«, sagt er und schenkt mir ein breites Grinsen, das ich nach gestern Abend nicht erwartet habe.

»Danke …«, murmle ich etwas verlegen und umfasse die warme Tasse mit den Fingern, die noch leicht zittern.

»Und jetzt erzähl«, zieht Acca meine Aufmerksamkeit auf sich, als Nevio wieder im Restaurant verschwindet.

»Ich … ich weiß nicht, ob ich dazu etwas sagen sollte«, weiche ich aus.

»Na gut, vielleicht muss ich dir auch zuerst etwas bieten. Ich bin Acca Larentia.«

Ich knibble unwohl an meinen Fingernägeln. »Das habe ich mittlerweile mitbekommen.«

»Und du magst mir nicht einen kleinen Happen geben?«, erkundigt sie sich, während sie sich vorbeugt. »Ich weiß, wer du bist. Die Magie in dir offenbart sich mir, Tredecim.«

Wie ertappt zucke ich zusammen. »Woher …?«

Acca beugt sich noch weiter vor, sodass unsere Körper die Blicke der restlichen Gäste abschirmen, und hebt ihre andere Hand, von der ein feiner Sprühregen hinunter auf den Tisch rieselt. »Deine Magie ist ein Leuchtfeuer für mich. Genauso wie es dir gehen sollte.«

»Inwiefern?«, frage ich nach.

»Unsere Magie ist eins. Sie existieren zwar in verschiedenen Körpern, aber entstammen derselben Quelle.«

In meinem Kopf überschlagen sich die Gedanken. Die Geschichte von heute Morgen kommt mir in den Sinn. »Du … Du gehörst ebenfalls …?« Ich traue mich nicht, in der Öffentlichkeit darüber zu sprechen.

Vielsagend nickt sie. »Also, erzähl, wie läuft deine Ausbildung bei Maria?«

»Nicht gut«, antworte ich und verziehe dabei die Lippen zu einer Grimasse.

»Das glaube ich – nach dem, was Nevio erzählt hat.«

»Er hat davon erzählt?«, rufe ich überrascht aus und möchte mir am liebsten die Hände vors Gesicht schlagen, unterdrücke den Drang jedoch.

Sie zuckt mit den Schultern. »Er hat nur wenige Geheimnisse vor mir.«

»Oh.« Meine Wangen fangen an zu brennen. Schnell nippe ich an dem Kakao, um mein Gesicht hinter der großen Tasse zu verstecken.

»Mach dir nichts daraus. Du bist nicht die Erste, die mit dem Kuss nicht zurechtkommt. Er bringt viel Verantwortung mit sich. Gerade die Macht der Tredecim.«

Ich weiß, dass Acca mich damit beruhigen will, nur erreichen ihre Worte das Gegenteil. Sie erinnern mich an die Last, die auf meinen Schultern ruht, ohne dass ich sie jemals gewollt hätte.

»Wer war der Kerl?«, frage ich stattdessen, nachdem ich die Tasse wieder auf den Tisch gestellt habe. »Ihr scheint euch zu kennen.«

Accas Grinsen erlischt. »Da hast du recht. Wir kennen uns ... lange. In der Vergangenheit hatten wir des Öfteren miteinander zu tun – auch wenn ich auf die Begegnungen gut hätte verzichten können.«

Ich nicke. »Und wer ist er?«

»Jemand, dem du nicht zu nah kommen solltest«, antwortet sie ausweichend.

»Das heißt?«

»Dass du dich auf deine Ausbildung konzentrieren solltest, *piccola strega*.« Acca ergreift über den Tisch meine Fingern, die noch immer um die Tasse geschlungen sind. »Der erste Weg, zu akzeptieren, bedeutet zu erkennen, was du bist. Du bist die Tredecim. Du trägst so viel Kraft in dir. Die Göttin vertraute dir ihre mächtigste Waffe an.«

Diese Macht als Waffe zu bezeichnen beruhigt mich keineswegs. Ich entwinde die Hände ihrer Umklammerung. Bilder von bebenden Bäumen und die Schreie meiner Freundinnen drängen sich in meinen Kopf, ich versuche die aufsteigenden Erinnerungen beiseitezuschieben. Das Letzte, was ich möchte, ist, diesen Abend erneut zu durchleben. Oder daran erinnert zu werden, dass die Magie es mir möglich macht, mit einem Schulterzucken diese Insel mit ihren vielen Bewohnern in Schutt und Asche zu verwandeln.

»Du brauchst keine Angst haben«, sagt Acca.

»Das sagst du so leicht«, murre ich.

»Das meine ich so. Du bist die Macht. Sobald du sie akzeptierst, beugt sie sich deinem Willen. Vor vielen anderen Dingen solltest du Angst haben, aber nicht vor ihr. Sie möchte dich schützen.«

»Mich schützen?« Eher ungläubig betrachte ich Acca.

»Natürlich. Du bist ihr Wirt. Hecate hat damit ihre schützenden Hände über dich gelegt.«

Ihre Worte bewegen etwas in meinem Inneren, das bisher nicht einmal Maria berührt hat. Es fühlt sich an, als kennten wir uns Ewigkeiten und nicht seit wenigen Stunden. Meine Gefühle ihr gegenüber sind für mich vollkommen unverständlich. Ich wende den Blick ab und richte ihn auf den blau leuchtenden Horizont. »Wie kann ich diese Macht akzeptieren, wenn sie alles zerstören kann, was ich liebe?«

»Indem du sie zulässt. Lass zu, dass sie dich erfüllt. Dass du sie greifst. Und forme sie zu deinem Willen.«

Ich schnaube. »Wenn es nur so leicht wäre.«

»Es *ist* so leicht.« Sie zwinkert mir erneut zu. »Na komm, trink aus und ich zeige dir ein paar Tricks.«

KAPITEL 8

POMPEJI IM JAHRE 79 N. CHR.

Auf leisen Sohlen schleiche ich durch das Haus, um hinaus ins Freie zu gelangen, ohne Vater auf mich aufmerksam zu machen. Kurz bevor ich die Tür erreiche, höre ich Schritte.

»Helvia, warte«, ruft Vater.

Ich halte inne und kneife die Augen zusammen, wappne mich gegen das Gespräch, ehe ich mich steif zu ihm umdrehe. In diesem Augenblick wird die Tür aufgerissen. Die Strahlen der Morgensonne dringen ins Innere.

»Der Kaiser hat einen Ehemann für Helvia auserwählt?«, ertönt die schneidende und kalte Stimme der Princeps.

Erschrocken drehe ich mich zu ihr um. Angriffslustig funkelt sie Vater an, der den Rücken durchstreckt und ihr in stoischer Ruhe entgegenblickt.

»Larentia, welch überraschender Besuch.« Mit dem aufgesetzten Lächeln wirkt er alles andere als erfreut. »Gute Neuigkeiten verbreiten sich anscheinend schnell.« Er spannt die Kiefermuskeln an, als er neben mich tritt.

Ich fühle mich wie ein Tier, das in der Falle sitzt. Eigentlich will ich beide nicht sehen, nach allem, was gestern vorgefallen ist.

»Wer ist es?«, hakt sie nach.

»Ein gewisser Legatus Tiberius, der von Kaiser Titus höchstpersönlich nach Pompeji geschickt wird, um sich von Helvias erhabenem Charakter und einzigartiger Schönheit zu überzeugen«, entgegnet er und klingt, als würde er seine beste Zuchtstute anpreisen.

Grimmig verziehe ich das Gesicht.

»Ist er gut genug für sie?« Larentia verengt die Augen.

»Sei dir gewiss, dass ich meine Tochter nur in die Hände eines ehrenwerten Mannes gebe.«

»Es ist unhöflich, über meinen Kopf hinweg über mich zu reden«, sage ich, als meine Geduld aufgebraucht ist, und werfe den beiden zornige Blicke zu.

Ich ertrage es nicht, dass sie über mich und diesen Legatus sprechen, als wäre die Ehe mit ihm längst beschlossen.

»Gewiss.« Die Princeps schenkt mir ein entschuldigendes Lächeln.

Nur Vater verzieht keine Miene.

»Sagt, warum tut ihr mir das an?«, frage ich vorwurfsvoll. Lucius' Worte schwirren noch immer in meinem Kopf herum. Er will nicht aufgeben und für uns kämpfen.

Larentia zieht irritiert die Brauen hoch, während Vater mich bloß schweigend betrachtet.

»Warum verscherbelt ihr mich wie einen Gegenstand an den nächstbesten Gesandten?«, werde ich deutlicher und schüttle verständnislos den Kopf.

»Helvia!«, rügt mich Vater mit schneidender Stimme. »Bei dir klingt es wie eine Strafe und nicht wie eine Ehre.«

»Weil es auch eine ist«, entgegne ich zischend.

Larentia scheint mehr Verständnis für meine Gefühle zu haben, denn sie legt mir tröstend die Hand auf die Schulter. Doch ich weiche zurück, ihre Berührung ertrage ich gerade nicht. Für einen Augenblick senkt sie betrübt den Blick, ehe sie über die Falten ihrer cremefarbenen Stola streicht und mich gefasst ansieht. »Durch diese Ehe bewahrst du den Frieden zwischen Rom und uns übernatürlichen Wesen. Was einst entschieden wurde, kann nicht rückgängig gemacht werden. Du wurdest vor deiner Geburt für diese Aufgabe ausgewählt. Weil deine Mutter ihren Teil des Paktes nicht erfüllt hat.« Ihr vorwurfsvoller Blick streift Vater, der entrüstet schnaubt.

Weil Mutter ihrem Herzen gefolgt ist, soll ich einen Wildfremden heiraten. Deswegen kann ich nicht einmal böse auf sie sein – ich verstehe sie und ihre Entscheidung. Die Erinnerung an Mutter legt sich über den Zorn und wandelt ihn in Trauer.

»Gibt es keinen anderen Weg, den Kaiser zu besänftigen?« Meine Frage ist töricht, dennoch muss ich sie stellen.

Ein betroffener Ausdruck huscht über das Gesicht der Princeps. »Als deine Mutter den Pakt mit Rom gebrochen hat, nahm Kaiser Nero es nur ohne Sanktionen hin, weil ich ihm das erste Kind zugesprochen habe. Es war

Schicksal, dass Antonia mit dir eine Tochter gebar. Wer konnte damals ahnen, dass du die Tredecim sein würdest?«

»Tredecim hin oder her, das hat keine Bedeutung. Der Kaiser bekommt seine Vermählung mit einem bedeutsamen Haus Pompejis und ist zufriedengestellt«, sagt Vater und geht auf das Abbild des Handelsschiffes auf hoher See zu, den Blick auf die kräftigen Wandfarben geheftet, als wäre das Gespräch für ihn beendet.

»Es hat sehr wohl eine Bedeutung!«, widerspricht Larentia donnernd und starrt ihm zornig hinterher. Doch Vater bleibt stur der Malerei zugewandt. »Du ahnst gar nicht, wie mächtig deine Tochter ist, Marcus. Mit ihrer Gabe könnte sie ganze Reiche in die Knie zwingen.« Als Vater sie weiterhin ignoriert, schüttelt sie missbilligend den Kopf und wendet sich mir zu. »Es bringt nichts, über diese Verbindung zu diskutieren. Nur noch die Götter können den Pakt zwischen dem Kaiser und uns lösen.«

»Und wenn ich gegen die Absprache verstoße ... so wie Mutter ...« Mir wird es eng in der Kehle.

»Trifft dich der Zorn der Götter. So wie Antonia damals, als sie den für sie auserwählten römischen Gesandten abwies und Marcus heiratete.« Ihr Blick huscht zu Vater, der sich, eine Hand gegen die Wand gestützt, nach vorne lehnt, bis die Stirn fast den farbigen Stein berührt. Er hat die Schultern hochgezogen. Aber er bleibt stumm. »Das werde ich jedoch nicht zulassen, Helvia«, sagt sie und streicht mir liebevoll mit den Fingerspitzen über die Wange. »Ich werde nicht noch jemanden verlieren, weil ich zu nachsichtig war.« Sie zieht ihre Hand zurück und dreht sich von uns fort. »Niemand kann sich über das Schicksal stellen.« Über die Schulter wirft sie mir einen traurigen Blick zu. »Selbst ich nicht.« Mit diesen Worten lässt sie uns stehen und verlässt das Haus.

Schweigend starre ich auf die geschlossene Tür, die Stille im Empfangsbereich ist bedrückend. Ich würde Vater gerne meinen Zorn entgegenschleudern. Doch ich ahne, dass es sinnlos wäre. Niemand kann mehr an diesem Pakt rütteln – bis auf die Götter.

Schritte nähern sich, dann ergreift Vater meinen Ellbogen und bringt mich mit sanftem Druck dazu, mich ihm zuzuwenden.

»So ungern ich Larentia zustimme, aber sie hat recht. Niemand von uns kann sich über das Schicksal stellen. Das musste ich schmerzvoll lernen«, sagt er. Die Trauer zeichnet sich auf seinem Gesicht ab und lässt ihn alt und müde erscheinen. »Du bist das Wertvollste in meinem Leben, Helvia. Ich werde alles tun, um dich zu schützen. Und wenn ich dich dafür zwingen muss, den Pakt mit Rom zu erfüllen.«

Seine Worte sind wie ein Schlag ins Gesicht. Meine Miene wird hart. Stumm starre ich ihn an, bis er sich abwendet und in Richtung des Atriums geht.

Welche Bedeutung hat seine Zuneigung, wenn er mich ihretwegen ins Unglück treibt?

Das Schicksal meiner Eltern hat mich eines gelehrt: Selbst die Liebe schützt uns nicht vor der Macht der Götter.

***

Als ich von den Vorbereitungen für das Opferfest zurückkehre und mein Elternhaus betrete, dämmert es bereits. In zwei Tagen, bei Sonnenuntergang, werden wir auf dem Gipfel des Vesuvs stehen und Vulcanus empfangen, der aus seinem Reich emporsteigt. Der Gedanke daran verschafft mir eine Gänsehaut. Noch immer weiß ich nicht, was diese glühende Wolke vom Vorabend zu bedeuten hat.

Aus dem gesamten Reich sind heute Wesen angereist, um den Feierlichkeiten in zwei Tagen beizuwohnen. Larentia hatte alle Hände voll zu tun, das Tempelinnere magisch zu erweitern, um die Oberhäupter der anderen Zirkel unterzubringen. Nie habe ich sie alleine erwischt. Ich muss ihr am nächsten Tag unbedingt von der bedrohlichen Aura und meinem Verdacht, es könne Vulcanus gewesen sein, erzählen, bevor ich dem Vesuv noch einmal so nahe komme.

Meine Gedanken verstummen jäh, als ich den Eingangsbereich betrete und Stephanus, den Verwalter meines Vaters, entdecke.

»Ihr werdet erwartet, Herrin«, begrüßt er mich. Der schmächtige Mann mit dem tiefschwarzen Haar, der schon vor meiner Geburt in Vaters Dienst stand, weist in die Richtung des Atriums. »Der Besuch aus Rom ist eingetroffen.«

Hitze steigt mir in den Kopf. Der Legatus ist schon hier? Ich lege eine Hand auf den Bauch, der sich schmerzhaft zusammenzieht. Noch fühle ich mich nicht bereit den Mann kennenzulernen. Vielleicht sollte ich kehrtmachen und im Tempel Zuflucht suchen. Oder fortlaufen, so weit mich meine Beine tragen.

Kurz schließe ich die Augen und zwinge mich zur Ruhe. Der Gedanke an die Götter und die Verpflichtung meinem Volk gegenüber erstickt das Sehnen nach Flucht. Ich darf nicht nur an mich denken. Der Frieden mit Rom hängt von meinem Handeln ab. Selbst wenn es mich das Herz und Glück kostet, darf ich keinen Krieg zwischen Menschen und Wesen riskieren. Vorerst werde ich die Gehorsame mimen, bis ich einen Weg gefunden habe, die Einigkeit auf andere Art und Weise zu erhalten. Tief atme ich durch, dränge den Wunsch, in diesem Augenblick jemand anderes zu sein, nieder und folge Stephanus.

Neugierig wirft er mir Blicke zu, während er mich über den Gang vorbei am Atrium mit dem innenliegenden Garten führt. Doch er wagt es nicht, mich auf das bevorstehende Zusammentreffen anzusprechen.

In der Luft liegt der erdige Duft der Pflanzen. Die Geräusche der Stadt untermalen unsere Schritte. Darunter mischt sich das Rattern eines Gespanns, das an unserem Haus vorbeifährt. Nur noch wenige Augenblicke trennen uns vom Tablinum, Vaters Empfangsraum, und somit von dem Unbekannten, mit dem ich den Rest meines Lebens verbringen soll. Das Rumoren im Magen erwacht erneut, mir wird schlecht.

Mit geballten Fäusten bleibe ich stehen, als wir den Raum erreichen. Die Seite zum Atrium ist offen und nur von Stoffvorhängen abgeschirmt, die sich leicht im Wind bewegen. Gespräche sind dumpf zu hören. Unter die mir unbekannten, männlichen Stimmen mischt sich die meines Vaters. Stephanus greift nach einer Stoffbahn, um sie für mich beiseitezuziehen, doch er hält inne, als ich bloß auf den Boden starre. Um die Übelkeit zu bekämpfen, konzentriere ich mich auf meine Atmung. Vergeblich. Ich will das nicht … Wieso lastet die Verantwortung für den Frieden bloß auf meinen Schultern?

»Ich könnte Eurem Vater sagen, die Princeps brauche Euch noch im Tempel«, flüstert Stephanus so leise, dass die Männer im Tablinum ihn nicht hören dürften.

Mit einem gerührten Lächeln sehe ich zu ihm auf. »Irgendwann kommt der Zeitpunkt, da muss ich es hinter mich bringen.« Es auszusprechen hilft mir dabei, das Bevorstehende zu akzeptieren.

Vor Aufregung pocht die Magie wie ein zweiter Herzschlag in mir. Ich muss sie bändigen, selbst wenn ich sie zu gerne entfesseln würde, um mich vor dem Kommenden zu bewahren.

»Bereit?«, fragt er.

Ich setze die Miene der wohlerzogenen Tochter aus gutem Haus auf und dränge das Gefühlschaos in mir nieder. Auf mein Nicken hin zieht Stephanus die Stoffbahn zur Seite und sogleich verstummen die Gespräche. Steif betrete ich den großzügigen Raum. Vater liegt gemütlich auf einer der mit purpurnem Stoff überzogenen Liegen. Hastig schluckt er etwas hinunter, ehe er aufspringt und mit ausgestreckten Armen auf mich zukommt.

»Helvia, wie schön, dass du uns mit deiner Anwesenheit beehrst«, säuselt er und schenkt mir ein strahlendes Lächeln, als würde er mich nicht hierzu zwingen.

Ich schlucke den Zorn darüber hinunter und sehe zu den beiden Männern, die sich ebenfalls von ihren Liegen erheben. Hinter ihnen stehen Sklaven mit Krügen, Schüsseln und Tabletts voller Leckereien bereit.

Meine Gesichtsmuskeln zucken, als ich mich anstrengen muss, die freundliche Miene aufrechtzuerhalten. Träge nicke ich Vater zu und reiche ihm meine Hände. Seine Lippen beben, als er mich wenige Schritte auf die Gesandten zuführt. Entweder ist er nervös, weil sich der Legatus wirklich als Günstling des Kaisers herausgestellt hat, oder er fürchtet mein unberechenbares Temperament.

Beklommen mustere ich die beiden Gesandten, die herausgeputzt sind, als wären sie beim Kaiser höchstpersönlich zu Besuch. Die weißen Tuniken sind von Purpur gesäumt, der Faltenwurf der Togen ist tadellos. Umhänge schützen sie vor den frischen Herbsttemperaturen.

In dem älteren der Männer erkenne ich sofort den Präfekten, der uns in den letzten Jahren mehrmals besucht hat, um im Namen des Kaisers Handel mit Vater zu betreiben. Dem rundlichen Mann mit dem weißen Haar und dem verschlagenen Blick entgeht keine meiner Bewegungen, während ich auf unseren Besuch zutrete. Dabei macht er sich nicht einmal die Mühe, sein Gefallen zu verbergen. Der Präfekt ist in den Freudenhäusern Pompejis bestens bekannt, wie mir zu Ohren gekommen ist, und schreckt auch nicht davor zurück, Sklavinnen für seinen Zeitvertreib zu verlangen. Vielleicht nicht der beste Umgang für Legatus Tiberius, der seinen Platz in der Gesellschaft Pompejis finden muss, wenn er hier Wurzeln schlagen will.

»Gegrüßt seist du, schönes Kind«, sagt der Präfekt. Sein schmieriges Lächeln ist mir zuwider.

»Herr Präfekt«, entgegne ich um Höflichkeit bemüht. Mein Blick schweift zu dem Mann an seiner Seite. Er kann nur wenige Jahre älter als ich sein. Unverhohlen mustere ich ihn. Der Legatus befehligt eine gesamte Legion und soll trotz seines jungen Alters in vielen Schlachten gekämpft und unzählige Siege für den Kaiser errungen haben. Selbst ich muss gestehen, dass es für ihn und seine Ambitionen spricht. Vielleicht steht ihm wirklich eine bedeutsame, politische Laufbahn bevor.

Aufmerksam betrachte ich das Gesicht des Legatus, dessen Züge weich und wie gemalt wirken. Über die linke Wange zieht sich eine Narbe. Sein Haar erinnert an flüssiges Gold, es schimmert angenehm im Abendlicht, das durch die hohen Fenster hineinfällt. Er überragt Vater und ist bestimmt so groß wie Lucius. Seine Statur mit den breiten Schultern ist wie geschaffen für einen Respekt einflößenden Soldaten. Dieser Mann ist so anders als Lucius, die beiden sind wie Tag und Nacht – der eine erstrahlt wie das Licht der Sonne, der andere ist in Dunkelheit gehüllt. Nichts von Lucius' Wildheit finde ich in dem Antlitz des Legatus wieder.

Ich begegne seinem Blick aus himmelblauen Augen, der geduldig auf mir ruht. Seine sanft geschwungenen Lippen verziehen sich zu einem Lächeln.

»Ich grüße Euch, Legatus Tiberius«, sage ich und nicke ihm zu.

»Gegrüßt seist du, Helvia. Es ist mir eine Freude, dich kennenzulernen.«

Seine Stimme ist klangvoll und tief. »Die Geschichten über deine Schönheit und Anmut sind nicht gelogen, wie ich sehe.«

»Gewiss sind sie das nicht«, versichert der Präfekt hastig und sieht sich nach Beistand heischend zu Vater um. »Nicht wahr, mein werter Marcus? Eure Tochter ist die Schönste in ganz Pompeji.«

»Eure Schmeicheleien ehren mich, Herr Präfekt, aber sie sind übertrieben«, entgegne ich.

Vater zieht leise zischend den Atem ein, während der Präfekt missbilligend das Gesicht verzieht.

Meine Erwiderung bringt den Legatus zum Schmunzeln. »Zu scheu, um deine Meinung kundzutun, bist du nicht. Wie erfreulich«, sagt er und zwinkert mir zu.

Seine Reaktion überrascht mich. Insgeheim hatte ich gehofft, den Legatus zu verschrecken. Manche Männer ziehen sittsame und folgsame Frauen jenen mit einem losen Mundwerk vor. Legatus Tiberius scheint nicht dazuzugehören.

Trotzdem formt sich bei dem Gedanken daran, mein Leben an seiner Seite zu verbringen, ein gewaltiger Widerwille in meinem Inneren. Selbst wenn er der ansehnlichste, liebevollste Mann in ganz Rom wäre – er ist nicht Lucius.

Der Präfekt räuspert sich. »Unser Besuch war nicht umsonst, oder, lieber Tiberius?«

»Er war den langen Weg wert, den wir auf uns genommen haben«, entgegnet Tiberius und neigt seinen Kopf vor Vater. »Es wäre mir eine Ehre, Eure Tochter zu heiraten, Marcus.«

»Die Ehre ist auf unserer Seite«, sagt Vater und sieht mich mit einem glücklichen Lächeln auf den Lippen an.

Mir hingegen ist nicht nach Lachen zumute. Panik steigt quälend langsam auf und erschwert mir das Atmen. Gierig sauge ich Sauerstoff ein, doch die Luft ist plötzlich so stickig, dass mir schwindelt. Wie kann sich der Legatus so schnell entscheiden? Er kennt mich doch gar nicht. Die Tatsache, diesen Mann wirklich heiraten zu müssen, überrollt mich. Nur schwer kann ich dem von Neuem erwachenden Drang widerstehen, vor dem Unausweichlichen fortzulaufen. Das geht mir alles viel zu schnell!

Ich stolpere einen Schritt von dem Legatus zurück. Die Magie pocht, will entfesselt werden, um den Druck zu lindern, der meinen Kopf zum Bersten bringt. Meine Hände zittern vor Anstrengung, weshalb ich sie hinter dem Rücken verberge. Doch die Magie ist in Wallung und erhitzt die Luft im Tablinum. Vater dreht sich zu mir und ergreift meine Hand, als wollte er mir Halt geben.

»Woher kommt diese Hitze?«, fragt der Präfekt und tupft sich mit der Toga Schweißperlen von der Stirn. Irritiert sieht er sich um. »Spürt Ihr sie auch, Tiberius?«

»Hitze macht mir nichts aus«, antwortet dieser in einer seltsam eintönigen Stimmlage und bohrt den Blick in meinen. Er hebt einen Mundwinkel zu einem schiefen Lächeln.

Seine Reaktion bringt mich zur Besinnung. Ich entziehe Vater die Hand und dränge die Magie zurück. Sofort kühlt sich die Luft merklich ab.

Tiberius nickt gemächlich, während er mir in die Augen sieht. Schauder kriechen über meine Arme und hinterlassen eine Gänsehaut. Seine aufmerksame Betrachtung macht mich nervös. Und misstrauisch. Er wirkt, als wäre er mit meiner Darbietung äußerst zufrieden und keinesfalls eingeschüchtert. Als spürte er, dass mich sein Verhalten irritiert, setzt er erneut dieses wissende Lächeln auf, tritt einen Schritt auf mich zu und bietet mir den Arm an.

»Was hältst du von einem Spaziergang durch euren Garten? Die Abendluft kühlt erhitzte Gemüter ab.« Fragend blickt er zu Vater, der zustimmend nickt.

»Der Herr Präfekt und ich werden in gebührendem Abstand folgen«, sagt er.

»Ich hatte gehofft, Euren köstlichen Wein weiter genießen zu dürfen«, entgegnet der Präfekt zögernd und schielt zu den tönernen Krügen in den Händen der Dienerschaft. »Legatus Tiberius ist ein ehrenwerter Mann, der …«

»Ich lasse meine unverheiratete Tochter nicht mit einem mir Fremden alleine durch die Gärten streifen!«, unterbricht Vater den Präfekten in einem unmissverständlichen Tonfall. Seine Miene ist streng verzogen. Doch schon stiehlt sich ein Lächeln auf seine Lippen, als er sich dem Legatus zuwendet. »Verzeiht, Tiberius, aber Ihr werdet verstehen, wenn Ihr einst selbst eine Tochter habt.«

Nicht nur der Gedanke, mit dem Legatus durch den Garten zu spazieren, widerstrebt mir. Die Vorstellung, mit ihm Kinder zu zeugen, ist mir so zuwider, dass die Magie prompt aufbegehrt. Doch diesmal bin ich vorbereitet und lasse sie nicht ausbrechen. Den Ekel, der sich als saurer Geschmack auf meiner Zunge ausbreitet, kann ich jedoch nicht niederringen.

»Gewiss«, sagt Tiberius in verständnisvollem Ton und tritt auffordernd näher, bis ich mich bei ihm unterhake. Wenn auch widerwillig.

Nachdenklich sehe ich in sein Gesicht. Ihm ist nicht entgangen, dass es in mir gebrodelt hat. Dafür hat er mich zu aufmerksam beobachtet. Dieses Lächeln, nachdem ich die Magie besänftigt habe ... Von einem Menschen, der keinen Kontakt zu Wesen pflegt, erwarte ich eine andere Reaktion. Er war nicht irritiert oder besorgt, wie der Präfekt es war. Im Gegenteil, der Legatus schien eher fasziniert zu sein. Vielleicht wollte er mir die Sorge nehmen, meine Gabe könnte ihn verschrecken. Wenn sie das bloß täte ...

KAPITEL 9

2018 n. Chr., Aci Castello

Acca führt mich ins Innere des Restaurants. Die meisten Gäste sind draußen in der Sonne. Nur ein paar haben sich in dem dunklen Innenraum eingefunden, um in der Kühle der Klimaanlage zu sitzen, die leise vor sich hinbrummt.

»Nevio, ich bin unten. Ruf Angelo, wenn du Hilfe brauchst«, teilt sie ihrem Ziehsohn mit.

»*Si*«, erklingt es von der Theke.

Ich kann seinen Lockenkopf nur erahnen, ehe mich Acca durch eine Tür in den hinteren Bereich des Restaurants zieht.

»Wie viel hat Maria dir schon beigebracht?«, erkundigt sich Acca im Plauderton, als würden wir ein lockeres Gespräch übers Wetter führen.

»Ich … Sie hat mir versucht zu zeigen, wie ich sie unter Kontrolle bekomme.«

Erst nach wenigen Schritten bemerke ich, dass Acca stehen geblieben ist. Ich drehe mich zu ihr und erwidere verwundert den Blick aus ihren großen Augen. »Du hast die Macht nicht unter Kontrolle?«

»Ich habe sie erst seit ein paar Monaten«, murmle ich verteidigend.

Sie mustert mich weiterhin, wobei ein nachdenklicher Ausdruck in ihrem Gesicht erschienen ist. »Das erklärt, warum du hier bist. Hecate hätte dich direkt bei der Geburt zeichnen müssen.«

»Das hat Hecate wohl vergessen«, erwidere ich trocken.

Accas Lippen ziert ein kurzes Schmunzeln, ehe ihre Mimik wieder zur Ernsthaftigkeit zurückfindet. »Wie hast du sie bekommen?«

Bereit ihr zu antworten, öffne ich den Mund, aber die Worte verharren in der Kehle. Die Bilder des Abends kehren vor meinem inneren Auge zurück. Ich kneife die Lider zusammen und wende mich ab. »Ist das nicht egal?«

»Nein, ist es nicht. Das Thema setzt dir zu und verhindert, dass du die Kräfte annimmst, obwohl du es solltest.«

Ich will nicht an den Abend zurückdenken, an die Schreie meiner Freundinnen. »Wieso sollte ich dir das erzählen? Ich kenne dich nicht.«

Die mir fremde Frau nähert sich. Sie umfasst mit zwei Fingern mein Kinn und zwingt mich, ihren Blick zu erwidern. »Du kennst mich«, widerspricht sie mir. »Vielleicht nicht in dieser Form, in der du jetzt steckst, aber alles in dir weiß, dass du mir vertrauen kannst.«

Ich verenge die Augen. »Wie alt bist du?«

Acca beginnt zu grinsen. »Alt.«

»Wie alt?«, wiederhole ich.

Sie beugt sich vor, dass ihr Atem die Haut an meinem Ohr streift. »So alt, dass ich zu dem Zeitpunkt, an dem die Magie das letzte Mal ein junges Mädchen berührte, mehrere Leben hätte tot sein müssen.«

Ich versteife mich. In meinem Kopf drohen die Gedanken zu explodieren. »Wie kann das sein?«, bringe ich keuchend hervor. Maria sagte, dass wir durch die Magie der Göttin nicht unsterblich werden. Aber warum ist Acca dann noch hier?

»Das ist eine Geschichte für ein anderes Mal. Zuerst erzähle mir, wie du zu der Macht der Tredecim gekommen bist, wenn nicht durch deine Geburt.«

»Ich will nicht darüber reden.«

»Du wirst es tun müssen, wenn du vorhast, diese Macht in dir jemals zu kontrollieren.« Acca umfasst meinen Arm und zieht mich weiter. Wir gehen auf eine Treppe zu, die nach unten führt.

Mein Herz schlägt nervös und unregelmäßig gegen den Brustkorb. Hat Maria gewusst, was passiert, wenn sie mich herschickt? War das vielleicht sogar ihr Plan?

Die Treppen führen uns vor eine Tür, die mit einem Zahlenschloss versperrt ist. Schnell tippt Acca Ziffern ein und mit einem Zischen öffnet sich die Tür. »Ist hilfreich, um ungebetene Besucher abzuhalten.«

»So wie den Mann?«

Ein Knurren entsteigt ihrer Kehle. Dieser Fremde scheint ein rotes Tuch für sie zu sein. Bevor ich nachhaken kann, dringt an mein Ohr weiteres Knurren und das Geräusch, wenn kräftige Kiefer aufeinanderschnappen. Neugierig schaue ich in den Raum, der hinter der Tür zum Vorschein kommt. Aberdutzende Wölfe, die mir allesamt bis zur Schulter reichen, ringen miteinander. Unter ihnen sind blaue Matten ausgelegt, die mich an den Sportunterricht erinnern.

Acca stößt einen schrillen Pfiff aus. Sofort verharren alle in ihrer Position und richten die Aufmerksamkeit auf uns. Schweiß benässt meine Hände, die ich nervös ins T-Shirt kralle. Jeder von ihnen könnte mich mit nur einem einzigen Prankenhieb vom Antlitz der Erde fegen.

»Das Training für heute ist vorbei!«, ruft Acca in den Raum und zieht mich tiefer hinein. »Verschwindet. Ich will niemanden mehr hier sehen.«

Die Wölfe verwandeln sich in Menschen. Es ist eine fließende Bewegung, die nichts mit den Animationen gemein hat, die ich aus irgendwelchen Filmen kenne. Es ist, als würde ihr Körper eine neue Hülle überstreifen. Kein brutales Knacken, kein Stöhnen oder ähnliche Schmerzlaute. Vollkommen verwundert starre ich die Jungen, Mädchen, Frauen und Männer an, die an uns vorbeigehen, wobei sich keiner von ihnen verkneift, an mir zu schnüffeln, wie es Nevio gestern getan hat.

»Ich weiß nicht, ob das der richtige Ort für mich ist«, sage ich langsam. Mein Blick schweift durch den Raum. Die Matten bedecken nicht nur den Boden, auch an der Wand sind welche angebracht. Innerlich vermerke ich mir eine Notiz, mich niemals mit Werwölfen anzulegen, wenn ich denn jemals noch mal welche treffen sollte. Abgesehen von der Nymphe und den Hexen im deutschen Zirkel hatte ich nie mit anderen Wesen etwas zu schaffen. In Deutschland ist es leicht zu glauben, dass all die verschiedenen Wesen nicht existieren und wir Hexen eine Laune der Natur sind. Ich weiß nicht, woran es liegt, dass bei uns zu Hause scheinbar kein anderes Wesen lebt. Oder sie so versteckt sind, dass wir selbst untereinander nichts miteinander zu tun haben.

»Du bist hier genau richtig. Vertrau mir. Nichts kommt aus diesem Raum raus – nicht einmal die Magie der Göttin.«

Die Worte beruhigen mich nur bedingt. Es ist zwar ein gutes Gefühl zu wissen, dass meine Magie hier nicht rauskommt. Anderseits bin ich hier gefangen, sollte sich die Tür schließen. Ich werfe einen Blick in die Richtung, beobachte, wie der letzte Werwolf aus dem Raum verschwindet und sie hinter sich zuzieht. Ein Klick ist zu hören, als die Tür einrastet.

Ich schlucke den Kloß hinunter und wende mich Acca zu, die Handtücher zur Seite räumt. »Du sagtest, dass die Magie zuvor von einem jungen Mädchen Besitz ergriffen hat. Kanntest du sie?«

Das Grinsen auf Accas Lippen erlischt. »Helvia war wie mein Fleisch und Blut. Ich habe sie geliebt wie ein eigenes Kind. Sie war ein wichtiger Teil meines Lebens, wie ich von ihrem.«

»Was ist passiert?«, frage ich, wobei ein Gefühl im Bauch rumort, das mir nicht geheuer ist.

»Wieso sollte ich über Vergangenes sprechen, wenn du mir nicht denselben Gefallen erwiderst?«

Ich presse die Lippen zusammen. »Das kann ich nicht. Das noch einmal zu erleben ...« Meine Worte verklingen.

»Um Kontrolle zu erlangen, musst du akzeptieren. Was war, was ist und was sein wird. Die Magie gehört zu dir, genauso wie du zu ihr. Hecate hat dich auserwählt und somit ist diese Kraft die deine. Jetzt musst du sie willkommen heißen. Wie einen Freund oder einen Geliebten. Keiner von uns ist perfekt und die Magie einer Göttin erst recht nicht.«

Mir wird mulmig zumute. »Das gefällt mir nicht. Es hat sich alles verändert und ich will mein altes Leben zurück. Mir hat gereicht, was ich besessen habe. Ich wollte nie mehr!« Meine Hände ballen sich zu Fäusten.

»Das glaube ich dir. Die Magie zu akzeptieren, wenn sie seit jeher ein Teil von einem war, ist leicht. Aber sie neu kennenzulernen? Das ist schwer. Wenn du dein Leben zurückbekommen willst, bleibt dir nichts anderes übrig, als die Erinnerungen erneut zu durchleben. Maria wird dich nicht eher nach Deutschland zurückkehren lassen, bis du diese Magie einwandfrei beherrschst.«

»Ich weiß das«, presse ich hervor. Natürlich ist mir das bewusst, doch das macht es nicht besser. Es ändert nichts an der Angst, die sich aufbaut, wenn sich diese Magie nur leicht in mir regt. Wie soll ich so etwas Machtvolles kontrollieren? Damit ich meine Familie und Freunde vor dieser Kraft schützen kann, wenn sie mich gänzlich einnimmt.

»Ich bin auch erst nachträglich zu der Magie gekommen. Es war schwer und ich besitze nur einen Bruchteil der Kraft, die dir innewohnt«, erzählt Acca. Sie setzt sich auf die blaue Matte und unterschlägt die Beine. »Komm her.«

Mit staksenden Schritten nähere ich mich der Position der Werwölfin. »Wie hast du es hinbekommen?«

»Durch sie konnte ich die Wölfe schützen, die ich liebe. Sie sind meine Familie und jeder von ihnen gehört zu mir. Ich trage eine Verpflichtung und diese Magie ermöglicht es mir, sie zu beschützen, wie ich es will, damit ihnen keinerlei Unglück geschehen kann.«

Ich lasse mich vor ihr sinken und lege die Hände flach auf die Knie.

»Wenn du diese Macht nicht kontrollieren lernst, wird sie dich verschlingen – und das früher als später. Und sollte es so weit kommen, wird diese Kraft nicht nur dich aufzehren, sondern alle mitreißen, die sich in deiner Nähe befinden. Du könntest der nächste Grund für eine geschichtliche Katastrophe sein, wenn du dich weiterhin sträubst.« In ihrer Stimme schwingt ein Hauch Trauer mit, als wüsste sie haargenau, wovon sie spricht.

Mein Mund ist schlagartig staubtrocken. »Was ist mit Helvia geschehen?«, frage ich.

»Das siehst du, wenn die Magie es dir zeigen will.«

Ich beiße die Zähne zusammen. Die Kraft der Göttin hat mir einen Vorgeschmack darauf gegeben, was passiert, wenn ich sie nicht lerne zu kontrollieren. Doch das Ausmaß, das Acca erwähnt, hemmt mich, diese Kraft vollends zuzulassen.

»Entspann dich.« Die Wölfin nimmt meine Hände. Ihre Finger schlingen sich warm und fest um meine. »Schließ deine Augen und atme.«

Mein gesamter Körper ist verspannt. Die ganzen Fragen und Sorgen, die Acca aufgeworfen hat, machen aus den Gedanken ein einziges Chaos, das ich entwirren will.

»Ein … und aus«, souffliert sie und atmet selbst wie in ihrer Anleitung.

Automatisch passe ich mich ihren Atemzügen an und merke, wie sich die Anspannung aus den Schultern löst. Wie das Karussell in meinem Kopf langsamer wird, ehe es zum Stillstand kommt.

»Sehr gut. Ich will dir helfen, Sophia. Dafür musst du akzeptieren. Die Gegenwart, die Vergangenheit und die Zukunft. Du musst zulassen, dass die Macht dich erfüllt.«

Ich beiße die Zähne zusammen.

»Erzähl's mir.« Accas Ton ist bittend. Sanft.

Ich will die Erinnerungen nicht wachrufen. Nicht erneut durchleben, wie mich diese Schmerzen heimgesucht haben und die Schreie in meinen Ohren klingen. Zwiegespalten hebe ich die Lider und betrachte die Frau, die mir eine Fremde ist und sich dennoch anfühlt, als würde ich sie mein Leben lang kennen. »Die Magie kennt dich.« Es ist keine Frage, sondern eine Feststellung.

Um ihre braunen Augen tritt ein trauriger Zug. »Ich habe dir gesagt, dass meine Gefühle zur letzten Tredecim tief waren. Wir gehörten zu dem jeweils anderen Leben.«

»Was ist passiert?«, frage ich erneut. Ich habe das Gefühl, dass dieses Wissen für mich essenziell wichtig ist, um mir mit meiner Magie zu helfen.

»Lenk nicht ab. Die Tredecim ist eine Macht, die viel Verantwortung beansprucht.«

Meine Mundhöhle fühlt sich wie eine Wüste an. Ich glaube nicht, dass ich die Worte über die Lippen bringen kann. Selbst die kleinste Erinnerung schmerzt, als wäre es nicht Monate, sondern erst einen einzigen Wimpernschlag her.

Stille hüllt uns ein, die erstaunlich guttut. In meinem Kopf wäge ich das Für und Wider ab, mich Acca anzuvertrauen. Ich muss lernen diese Macht zu kontrollieren. Und ich weiß, dass ich das nur kann, wenn ich sie akzeptiere und keinerlei Angst mehr vor ihr habe. Aber es ist anstrengend. So. Verdammt. Schwer.

Tief hole ich Luft, benetze die Lippen mit der Zunge. »Meine Klasse hat sich im Wald getroffen«, bringe ich zittrig hervor. »Wir wollten feiern. Eine schwierige Klausur lag hinter uns, bei der keiner glaubte sie bestanden zu haben.« Wie lächerlich mir das auf einmal vorkommt. »Irgendwann, als zu viel Alkohol im Spiel war, haben meine Freundinnen und ich uns abgeseilt. Wir sind tiefer in den Wald gegangen und haben ein Feuer angemacht.« Ich stocke. Bis dahin tut die Erinnerung nicht weh. Zu diesem Zeitpunkt war noch alles in Ordnung. Alles Weitere ist in einen Dunst aus Adrenalin, Schmerz und Leid gehüllt.

»Es ist in Ordnung, Sophia«, beruhigt mich Acca und drückt meine Hände zuversichtlich. »Niemand wird dich verurteilen.«

»Uns kamen ein paar Jungs nachgelaufen. Alex hat ihren Spaß mitgemacht, nur Leonie und mir ging es zu weit. Der eine hat das verstanden und sich zurückgezogen ...« Meine Stimme bricht. Ich kneife die Augen zusammen, merke, wie sich mein ganzer Körper dagegen sträubt, die Erinnerung zuzulassen.

»Schh. Was ist passiert?«

»Ich habe Nein gesagt. Habe gesagt, dass ich das nicht will. Dass er mich in Ruhe lassen soll. Aber er hat nicht gehört ... Statt-stattdessen hat er seine Lippen auf meine gepresst. Ich war wie erstarrt, bis ich fühlte, wie etwas in mich hineinfuhr. Wie mich Wärme und ... Macht durchflutete.« Ich entreiße meine Hände Accas Griff und richte mich auf, um mit langen Schritten den Raum zu durchqueren, in der Hoffnung, Ruhe zu finden. »Auf einmal habe ich alles intensiver gespürt. Der Boden bebte. Das Feuer hat sich aufgerichtet wie ein wildes Tier, genauso wie der See, an dem wir saßen. Es war, als kesselten uns die Elemente ein.«

Ich fahre mir durch die blonden Haare. Wie bei einem zersprengten Damm sprudeln Wassermassen in Form von Wörtern über meine Lippen. Erneut spüre ich, wie die Erde unter meinen Füßen bebt. Ich höre, wie das Rascheln der Blätter an Bäumen und Büschen zu einem ohrenbetäubenden Crescendo wird. Die Hitze des Feuers verbrennt beinahe meine Haut und ich fühle, wie der Wind wild durch die Haare weht. Doch das Schlimmste sind ihre Schreie. Schrill, beinahe ohrenbetäubend hallen sie durch meinen Schädel, graben sich wie Eiszapfen tief in mein Herz. Die Erinnerung verschlingt mich und lässt nicht los.

»Sophia!«, ruft Acca und zerrt an mir.

Ich zucke zusammen, reiße die Augen auf. Um mich herum toben die Elemente. Wie in einem Kokon kreisen Wind, Wasser und Feuer um mich, während die Erde erzittert.

Panik fährt heiß durch meine Adern. Wie eine Python umklammert die Angst meinen Körper und raubt mir die Luft zum Atmen.

»Beruhige dich. Du hast die Macht!«, ruft Acca mir zu. »Sie will dich nur schützen.« Mit erhobenen Armen webt sie Magie, wahrscheinlich darum bemüht, meinen Ausbruch einzudämmen

Ich kann mich aber nicht beherrschen. Gefangen in meinen Emotionen bin ich wie in einem Hamsterrad, das sich immer schneller und schneller dreht.

»Lass es zu«, trichtert Acca mir ein. »Du hattest dort keine Begleiterin, die dir den richtigen Weg zeigt, aber ich bin jetzt da, hörst du? Hier ist niemand, den du verletzen kannst. Lass es zu!«

Ich kann mich nicht konzentrieren; mein Kopf gleicht einem leeren Gefäß, in dem einzig die Angst wie Efeu keimt. Sie schlingt sich durch mein Innerstes, beißt sich in das Fundament und hinterlässt nur zerbröckelnde Reste.

»Hör mir zu, Sophia!«

Accas Stimme dringt zu mir. Sie erreicht mich, aber ihre Worte ergeben keinen Sinn. Wie soll ich diese Macht zulassen, ohne dass sie alles von mir verschlingt und zerstört? Wie kann ich sicher sein, dass ich danach noch dieselbe bin und ich nicht eine Marionette dieser Macht werde?

»Diese Kräfte sind für dich bestimmt. Du bist ihre Meisterin. Ihre Quelle. Wenn du willst, dass sie versiegt, dann wird sie das tun.«

Ich will keine Angst mehr haben. Ich will nicht, dass diese Macht mich beeinflusst. Mein Blick erfasst Acca und etwas in mir rastet ein, wie ein Schalter der umgelegt wird. Ich balle die Hände zu Fäusten.

Nein.

Dieses Wort hämmert mit einer Gewalt durch meine Gedanken, dass ich ins Straucheln komme. Nein, ich will mich nicht mehr einer Macht unterordnen, die mir eine Göttin vermachte, in der Hoffnung, dass ich damit irgendwas erreiche. Nein, ich werde nicht zulassen, dass ich mein Leben lang Angst haben muss. Ich will das nicht.

Acca hat recht. Ich bin die Meisterin dieser Macht, die Dirigentin, und kein Wirt, der sich benutzen lässt. Mein Geist wird nicht unter dieser Quelle der Energie einbrechen. Diese göttlichen Kräfte wurden *mir* vermacht, niemand anderem, und ich werde nicht zulassen, dass sie nichts mehr von mir übrig lassen.

Laut Acca ist meine einzige Möglichkeit, es zuzulassen. Erst dann kann ich sie kontrollieren. Mit ausgebreiteten Armen lasse ich los und spüre die Macht, die durch meine Adern rauscht. Sie erfüllt mich zur Gänze. Das Raubtier reißt seinen Käfig ein und fällt über mich her. Statt der Verteidigung umarme ich es und falle. Wärme durchfließt meinen Körper und breitet sich durch jeden Muskel, jeden Nerv aus und hüllt mich wohlig ein, bis ich zu leuchten scheine.

Plötzlich herrscht Stille. Ich reiße die Augen auf. Zuallererst schnellt mein Blick zu Acca. Langsam lässt sie die Arme sinken. Ein Grinsen liegt auf ihren Lippen.

»Genau so«, sagt sie.

Meine Beine fühlen sich wie dünne Äste an, die dem zu tragenden Gewicht nicht mehr standhalten. Ich sinke auf die Knie, stütze die Hände vor mir ab und atme. Mein Körper reagiert, als wäre ich einen Marathon gelaufen. Trotz der Anstrengung fühle ich die Euphorie. Den Sieg. »Ich habe es geschafft«, wispere ich und kann es selbst nicht glauben. Es ist so irreal. Dieses Mal war es richtig, das habe ich gemerkt. Kein Tiger haust mehr in meinem Inneren. Die Magie bin ich und ich bin sie. Wir ergänzen uns. Wir sind Teil eines Ganzen.

Accas warme Hand legt sich auf meinen Rücken. »Ja, das hast du. Du kannst stolz auf dich sein, Tredecim.«

Sie beugt ihren Kopf für mich, als zollte sie mir Respekt. Trotz der feierlichen Worte schwingt ein trauriger Unterton in ihrer Stimme.

Ich sehe auf und begegne ihrem Blick. »Was ist mit Helvia geschehen?«, stelle ich erneut die Frage.

Der bekümmerte Zug um Accas Lippen wird tiefer. »Die Magie wird dir alles zeigen. Sie wird dich schützen.«

»Wovor?«

Ihre dunklen Augen glitzern von ungeweinten Tränen. Mich zerreißt es, sie so zu sehen. »Vor dem Fehler, den Helvia begangen hat.«

Mein ganzer Körper erstarrt. »Welchen Fehler?«

Ohne ein weiteres Wort richtet sich Acca auf und geht auf die Tür zu.

»Acca! Du hast mir Antworten versprochen!«, rufe ich ihr hinterher.

In der Tür dreht sie sich um. »Aber nicht von mir. Die Magie der Tredecim wird dir alles verraten, zu seinem bestimmten Zeitpunkt.«

Mein Herz pocht hektisch gegen die Rippen. Ich kralle die Nägel in die Matte. »So war das nicht abgemacht!« Meine Knie zittern unter dem Gewicht, als ich aufstehe und in Accas Richtung laufe. »Wir hatten ...«

Sie hat mir den Rücken zugewandt und steht mit einem Fuß bereits auf der Treppe nach oben. »Ich habe niemals gesagt, dass *ich* dir diese gebe, Sophia. Deine Magie ist ein Teil von dir, verlange von ihr Antworten.«

»Acca ...!«

Langsam sieht sie über die Schulter zu mir. Trauer und Wut stürmen in ihren braunen Augen. »Leg dich nicht mit mir an«, knurrt sie. »Das haben andere, die älter und gewiefter waren als du, bereits versucht, *mia cara*, und sind gescheitert.«

Mit geweiteten Augen sehe ich ihr nach, als sie die Treppe betritt und mich stehen lässt.

»Gern geschehen übrigens«, ruft sie über die Schulter.

Erschöpft lasse ich mich wieder auf die Matte sinken. In meinem Kopf ist eine wohltuende Leere, die mich an gar nichts denken lässt, obwohl so viele Gedanken in mir wüten.

Ich weiß nicht, wie lange ich dort auf den Matten hocke, als Schritte auf der Treppe laut werden.

»Sophia?« Nevio betritt vorsichtig den Trainingsraum, als wäre ich ein wildes Tier, das er nicht einschätzen kann. »Geht es dir gut?«

Ich schnaube. »Nein. Mir geht es nicht gut.« Mein Innerstes fühlt sich an, als hätte ich mich auf links gedreht. Die Angst vor der Macht ist fort. Stattdessen fühle ich nur die wohltuende Wärme, wie von einer heilenden Quelle, aber ansonsten nichts. Beinahe wie vorher. Nur, dass nie mehr etwas sein wird wie früher. Ich werde niemals mehr zu meinem alten Leben zurückkehren. Wie ein Amboss legt sich diese Gewissheit auf meine Schultern. Die Realität, wie ich sie bisher besaß, ist vorbei. Ich bin nicht mehr nur eine Hexe des deutschen Zirkels. Ich bin die Tredecim.

Ein fahler Geschmack legt sich auf meine Zunge und am liebsten möchte ich mich unter der Bettdecke verkriechen und nie mehr hervorkommen. Ich habe keine Ahnung, was es heißt, eine Tredecim zu sein, oder was von mir erwartet wird. Sonst hätte Hecate mir diese Macht nicht überlassen – vor allem nicht so spät. Zwischen meinen Händen verberge ich das Gesicht, vollkommen überwältigt von den auf mich einstürmenden Emotionen. »Scheiße!«, rufe ich aus. Mein Körper zittert.

Warme Finger legen sich auf meinen Arm. Überrascht sehe ich auf und erwidere Nevios Blick aus braunen Augen, in dem Jadesplitter tanzen. »Na komm, ich bringe dich zu Maria.« Er reicht mir seine andere Hand.

Nach kurzem Zögern nehme ich die Hilfe an und stehe auf.

»Was ist passiert?«, erkundigt er sich.

»Ich habe absolut keine Ahnung.«

Mit wackligen Beinen begleite ich Nevio aus dem Raum und bin froh, dass er in der Nähe ist, damit ich mich notfalls an ihm festhalten kann.

Wir gehen am Tresen vorbei und ich lasse den Blick über die Theke und durch das Restaurant gleiten. Nirgends entdecke ich Acca. In mir wüten widersprüchliche Gefühle. Einerseits bin ich froh, sie nicht zu sehen, anderseits hätte ich gern in ihre Augen geschaut, um irgendwas daraus zu lesen. Ich möchte wissen, welchen Fehler Helvia begangen hat. Und weswegen Acca nicht darüber sprechen will.

Nevio biegt noch einmal kurz ab und holt etwas hinter der Theke hervor, während ich bereits nach draußen gehe. Als sich die frische Luft in meiner Lunge sammelt, schließe ich die Augen. Der Geschmack von Salz legt sich auf meine Zunge, den der Wind vom Meer bringt und die verschiedenen Düfte der Sträucher und Büsche verwöhnen die Nase. Meine Sinne scheinen besser als zuvor zu sein, aber das kann auch bloße Einbildung oder Wunschdenken sein.

»Geht's dir besser?«, fragt Nevio, als er neben mir auftaucht.

»Ich habe wirklich keine Ahnung, wie ich mich fühlen oder was ich denken soll.«

»Die Macht der Göttin in sich zu tragen ist wohl nicht so einfach?«, erkundigt er sich.

Mein Blick richtet sich auf ihn und ich sehe das leichte Schmunzeln auf seinen Lippen. Seine Art macht es irgendwie leicht mit ihm zu agieren.

»Nein, kann ich nicht behaupten. Woher weißt du es?«

»Ich habe es gespürt. Zudem ist die Macht, die du im Keller fabriziert hast …« Für einen Moment scheint er das richtige Wort zu suchen. »Es ist gewaltig gewesen.«

»Du hast es gefühlt?« Ich sehe zu dem kleinen Gebäude, in dem Acca ihr Restaurant hat. Von außen wirkt es kein bisschen so, dass in seinem Inneren ein Sicherheitskeller ist, in dem Dutzende Werwölfe ihre Kampffähigkeiten trainieren. Accas Versuch, die Magie einzudämmen, ist scheinbar nicht gänzlich gelungen. Ob die anderen Gäste, die noch immer auf der Terrasse versammelt sind, etwas davon mitbekommen haben? Sie wirken unbeschwert und losgelöst. Vielleicht haben es auch nur die Wölfe mitbekommen, dass im Keller etwas vonstattengeht.

»Das war nicht nicht zu spüren«, meint er. »Hast du es jetzt unter Kontrolle?«

Ich horche in mich. Alles fühlt sich wund und gereizt an, aber nicht fremd. Nicht mehr, als müsste ich Angst vor mir selbst haben. »Ich glaube schon«, gebe ich schwammig zu. »Zumindest hoffe ich es. Auf ein weiteres Treffen mit Acca kann ich verzichten«, murmele ich und wende mich zum Gehen. Obwohl ich in den letzten Tagen unbedingt von Marias Haus wegwollte, zieht mich jetzt alles dorthin zurück. Ich will mich unter der Bettdecke verkriechen und erst wieder rauskommen, wenn ich mich besser fühle.

»Nimm es ihr nicht übel. Sie hat viel gesehen und weiß, was sie will, und leider zu oft weiß sie, was am besten für jemand anderen ist«, sagt Nevio und folgt mir.

Kurz denke ich über seine Worte nach. Wenn Acca schon so lange lebt … Mich durchläuft ein Schauder. »Weißt du, wie alt sie ist?«, frage ich, während wir durch die engen Gassen von Aci Castello spazieren. Die Häuser drängen sich dicht aneinander. Mich würde wundern, wenn hier zwei Autos nebeneinander fahren könnten.

»Nein. Davon redet sie nie. Aber wenn man bedenkt, dass sie *die* Acca Larentia ist …«

Ich horche auf. »Die?«

»Kennst du die Geschichte von Romulus und Remus?«

»Du meinst, die Zwillinge, die von einer Wölfin großgezogen wurden?« Wir überqueren eine größere Hauptstraße Richtung Stadtausgang.

Nevio nickt.

»Das ist ein Scherz«, sage ich, obwohl es in meinem Kopf rattert, wie alt Acca sein muss. »Das sind Jahrtausende!«, rufe ich aus.

»Und das ist nur die Zeitspanne, in der sie als Erstes genannt wird. Irgendwann wurde auch mal gesagt, sie sei die Dirne von Hercules gewesen.«

Für einen Moment schwindelt mir. »Wow.«

»Ja, das ist das richtige Wort. Also versuch ihr nicht böse zu sein. Sie meint es nicht so.«

Ich reibe mir mit Zeigefinger und Daumen über die Stirn, hinter der sich pochende Schmerzen melden. »Okay.«

Nevio schenkt mir ein Lächeln, das das Pochen von meinem Kopf in die Brust wandern lässt. Erst jetzt fällt mir die Dose auf, die er im Arm hat.

»Die ist für dich«, teile ich ihm mit.

Er runzelt die Stirn. »Für mich? Wieso …?« Ehe ich die Frage beantworten kann, öffnet er bereits den Deckel. Seine Augen weiten sich und ich kann förmlich beobachten, wie sich der Speichel in seinem Mund sammelt, als er den Duft genüsslich erschnüffelt. »Bei den Göttern!«, stößt er begeistert aus. »Das ist Marias berühmtes Tiramisu.«

»Ich glaube, das soll eine Entschuldigung wegen gestern sein.« Betreten knete ich meine Finger und bleibe stehen. »Mir tut es leid, dass ich dich so angefahren habe. Du konntest am wenigsten dafür. Ich hätte nicht gegen die Regeln verstoßen dürfen.«

Er macht eine wegwerfende Handbewegung. »Alles gut. Das ist von gestern. Aber das hier.« Nevio deutet auf das Tiramisu. »Das ist das Beste, was du jemals kosten wirst.«

»Es hat große Konkurrenz. Meine Mama ist ebenfalls Italienerin«, verrate ich mit einem breiten Grinsen.

»Glaub mir, gegen Maria kommt niemand an!«

»Ich denke, das sollten wir testen. Du hast nicht zufällig Löffel dabei?«, frage ich.

Nevios Blick schweift durch die kleine Gasse, durch die wir schlendern. »Warte kurz hier!«, sagt er, drückt mir die Dose in die Hand, ehe er wegläuft.

Verwundert sehe ich ihm nach. Der kaffeelastige Duft des Tiramisus dringt mir in die Nase und ich verstehe schlagartig, wieso Nevio allein vom Geruch das Wasser im Mund zusammengelaufen ist. In dem Moment kommt er wieder und hält triumphierend zwei Löffel in die Höhe, die er von einer *Gelateria* stibitzt haben muss. Ich grinse und nehme ihm einen ab.

»Bereit das Ambrosia der Götter zu kosten?«, fragt er.

»Kann ich dafür bereit sein?«

»Hast recht. *Assaggia* – probiere!«

Ich folge seinem Befehl und als sich der Geschmack auf meiner Zunge ausbreitet, geben meine Knie beinahe unter mir nach. »Götter«, seufze ich und verstehe, wieso Nevio es Ambrosia nennt.

»Gut, oder?«

»Besser«, stimme ich ihm zu und versenke den Löffel direkt wieder.

»He! Lass mir was übrig, du Gierschlund.«

Ich muss lachen und gestehe mir ein, dass es sich unglaublich gut anfühlt, mit Nevio durch die Straßen von Aci Castello zu schlendern und Tiramisu zu löffeln wie ein normales Mädchen.

Kapitel 10

Pompeji im Jahre 79 n. Chr.

»Ängstigt es dich, mich zu heiraten?«, fragt Tiberius, nachdem wir eine Weile schweigend durch den innenliegenden Garten spaziert sind.

Lieber würde ich weiterhin den Geräuschen der Stadt lauschen, als mich mit dem Legatus zu unterhalten. Mit gerunzelter Stirn sehe ich ihn an. »Kümmert es Euch denn, wenn es so wäre?«

»Sonst würde ich mich nicht erkundigen«, antwortet er und lächelt. »Ich würde alles in meiner Macht Stehende tun, um dir die Angst zu nehmen.«

Seine Antwort sollte mich berühren. Es könnte mich mit einem mir fremden Ehemann schlimmer treffen. Doch er ahnt nicht, dass es unmöglich ist, mich für sich zu gewinnen. Mein Herz wird ihm nie gehören. Mit meinen Gefühlen für Lucius habe ich nicht nur mein eigenes unglückliches Schicksal besiegelt, sondern auch das von Tiberius. Vorausgesetzt, er strebt nach meiner Liebe und nicht nur nach Vaters Vermögen oder einer vorzeigbaren Ehefrau.

Abwartend betrachtet er mich, doch ich wende den Blick ab und lasse ihn über die Malereien an den Wänden des Atriums schweifen. Ich will dem Legatus nicht vorspielen glücklich über diese Verbindung zu sein. Statt etwas zu erwidern, konzentriere ich mich auf den Geruch der Pflanzen, die in unserem Garten wachsen. Ich mache mir die Erde bewusst, über die wir schreiten. Sowie die kühle Luft, die mich vor der Hitze der Magie schützt. Die wilden Düfte der Natur lassen meine Gedanken zu Lucius fliegen. Ein Stich fährt mir durch die Brust. Damit der Legatus nicht merkt, dass ich mich versteife, ziehe ich den Arm zurück und schlendere zum überdachten Gang, der an das Atrium und den Garten anschließt. Kommentarlos folgt er mir. Betont langsam lasse ich die Hand über die raue Wand und das Abbild von zwei Gladiatoren streifen, die sich in voller Montur gegenüberstehen. Als ich die Malerei hinter mir gelassen habe und den Bereich der Wand erreiche, an der

Besucher Grüße oder ihre Namen in den Stein geritzt haben, erstarre ich. Die Buchstaben verschwimmen vor meinem Auge, einzig Lucius' Namen nehme ich noch wahr. In meinen Ohren surrt es, als schwirrte ein Insekt um meinen Kopf. In Gedanken sehe ich einen deutlich jüngeren Lucius vor mir, ein verschmitztes Lächeln auf den Lippen, nachdem er seinen Namen eingeritzt hat und bereits dabei war, meinen daneben zu verewigen. Ein Stich jagt durch die Brust, als ich eine Hand auf die ersten beiden Buchstaben meines Namens lege. Ich muss blind gewesen sein, dass ich damals nicht schon gemerkt habe, dass ich für Lucius mehr als nur eine Freundin bin. Vielleicht habe ich es auch nicht sehen wollen, um mich zu schützen. Weil mir schon als Kind eingeprägt wurde, dass ich nie aus Liebe würde heiraten dürfen.

Aus dem Augenwinkel erkenne ich Tiberius, der neben mich tritt und mit den Fingerspitzen über die Vertiefungen im Stein streicht. »Ich sollte mich ebenfalls verewigen«, sagt er und dreht mir den Kopf zu. »Wir sollten es beide tun. Als Erinnerung für deinen Vater. Findest du nicht?«

»Als Erinnerung?« Nur ungern tauche ich aus den Gedanken an Lucius auf, lasse dann aber doch meine Hand an der Wand hinabsinken, während ich Tiberius verwirrt ansehe.

Er verringert den Abstand zu mir. Ich zucke zusammen, als ich seine Hand an der Hüfte spüre. »Wenn wir Pompeji verlassen haben und nach Rom zurückgehen. Du wirst dich dort wohlfühlen.«

Nur langsam dringen seine Worte zu mir durch. Mein Herz beginnt zu rasen, angespornt von der Magie, die sich in mir regt. Bevor ich etwas erwidern kann, taucht Vater neben uns auf.

»Was höre ich da?«, fragt er und runzelt die Brauen, als er Tiberius' Hand an meiner Hüfte entdeckt. Laut räuspert Vater sich, den Blick auf die unschickliche Berührung geheftet, und entspannt sich erst, nachdem der Legatus die Hand hat sinken lassen. Doch in seiner Miene erkenne ich die Sorge, als er Tiberius ansieht. »Ihr verlasst Pompeji?«

Der Römer tritt von der Wand zurück, um sich Vater zuzuwenden. Ich nutze die Gelegenheit, um Abstand zu ihm zu gewinnen. Die nächste ungefragte Berührung werde ich nicht mehr schweigend hinnehmen.

»*Wir* verlassen Pompeji«, entgegnet er und wirft mir einen besitzergreifenden Blick zu, der mir die Nackenhaare zu Berge stehen lässt.

»Es war nie die Rede davon, dass Helvia nach Rom geht«, begehrt Vater auf. »Man sagte mir, Euch stehe der Sinn nach einem Anwesen in Pompeji.« Seiner Stimme höre ich die Mischung aus Unsicherheit und unterdrückter Wut an.

In mir schwellen ebenfalls Zorn und Panik an. Tief atme ich durch, um Ruhe zu bewahren, damit sich die Magie nicht aufbäumt. Nie wurde nur im Entferntesten angedeutet, dass ich Pompeji und damit den Zirkel und Vater verlassen muss. Einen Fremden zu heiraten ist eine Sache, meiner Heimat und Freunde entrissen zu werden eine andere.

Tiberius hebt überheblich die Brauen und betrachtet Vater, als hätte dieser gescherzt. »Ohne Euch zu nahe zu treten, lieber Marcus, aber was sollen wir in dieser Provinz? Solch eine seltene Blume wie Helvia gehört nach Rom, in die Nähe des Kaisers. Ebenso wie ich. Kaiser Titus wird mir keine politischen Ränge zugestehen, wenn ich in Pompeji versaure. Ihr werdet mir zustimmen, dass meine Fähigkeiten hier vergeudet wären.«

»Nun ... gewiss ...«, stammelt Vater.

Ich starre ihn entsetzt an. Lässt er etwa zu, dass Tiberius mich mit nach Rom nimmt? Wieso setzt er sich nicht vehementer für mich ein? Würde Larentia dem überhaupt zustimmen? Die Gedanken überschlagen sich, ich fühle mich in die Ecke gedrängt.

»Das geht nicht«, sage ich viel zu laut und sehe Tiberius entschlossen ins Gesicht.

»Wie bitte?«, fragt er.

»Ich bin ein Mitglied des Zirkels und die Tredecim. Mein Volk braucht mich hier und nicht in Rom!« Meine Magie rauscht wie ein reißender Strom durch die Adern. Sie kribbelt bis in die Fingerspitzen, die ich fest in die Handflächen drücke, sodass sich die Nägel ins Fleisch bohren. Es fällt mir immer schwerer, die Fassung zu bewahren. Eine schlechte Neuigkeit jagt heute die nächste.

»Du wirst in erster Linie meine Frau sein. Alles andere ist unbedeutend«, sagt Tiberius. Seine Stimme hat einen befehlenden Klang angenommen, das Gesicht gleicht einer Maske. Vor mir steht nicht mehr der junge Mann, der Gefallen an meiner Willensstärke gezeigt hat, sondern der Legatus, der Hunderte von Soldaten in die Schlacht führt und dabei keine Widerworte zulässt. »Wir werden so schnell wie möglich heiraten und zurück nach Rom reisen.« Er wendet sich Vater zu, nachdem dieser hörbar nach Atem ringt. »Wir wollen schließlich keine Zeit vergeuden, oder, werter Marcus?«

So schnell wie möglich? Mir weicht das Blut aus dem Kopf, Kälte packt mich mit ihren Klauen.

Während Vater in eine Art Starre verfällt und sichtlich nach einer passenden Erwiderung sucht, tritt der Präfekt an ihn heran.

»Stellt Euch nur vor, welche Türen Euch im Kaiserreich offen stehen werden«, sagt er zu Vater und legt ihm die Hand auf die Schulter. »Ihr solltet diese Verbindung so schnell wie möglich durch den Bund der Ehe festigen.« Mit einem ekligen Grinsen sieht der Präfekt zu Tiberius, bevor er sich wieder Vater zuwendet. »Ihr wollt dem jungen Glück nicht im Weg stehen, oder? Väter müssen ihre Töchter ziehen lassen.«

Fassungslos blicke ich zwischen den Männern hin und her. Wieso fragt mich keiner, ob ich damit einverstanden bin? Das Gefühl, ohnmächtig mitansehen zu müssen, wie ich behandelt werde wie Ware eines Handelsschiffes, ertrage ich kaum noch.

»Aber ...«, wendet Vater ein, doch der Präfekt unterbricht ihn mit einem tadelnden Schnalzen.

»Wenn Euch so viel an Helvia liegt, verlasst Pompeji und begleitet uns nach Rom«, schlägt er vor.

In Vaters Miene kann ich sehen, dass es in ihm arbeitet. Seine Gesichtsmuskeln wechseln zwischen Entspannung und Anspannung. »Wir sind hier in Pompeji verwurzelt. Ich weiß nicht so recht ...«

Mir reißt endgültig der Geduldsfaden. Wenn schon mein eigener Vater nicht für mich einsteht, muss ich es selbst tun. »Ich werde Pompeji nicht verlassen!«, platzt es aus mir heraus. Unter den Füßen spüre ich ein sanftes Beben, als die Magie bei meinen Worten das Erdreich aufrüttelt. Mit großen

Schritten gehe ich auf den Garten zu. Ich brauche Abstand zu den Männern, die denken über mich entscheiden zu können.

Der Präfekt lacht. »Das hast nicht du zu entscheiden, mein Kind«, ruft er mir hinterher.

»Ich bin nicht Euer Kind«, entgegne ich gepresst und drehe mich zu ihm um. Erschrocken zucke ich zusammen, als mir Tiberius gegenübersteht. Er packt mein Handgelenk und zieht mich ruckartig zu sich heran.

»Dein Temperament gefällt mir«, raunt er mir ins Ohr und drängt sich dabei an mich. Erschrocken versteife ich mich. »Es wird mir Freude bereiten, dich in deine Schranken zu weisen. Wenn es nach mir ginge, würden wir noch heute heiraten und Pompeji verlassen.«

Penetrant steigt mir der Duft seiner herben Duftsalbe in die Nase und raubt mir den Atem. Noch schlimmer sind die Worte, die er gewählt hat. In meiner Kehle entsteht ein Kloß, der mir das Schlucken erschwert.

Alles in mir rebelliert. Gegen diese Verbindung. Gegen diesen Mann, dessen Erscheinung über sein Wesen hinweggetäuscht hat und dessen Nähe ich nicht ertrage. Die Magie bäumt sich auf und erfüllt meinen Geist. Jeder Muskel zittert, während ich meine Kraft darauf verwende, die Macht der Dreizehnten nicht zu entfesseln, um diesen Widerling von mir zu schleudern.

»Ihr vergesst Euch, Tiberius!«, zische ich und versuche mich aus seinem Griff zu befreien. Doch er packt bloß fester zu.

»Du solltest dich an meine Nähe gewöhnen, Helvia. Ich habe noch einiges mit dir vor«, flüstert er so leise an meinem Ohr, dass nur ich ihn höre.

Ich sauge gepresst den Atem ein und weiche mit dem Oberkörper zurück, sodass ich Tiberius in die eiskalten Augen sehe. Etwas Berechnendes liegt in seinem Blick. Seine Aura färbt sich dunkel und dreht mir mit ihrer Präsenz den Magen um.

»Nur zu, nutz deine Magie«, raunt er und grinst. »Ich will sehen, wozu die Tredecim, deren Macht einen Kaiser stürzen kann, fähig ist. Aber du wagst es nicht, nicht wahr?«

Ein Schauder rast meinen Rücken hinab. Am liebsten würde ich den Mann zermalmen! Wie kann er es wagen, mir so nahezutreten?

Tiberius' Grinsen wird breiter. Ich will mich beherrschen, doch das Gefühl seines Körpers, der sich an meinen presst, und der Druck seiner Finger um mein Handgelenk rauben mir den Verstand. Die Hitze in mir wird unerträglich, als mich die Magie dazu drängt, mich zu verteidigen. Sie will nicht zulassen, dass Tiberius mich derart erniedrigt. Bevor ich irgendetwas tun kann, packt Vater den Legatus an der Toga und reißt ihn zurück. Tiberius ist gezwungen, mich loszulassen.

»Ihr befindet Euch hier in meinem Haus, Tiberius. Ich bitte Euch nur ein einziges Mal höflich, Eure Erziehung und Euren Anstand nicht zu vergessen«, sagt Vater gepresst. Sein Gesicht ist rot angelaufen und er atmet schwer, während sein Blick den Legatus durchbohrt. Dass er sich sogar gegen einen schlachtenerprobten Soldaten stellt, nur um mich und meine Ehre zu verteidigen, rührt mich.

Doch ich bin selbst in der Lage zu kämpfen. Schließlich bin ich die Tredecim. Ich lasse mich von niemandem erniedrigen! Die Wut und das Entsetzen über Tiberius' Dreistigkeit drängen meine Beherrschung nieder. Die Macht brodelt wie die Lava in einem Vulkan, der auszubrechen droht. Die Erde bebt, sie ächzt und es rumpelt, als sie in Bewegung gerät. Blätter werden vom aufkommenden Wind aufgewirbelt. Unter mir teilt sich der Erdboden und ein Riss entsteht. Rasch gräbt er sich durch den Untergrund, bis ich der Magie Einhalt gebiete und er am anderen Ende des Gartens innehält.

Der Präfekt rafft seine Toga und läuft wie ein aufgescheuchtes Huhn im Garten herum. »Die Erde tut sich auf! Bei den Göttern, ist das die Strafe für unsere Verfehlungen?«, kreischt er und fällt auf die Knie, den Blick gen Himmel gerichtet. »Gnade uns, Iuppiter!«

»Macht Euch nicht lächerlich!«, schnauzt Tiberius ihn an und hat lediglich einen herabwürdigenden Blick für den Präfekten übrig, der mit kalkweißem Gesicht am Boden kauert. Dann wendet er sich mir zu, das Lächeln eines Raubtiers auf den Lippen. »Es ist die Macht der Tredecim, die uns verschlingen will. Nicht wahr, Helvia?« Jegliche Wärme ist aus seiner Stimme verschwunden.

Vater ergreift meine Hand, ehe er mich schützend zu sich heranzieht. »Euer Ton gefällt mir nicht, Tiberius«, sagt er eisig.

Unterdessen versuche ich mich zu beruhigen. Am liebsten würde ich tatsächlich die Erde auftun, damit sie den Legatus verschluckt. Aber dadurch würde ich den Zorn des Kaisers nicht nur auf mich, sondern auch auf den Zirkel oder gar auf alle Wesen ziehen. Außerdem kann ich das Gefühl nicht abschütteln, Tiberius hätte mich absichtlich bedrängt, damit ich die Beherrschung verliere. Tief atme ich durch, um die Magie zu besänftigen. Will er etwa, dass ich meine Macht gegen ihn einsetze und dadurch den zerbrechlichen Frieden zwischen dem Kaiser und uns Wesen zerstöre?

»Vergesst nicht, mit wem Ihr sprecht, Marcus«, zischt Tiberius. Seiner schneidenden Stimme ist anzuhören, dass er es gewohnt ist, Befehle zu geben, anstatt sie zu erhalten. Seine Körperhaltung wirkt unnachgiebig, die Härte in seiner Miene verleiht ihm ein älteres Aussehen. Kaum etwas ist von der jugendlichen Erscheinung geblieben, die nicht so recht zu seinen bisherigen Erfolgen gepasst hat. Tiberius sieht zu dem Riss, der sich durch unseren Garten zieht, bevor er sich mir zuwendet. »Ich war schon immer ein Liebhaber seltener Schätze. Und bald werde ich das seltenste Schmuckstück im ganzen Reich besitzen.« Er schenkt mir ein entspanntes Lächeln, als würde die Luft zwischen uns nicht brodeln.

»Ich bin weder ein seltenes Schmuckstück noch der Besitz von irgendjemandem«, entgegne ich mit starrer Mimik.

Doch Tiberius scheinen meine Widerworte zu amüsieren. »Ich sehne unsere nächste Begegnung herbei, Helvia«, säuselt er. »Herr Präfekt?« Er wendet sich an seinen Begleiter, der sich erhebt und mit unsicheren Schritten auf uns zuschwankt. Seine Gesichtsfarbe ist noch immer ungesund blass. »Wir finden selbst heraus«, sagt der Legatus und wendet sich von uns ab. Mit strammen Schritten durchschreitet er den innenliegenden Garten, gefolgt vom Präfekten, der ihm hinterhereilt wie ein unterwürfiger Diener. Tiberius versteht es, Eindruck zu hinterlassen. Wenn auch keinen guten.

In mir rumort eine Mischung aus Zorn und der Angst vor der Zukunft. Meine Hände, die ich zu Fäusten geballt habe, zittern. Vater bemerkt es und seufzt leidend, ehe er sich mir zuwendet.

»Es tut mir leid, Helvia«, sagt er kleinlaut und senkt den Blick.

»Was tut dir leid? Dass du dich in Tiberius getäuscht hast? Dass du ihn überhaupt in Betracht gezogen hast? Oder dass du an dieser Abmachung festhältst?«, frage ich herausfordernd und versuche gar nicht erst die Wut und die Enttäuschung zu überspielen.

Die Vorwürfe treffen ihn. Er verzieht das Gesicht, als hätte ich ihn geschlagen. »Nicht ich habe Tiberius für dich erwählt, Helvia. Es war der Kaiser«, sagt er. »In dem Pakt zwischen Larentia und ihm gibt es kein Mitspracherecht für uns. Selbst sie dürfte kaum Einfluss auf die Wahl des Gesandten nehmen können.« Ich höre seiner Stimme an, wie schwer es ihm fällt, mir und sich selbst einzugestehen, wie wenig Einfluss er besitzt und wie wenig er seine eigene Tochter beschützen kann.

»Ich muss also den Mann heiraten, den der Kaiser für mich vorsieht? Selbst wenn dieser so unehrenhaft wie Tiberius ist?« Alles in mir rebelliert bei dem Gedanken. Nicht nur weil der Legatus mir zuwider ist. Die Art und Weise, wie er über meine Macht spricht, gefällt mir nicht.

»Wir haben keine Wahl, wenn wir den Kaiser nicht gegen uns aufbringen wollen.«

Ich bin so enttäuscht von Vater, dass ich nicht weiß, was ich darauf erwidern soll, ohne erneut die Fassung zu verlieren. Die Worte, mich nur an einen ehrenwerten Mann zu geben, waren gelogen. Meine Brust brennt bei diesem Gedanken.

Aber egal, ob er nicht zugeben konnte, keinen Einfluss zu haben, oder mich nur in Sicherheit wägen wollte. Eins habe ich jedoch begriffen: Er leidet ebenso unter der Wahl des Kaisers wie ich. Der Gedanke, mich Tiberius zur Frau zu geben, quält ihn. Um den Frieden zwischen Rom und uns Wesen aufrechtzuerhalten, bin ich nicht die Einzige, die leiden muss.

KAPITEL 11

2018 N. CHR., ACI CASTELLO

Die blassen Worte, die mir erzählen, wie Faune menschliche Frauen bezirzt haben, damit diese ihre Kinder austragen, ergeben keinerlei Sinn in meinem Kopf. Stattdessen wiederholt sich Accas Gesagtes immer wieder in meinen Gedanken. Welchen Fehler hatte Helvia begannen?

Ich schwinge die Beine aus dem Bett und fahre mir übers Gesicht, um die Müdigkeit zu vertreiben. Hastig ziehe ich mir etwas an und husche die Treppe hinunter, ehe ich in der Küche stehen bleibe, in der Maria am Tisch sitzt und verschiedene Kräuter in einer Schüssel zerteilt. Als ich gestern Abend zurückgekommen bin, war sie nicht da, aber die Tür offen. Kurzzeitig hatte ich mir Sorgen gemacht, bis ich einen Zettel auf dem Tisch gefunden habe, dass eine andere Junghexe in der Nähe ein Problem habe und sie dorthin müsse.

»Nevio bedankt sich für das Tiramisu.«

Maria sieht auf und ein seliges Lächeln gleitet über ihre Lippen. »Der Junge ist unersättlich. Typisch Werwolf.«

Ich hebe die Augenbrauen. »Typisch Werwolf?«

»Ein sehr verfressenes Völkchen – meiner Meinung nach. Wenn du jemals einen Werwolf von etwas überzeugen willst, betöre ihn mit gutem Essen. Danach wird er dir bei allen Belangen aus der Hand fressen.« Sie schenkt mir ein Zwinkern.

Während sie spricht, setze ich mich zu ihr und stütze die Ellenbogen auf dem Holz ab, sodass ich mein Kinn auf die Fäuste betten kann. »Du wusstest es, nicht wahr?«

Fragend hebt Maria ihre Augenbrauen.

»Dass Acca mir helfen kann.«

Sie steht auf und geht zur Küchentheke. »Ihre Erfahrungen mit der Macht der Tredecim übersteigen meine bei Weitem. Ich dachte, ich könnte dir helfen, weil du eine Hexe bist. Unsere Kräfte unterscheiden sich jedoch. Diese Macht ... Sie braucht eine Zuwendung, die ich dir nicht geben kann.«

Mir verschlägt es die Sprache. Maria ist ebenfalls eine Geküsste der Hecate. Ihre und meine Mächte müssten ähnlich funktionieren. »Was bedeutet das?«, frage ich.

Maria dreht sich um. »Dass du nicht nur meine, sondern auch Accas Hilfe brauchst, um deine Kräfte zu verstehen.«

Ich verziehe die Lippen zu einer Grimasse. »Acca wird mir wohl nicht mehr helfen«, murmle ich eher zu mir selbst als zu Maria.

»Was hast du angerichtet?«

»Ich habe nichts angerichtet – zumindest nur das, was sie verlangt hat. Aber sie will mir nichts erzählen. Nicht einmal, was der Grund war, wieso die Magie so lange Zeit verschwunden ist.«

»Du hast von der mächtigsten und ältesten Werwölfin, die eher einer Göttin als etwas anderem gleicht, Antworten verlangt?« Marias Ton klingt, als wäre ich von allen guten Geistern verlassen – was ich bei genauerer Überlegung vielleicht auch bin.

»Weißt du, was damals passiert ist?«

Anscheinend unwohl windet sie sich. »Die Geschichte der letzten Tredecim ist ein gut bewahrtes Geheimnis der Zeit. Das Einzige, was ich weiß, ist, dass die Tredecim mit Pompeji zusammen untergangen ist. Acca könnte dir mehr darüber erzählen, immerhin war sie die Lehrmeisterin vieler Tredecims.«

Ich presse die Zähne zusammen. Natürlich, ausgerechnet diejenige, die mit mir kein einziges Wort mehr wechseln wird, kennt die Antworten auf meine bohrenden Fragen. Es sei denn, ich schaffe es, mich mit der Magie auf eine Art zu verbinden, damit sie mir verrät, was ich wissen will. »Oder Helvia ...«, merke ich gedankenversunken an.

»Wie bitte?«, fragt Maria und legt ihren Mörser beiseite.

»Helvia war der Name der Tredecim.«

»Das hat Acca dir verraten?«

»Ja. Aber mehr will sie nicht erzählen, obwohl ich gefragt habe. Sie meinte, die Magie werde mir alles mitteilen, sobald die Zeit bereit sei.«

Maria sieht mich mit großen Augen an. »Götter steht uns bei«, murmelt sie und legt ihre Finger wie im Gebet aneinander.

»Sie sagte, dass ich vorsichtig sein muss, um nicht denselben Fehler wie Helvia zu begehen. Aber was hat sie bitte schön getan, dass Acca es mir nicht erzählen will?«

»Du erwartest von Acca, dass sie dir ihre schmerzvolle Vergangenheit erzählt? Pompeji war nicht nur das Zentrum von magischen Arten, sondern ihre Heimat. Als damals der Vesuv ausgebrochen und die Stadt untergegangen ist …« Sie verstummt, als müsste sie sich zunächst wieder fangen. »Dabei sind viele Wesen ums Leben gekommen – Freunde und Familie von Acca. Ganze Arten und Wissen unserer Welt wurden ausgelöscht.«

Ich rutsche auf meinem Stuhl hin und her. Acca hat zu dieser Zeit unendlich viel Schmerz erleiden müssen. Und ich habe sie an genau das erinnert. Selbst in meiner Nähe, und damit in Kontakt mit dieser Magie zu sein, deren vorherige Tredecim sie kannte, muss für sie Erinnerungen wecken. Mehr noch, Acca sagte, Helvia sei wie eine Tochter für sie gewesen. Scham brennt mir nach dieser Erkenntnis auf den Wangen. »Ich wusste nicht, dass Helvia in Pompeji war.«

»Und das ist das Einzige, was ich weiß. Bei allem anderen musst du abwarten.«

Nachdenklich knete ich meine Finger. Dass die Stadt ein zentraler Punkt in unserer Vergangenheit gewesen war, wusste ich. Mit den Geschichten Pomejis war ich groß geworden. Legenden, in denen sich keiner von uns verstecken musste. Sie sind das magische Gegenstück zu den Grimm'schen Märchen der Menschen – nur nicht so trübsinnig, eher voller Hoffnung darauf, dass es wieder so werden könnte wie früher. »Aber wer weiß, wie lang das dauert! Und welchen Fehler soll ich nicht begehen, den Helvia begangen hat?«, fahre ich aus der Haut. Bei den letzten Worten zieht ein Beben durch die Erde.

Die Zirkeloberste greift Halt suchend an die Küchentheke, ehe sie mir einen bösen Blick zuwirft. »Du solltest dich zurückhalten.«

Ich beiße mir auf die Zunge. »Maria …«

Aber sie schüttelt den Kopf. »Wir üben morgen. Jetzt konzentriere dich darauf, deine Wut in Zaum zu halten, ohne dass du die Welt zum Wackeln bringst.«

»Ich möchte bloß Antworten. Diese Magie hat mein Leben auf den Kopf gestellt. Und scheinbar wissen alle mehr.«

Erneut schüttelt sie den Kopf und scheucht mich aus der Tür. »Die Magie wird dir den Weg weisen. Mit der Zeit ist sie so lebendig wie du und ich geworden. Geh. Zum Strand oder sonst wohin. Meditiere. Werde dich deiner inneren Mitte bewusst und werde dir klar, was du mit dieser Kraft alles zerstören könntest, wenn du sie nur ein einziges Mal falsch oder unbewusst einsetzt.«

»Bitte, Maria ...«

»Nein. Ich kann dir nichts sagen. Mein Wissen über Pompeji ist genauso mickrig. Beruhige dich. Wer weiß, vielleicht kommen die Antworten schneller, als du denkst?«

Ich unterdrücke ein Schnauben und gehe aus dem Haus. Zuerst darf ich kein einziges Mal hinaus, werde mit Massen an Büchern erschlagen, um jetzt ständig aus den vier Wänden geworfen zu werden. Ich setze die Schritte mit Absicht fester auf, um die kleinen Erschütterungen zu spüren, die meine Füße hervorrufen. Diese Macht ... Sie ist unbeschreiblich. Auf einmal fühlt sie sich so leicht an. Deutlicher als jemals zuvor wird mir bewusst, dass diese Kraft ein Teil von mir ist.

Meine Nasenflügel blähen sich auf, als ich einen tiefen Atemzug der salzgetränkten Luft nehme. Das Meer rauscht an meinen Ohren. Die Sträucher flüstern ein leises Lied im Wind und die Hitze der Sonne streicht über die Haut.

Die Natur ist mir bewusst. Mit jedem Schritt, mit jedem einzelnen Atemzug bemerke ich alles um mich herum. Es ist wie eine Komposition, die all das Leben untermalt, das uns begleitet. Noch nie zuvor war mir all das so klar.

Schon immer hatte ich eine Verbindung zum Wasser. Wir Hexen nehmen viel von Mutter Natur, um im Gegenzug zurückzugeben. Aber dieser neue

Bund stellt alles Vorherige in Schatten. Jenes Prickeln in meinem Inneren, das sich auf jeden einzelnen Ton des Liedes einlässt, war niemals so laut.

Der Rhythmus in meinem Kopf verstummt, als ich den Strand erreiche und das Schnattern der Menschen jegliche anderen Töne übertrumpft. Ich lasse meinen Blick über die Besuchenden gleiten. Kinder rennen über die Steine, kreischen quietschend und schrill, dass es in meinen Ohren brennt, während die meisten Erwachsenen in der Sonne liegen.

»Sophia?«

Überrascht drehe ich mich zu der Stimme. Nevio kommt in mein Sichtfeld und grinst breit. »Ich hätte nicht gedacht, dich hier so schnell wiederzusehen.«

Automatisch erwidere ich sein Lächeln, mit einem leichten Kribbeln in meinen Eingeweiden. Mit ihm zu reden hat zur Zeit eine lindernde Wirkung auf mich. Mir gefällt es, wie er zuhört, wie er spricht und mich zum Lachen bringt, obwohl mir gar nicht danach zumute ist. »Ich hatte die Hoffnung, dass ich nach dem gemeinsamen Tiramisuessen vor weiteren Ballattacken verschont bleibe«, scherze ich und mustere ihn auffällig, als suchte ich nach einem Ball, vor dem ich in Entdeckung gehen müsste. Doch unter dem karierten Hemd, das locker um seinen Körper weht, und der kurzen Bermudashorts ist definitiv kein Platz, um etwas zu verstecken.

Er lacht. »Du hast Glück, heute bin ich ohne Unterstützung hier.« Nevio nähert sich und bleibt neben mir stehen. »Und was machst du hier?«, erkundigt er sich leise, als wollte er nicht, dass jemand unsere Unterhaltung mitbekommt.

»Maria hat mich rausgeschmissen, als ich mehr über Acca und Helvia herausfinden wollte. Ich soll meine Magie besser kennenlernen und dafür hat sie mich auf die Menschheit losgelassen.«

Ein Prusten kommt über seine vollen Lippen. »War das eine *buona idea?*«

Ich stupse ihn mit dem Ellenbogen an. »Ey!«

»Ich habe nur das letzte Mal vor Augen«, weicht er entschuldigend aus. »Also, meinst du, es war eine gute Idee?«

»Wahrscheinlich nicht. Aber wer bin ich, dass ich mich gegen das Zirkeloberhaupt wende?«, frage ich und sehe ihn mit hochgezogenen Augenbrauen an.

Lachend legt er seinen warmen, starken Arm um meine Schulter. »Na komm, ich zeige dir einen Platz, an dem du allein sein kannst.«

»Und es ist eine *buona idea*, wenn ich allein mit dir gehe? Du erinnerst dich doch an letztes Mal?«

»Ich denke, dieses Mal bin ich auf eine wahnsinnige Hexe, die ihre Kräfte nicht in Zaum halten kann, vorbereitet.«

Kurz bin ich davor, ihn zu korrigieren, dass ich keine Hexe, sondern die Tredecim bin, doch überlege es mir stattdessen anders. »Na gut, aber auf deine eigene Verantwortung.«

»Mit nichts anderem habe ich gerechnet.« Er führt mich zum Straßenrand – direkt auf ein Motorrad zu.

Stocksteif bleibe ich stehen, als er mir einen Helm reicht, den er von dem Tank nimmt. »Du willst mich also ermorden?«, frage ich und sehe das Ding an, als wäre es eine achtbeinige Spinne, die hämisch grinst.

Nevio lacht. »Bist du noch nie Motorrad gefahren?«

»Nein und ich weiß, dass meine Mutter es nicht gutheißen würde, wenn ich mit einem Beinahe-Fremden auf diese Selbstmordmaschine steige.«

»Beinahe-Fremden?«, fragt er und zieht enttäuscht die Mundwinkel herunter. »Nachdem ich mein Essen mit dir geteilt habe, dachte ich, uns verbinde mehr.«

»Nur wegen etwas zu essen?«

Übertrieben fasst er sich ans Herz. »Wie kannst du nur so was sagen? Es war nicht nur etwas zu essen. Das war das Ambrosia der Wölfe. Marias göttliches Tiramisu. Das ist mehr als nur Essen.«

Ich fange an zu lachen. »Okay, wir sind Freunde, aber dennoch: Diese Maschine ist dafür gebaut worden, um Geschwindigkeitsjunkies umzubringen.«

»Vertrau mir, *principessa*«, lockt er mich.

»Ich bin keine Prinzessin«, brumme ich nachdrücklich.

»Du stellst dich aber wie eine an. Komm, lass mich dir das atemberaubende *Sicilia* zeigen. An dem Ort kannst du außerdem niemanden verletzen.«

»Also willst du mich schutzlos zurücklassen?«, frage ich mit erhobenen Augenbrauen.

Er beugt sich zu mir rüber, sodass ich seine Wärme auf meinen Wangen spüre. In diesem Moment bin ich überraschend froh, dass die Maschine zwischen uns steht. »*Principessa*, ich bin ein Werwolf, der die mächtigste und älteste Frau der Welt als Ziehmutter hat. Glaub mir, wenn ich dir sage, dass ich mit dir schon klarkomme.« Zwinkernd lehnt er sich wieder zurück.

In meinem Bauch dreht sich ein Karussell, das durch die gesamten Knochen vibriert. Hastig greife ich nach dem Helm. »Okay, gut. Aber sei gewarnt. Wenn mir etwas zustößt, wird meine Mutter dich als Geist zurückholen, um dich zu foltern.«

»Und sie wird Hilfe von Acca bekommen, das versichere ich dir«, kichert er, öffnet ein Fach unter dem Polster, um sich einen zweiten Helm zu nehmen, und schwingt sich auf das Motorrad.

Meine Knie sind weich, als ich hinter Nevio Platz nehme. Er greift nach meinen Händen und platziert sie auf seinem Bauch. »Halt dich gut fest, *va bene?*«

»Okay. Beschwer dich hinterher nicht über blaue Flecken.«

Sein gesamter Körper bebt, als er lacht, und jede Schwingung dringt direkt in meinen Bauch ein. Ich beiße mir auf die Lippe und klappe das Visier des Helms herunter.

Nevio beugt sich vor, sodass wir beinahe auf dem Motorrad liegen, und plötzlich geht ein Ruck durch das Monstrum. Meine Arme versteifen sich und ich kneife die Augen zusammen, als wir langsam aus der Parklücke auf die Straße fahren. Das Adrenalin lässt den Puls hektisch gegen meine Haut klopfen.

»Entspann dich, *principessa*. Dir wird nichts passieren, ich bin bei dir.«

Nur dumpf kommen seine Worte bei mir an. So gern ich ihnen Vertrauen schenken würde, ich habe keine Ahnung, wie gut der Werwolf dieses Motorrad unter Kontrolle hat.

»Tu alles, was ich tue«, ruft er.

Wir gleiten um eine Kurve und ich versuche mich seinen Bewegungen anzupassen, aber ich bin wie eine Statue. Meine Muskeln sind steif, als Nevio und die Maschine sich immer weiter nach links lehnen. Erst nach einer gefühlten Ewigkeit kommen wir endlich wieder in eine aufrechte Position.

»Sophia, komm schon. Du bist doch kein Baumstamm.«

Ich schlucke einen fetten Brocken hinunter. Warum habe ich zugestimmt? Das ist der absolute Wahnsinn. Ich bin kein Adrenalinjunkie und erst recht gehöre ich nicht auf dieses Monstrum. In diesem Moment wünsche ich mich sehnlich zurück in Marias Haus, damit sie mir weitere Bücher aufhalst, die ich lesen soll.

Schon wieder neigt sich das Motorrad gefährlich zur Seite, als Nevio die nächste Kurve nimmt. Ich öffne ein Auge und lasse die Umgebung auf mich wirken. Die Landschaft zieht in einem atemberaubenden Tempo an mir vorbei. Mein Herzschlag pocht heftig gegen den Brustkorb. Wie eine Ertrinkende klammere ich mich um Nevios Bauch. Auf der langen Bahn nimmt er eine Hand vom Lenkrad und legt sie auf meine.

»Beruhige dich. Es wird dir nichts passieren. Ich bin auf einem Motorrad groß geworden. Früher hat mein großer Bruder mich immer mitgenommen. Also lass locker und genieß die Aussicht.«

Ein Schnauben kommt mir über die Lippen. *Entspannen.* Das klingt so einfach. Ich nehme den Blick von Nevios Rücken und lasse ihn über die vielfältige Landschaft streifen. Wir rasen an Hügeln vorbei, die mit wenigen Sträuchern bedeckt sind, oder an grünen Flächen, welche mit wunderschönen Blumen durchzogen sind. Ich drehe den Kopf auf die andere Seite. Für einen Herzschlag halte ich den Atem an, als ich das Meer neben uns sehe, das in der Sonne aussieht, als würden Tausende Diamanten auf den Wellen funkeln.

Wir fahren um die nächste Kurve, immer weiter am Meer entlang, aber der Anblick zieht mich in seinen Bann. Ich kann meine Augen nicht davon losreißen.

»Ah, jetzt hast du es«, meint Nevio.

Ich löse mich vom Anblick des glitzernden Wassers und merke, dass ich entspannt bin. Wir gleiten um die nächste Kurve und ich schmiege mich wie von selbst an Nevios Körper, als hätte ich nie etwas anderes gemacht. Mit jedem Meter fühle ich mich sicherer. Nevio scheint ein guter Fahrer zu sein – auch wenn ich nicht viele Vergleichsmöglichkeiten habe und erst recht nicht vorhabe, das zu ändern.

Wir fahren noch einige Zeit auf der langen Straße, ehe Nevio auf einen unscheinbaren Weg abbiegt, der Richtung Meer führt. Wieder klammere ich mich an meinen Fahrer, dieses Mal nicht, weil ich an seinen Qualitäten, sondern denen des Weges zweifle, der voller kleiner Steinchen und Unebenheiten ist. Ich werde auf dem hinteren Sitz durchgeschüttelt, ehe wir anhalten und der Anblick über Nevios Schulter eine kleine Bucht freigibt.

Überrascht weiten sich meine Augen. Weit und breit befindet sich absolut niemand. So klares, blaues Meer habe ich noch nie gesehen. Vollkommen sprachlos steige ich von dem Motorrad ab und gehe auf den Steinstrand zu.

»Willst du nicht den Helm abnehmen?«, erkundigt sich Nevio, wobei das Lächeln deutlich herauszuhören ist, das seine Lippen schmücken muss.

Ich nestle vergeblich an dem Verschluss herum.

»Komm her.« Er stellt sich vor mich und greift mir unters Kinn. Mein Herzschlag verdoppelt sich, als Nevio mir so nah ist. Sein warmer Atem trifft auf meine Haut und jagt elektrische Schläge über den Rücken. Als seine Fingerspitzen über meine empfindliche Haut am Hals streichen, werden Dutzende Schmetterlinge in meinem Bauch geweckt.

Wann ist das bitte schön passiert? Ich schlucke schwer. Ein leises Klicken ist zu hören und der Werwolf nimmt mir den Helm ab. Unsere Blicke treffen sich, während sich unser Atem miteinander verbindet. Seine braunen Augen erinnern an Bernstein, in dem winzige grüne Leuchtfeuer zu finden sind.

Ich schüttle mich und trete einen Schritt zurück. Mein Blick findet erneut das Meer. Ich liebe die Aussicht. Dieses Wilde, das die unendliche Weite ausstrahlt, diese Freiheit, die mir den Atem raubt, wenn ich in seinem Antlitz versinke. In meinem Inneren streckt sich die Magie aus, geradewegs zum Wasser, als wollte sie ebenfalls so schnell wie möglich zu dem mir zugeneigten Element. »Wie hast du die Stelle gefunden? Sie ist wunderschön.«

»Acca hat mich hergebracht.«

Überrascht sehe ich zu ihm auf. »Acca?«

Er zuckt mit den Schultern. »Meine Eltern und mein Bruder starben bei einem Verkehrsunfall, als ich fünfzehn war.«

Ich halte die Luft an.

»Es war kein Motorradunfall«, beruhigt er mich und das amüsierte Funkeln kehrt für einen Moment in seine Augen zurück. »Ich hatte meinen Wolf nicht mehr unter Kontrolle, deswegen hat sie mich hergebracht. Hier konnte ich niemanden verletzen. Außer sie – und sie hält einiges aus.«

»O ja, das glaube ich.« Ich erinnere mich, wie Acca die Macht der Tredecim zurückgehalten hat, und ein Schauer rinnt über meinen Rücken. »Es tut mir leid, dass du deine Familie so früh verloren hast.«

»Danke.« Ein kleines Lächeln ziert seine Lippen. »Aber deswegen sind wir nicht hier.« Er zieht sich das Hemd über den Kopf.

Erschrocken sehe ich ihn an, beobachte, wie sich seine Muskeln unter der gebräunten Haut an die Bewegung anpassen. »Was machst du da?«, frage ich. Meine Stimme klingt rau und ich gebe mir innerlich eine Ohrfeige.

Nevio grinst überheblich. »Willst du mit deinen Sachen ins Meer?«

»Ich ... ich habe keine ...« In dem Moment verschwindet seine Hose und der Werwolf steht in knappen Boxershorts vor mir. Meine Zunge klebt schlagartig am Gaumen, als Nevio halbnackt vor mir steht und sichtlich den Blick genießt, mit dem ich jedes Tal seiner Muskeln in mich aufnehme. Hastig räuspere ich mich und schaue woandershin. Egal wohin, Hauptsache, nicht auf Nevio. Meine Wangen brennen heiß. »Du auch nicht«, vollende ich den unausgesprochenen Gedanken.

»Du darfst gern am Strand bleiben, dort kannst du wahrscheinlich besser meditieren, aber ich werde mir ein wenig Spaß gönnen«, teilt er mit und ich höre seine Schritte über den Kies verschwinden.

Ich wende mich wieder dem Meer zu und beobachte, wie er halb nackt ins Wasser springt.

»Sophia«, sage ich zu mir selbst, »das war eine dumme Idee.« Sogar eine verdammt dämliche, mit einem heißen Werwolf zu einer abgelegenen Bucht zu fahren, von der niemand weiß. Wenn meine Eltern hiervon Wind bekommen, wird mein Vater mich nie mehr allein irgendwohin gehen lassen.

Mit einem Seufzen folge ich Nevio und lasse mich auf einen großen Felsen sinken, der ins Meer ragt. Der Werwolf taucht zwischen den Wellen auf und schüttelt seinen Kopf, sodass die Wasserspritzer wie Edelsteine durch die Luft fliegen. Ich schließe die Augen und versuche mich auf mein Innerstes zu konzentrieren und das Bild zu verdrängen, wie das Sonnenlicht auf seinen feuchten Körper … Ich schüttle den Kopf. Das ist definitiv die falsche Richtung!

Bewusst atme ich ein und aus. Schicke bei jedem Ausstoßen von Luft meine ablenkenden Gedanken hinterher. Konzentriere mich auf das Rauschen des Meeres, die Wärme der Sonne, das Rascheln der Äste und das Gefühl des aufgeheizten Felsens unter mir.

Die Kraft der Tredecim fühlt sich anders an. Sie ist kein wildes Tier mehr, das sich auf einen einzigen Punkt fixiert. Stattdessen fließt die Magie durch mich hindurch. Wie ein Fluss strömt sie durch mein Innerstes, erwärmt und hinterlässt ein kribbelndes Gefühl in den Fasern. Es ist Macht, die mich erfüllt. Niemals habe ich damit gerechnet, dass sich Kraft so angenehm anfühlt.

Die Verantwortung, die auf meinen Schultern lastet, ist zwar dazugekommen, aber sie wirkt wie ein winziges Insekt im Gegensatz zu dem, was mich zur Gänze ausfüllt. Ich öffne die Augen und stehe auf. Die wilde Energie des Meeres prickelt in jedem meiner Nervenenden, als die Idee Form annimmt.

Ein Grinsen umspielt meine Lippen. Mit einer einzigen Bewegung meiner Hand schaffe ich es, dieser ungezähmten Wildnis vor mir den Befehl zu geben, sich zu erheben. Ich fühle mich wie in einem verdammten Rausch, als ich einen Teil des Wassers abspalte, zu einer riesigen Blase forme und in Nevios Richtung führe, der entspannt auf der Oberfläche treibt. Ich hebe die Hand ein Stückchen weiter, sodass das Meerwasser direkt über ihm schwebt. Die Lichtreflexe des Wassers spiegeln sich in seinem Gesicht. Als er die Augen öffnet, lasse ich das Wasser los.

Schnaubend taucht der Werwolf wieder auf und lenkt seinen funkelnden Blick auf mich. Ein Grinsen breitet sich auf meinen Lippen aus, als ich ihn triumphierend ansehe. Die Wut verschwindet aus seinen Augen und für einen Moment blitzt etwas anderes darin auf. Dann schwimmt er mit großen Zügen zu mir.

Ich schließe erneut die Augen, lasse die Arme ausgestreckt und versuche all die Empfindungen, die meine Nerven reizen, aufzunehmen. Jedes Krabbeln der Insekten auf der Erde. Jede Bewegung der Wellen. Jedes Vorstoßen des Windes.

Ich höre nicht, wie sich Nevio nähert, ich fühle es. Jedes Auftreten seiner Füße schickt Wellen an Vibrationen durch den Felsen, die bei mir landen.

»Du willst spielen?«, fragt er breit grinsend.

»Das war nur zu Übungszwecken«, sage ich und sehe zu ihm, wobei ich das überhebliche Lächeln erwidere.

Ich spüre, wie er das Gewicht verlagert, und weiche seinem Griff aus. Mit großen Augen sieht er mich an. »Das war schnell«, merkt Nevio an.

»Du bist einfach zu langsam«, erkläre ich herausfordernd.

»Ach, bin ich das?«

»Absolut, ja.«

Nevio legt den Kopf in den Nacken und lacht. Sein gesamter Brustkorb wackelt von der Erschütterung und der Wind trägt sein Gelächter deutlicher an mein Ohr. Es ist, als hätte jemand die Lautstärke des Fernsehers hochgestellt, genauso wie derjenige an den Einstellungen für den Kontrast gespielt hat. Alles ist so intensiv. Und mit jeder Sekunde, die ich weiterhin diese Macht auskoste, wird es lebhafter. Mein gesamter Körper ist am Prickeln. Die Nerven sind überreizt, aber gleichzeitig so wundervoll empfindsam. Ich fühle mich wie ein Kolibri. Meine Aufmerksamkeit will überallhin schwirren, nur um an den köstlichen Nektar zu gelangen.

»Sophia?«, fragt Nevio.

Ich sehe zu ihm, für einen einzigen Augenaufschlag, ehe ich woandershin schaue.

»Ist alles in Ordnung?«

»Es ist mehr als das. Ich habe nie so gefühlt.«

Er runzelt die Stirn. »So gefühlt?« Nevio kommt auf mich zu und bleibt dicht neben mir stehen.

Meine feinen Härchen an den Armen stellen sich auf. Sein Geruch, der sich mit dem Salz des Meeres vermischt, umhüllt mich wie ein Kokon. »Du riechst verdammt gut, hat dir das schonmal jemand gesagt?«, frage ich ihn.

»Dir geht es wirklich gut?«, hakt er nach.

Ich nicke. »Ja.«

»Sehr gut.«

Dieses Mal runzle ich die Stirn. »Wie–?« Der Rest der Frage bleibt in meinem Rachen stecken, als sich seine festen Arme um mich schlingen. Sein Gewicht drängt uns über den Steinvorsprung, ins Meer und in die Tiefe des Wassers.

Ein spitzer Schrei entkommt meiner Kehle, bevor das eiskalte Nass über uns zusammenschlägt und verschluckt. Meine Augen sind zusammengekniffen, aber das Wasser dringt in meine Nase und ich strample mich von Nevio frei, um wieder an die Oberfläche zu kommen. »Spinnst du?«, fahre ich ihn an und huste das Wasser aus, das ich beim Sprung hinein aus Versehen geschluckt habe.

»Das klingt schon wieder eher nach dir.«

Verwirrt blinzle ich. »Was zum Geier …?« Doch er braucht mir diese Frage nicht zu beantworten. Jetzt merke ich es selbst. Die Macht hat von mir abgelassen, alles ist wieder auf Normalität zurückgestellt. Keine überempfindlichen Nerven mehr, die kribbeln. Keine Gerüche, die meine Nase bestürmen.

»Ich sollte echt sauer auf dich sein«, meine ich und bespritze ihn mit Wasser.

Er lacht. »Nur weil du jetzt ein bisschen nass bist?«

»Ein bisschen? Im Gegensatz zu dir habe ich alle meine Sachen an!«, erinnere ich ihn.

Er schwimmt mit einem tiefen Zug auf mich zu. »Ich kann mir gern nächstes Mal die Zeit nehmen, die auszuziehen.«

Als seine Worte bei mir ankommen, starre ich ihn sprachlos an, während die Bilder, die in meinen Gedanken entstehen, mich beinahe vergessen lassen meine Arme zu bewegen. Erst als mir das Wasser zur Nase reicht, erinnere ich mich daran, dass ich hier nicht stehen kann. Schnell bewege ich meine

Arme durchs Wasser, um wieder auf Augenhöhe mit Nevio zu sein. »Ganz sicher nicht, du Idiot!« Wieder spritze ich ihn nass.

Sein Lachen ist ansteckend. Ohne es zu wollen, fange ich ebenfalls an zu grinsen.

»Na komm, lass uns aus dem Wasser raus, damit du wieder trocken wirst, ehe wir zurückfahren.«

Ich nicke und schwimme von ihm fort, als erneut das verräterische Spritzen an mein Ohr dringt. Doch es ist zu spät. In dem Moment werde ich schon wieder in die Tiefe gedrückt. Ich winde mich aus seinem Griff und tauche atemlos auf. Hastig sauge ich Luft in meine Lunge, ehe ich ihn fuchsteufelswild anstarre. »Du bist ... ein vollkommener Idiot«, wiederhole ich mich.

»Ich wollte nur zum Strand schwimmen«, sagt er betont unschuldig. »Du bist mir in den Weg gekommen.«

Mit zusammengekniffenen Augen mustere ich ihn. »Ist klar.« Ich greife nach der Macht in meinem Inneren, aber dieses Mal kämpfe ich dagegen an, mich dem Sog hinzugeben, und zwinge das Wasser, über ihm zusammenzuschlagen. Er wird von der Welle mitgerissen und untergetaucht.

Breit grinsend schaue ich ihm entgegen, als er wieder auftaucht. »Du spielst unfair, *principessa*«, belehrt er mich.

»Für den Spitznamen hättest du direkt noch eine Welle verdient«, spotte ich.

Wir grinsen uns beide an.

»Okay, unentschieden?«, fragt er und hält mir seine Hand hin, während uns die Bewegung des Wassers näher zum Strand treibt.

»Gut«, stimme ich zu und ergreife sie.

Gemeinsam schwimmen wir an Land, wobei ich von meinen schweren Klamotten beinahe hinuntergezogen werde. »Nevio?«

»Hm?«

Ich sehe zu ihm und unsere Blicke treffen sich. Seine Augen sind wunderschön. Ich mag es, wie sie das Licht reflektieren und dadurch golden glänzen. »Danke.«

»Gern.«

»Nicht nur für heute«, sage ich. »Eigentlich für alles.«

Er erwidert mein unsicheres Lächeln mit einem Strahlen. »Für dich, *principessa*, immer wieder gern.«

Der Spitzname sollte mich stören. Aber wenn das Wort aus seinem Mund kommt, klingt es keineswegs, als wollte er mich herabwürdigen, im Gegenteil. Ich wende den Blick ab, damit er die heiße Röte, die sich über meinen Wangen verteilt, nicht bemerkt.

KAPITEL 12

POMPEJI IM JAHRE 79 N. CHR.

»Konzentriere dich, Helvia!«, redet Larentia auf mich ein.

Schweißperlen stehen mir auf der Stirn, eine rinnt die Schläfe hinab. Meine ausgestreckten Arme zittern, während ich die Feuerkugel zu beherrschen versuche, die zwischen Milonia und mir in der Luft schwebt. Ein sanfter Schimmer umgibt die alte Hexe mit dem grauen Haar – ein Schutzwall, der sie vor der Magie abschirmen soll, falls ich sie nicht unter Kontrolle habe.

Mein Blick huscht zu Iulia, die neben Larentia vor dem Altar im Tempel steht und uns zusieht. Sie hat das Gesicht sorgenvoll verzogen. Bestimmt entgeht ihr mein Zittern nicht.

Es kostet mich unglaublich Kraft, die Magie nur sanft freizulassen und sie bei mir zu halten. Nach dem gestrigen Abend hat sich so viel unterdrückter Zorn und Frust angesammelt, dass die Macht durch meine Gefühle überschäumen will. Ich fühle mich wie ein überfülltes Gefäß, das jeden Augenblick bersten könnte. Das Bedürfnis, die Magie zu entfesseln und sie wüten zu lassen, um den Sturm in mir zu bändigen, ist unbeschreiblich groß.

»Milonia, greif Helvia an!«, ruft Larentia.

»Bist du sicher?«, vergewissert sich die Hexe, zwischen deren gewölbten Händen ebenfalls eine Feuerkugel schwebt. Mit gerunzelter Stirn sieht sie von mir zur Princeps. »Helvia ist noch nicht –«

»Tu es!«, befiehlt Larentia und unterbricht sie damit. »Die Zeit, Helvia zu schonen, ist vorbei.«

Ihre harschen Worte prallen an mir ab. Die Princeps hat recht. Würde erneut ein Krieg zwischen Menschen und uns Wesen ausbrechen, würden unsere Gegner mich ebenfalls nicht schonen.

Milonia scheint anderer Meinung zu sein. Ihre Miene ist von Zweifeln durchfurcht, als sie sich mir wieder zuwendet. Sie zieht die Ellbogen seitlich zurück, um ihre Magie zu sammeln, während die Feuerkugel vor ihrer Brust in der Luft schwebt. Die Flammen flackern, dann streckt Milonia ihre Arme kraftvoll in meine Richtung aus. Im selben Augenblick wächst ihre Kugel heran und saust auf mich zu. Die Temperatur im Tempel schwellt schlagartig an, das gleißende Licht des Feuers blendet mich.

Mein Puls rast, während ich blitzschnell die Arme hebe und der Magie befehle mich zu schützen. Augenblicklich breiten sich die Flammen aus, bis sie mich wie ein Schild abschirmen. Es zischt, als Milonias Feuerkugel dagegenkracht. Der Aufprall erschüttert mich von Kopf bis Fuß. Die Hexe legt mehr Kraft in ihren Angriff, sodass die Kugel gegen meinen flammenden Schild drückt. Angestrengt versuche ich standzuhalten, doch ich werde zurückgedrängt und rutsche mit den Sandalen über den Boden.

Ich beiße die Zähne zusammen und versuche die Magie vorsichtig in meine Abwehr fließen zu lassen. Es geht in dieser Lehrstunde nicht darum, mich zu verteidigen und andere in die Knie zu zwingen, sondern Angriffe abzuwehren, ohne mein Gegenüber zu verletzen. Und ohne die gesamte Umgebung dem Erdboden gleichzumachen. Doch es fällt mir zunehmend schwerer, die Magie zurückzuhalten. Sie will ausbrechen und Milonias Feuer verschlingen. Ich spüre, wie ich mein zerbrechliches, inneres Gleichgewicht verliere.

Die Magie bäumt sich auf und erschüttert meinen Körper. Aber ich darf sie nicht gewähren lassen! Milonias Flammen wallen auf und werden gleißend hell. Ihre Hitze raubt mir den Atem. Ich kneife die Augen zu, als das grelle Licht darin schmerzt.

Bilder flackern in meiner Erinnerung auf. Ich sehe Lucius auf der Ebene am Fuße des Vesuvs vor mir. Wie er mich enttäuscht und voller Schmerz ansieht, als ich unsere Liebe aufgeben will. Tiberius' widerliches Grinsen, nachdem er mich erniedrigt hat, nimmt Gestalt an. Die Wut über das Schicksal und das Gefühl, machtlos dagegen zu sein, überschwemmen mich. Ich spüre, wie zu viel Macht ins Feuer fließt. Doch ich kann nichts unternehmen. Innerhalb eines Atemzugs schluckt mein Schild Milonias Flammen und wächst zu einem lodernden, alles verschlingenden Feuerwesen heran.

»Beende es, Helvia!«, ruft Larentia. »Das reicht.«

»Ich kann nicht«, bringe ich angestrengt hervor, während ich versuche die

Arme an meinen Körper zu ziehen, um die Magie bei mir zu behalten. Doch wie eine unsichtbare Kraft zieht etwas meine Arme zum Feuer hin. Ich krümme die Finger zu Krallen, während ich mich bemühe die Macht zu halten. Mit jedem Herzschlag pulsieren die Flammen in dem schlangenartigen Wesen, als hätte ich es zum Leben erweckt. Wie eine Cobra neigt das Feuerwesen den Kopf in Milonias Richtung, bereit die Hexe zu verschlingen. Ich bin am Ende meiner Kräfte und kann die Magie nicht mehr zurückhalten.

»Lauf, Milonia!«, warne ich sie, bevor der Kopf des Feuerwesens nach vorne jagt.

Mein Herz macht einen Satz, als Larentia im letzten Augenblick vor Milonia tritt und die Arme vor der Brust kreuzt. Die Magie prallt gegen sie, gleichzeitig breitet sich eine Druckwelle rasend schnell aus, sodass ich strauchle. Iulia und Milonia schreien vor Schreck auf. Es wird so hell, dass ich einen Arm schützend vor die Augen halte.

Nur wenige Atemzüge vergehen, bis der Druck auf meinen Körper nachlässt und ich endlich freier atme. Rasch sehe ich zu der Stelle, an der das Flammenwesen auf Larentia getroffen ist. Die Princeps kniet schwer atmend und mit zerzaustem Haar am Boden. Über ihr schrumpfen die Flammen in sich zusammen, umgeben vom goldenen Schein eines Schutzwalls, bis sie vollkommen verblassen. Schnell bin ich bei Larentia und helfe ihr auf.

»Es tut mir leid«, wispere ich mit Tränen in den Augen. Das Gefühl der Schuld ist so schwer, dass es mich beinahe in die Knie zwingt. Mein Blick huscht zu Milonia, die blass geworden ist. »Ich wollte dich nicht verletzen.«

»Das weiß ich«, antwortet die alte Hexe und schenkt mir ein zittriges Lächeln.

Ich sehe zu Larentia, die sich die Stola zurechtzupft und das Haar richtet. »Wir wiederholen die Übung.«

»Aber …«, wende ich ein, doch sie hebt die Hand und bringt mich zum Schweigen.

»Wir üben das so lange, bis es klappt. Ich nehme Milonias Platz ein.«

»Princeps, bei allem Respekt …«, widerspricht die alte Hexe zögerlich und sieht mich entschuldigend an. »Helvia ist emotional nicht in der Lage …«

»Sie muss in der Lage sein!«, herrscht Larentia sie an.

Mit einem Mal ertönt ein Klatschen, das durch die Tempelhalle hallt.

Überrascht wende ich mich dem Eingangsportal zu und erstarre, als Tiberius gemächlich in die Halle tritt.

»Welch beeindruckende Vorstellung«, sagt er, während er weiter in die Hände klatscht. Ein unheimliches Strahlen liegt auf seinem Gesicht.

»Ihr habt im Tempel der Hecate nichts verloren!« Larentias Stimme zerschneidet die Luft. Ihre Miene gefriert zu einer Maske, die sie exklusiv für die Römer erübrigt.

»Stehen die Tempel unserer Götter nicht jedermann offen?«, fragt er und sieht sich vielsagend um. »Es war mir ein Bedürfnis, der Göttin der Magie zu huldigen.«

Ein Schauder kriecht bei seinem Anblick den Rücken hinab. Der blonde Legatus ist mir so zuwider wie nie jemand zuvor. Allein die überhebliche Art, wie er sich in der Halle umsieht, schürt in mir die Abscheu vor diesem Mann.

»Was wollt Ihr wirklich hier?«, verlangt Larentia zu wissen und tritt vor, um mich mit dem Körper vor ihm abzuschirmen. Sie scheint genau zu wissen, wer er ist.

Gemächlich schreitet er durch die Halle, die Arme hinter dem Rücken verschränkt, bis er nur wenige Schritte vor der Princeps stehen bleibt. »Meine Verlobte abholen.«

Mir dreht sich der Magen bei diesen Worten um.

»Ich bezweifle, dass es Marcus recht ist, seine unverheiratete Tochter alleine mit einem Fremden durch die Stadt gehen zu lassen«, entgegnet sie.

»Ich bin kein Fremder.« Tiberius mustert die Princeps mit einem abschätzenden Blick. Sein Mund verzieht sich hämisch. »Überschätzt Euren Einfluss nicht, Acca Larentia. Ihr bestimmt zwar über die Wesen in Pompeji, nicht aber über mich. Ich könnte Euch wie eine lästige Fliege zerquetschen, wenn ich nur wollte.«

Hinter mir atmet Milonia hörbar ein, während ich die Fäuste balle. Larentia zieht die Schultern hoch, ihre Aura verfinstert sich.

»Ihr seid bloß ein Mensch, Legatus. Ihr seid es, der sich nicht überschätzen sollte.« Jedes Wort schneidet durch die Luft.

Tiberius formt die Lippen zu einem hässlichen Lächeln. »Mir kam bereits zu Ohren, dass es der Mutter Roms im Umgang mit Gesandten an Manieren fehlt.« Er betrachtet Larentia von oben herab. »Euer Frieden hängt von meinem Wohlwollen ab, vergesst das nicht.«

»Unser Frieden hängt vom Kaiser und mir ab, nicht von Euch«, entgegnet sie. »Macht Euch nicht wichtiger, als Ihr seid.«

Er lacht bloß, ehe er an der Princeps vorbeischlendert und mir den Arm anbietet. »Dein Vater erwartet uns.«

Grimmig sehe ich ihm ins Gesicht. Lieber scheitere ich noch hundert Mal in den Lehrstunden, als mit Tiberius mitzugehen.

»Ihr wartet hier, Legatus!«, sagt Larentia und geht wenige Schritte von uns fort. »Ich rufe jemanden, der Euch bis zu Marcus' Haus begleitet.«

Tiberius schnauft. »Wenn Ihr dann friedlicher schlafen könnt ...« Demonstrativ weist er auf seinen Arm, den er mir weiterhin anbietet.

Doch ich weiche von ihm zurück.

Er verzieht kurz verärgert das Gesicht, bis er lächelt. »Es wird der Tag kommen, da wirst du um meine Gesellschaft betteln, Helvia.«

»Nicht in diesem Leben und in keinem anderen«, entgegne ich und recke das Kinn.

Kurz verengt er die Augen, während er sein Lächeln aufrecht erhält. »Dein Temperament ist nur eine der Eigenschaften an dir, die mich locken. Deine Macht hingegen übt den größten Reiz aus«, raunt er. »Sie ist erstaunlich. Selbst die Princeps vermag es nicht, ihr standzuhalten. Du hättest sie vernichten können, wenn du gewollt hättest.«

Seine Worte lösen Druckwellen aus, die durch mein Inneres schießen und mich erschüttern. »Ihr seid respektlos!«, keife ich und funkele ihn zornig an.

Ohne Vorwarnung prescht er auf mich zu, packt schmerzhaft meinen Arm und zerrt mich zu sich heran. »Dennoch habe ich recht. Und das weißt du«, zischt er.

Sein heißer Atem fährt über mein Gesicht. Wellen des Ekels schwappen über mich hinweg, während die Magie aufbegehrt und in mir pocht. Angestrengt presse ich die Lippen aufeinander und spanne jeden Muskel an. Ich bin kurz davor, die Beherrschung zu verlieren.

»Lasst sie los, Legatus!«, erhebt Larentia die Stimme. Sie betritt an der Seite des Fauns Cornelius den Raum, doch Tiberius ignoriert sie.

»Stell dir nur vor, was wir mit dieser Macht erreichen könnten.« Seine Miene wird zu einer Fratze, die mir Gänsehaut beschert. »Ich habe einiges mit dir und deiner Macht vor, Helvia. Begehe nicht denselben Fehler wie Acca Larentia und unterschätze mich, nur weil ich ein Mensch bin. Ich kenne mich mit Magie aus und weiß genug von Hecates Kuss.«

Steif weiche ich vor ihm zurück und stemme mich gegen seinen festen Griff. »Was habt Ihr mit mir vor?«

Er grinst hinterhältig. »Das wirst du früh genug erfahren«, sagt er und weist mit dem Kinn auf Larentia, die mit erzürntem Gesichtsausdruck und strammen Schritten auf uns zuhält. »Aber beginnen wir doch damit, dass du diese lästige Princeps in ihre Schranken weist.«

Seine Dreistigkeit sackt mir wie ein Stein in den Magen. Zornig schiebe ich das Kinn vor und durchbohre ihn mit meinem Blick. Nicht nur meine Gefühle kochen hoch. Auch die Magie brodelt, bis sich die Luft um uns herum erhitzt und flirrt. Unter unseren Füßen erzittert die Erde, als könnte sie sich jeden Moment auftun und uns verschlingen.

»Nur zu, richte deine Magie gegen mich. Kaiser Titus wird es gelegen kommen, den Frieden mit euch Wesen aufzugeben.« Sein Grinsen ist so widerlich selbstsicher, dass ich es ihm am liebsten aus dem Gesicht kratzen würde.

»Nehmt sofort Eure Hände von Helvia oder Ihr werdet es bereuen!«, ertönt plötzlich Lucius' zornige Stimme.

Schauer wandern über meine Haut, als ich den Gestaltwandler in der Tür zur Halle entdecke. Sein Blick huscht zu Larentia, die nur wenige Schritte von uns entfernt innegehalten hat. Sie drückt die Schultern hinab und streckt angespannt den Hals. Sorgenvoll sieht sie zu ihrem Ziehsohn, der langsam, wie ein Raubtier kurz vor dem Angriff, in die Halle tritt.

Mit einem amüsierten Lächeln auf den Lippen richtet sich Tiberius auf und sieht zu dem Gestaltwandler. »Wer seid Ihr mir Befehle erteilen zu wollen?«

Lucius' Aura ist so finster wie die Nacht, während er auf uns zukommt. Ich spüre den Wolf darin an die Oberfläche brechen und erwarte bereits, dass er sich jeden Augenblick verwandelt. Sein Blick wirkt, als wollte er den Legatus zerfetzen.

»Ich bin das zukünftige Oberhaupt des südrömischen Rudels. Die Princeps ist meine Mutter. Und wer seid Ihr, dass Ihr es wagt, Hand an die Tredecim zu legen?« Seine Stimme strotzt von Selbstbewusstsein und Arroganz. Sich gegenüber den anderen Wölfen durchsetzen zu müssen, hat ihn gelehrt die Haltung eines Anführers einzunehmen – stolz und unnachgiebig. Selbst ein Mensch wie Tiberius dürfte die Wildheit sowie den unbändigen Willen des Gestaltwandlers spüren.

Der Römer löst endlich den Griff um meinen Arm, ehe er sich Lucius vollends zuwendet. »Legatus Tiberius aus Rom«, stellt er sich vor. »Helvias Verlobter.«

Es versetzt mir einen Stich, als Lucius die Gesichtszüge für einen Augenblick entgleisen. Ich kenne ihn lange genug, um den Schmerz in seinem Blick zu bemerken. Doch ein Atemzug genügt und er hat seine Mimik wieder unter Kontrolle. »Ich weiß nicht, wie die Gepflogenheiten in Rom sind, aber hier in Pompeji sehen wir es nicht gerne, wenn ein Mann seiner Verlobten gegenüber handgreiflich wird. Das gilt besonders für Mitglieder dieses Zirkels«, knurrt Lucius und setzt seinen Weg fort, bis er vor dem Römer steht. Er ist ein wenig größer als der Legatus, zudem muskulöser. Doch Tiberius scheint sich nicht einschüchtern zu lassen. Stattdessen nimmt er ebenfalls die Haltung eines Kriegers ein, ohne Lucius' Blick auszuweichen.

»Was ich mit meiner Verlobten anstelle, hat dich nichts anzugehen, Wolf«, sagt er in abfälligem Ton.

»Solange sie Teil dieser Gemeinde ist, geht es mich sehr wohl etwas an«, entgegnet Lucius. Ihm entweicht ein Grummeln, als wandelten sich seine Stimmbänder in die eines Wolfes.

Schweigend stehen sich die beiden Männer gegenüber, niemand scheint nachgeben zu wollen. Fieberhaft überlege ich, wie ich die Situation entschärfen kann. Aus dem Augenwinkel erkenne ich Larentia, die auf uns zukommt.

Mit einem Mal stößt Tiberius ein spitzes Lachen aus. »Verteidigst du jedes Mitglied dieses Zirkels so vehement oder nur Helvia?«, fragt er und wirft mir einen flüchtigen Blick zu. »Ihre Schönheit kann einem den Verstand vernebeln, nicht wahr?« Seine Stimme trieft vor Hohn.

Als Larentia neben mich tritt, wendet sich Tiberius von Lucius ab und der Princeps zu. »Gebt nur acht, dass Eure Tredecim nicht denselben Fehler begeht wie ihre Mutter.«

Druck steigt in mir auf und bringt meinen Kopf zum Dröhnen. Die Magie pulsiert so stark, dass die Erde unter unseren Füßen schwankt und der Mosaikboden von feinen Rissen durchzogen wird. »Ihr wisst nichts über meine Mutter«, sage ich gepresst. Ich balle die Fäuste und starre Tiberius zornig an. Zwischen meinen Fingern entsteht Hitze und Flammen lecken an der Haut.

Schnell legt Larentia mir eine Hand auf die Schulter. »Denke an den Tempel, Helvia. Du wirst uns alle unter den Trümmern begraben.«

Erst jetzt bemerke ich den feinen Staub, der auf uns hinabrieselt, während die Wände erzittern. Der Schreck darüber lässt die Magie verstummen. Schlagartig endet das Beben, die Temperatur zwischen meinen Fäusten kühlt ab.

Als Tiberius lacht, packt Lucius ihn an der Toga und zieht ihn zu sich heran. »Ihr solltet den Tempel sofort verlassen, ehe ich mich vergesse«, droht er dem Römer, bevor er ihn von sich und in Richtung der Tür stößt.

»Das wird dir noch leidtun, Wolf«, zischt der Legatus. Erst wirft er Lucius einen finsteren Blick zu, dann lässt er ihn über Larentia und mich gleiten. »Helvia gehört mir. Mit dieser lächerlichen Darbietung schaufelt ihr nur euer eigenes Grab. Ich werde diesen Zirkel dem Erdboden gleichmachen!« Mit diesen Worten wendet er sich von uns ab und stapft zur Tür hinaus.

Mein Herzschlag pocht in den Ohren, während ich Tiberius hinterhersehe. Wie gefährlich kann er uns werden? Als ich zu Larentia blicke, zucke ich zusammen. Ihre Stirn liegt in Falten, nachdenklich betrachtet sie Lucius, der schwer atmend und mit angespannten Muskeln zur Tür starrt.

»Soll er nur zurückkommen und irgendetwas dem Erdboden gleichmachen. Ich werde auf ihn warten«, sagt er mit einem tiefen Grummeln in der Stimme und dreht sich zu seiner Ziehmutter um. Als er ihren sorgenvollen Blick bemerkt, hebt er anklagend die Brauen. »Willst du etwa zulassen, dass er Helvia so behandelt? Oder uns einzuschüchtern versucht? Nur weil er ein Günstling des Kaisers ist, müssen wir uns das nicht gefallen lassen!« Stur blickt er Larentia in die Augen. Doch ich fürchte, er vermeidet nur mich anzusehen.

»Helvia ist mir ebenfalls wichtig, trotzdem dürfen wir einem Gesandten Roms – dazu dem Auserwählten des Kaisers – nicht derart drohen. Es steht zu viel auf dem Spiel, Lucius!« Geräuschvoll stößt Larentia den Atem aus. Ihr Blick huscht zwischen ihrem Ziehsohn und mir hin und her. »An diesem Pakt kann nicht gerüttelt werden. Daran ändert eure Freundschaft nichts.« Kurz hält sie inne und es fühlt sich an, als surrte die Luft von unausgesprochenen Worten.

Nervös zieht sich mein Magen zusammen. Mein Blick huscht zu Lucius, dessen Miene sich verschließt. Ist es uns etwa anzusehen, dass wir mehr füreinander empfinden als Freundschaft? Angst steigt in mir empor und schlingt sich wie eine Kette um mein Herz. Ich fürchte Larentias Zorn, sollte sie von unseren wahren Gefühlen wissen.

Endlich wendet sich Lucius mir zu und betrachtet mich. So intensiv, als grübe er sich in meine Seele. Mein Herz stolpert, ehe es sich schmerzhaft zusammenzieht. Seit unserem Streit sehen wir uns das erste Mal. Seit ich ihm gesagt habe, dass unsere Gefühle füreinander nicht mehr sein dürfen. Sehnsucht zeichnet sich in Lucius' Gesicht ab, wenn auch nur für den Hauch eines Atemzugs. Dann dreht er sich von mir fort. Es schmerzt, ihn so verletzt zu sehen.

»Auf ein Wort, Lucius.« Larentia weist ihn an, ihr zu folgen. »Du wartest hier, Helvia!« Unmissverständlich zeigt sie auf die Stelle, an der ich stehe.

Stumm nicke ich, bevor die beiden ihren Weg fortsetzen.

Iulia tritt zu mir, das Gesicht mitleidig verzogen. »Es endet in einem Unglück, wenn ihr euch nicht voneinander fernhaltet«, sagt sie mit gedämpfter

Stimme und sieht Milonia dabei zu, wie sie sich einen Besen schnappt und den Staub zusammenkehrt, der von der Decke gerieselt ist.

»Das ist nicht so einfach«, entgegne ich leise und starre auf den Boden, als Tränen meine Sicht verschwimmen lassen. Es bringt nichts, Iulia etwas vorzumachen.

Tröstend legt sie eine Hand auf meinen Unterarm. »Wölfe sind stur. Wir brauchen länger, um zu akzeptieren, was uns das Herz bricht«, sagt sie.

»Wird es heilen?«

Verwirrt hebt Julia eine Augenbraue.

»Das Herz, meine ich«, erkläre ich.

»Deines oder seins?«

»Beide.«

Sie lächelt traurig. »Frag mich das in ein paar Jahren. Vielleicht weiß ich dann eine Antwort darauf«, entgegnet sie, tätschelt mir den Arm und geht zu Milonia, um ihr zu helfen.

Eine Weile sehe ich den beiden zu, bis ich es im Tempel nicht mehr aushalte. Die Luft erscheint so stickig, die Wände engen mich ein. Larentias Anweisung, hier zu warten, schwirrt durch meinen Kopf, doch ich ignoriere sie.

Eilig schreite ich auf die Tür zu und erstarre, als ich einen Fuß über die Schwelle setze. Kühler Wind weht mir entgegen und hält mich an Ort und Stelle. Ein Schauer wandert die Arme hinab und hinterlässt eine Gänsehaut.

»Hüte dich vor seinem Kuss«, wispert eine hauchzarte Stimme, als mich erneut ein Windhauch streift.

Steif drehe ich mich zum Inneren des Tempels um. Sonnenstrahlen fallen durch die hohen Fenster und bringen die rissigen Mosaike am Boden und den Staub darauf zum Leuchten. Obwohl so viele Gesandte der anderen Zirkel in diesem Gebäude untergebracht sind, ist es totenstill. Milonia und Iulia sind verschwunden, als hätte die Erde sie verschluckt. Für einen Augenblick fühle ich mich, als wäre ich in einer Blase gefangen, die jegliche Außengeräusche abschirmt. Habe ich mir die Worte eingebildet?

Ich wende mich ab, da erklingt die Stimme erneut. *»Hüte dich vor seinem Kuss, Tredecim!«*

Hastig wirble ich herum, doch noch immer ist niemand zu sehen. Mein Herz schlägt vor Aufregung schneller. »Kuss? Vor wessen Kuss?«, frage ich und starre in die Sonnenstrahlen, die flimmern, als wollten sie mir einen Streich spielen.

»Kuss?«, ertönt Larentias Stimme hinter mir. Als sie eine Hand auf meine Schulter legt, zucke ich zusammen. Es ist, als tauchte ich nur zäh aus einem Traum auf. Weshalb ist Larentia hier draußen? Wo ist Lucius? Mit einem Mal habe ich mein Zeitgefühl verloren. Wie lange habe ich an der Tür gestanden und ins Tempelinnere gestarrt?

»Ich soll mich vor seinem Kuss hüten«, sage ich, während ich die Gedanken verstummen lasse. Mit besorgter Miene drehe ich mich zu Larentia um.

»Hecate …«, wispert sie und sieht in den Tempel. »Die Göttin hat zu dir gesprochen. Ich spüre ihre Aura.«

»Hecate?«, wiederhole ich ehrfürchtig und presse eine Hand gegen die Brust, in der mein Herz aufgeregt hüpft.

Larentias Gesicht ist schlagartig von Sorgenfalten durchzogen, sie presst die Lippen aufeinander, während sie den Blick nicht von den Sonnenstrahlen nimmt, die in der Halle tanzen.

»Was hat ihre Warnung zu bedeuten? Vor wessen Kuss soll ich mich hüten, Larentia?«

»Ich weiß es nicht, meine kleine Tredecim«, murmelt sie und mustert mich aufmerksam. »Ist etwas geschehen, von dem du mir erzählen willst?«

Hitze steigt mir in die Wangen, als ich an Lucius denke. Was hat Larentia mit ihm besprochen? Ob sich ihr Ziehsohn ihr anvertraut hat? Schlagartig kommt mir etwas anderes in den Sinn. »Vor zwei Tagen habe ich in der Nähe des Vesuvs meine Magie entfesselt.«

Larentia saugt zischend den Atem ein und starrt mich schockiert an. Bevor sie mir einen Vorwurf machen kann, spreche ich weiter.

»Es war keine Absicht«, beteuere ich. »Doch danach spürte ich diese mächtige Aura. Dann war da das flammende Licht, das …«

»Flammendes Licht?«, unterbricht sie mich, packt mich an den Schultern und sieht mir eindringlich in die Augen.

Schwer schlucke ich. Ihr alarmierter Gesichtsausdruck macht mich nervös. »Es war eine glühende Wolke, die wie eine Flammenwalze auf mich zugerollt ist. Ich dachte schon, sie wolle mich verschlingen«, stammle ich. Die Angst von damals erwacht von Neuem und trocknet meinen Mund aus. »Denkst du, es war …?«

»Vulcanus«, beendet sie den Satz und schließt die Augen, als ertrüge sie den Namen nicht.

Dass sie meine Befürchtung bestätigt, lässt mich schaudern. »Kann er nicht erst am Tag des Opferfestes aus seinem Reich emporsteigen? Wie ist das möglich?«

»Vulcanus darf schon wenige Tage zuvor unsere Welt betreten«, erklärt sie und fährt sich in einer verzweifelten Geste über die Stirn. »Er muss deine Macht gespürt haben.« Sie ergreift meine Hände und drückt sie gegen ihre Brust. »Du darfst deine Macht nicht mehr entfesseln, bis Vulcanus mit der Auserwählten in sein Reich zurückgekehrt ist. Hast du mich verstanden?«

In meinem Kopf überschlagen sich die Gedanken. Ich hatte gehofft, mich zu irren und dass dieses Licht einen anderen Ursprung hatte. Doch ich bin dem gnadenlosen Gott wirklich so nahe gekommen – ohne den Schutz des Zirkels. Aber was hat Vulcanus' Jagd auf mich mit meiner Macht zu tun?

»Helvia!«, donnert Larentia und rüttelt an meinen Händen. »Du musst deine Magie im Zaum halten. Es ist wichtig.«

Stumm nicke ich.

»Nichts darf dich aus dem Gleichgewicht bringen«, spricht sie weiter.

Innerlich lache ich. Lucius, Tiberius, das Opferfest. Zu viel kratzt momentan an meiner Fassung.

»Was ist mit dem Legatus?«, frage ich. »Schon sein Anblick reicht aus, um die Magie in Wallung zu bringen.«

Mit verbissener Miene wendet sich Larentia von mir ab. Als ertrüge sie meine Verzweiflung nicht.

»Er ist kein gewöhnlicher Römer«, sage ich und lege die Finger um ihren Arm, damit sie sich mir wieder zuwendet. Doch sie ignoriert die Geste. »Kein gewöhnlicher Mensch weiß so viel über Magie. Er wollte, dass ich sie gegen dich einsetze, Larentia! Dann sprach er auch noch davon, dass meine Magie einen Kaiser stürzen könne.«

»Das kann sie auch«, sagt sie in einer seltsamen Ruhe, die dieses unheilvolle Pochen in mir anstachelt.

»Larentia, ich kann diesen Mann nicht heiraten! Es geht ihm nur um die Magie der Tredecim!«, werde ich laut.

Die Princeps wirbelt zu mir herum, sodass ich zurückschrecke. »Was soll ich deiner Meinung nach tun, Helvia?«, poltert sie und stößt geräuschvoll den Atem aus, ehe sie wieder Haltung annimmt und ihre gewohnte Gelassenheit zurückerlangt. Zumindest äußerlich scheint es so. »Kaiser Titus hat den Legatus auserwählt, nicht ich. Wir würden den Frieden riskieren, wenn ich mich gegen seine Wahl stelle.«

»Nicht, wenn du dem Kaiser erzählst, dass Tiberius ihn mithilfe meiner Magie stürzen will«, entgegne ich. Nichts anderes kann er nach seinen Anspielungen vorhaben.

»Helvia … Der Legatus ist ein mächtiger Mann im Römischen Reich. Wir müssen mit solchen Anschuldigungen vorsichtig sein.«

Daraufhin schnaube ich. »Es ist doch offensichtlich.«

»Lass uns am morgigen Tag das Opferfest begehen, danach kümmern wir uns in Ruhe um den Legatus. Egal was er sagt, er kann dich nicht von heute auf morgen heiraten. Da habe ich als Oberhaupt unseres Zirkels ein Wörtchen mitzureden.«

Tief atme ich durch, doch meine Anspannung will sich nicht lösen. Das ungute Gefühl, dass uns Unheil bevorsteht, wird immer drängender. »Was, wenn Hecate mich vor Tiberius' Kuss gewarnt hat? Davor, ihn zu heiraten?«

»Er ist nur ein Mensch, Helvia.«

»Menschen waren es einst, die unsere Vorfahren fast ausgerottet hätten, hätte Hecate nicht eingegriffen.«

»Denkst du, das vergesse ich? Ich war es, die damals auf dem Schlachtfeld gestanden hat! Inmitten eines Krieges, der nie wieder geschehen darf«, erwidert sie bedrückt. Kummer zeichnet sich in ihrem Gesicht ab und lässt sie erschöpft und alt aussehen.

»Dann halte Tiberius auf«, flehe ich sie an. »Lass nicht zu, dass ich ihn heirate.«

»Das kann ich nicht«, wispert sie und wendet sich von mir ab. »Dieser Pakt ist in Stein gemeißelt und wurde von den Göttern gesegnet. Du würdest mit deinem Leben bezahlen, würden wir ihn brechen.« Ihre Augen glänzen verräterisch, als sie mich wieder ansieht. »Ich lasse nicht zu, dass du stirbst.«

Wehmut und Verzweiflung überschwemmen mein Herz, rauben mir den letzten Funken Hoffnung. Es gibt für mich keinen Ausweg ... Meine Lippen beben, Tränen lassen Larentias Anblick verschwimmen, bis sie mir die Wangen hinabrinnen. »Vielleicht sterbe ich nicht körperlich durch diese Heirat, innerlich jedoch schon.«

»Ich habe nicht nur dein Herz auf dem Gewissen, das weiß ich«, sagt sie so leise, dass ich sie nur schwer verstehe.

Ich reiße die Augen auf. An meinem Hals trommelt mein aufgewühlter Puls. Mit zitternden Beinen wirble ich herum und laufe davon.

Sie weiß es. Bei den Göttern, Larentia weiß es!

KAPITEL 13

2018 N. CHR., ACI CASTELLO

Seit einer geraumen Weile starre ich den dunklen Bildschirm des Handys an. Es anzuschalten weckt ein ungekanntes Widerstreben in mir. Meine Freundinnen machen sich mit Sicherheit Sorgen, Mama und Papa wahrscheinlich ebenso. Sie wollen bestimmt wissen, was los ist. Vielleicht haben Alex und Leonie sogar Angst, weil ich mich so dubios gemeldet habe und nichts mehr von mir kam – gerade wegen ihrer Vermutung, dass Maria der Kopf einer Mafia-Gang ist. Erschöpft reibe ich über die Stirn und versuche das schlechte Gewissen fortzuwischen, das penetrant anklopft.

Meine Liebe für die beiden ist unendlich. Ein Leben ohne sie kann und will ich mir gar nicht vorstellen, aber momentan kann ich ihnen nicht sagen, was los ist. Wie es mir geht und wieso ich so kurz angebunden bin. Mein Griff um das Handy wird fester. Nicht zum ersten Mal wünsche ich mir ihnen erzählen zu können, wer ich bin. Wer ich *wirklich* bin. Aber damit würde ich nicht nur mein eigenes Leben in Gefahr bringen, sondern jedes Wesen, das sich wie ich vor den Menschen verbirgt.

Ich pfeffere das Handy wieder in die Schublade des Nachttisches und schließe sie, ehe ich mir durch die Haare fahre. Mein Blick fällt auf den Wecker. Bei dem Anblick verziehe ich die Lippen. Ich sollte mich fertig machen, damit ich rechtzeitig bei Acca bin. Die Magie regt sich prickelnd in meinem Inneren, als sie den Widerwillen spürt.

Maria hatte vorgeschlagen, dass Acca mein Training übernimmt, da sie mehr Erfahrung damit besitzt – worin ich ihr ungern zustimme. Dass der einzige Grund, warum ich das akzeptiert habe, ein Wolf ist, dessen Augen mir seit dem Tag an der Bucht nicht aus dem Kopf gehen, versuche ich von mir zu schieben. Beim Gedanken an ihn gedeihen Schmetterlinge in meiner Magengrube.

Ich stehe auf und ziehe mir Sachen über, ehe ich in die Küche zu Maria gehe.

»Die Entscheidung, dein Training Acca zu überlassen, war richtig«, sagt sie, als könnte sie meine Gedanken lesen.

»Wenn du das meinst. Ich bin von ihren Methoden nicht überzeugt.«

Maria lächelt zuversichtlich und reicht mir eine belegte Brotscheibe. »Iss. Du kommst sonst zu spät und wenn Acca etwas nicht leiden kann, dann ist es Unpünktlichkeit.«

»Hm …«, grummle ich, nehme das Brot und gehe zur Haustür.

»Sophia, du solltest dich daran erinnern, dass Acca auch nur eine Frau ist. Sie ist kein gefühlloses Wesen oder gar göttlich. Helvia war ihr wie eine Tochter. Dass es kein gutes Ende mit ihr genommen hat, wird dir bewusst sein. Vielleicht ist sie nicht bereit über sie zu sprechen.«

Als ich zurück zu ihr schaue, lehnt Maria an der Küchentheke. In diesem Moment sieht sie unheimlich alt aus. Sorge greift um mein Herz. Am Anfang habe ich es nicht gesehen, aber Mutter hat recht, was Maria angeht. Sie gibt alles für ihre Schützlinge und ist nett – zumindest wenn man sich ihr Vertrauen erarbeitet hat. Ich stoße ein Seufzen aus und streiche die blonden Haare über eine Schulter. »Ist okay, ich werde mich dran erinnern.«

Maria schenkt mir ein Lächeln, ehe ich aus der Tür verschwinde und in die Hitze Siziliens eintauche, die von frischem Wind durchbrochen wird. Die Fransen der abgeschnittenen Jeans kitzeln an meinen Oberschenkeln, als mich ein Windzug erfasst. Genüsslich beiße ich in mein Brot und gehe die Straße entlang, in Richtung des Bistros. Die Sonne scheint trotz der frühen Uhrzeit schon erbarmungslos und feine Schweißperlen sammeln sich unter meinen Haaren im Nacken. Das Motorengeräusch eines Autos nähert sich, was auf der Strecke nicht verwunderlich ist. Doch als das Fahrzeug neben mir abbremst und sich die dünnen Härchen auf meinen Armen aufstellen, bekomme ich eine dunkle Vorahnung, wer sich in diesem Auto befindet.

»*Ciao bella!*«

Seine Stimme lässt mich innehalten und ich sehe zu dem Wagen. Es ist ein protziger feuerroter Porsche, aus dem mir der Mann mit den unheimlichen Augen entgegenschaut. Eine Gänsehaut rieselt mir über den Rücken.

»*Ciao*«, sage ich automatisch und richte meinen Blick stur auf den Gehweg vor mir.

»Welch ein Zufall, dass wir uns wieder über den Weg laufen, nicht wahr?«

Das restliche Brot schmeckt auf einmal nach Pappe. Dieses Mal bleibt die Magie aber überraschend ruhig. Abgesehen von dem kurzen Zucken kommt nichts von ihr.

»Ja, total verrückt, aber ich habe leider keine Zeit«, versuche ich ihn abzuschütteln. An solche Zufälle glaube ich nicht. Außerdem jagt der Typ mir eine Heidenangst ein. Accas Reaktion auf ihn ist noch präsent vor meinen Augen. Mit welcher Abscheu sie ihn betrachtet hat und mit welcher Wut sie ihm entgegengekommen ist. Ihre Worte von wegen *göttlich* und *Opfer* prickeln ebenfalls in meinem Hinterkopf. Auch wenn Acca nicht unbedingt zu meinen Lieblingsmenschen zählt, vertraue ich ihr aus einem Gefühl heraus, das ich selbst nicht verstehe.

»Ich will ins Zentrum, da kann ich dich absetzen.«

»Es geht schon. Ich hab's nicht weit«, sage ich abweisend und setze den Weg betont ungerührt fort, obwohl in meinem Inneren die Angst hochpeitscht wie eine Tsunamiwelle.

Der Motor des Wagens verstummt. Überrascht bleibe ich stehen und beobachte, wie er aus seinem Auto steigt und sich neben mich gesellt.

»Wir sollten uns unterhalten, Sophia.«

Seine roten Augen brennen sich in mein Innerstes. Auf einmal peitscht eine Macht um ihn, die mich zittern lässt. Unwillkürlich weiche ich einen Schritt zurück. Was zum Teufel ist der Kerl?

»Wir wurden uns noch nicht vorgestellt, *mia piccola Tredecim*. Mein Name ist Vulcanus.«

Ich starre ihn an. Etwas regt sich bei dem Namen, als wäre es ein entfernter Gedanke, den man jedoch nicht greifen kann. Die Magie reagiert auf mein hektisches Herzklopfen. Sie reckt sich, fährt durch mich, als wollte sie mir versichern, dass sie an meiner Seite ist. »Was …« Ich räuspere mich und fahre mir mit der Zunge über die staubtrockenen Lippen. »Was für ein ungewöhnlicher Name.«

Er lacht schallend. »Für den Gott der Vulkane und Feuer nicht so ungewöhnlich, *mia bella Tredecim.*«

Die Welt bleibt stehen. Ein Gott? Der Gedanke kreist rasend schnell in meinem Kopf. Verwirrt blinzle ich, als die Erde sich wieder zu drehen beginnt. Das Rumoren von Automotoren, das gerade verstummt war, dröhnt wieder in den Ohren, die Wellen, die gegen den Strand spülen. Aber mein Hirn will die Info nicht verarbeiten, die Vulcanus mir gerade vor die Füße geworfen hat. »Ein Gott?«, wiederhole ich steif.

»Acca Larentia hat nicht von mir erzählt? Ich sollte wohl beleidigt sein, wenn mir diese Frau nicht egal wäre.«

Wundern tut es mich nicht, dass Acca diesen Mann am liebsten in Vergessenheit geraten lässt – mir wäre es auch das liebste Verfahren mit ihm.

»Lass uns ein Stück laufen, Tredecim. Wir haben eine Menge zu besprechen.«

Er tut, als wäre es normal, dass ein Gott eine Hexe zum Spaziergang einlädt. Doch verdammt, an dieser Situation ist nichts normal. Er kann kein Gott sein. Seit wann laufen Götter auf der Erde herum und fahren rote Sportwagen?

»Sophia?«, erkundigt sich Vulcanus und legt seinen Kopf schief. Sein Lächeln erinnert mich an eine Raubkatze, die davor ist, mit ihrem Fressen zu spielen.

Meine Knochen sind wie versteinert, wollen kaum gehorchen, als ich sie zwinge nach vorn zu schreiten.

»Also, die neue Tredecim. Was eine Verantwortung, nicht wahr? Ich kann mich an die Letzte erinnern ... Helvia.«

Ihren Namen von ihm zu hören jagt einen eiskalten Schauer über meine Glieder. Etwas stimmt nicht. Immer noch vollkommen steif nicke ich. Die Arme schlinge ich um meinen Oberkörper und mein Blick ist starr auf den Weg vor uns gerichtet. Ich muss ihn loswerden. Die Angst wird so groß, dass ich kaum Luft in die Lunge bekomme. Obwohl sie irrational ist. Vulcanus hat mir nichts getan – doch warum habe ich das Gefühl, dass sich das ändern wird?

»Ich bin überrascht, dass Hecate so lang gewartet hat, um erneut eine

Tredecim zu wählen. Der Verlust ihrer letzten muss schmerzlich für sie gewesen sein.«

Instinktiv will ich zu ihm sehen, kann den Drang verhindern und halte die Augen nach vorn gerichtet. Noch nie habe ich mich so unwohl gefühlt. Nicht mal als mich Bernd gegen meinen Willen geküsst hat und die Macht der Tredecim in mich gefahren ist. In meiner Vorstellung wäre es sogar angenehmer, nur in Pyjama vor meiner Klasse zu stehen, als mit diesem Gott spazieren zu gehen.

Die Kräfte in mir rumoren. Die Magie spürt seine Nähe und ist wie zweigeteilt. Einerseits will sie mich unterstützen. Mich schützen. Der zweite Teil sehnt sich danach, sich tief in mir zurückziehen. Dass selbst so mächtige Magie sich nicht mit Vulcanus anlegen will, macht mir nur noch mehr Angst, als ich schon habe.

»Fragst du dich nicht wieso?«, hakt er nach. »Hecate ist immer so eine schweigsame Gegenspielerin. Es macht sicherlich keinen Spaß, eine Spielfigur zu sein, wenn man nicht einmal die Hälfte dessen weiß, was man wissen sollte«, fährt er fort.

Nun schaue ich doch zu ihm. Und in dem Moment erkenne ich, dass ich in seine Falle getappt bin. Seine vollen Lippen verziehen sich zu einem gehässigen Grinsen. Diese Rute hat er verdammt gut platziert. So ungern ich es zugebe, aber er hat mich. Vulcanus bleibt stehen und verstärkt seinen intensiven Blick. Die roten Augen durchbohren mich nahezu. Dringen bis in mein Innerstes und ich habe keine Möglichkeit, diesem Sog zu entkommen.

»Sie sagen dir nichts, nicht wahr, Kind? Erzählen nur, was du zu tun und zu lassen hast, und geben dir nicht einmal Brotkrumen des Wissens, obwohl du ein Buffet an Speisen verdient hast.«

»Wieso sollte ich dir glauben?«, bringe ich mit kratziger Stimme hervor und verachte mich im selben Moment dafür, dass ich so schwach klinge. Ich will nicht bedürftig vor ihm erscheinen. Er weckt in mir den Drang zu flüchten, obwohl ich dieses Wissen in die Finger bekommen will.

»Wieso solltest du mir misstrauen, ist doch die bessere Frage, oder nicht? Ich biete dir, was du verdienst.«

Ich habe keine Ahnung, wieso scheinbar jeder – sogar die Macht der Tredecim – gegen ihn ist. Bisher hat er mir nichts getan, außer mir versprochen endlich die Antworten zu geben, nach denen ich mich so sehne. Ich befeuchte meine spröden Lippen. Schweigen umhüllt uns in der Zeit, in der ich die Möglichkeiten abwäge. Er hat definitiv den richtigen Köder. Ich will mehr – alles – wissen. Aber er hat eine Aura, die mir Angst einjagt und mich zur Statue macht. Meine Instinkte raten mir, die Beine in die Hand zu nehmen, den Mann, diesen Gott, hinter mir zu lassen und zu flüchten. Nie wieder nach diesem Wissen zu streben, das er verspricht.

Das Knattern eines Motorrads reißt mich aus den Gedanken. Überrascht sehe ich von Vulcanus auf die Straße. Mein Herz macht einen Satz, als ich den Fahrer erkenne.

»Verdammte Wölfe«, zischt der Gott kaum hörbar. »Sophia, denk darüber nach. Ich kann dir jede Antwort bieten.« Er beugt sich zu mir hinunter, sodass sein heißer Atem über mein Ohr streift. »Ich habe die Lava gelenkt, habe die Asche den Weg durch den Wind finden lassen und das Feuer entzündet. Ich weiß *alles*. Jedes Detail, das sie dir verschweigen.« Als er sich zurücklehnt, mustert er mich. »Wenn du mehr wissen willst, komme zu mir. Ich werde dich im Inneren des Vulkans erwarten.« Bevor ich ihm antworten kann, ist er verschwunden. Einfach fort, als hätte er sich in Luft aufgelöst, genauso wie der protzige Porsche.

Plötzlich sacken die Knie unter mir weg. Hart lande ich auf dem Bürgersteig und schlage mir die Haut auf. Ich presse die Hände auf das warme Pflaster und versuche mein Herz zu beruhigen, das wie verrückt in der Brust schlägt. Es ist, als hätte seine Aura mich wie eine Venusfalle gepackt und erst jetzt kann ich wieder frei atmen – befreit vom Klammergriff.

»Sophia!« Nevios Stimme dringt zu mir.

Ich höre, wie er das Motorrad zur Seite stellt und zu mir kommt. Seine warmen Arme umschlingen mich. Halten mich. Ich habe keine Ahnung, wieso das Gespräch mit Vulcanus mir so zusetzt. Ich bebe am gesamten Körper. Meine Gedanken sind wie ein verdammtes Karussell, das sich schneller und schneller dreht. Kein einziger klarer Gedanke lässt sich in meinem Kopf fassen.

»Hey, *principessa*, was ist passiert?«, fragt er. Seine Hände streichen über meine nackten Arme.

Nicht in der Lage, ihm zu antworten, starre ich auf den Asphalt vor mir. Dieser Gott hat mir eine Lösung zu dem Dilemma gezeigt. Und obwohl sich alles in mir sträubt, auf diese Verlockung einzugehen, überlege ich tatsächlich, sein wahnwitziges Angebot anzunehmen. Mein Blick richtet sich auf den Ätna, den einzigen Vulkan auf Sizilien, der immer mal wieder Asche in die Luft spuckt. Bei dem Gedanken, was ich tun muss, um Vulcanus zu treffen, zieht sich mein Magen beunruhigt zusammen.

Nevios braune Augen sind sorgenvoll auf mich gerichtet, als ich es endlich schaffe, zu ihm zu sehen. »Was ist los? Bitte, *principessa*, sag etwas.«

Ich öffne den Mund, nur um ihn wieder zu schließen. Wende meinen Blick in die Richtung, aus der der Gott und ich gekommen sind. »Das war Vulcanus«, bringe ich endlich hervor.

Nevio versteift sich schlagartig. »*Der* Vulcanus?«

Ich bringe nur ein Nicken zustande.

»*Maledizione!*«

Verwirrt sehe ich Nevio an. »Hast du ›verdammt‹ gesagt?«

Ein kurzes, tiefes Lachen erklingt an meinem Ohr. »Passender Zeitpunkt, dass deine Kräfte dir endlich Italienisch beibringen.« Er richtet sich auf und hält mir seine Hände hin. »Kannst du laufen?«

Kurz zögere ich. Meine Knie sind wie geschmolzene Butter, aber ich nicke. Mit seiner Hilfe richte ich mich auf, kann den Blick jedoch nicht von dem Fleck nehmen, an dem Vulcanus eben verschwunden ist.

Wenn du mehr wissen willst, komme zu mir. Ich werde dich im Inneren des Vulkans erwarten. Eine Gänsehaut breitet sich über meine Haut aus, als ich die Worte von Vulcanus gedanklich wiederhole.

»Lass uns zu Acca fahren«, sagt Nevio.

In mir versperrt sich alles und mit leidendem Blick sehe ich zu ihm. »Muss das sein? Ich weiß nicht, ob ich das heute durchhalte«, gebe ich zögerlich zu. Bei der Vorstellung, mich mit Acca auseinanderzusetzen, wird mir übel. Protestierend grummelt mein Magen.

Mit erhobenen Augenbrauen sieht Nevio zu mir. »*Per gli dei* – bei den Göttern –, *principessa,* du bringst mich in Schwierigkeiten«, murmelt er und richtet seine Maschine wieder auf.

Mein Herzschlag macht einen Satz. »Und du magst Schwierigkeiten?«, frage ich hoffnungsvoll.

»*Naturalmente!* Ich bin Italiener.« Sein Grinsen vertieft sich und zeigt dabei seine Grübchen. Er hält mir den Beifahrerhelm hin. »Wo darf ich dich hinbringen, *principessa?*«

»Ist mir egal, Hauptsache, weg«, sage ich ehrlich und nehme hinter ihm Platz.

»Halte dich gut fest.«

»*Va bene*«, murmle ich und schlinge meine Arme um ihn.

Ich schließe die Augen und genieße den Wind, der mir durchs geöffnete Visier ins Gesicht fegt. Dass Nevios Geruch zu mir weht, ist ein zusätzlicher Pluspunkt. Er riecht erdig, natürlich. Vermutlich durch den Wolf, da sie dem Element der Erde zugetan sind. Ich genieße es, meine Arme um ihn geschlungen zu haben, und überraschenderweise tut die Fahrt mit diesem Selbstmordgefährt mir ebenfalls gut. Es lenkt mich ein bisschen von Vulcanus' verführerischen Worten ab, die wie ein Echo in meinen Gedanken immer wieder erklingen.

Wir fahren über Landstraßen, die Umgebung zieht an uns vorbei. Nur wenige störrische Büsche zieren die dunkle Erde. Bis Nevio in einer Stadt Halt macht, die voller Touristen ist. Überall höre ich deutsche, englische und sogar chinesische oder japanische Gesprächsfetzen.

»Wo sind wir?«, frage ich, während ich den Helm abnehme. Kurz schüttle ich meine Haare durch, damit sie nicht mehr platt am Kopf gepresst liegen. Helle Häuser säumen die Straße und wir stehen vor einer halb zerfallenen Ruine, an die sich viele Besucher drängen.

Nevio grinst und befestigt die Helme an dem Motorrad. »Erkennst du es nicht?«, fragt er mich.

Die Ruine befindet sich auf einem Berg und einige Zypressen schmiegen sich an die baufälligen Mauern. »Ich will dich nicht enttäuschen, aber ich weiß nicht einmal, wo wir sind.«

Er lacht. »*Benvenuto a bella Taormina* – willkommen im schönen Taormina. Hier stehst du vor dem griechischen Theater«, sagt er und breitet dabei die Arme in einer allumfassenden Geste aus.

Ich lege den Kopf schief. »Das ist eine Ruine.«

Mit geweiteten Augen sieht mich der Wolf an. »*Principessa!*« Übertrieben greift er sich ans Herz, als hätte ich ihm einen Stoß, direkt in sein überlebenswichtiges Organ versetzt.

Ergeben hebe ich die Hände. »Okay! Zeige mir das *Teatro Greco.*«

Nevio grinst und greift nach meiner Hand. Seine großen Finger schließen sich sanft um meine und eine wohlige Wärme fährt meinen Arm hinauf. Ich folge ihm über die Straße, die voller Touristen ist. Verschiedene Sprachfetzen fliegen durch die Gegend, die mir die Macht der Tredecim übersetzt.

Ich sehe über die Köpfe der Leute, die sich an die Kasse dicht an dicht drängeln. Verwirrt runzle ich die Stirn. »Nevio, sollten wir uns nicht ...?«

»Warte.« Er holt sein Handy aus der Hosentasche und wählt eine Nummer. Dabei lässt er meine Hand keinen einzigen Moment los.

In meinem Bauch wüten die Schmetterlinge. Ich wende den Blick von unseren ineinander verschlungenen Händen ab und sehe direkt über ein Dach aufs Meer. Das Kribbeln in meinem Bauch wird stärker. Obwohl ich nur widerwillig in dieses Land gekommen bin, schafft es sich mit jedem Quadratmeter, den ich mehr erkunde, in mein Herz zu schleichen. Alles hier ist so unfassbar eindrucksvoll.

»Nic! Hey, ich habe hier jemanden, der dieses wunderschöne *Teatre* als Ruine betitelt. Kann ich rein?«

Mit einem breiten Grinsen legt Nevio auf und sieht zu mir. »Nic arbeitet für das Theater. Du solltest dir eine gute Entschuldigung einfallen lassen. Er ist ein Dramatiker.«

Ich verdrehe die Augen und stoße ihn an. »Danke, dass du mich bei deinen Freunden schlechtredest.«

»Du hättest nicht über *bella Teatre* herziehen dürfen«, verteidigt er sich.

»Ich ziehe nicht darüber her«, sage ich schmollend. »Es *ist* eine Ruine.«

»Da kenne ich die Frau nicht einmal und sie bricht mir schon das Herz.

Nevio, wen bringst du da in unsere Hallen?« Ein junger Mann kommt durch den Eingang und nimmt Nevio direkt in die Arme.

»Das, Nic, ist Sophia. Sie ist den Sommer über bei Maria Grassi.«

Nic sieht mich mit hochgezogenen Augenbrauen an. »Ah. Eine *strega*.«

»Hi. Tut mir echt leid, dass ich deine Hallen beleidigt habe.« Ich werfe einen zornigen Blick auf Nevio.

Nic lacht laut. »Einer Schönheit wie dir sei verziehen!«, ruft er und gibt mir zwei Küsschen auf die Wange.

Verwirrt blinzle ich.

»Aber unter uns beiden gesagt, Nev hat dir nicht die wahre Schönheit unseres *bella Teatre* gezeigt, oder?«

»Bisher nur den Eingang.«

Missbilligend schnalzt Nic mit der Zunge. »Komm rein, lass dich verzaubern.« Ohne zu fragen, greift er nach meiner Hand und zieht mich mit sich.

Mit großen Augen sehe ich über die Schulter zu Nevio, der uns mit einem Grinsen folgt. Wir gehen durch einen kühlen Flur direkt ins Theater und sofort weiß ich, wieso die beiden diese Ruine für bezaubernd halten. Von dem Eingang führen dutzende Reihen von Sitzplätzen nach unten. Bis zur Klippe, an deren Ende sich eine Art feste Bühnenkulisse mit Ausblick über Taormina und das Meer schmiegt. Das Ambiente zieht mich regelrecht in seinen Bann. Geschichten von vor Jahrtausenden scheinen durch dir Mauerwerke zu geistern und sich jedem, der nur gewillt ist einen Moment zu lauschen, zu offenbaren. Mit offenem Mund schaue ich über den Zuschauerraum. »Wow«, hauche ich.

»Ah, der Zauber hat zugeschlagen. Siehst du, Nevio: So begeistert man eine Dame.«

Ich sehe wieder zu meinen beiden Begleitern. »Nevio hat noch eine Begeisterung gut.«

»Ach? Hat er das? Erzähl mir mehr, *bella* Sophia.« Nic schlingt seinen Arm um meine Schultern. Sofort umhüllt mich sein beeriger Duft.

Ich schließe die Lider und lasse den Geruch auf mich wirken. Vor meinem inneren Auge erscheint eine Wiese, auf dem Faune mit ihren Ziegenbeinen

Nymphen nachjagen. Es ist wunderbar grün und in der Ferne höre ich das Meer rauschen. Erschrocken reiße ich mich von Nic los und starre ihn an. »Du bist ein Faun.«

Nic verbeugt sich. »*Si*. Freut mich deine Bekanntschaft zu machen, Tredecim.«

Ich bekomme einen Kloß im Hals. »Woher ...?«

»Es ist kein Geheimnis, dass die Tredecim ihren Sommer bei Maria Grassi verbringt. Der Übernatürlichen-Buschfunk ist auf *bella Sicilia* wunderbar vernetzt«, teilt Nic mir mit.

»Oh.« Ich bin nicht fähig mehr zu sagen, weil der Kloß Ausmaße annimmt, mit denen ich nicht in meinen kühnsten Träumen gerechnet habe. Mir ist nicht bewusst, dass so was überhaupt existiert. Zumindest kommunizieren die Wesen in Deutschland nicht auf diese Art miteinander.

Nic klopft Nevio auf die Schulter. »Ich muss zu den Proben. Aber, Nev, melde dich mal wieder! Und zeige Sophia unbedingt noch die *Grotta*.«

»Die ist unser nächster Halt«, verspricht Nevio und erwidert das Schulterklopfen bei Nic.

Der Faun grinst und verbeugt sich vor mir. »Es war eine Ehre, deine Bekanntschaft zu machen, Tredecim.«

Ungelenk erwidere ich die Verbeugung. »Ähm ... gleichfalls?«

Nevio prustet und Nic winkt uns über die Schulter hinweg zu, während er sich von uns entfernt.

»Was denn?«, verlange ich von meinem Begleiter zu wissen.

Nevio greift nach meiner Hand, verschränkt unsere Finger miteinander, was ein heftiges Kribbeln in meinen Eingeweiden hervorruft, und gemeinsam gehen wir die dutzenden Stufen hinunter. »Du solltest deine Verbeugungen üben, wenn du das öfter machen möchtest.«

»Er hat sich doch zuerst vor mir verbeugt. Ich dachte, das macht man so«, verteidige ich mich und wende mit warmen Wangen mein Gesicht ab. Die Sonne strahlt den Stein an und lässt alles in einem wunderschönen beigen Ton leuchten. Der untere Bereich der oberen Ränge ist mit Gras bewachsen, ehe die steinernen Stufen beginnen, die bis zur Bühne reichen.

»Er hat dich auf den Arm genommen. Die Baciato und vor allem die Tredecim haben einen wichtigen Stellenwert – gerade hier in Italien. Aber deswegen sind wir euch nicht mehr untergeordnet. Früher war das so.«

»Früher?«, frage ich und ärgere mich, dass obwohl unsere älteren Zirkelmitglieder immer von der Geschichte predigen, kaum etwas zu uns geschwappt ist. Wie kann es sein, dass so viel verloren gegangen ist?

»Ja, früher, als Pompeji keine Touristenattraktion, sondern die Heimat aller Wesen war.«

Ich reiße die Augen auf und bleibe überrascht stehen. »Weißt du etwa mehr über Pompeji und seinen Untergang?«

Nevio sieht mich mit hochgezogenen Augenbrauen an. »Nicht wirklich, denke ich zumindest. Eher das, was jeder weiß.«

Enttäuscht sacken meine Schultern hinunter. »Schade.«

»Wieso?«

Kurz ringe ich mit mir. Aber der Wunsch, all das, was die letzten Tage passiert ist, mit jemandem zu teilen, ist beinahe überwältigend. Und Nevio ist der Einzige, mit dem ich das kann. »Mich interessiert, was gewesen ist. Wieso Acca solch ein Geheimnis aus Helvia macht, obwohl es scheinbar wichtig ist.«

»Tut mir leid, darüber weiß ich nichts.«

Ich schürze die Lippen. »Ist okay. Magst du mich aber nächstes Mal warnen, wenn deine Freunde dabei sind, mich ins Boxhorn zu jagen?«

»Ich habe dir gesagt, dass er gern dramatisiert«, verteidigt er sich und lächelt.

»Deine Warnungen müssen explizierter werden«, schmolle ich, wobei ich das Zucken meiner Mundwinkel nicht verhindere.

Er lacht kurz. »Okay, beim nächsten Mal.«

»Danke.«

Ich wende meinen Blick von Nevio ab und betrachte das Theater. Die beiden haben recht. Es ist wunderschön hier. Obwohl es eine Ruine ist, hat dieses Bauwerk einen Charme, von dem viele Neubauten nur träumen können. Wir spazieren durch den Zuschauerraum über der Bühne und ich gebe mich den Emotionen und Empfindungen hin, die in jedem Mauerstein zu stecken scheinen.

»Wie kommt es, dass du so überrascht von Nics wahrer Gestalt warst?«, erkundigt sich Nevio.

»Der deutsche Hexenzirkel ist, was Beziehungen zu anderen angeht, etwas streng?«, versuche ich es nett zu formulieren. »Wir tauschen uns nicht mit den Wesen aus, die es in Deutschland gibt – ich habe generell das Gefühl, dass es nicht so viele dorthin verschlagen hat.«

»Vielleicht haben sie sich nur besser verborgen als hier«, wirft Nevio ein.

Ich zucke mit den Schultern. »Das kann sein. Abgesehen von einer Wassernymphe hatte ich nichts mit anderen Wesen zu tun – also außer Hexen.«

»Das ist traurig. Der Austausch untereinander ist wichtig. Wir können voneinander lernen.«

Automatisch muss ich lächeln, als unsere Blicke sich treffen. »Zum Beispiel wie eine Hexe am besten vor ihrer Werwolflehrerin flieht?«

Er schnaubt belustigt. »So ungefähr.« Doch sein Blick trübt sich. »Ich habe dich nicht vor Acca bewahrt. Sie ist nicht so übel, wie du denkst. Ich wollte dir etwas Gutes tun. Du sahst fürchterlich nach diesem Gespräch aus.«

»Na danke«, murre ich und wende den Blick ab.

»So meine ich das nicht. Du siehst ... wunderschön aus, aber ... du wirktest fertig, als hätte er dir etwas angetan.« Kurz verstummt er. »Er hat dir nichts getan, oder?«

Ich schüttle den Kopf. Eigentlich will ich nicht über Vulcanus sprechen, doch meine Gedanken kehren immer wieder zu dem Gott zurück. Mit einem Seufzen drehe ich mich wieder der Theaterruine zu. Touristen drängen sich aneinander, um Fotos von dem beigefarbenen Stein und den Säulen zu machen, die im hinteren Teil der Bühne zur festen Kulisse gehören. »Vulcanus hat mir Wissen über Pompeji und Helvia angeboten.«

»Was will er dafür?«, erkundigt sich Nevio.

»Das hat er nicht erwähnt.« Ich streiche über meine Haare, die sich bei der feuchten Hitze kräuseln.

Nevio zieht an meiner Hand, sodass ich stehen bleibe und zu ihm hochsehe. »Versprich mir, dass du keinen Deal mit ihm eingehen wirst.«

»Warum? Weder Acca noch Maria können oder wollen mir Antworten auf die Fragen geben, die ich habe. Vulcanus schon. Er war da, als Pompeji unterging und die Macht der Tredecim für Jahrtausende verschwand. Er war als einziger Lebender noch da, als alle anderen fort waren. Ich will wissen, was damals passiert ist. Wieso die Magie sich zurückgezogen hat und warum ausgerechnet ich jetzt auserwählt worden bin. Warum Hecate meint, dass ich etwas ausrichten kann – woran auch immer.«

»Acca mag ihn nicht.«

»Acca mag mich auch nicht. Trotzdem verbringst du deine Zeit mit mir«, halte ich gegen sein eher dürftiges Argument.

Nevio schüttelt den Kopf. »Sie mag dich. In ihren Augen bist du nur unerfahren. Das ist etwas anderes. Diesen Gott verachtet sie.«

»Weißt du wieso?«

»Nein. Es muss mich nicht interessieren. Sie ist meine Alpha. Und meine Ziehmutter. Wenn sie jemanden nicht leiden kann, tut sie das nicht ohne Grund. Vertrau mir bitte. Geh keinen Deal mit ihm ein, okay? Vielleicht ...« Er runzelt kurz die Stirn. »Vielleicht kann ich dir helfen.«

»Du willst mir helfen?«, frage ich ungläubig.

Spitzbübisch heben sich seine Mundwinkel. »Tu nicht so, als wäre das abwegig. Immerhin habe ich dir auch geholfen Accas Unterricht zu entkommen. Außerdem ist es zu zweit leichter, Informationen zu finden. Das wird mich nicht in größere Schwierigkeiten bringen.«

»Na gut, du hast mich überzeugt«, stimme ich lachend zu. Mehr Zeit mit Nevio zu verbringen klingt bei Weitem nicht so schlimm, wie den Ätna zu erklimmen, um mit Vulcanus zu reden. Bei der Erinnerung an die Begegnung mit ihm bekomme ich direkt wieder weiche Knie.

»Na komm, lass uns weiter. Ansonsten haben wir nicht mehr viel von der Höhle.«

»Höhle?«, echoe ich.

»O ja.« Bei den Worten breitet sich ein fröhlicher Ausdruck auf seinem Gesicht aus. »Bei der Isola Bella gibt es eine, die ich dir gern zeigen möchte.«

Ich beiße mir auf die Lippe. »Na gut.«

Nevio nickt und deutet hinter mich. »Sieh mal.«

Ich drehe mich in die Richtung und ziehe scharf die Luft ein. »Wow«, bringe ich hervor, komplett eingenommen von dem Anblick.

Während wir miteinander geredet haben, sind wir zu einer Stelle spaziert, die uns einen einwandfreien Blick auf das Meer beschert. Inmitten der Bühnenkulisse klafft ein Loch, durch das nun die Wellen zu sehen sind, auf denen funkelnd die Sonne reflektiert. Zu den Seiten verlaufen die Küste und Häuser, die sich eng an den Berg schmiegen.

»Bei einem Krieg wurde die Wand herausgeschlagen. Aber nie wieder nachgebaut.« Seine Hand übt einen leichten Druck auf meine Finger aus, den ich sanft erwidere.

»Es wäre wirklich eine Schande, das zuzumauern«, stimme ich atemlos zu.

KAPITEL 14

POMPEJI IM JAHRE 79 N. CHR.

Pompeji ist immer von Leben erfüllt. Doch am heutigen Tag könnte man denken, meine Heimatstadt wäre das Zentrum Roms. Die Straßen sind brechend voll. Menschen und Wesen strömen eng aneinandergedrängt zum Spectacula, um in dem Amphitheater an dem Ereignis teilzunehmen, das nur alle einhundert Jahre stattfindet. Gespräche und die Klänge von Musik vereinen sich zu einer allumfassenden Geräuschkulisse. Eine liebliche Stimme singt zu den Lauten von Zupfinstrumenten. Das Lied huldigt unseren Göttern und bittet sie gleichermaßen der Auserwählten Schutz und Geleit auf ihrem schweren Weg zu gewähren.

Weich schmiegt sich der kühle weiße Stoff der Stola an meinen Körper, während ich mir in dem Gedrängel meinen Weg suche. Goldschimmernde Bänder durchwirken das Gewand in verspielten Mustern. Lange habe ich darauf gewartet, die offizielle Robe des Zirkels zu tragen und als Tredecim einem Gott gegenüberzutreten. Doch jetzt kann ich nur daran denken, wie ich gejagt wurde. Wie sehr die Angst vor Vulcanus in mir nachhallt.

Seit gestern haben sich die Sorgen ins Bewusstsein gefressen und bereiten mir Magenschmerzen. Die festliche Stimmung auf den Straßen springt nicht nur wegen der Erinnerung an Vulcanus' Aura nicht auf mich über. Hinter mir spüre ich Tiberius' Blicke auf meinem Rücken brennen. Dicht hinter mir geleitet er Vater, damit jeder in Pompeji meinen zukünftigen Ehemann begutachten kann. Innerlich verfluche ich den Legatus für sein besitzergreifendes Grinsen, das er jedes Mal aufsetzt, wenn ihm jemand zu unserer Verlobung beglückwünscht. Auch Vaters Miene wirkt alles andere als glücklich. Aber vermutlich sehe nur ich ihm an, wie er sich bemüht den Anschein zu wahren.

Neben unzähligen Wesen sind an diesem Tag auch viele Römer in Pompeji eingetroffen, um dem Fest beizuwohnen. Hohe Tiere im Römischen Reich, die sich in der Präsenz eines auf die Erde hinabgestiegenen Gottes suhlen wollen. Weder Vater noch Tiberius wollen sich in der Anwesenheit hoher Gesandter die Blöße geben. Vielleicht sind es aber auch Tiberius' Soldaten, welche zu seinem Schutz eingetroffen sind und uns durch die Menge geleiten, die Vater einschüchtern. Das schmierige Lächeln des Legatus bei der Ankunft seiner bewaffneten Soldaten hat mir gezeigt, dass er seiner Drohung Taten folgen lässt, sollten Larentia und Lucius ihn ein weiteres Mal erzürnen.

Für mich gibt es keinen Ausweg mehr, wenn ich den Frieden und den Zirkel schützen will. Ich fühle mich wie ein Schatten meiner selbst. Jeder Atemzug bringt mich ein Stück näher ans Unglück heran.

Immerhin hat Tiberius uns zugesichert das Opferfest abzuwarten. Ich wünschte, dieser Tag würde ewig andauern.

Am Amphitheater angelangt sehe ich mich um. Die Ränge müssen bereits überfüllt sein, da sich die Neuankömmlinge um das Theater scharen und die Zugänge nutzen, um einen Blick zu erhaschen.

An den kleinen Ständen, die sich an die Außenwände des Theaters und die angrenzende Stadtmauer schmiegen, preisen Händler ihre Waren an. Der süßliche Duft nach Gebäck liegt in der Luft.

Wir betreten das Theater, das einst für die Gladiatorenkämpfe der Menschen und Wesen erbaut wurde. Nur heute dient es dem feierlichen Zweck der Losziehung. Sofort fällt mir die Empore auf, die für das Fest in der Mitte der Arena aufgebaut wurde. Eine Treppe führt zu einem Podest hoch, auf dem ein hölzerner Altar thront. Um die Stufen haben sich die Baciato versammelt. Menschen und Wesen drängen sich nicht nur auf den Rängen, sondern auch in der Arena. Mit Speeren und Schwertern bewaffnete Zentauren umringen daher die Empore, um die Vase mit den Losen zu schützen, die auf dem Altar steht.

Ein Schauder rieselt meinen Nacken bei dem Gedanken an die unzähligen Namen auf den Losen herab. Nicht nur für mich wird sich am Ende dieses Tages alles ändern.

»Der Zirkel erwartet mich«, sage ich an Vater und Tiberius gewandt, die sich neben mir ebenfalls umsehen.

Vater legt die Hände um mein Gesicht und gibt mir einen Kuss auf die

Stirn. »Gib auf dich acht, Helvia.« Er hält mich, als würde er nie wieder loslassen wollen. Als könnte mich das vor dem Mann an seiner Seite bewahren.

Ich lege die Finger um seine Hände und drücke sie sanft hinunter. »Im Kreise des Zirkels bin ich geschützt«, entgegne ich und versuche selbstbewusst zu lächeln.

Nur widerwillig wende ich mich Tiberius zu, um ihm zuzunicken. Ich habe ihm nichts zu sagen. Zumindest nichts, was für neugierige Ohren bestimmt wäre. Wir werden mit Argusaugen beobachtet.

»Ich sehne unser Wiedersehen herbei«, sagt er und lächelt charmant, als wäre zwischen uns nichts vorgefallen. »Genieße das Opferfest. Es wird das letzte dieser Art im Kreise deines Zirkels sein.«

Ich schlucke eine Erwiderung hinunter und wende mich ab, um mich auf den Weg zur Empore zu machen. Im Gegensatz zu den meisten Besuchern des Festes muss ich mich nicht durch die Menge quetschen. Wo ich gehe, wird mir Platz gemacht, da mich mein Gewand als Mitglied des Zirkels auszeichnet. Ehrfürchtig senken diejenigen Wesen das Haupt, die in mir die Tredecim erkennen. Sie wissen, dass ich mit dem Leben für sie kämpfen werde, wenn es jemals wieder zum Krieg zwischen Menschen und uns kommt.

Beinahe habe ich die Empore erreicht, als jemand vor mich tritt und mir den Weg versperrt. Mein Herz hüpft aufgeregt, als ich an der breiten Statur emporblicke und Lucius ins Gesicht sehe.

Mit besorgter Miene mustert er mich. »Hat er wieder Hand an dich gelegt?«, fragt er ohne Umschweife.

»Nein. Sollte er es je wieder tun, weiß ich mich zu wehren.«

»Ich würde ihm den Kopf von den Schultern reißen«, sagt er gepresst. Seine Augen färben sich dunkel, als würde der Wolf durchbrechen.

Ohne nachzudenken, ergreife ich seine Hand und verwebe unsere Finger miteinander, um ihn zu beruhigen. »Er wird mir nichts antun. Meine Magie und ich sind zu wichtig für ihn.«

Lucius hebt überrascht die Brauen. »Was hat er vor?«

»Das werde ich noch herausfinden.«

Er nickt. Tief sieht er mir in die Augen, mit dem Daumen streicht er über meine Haut. Zwischen unseren Händen entsteht Wärme, die sich wie eine tröstende Umarmung anfühlt und mein Herz berührt. Im Magen flattert es. Und da spüre ich es mit einer Gewissheit, die mich erschüttert. Ich werde meine Gefühle für Lucius nie verstummen lassen können. Egal wie sehr ich es mir wünsche.

Um uns herum drängen sich die Besucher so dicht vorbei, dass niemand unserer unerlaubten Berührung Beachtung schenkt. Dennoch entziehe ich Lucius meine Hand, aus Angst, uns beide in Gefahr zu bringen.

»Sie weiß es«, sage ich, als ich die Enttäuschung in seiner Miene ablese. Tief atme ich durch, um das Gefühl der Enge in meiner Kehle zu verscheuchen. »Larentia weiß von uns.«

Lucius presst schuldbewusst die Lippen zusammen.

»Hast du ihr die Wahrheit gestanden?«, frage ich.

»Das musste ich nicht.« Er lächelt traurig. »Sie meinte, selbst der blinde Zentaur Primus hätte am gestrigen Tag bemerkt, weshalb ich diesem Legatus am liebsten die Hand abgebissen hätte.«

»Das hat Larentia gesagt?« Unruhe macht sich in mir breit und verscheucht die Wärme, die Lucius' Berührung ausgelöst hatte. Nervös spiele ich mit den Fingern am Stoff der Stola.

»Hat sie. Außerdem hat sie mir Vorwürfe gemacht, wie ich mich nur in dich verlieben konnte. Ich wisse doch, welches Schicksal für uns vorgesehen sei.« Er schnauft und verschränkt die Arme vor der Brust. »Ihr könntet euch zusammentun, du und Larentia. Ihr scheint beide zu denken, dass man Gefühle entfachen und löschen kann wie ein Feuer.«

»Das denke ich nicht«, entgegne ich und lege eine Hand auf seinen Unterarm. Sofort spannt er die Muskeln unter meiner Berührung an. »Es wäre nur weniger schmerzhaft für uns, wenn es ginge.«

Für einen Augenblick sehen wir uns schweigend in die Augen. In seiner Aura tobt ein Sturm. Ein Wunder, dass er so ruhig vor mir steht.

»Warte, Larentia hat nur von deinen Gefühlen gesprochen«, sage ich, als es mir auffällt.

»Sie weiß nicht, dass du ebenso fühlst«, erklärt er. »Deshalb habe nur ich eine Predigt erhalten. Wäre ich nicht um einiges größer und breiter als sie, hätte sie mir die Ohren langgezogen.« Seine Lippen verziehen sich zu dem Hauch eines Lächelns. Wie kann er nur über die Situation schmunzeln?

»Du nimmst sie nicht ernst«, werfe ich ihm vor.

»Sie ist meine Mutter. Im Grunde will sie mich nur glücklich sehen. Irgendwann wird sie verstehen, dass ich das nur mit dir bin.«

Der Verzweiflung nahe seufze ich. »Aber die Götter werden das nicht zulassen.« Wie kann er noch immer so stur sein?

»Die Götter können mir gestohlen bleiben«, donnert er und lacht, als ich geräuschvoll die Luft einsauge. »Ich finde einen Weg. Koste es, was es wolle.«

»Du bist ein sturer Esel, Lucius!« Es fällt mir schwer, mich von seiner Hoffnung nicht anstecken zu lassen. Ich muss von ihm fort, weil ich seinen Anblick nicht mehr aushalte. Weil der Wille, um uns zu kämpfen, den ich in seinen Augen sehe, mich zu zerbrechen droht.

Als ich an ihm vorbeigehen will, greift er nach meiner Hand und hält mich auf. Bevor ich protestieren kann, beugt er sich zu mir hinab. Sein Atem kitzelt an meinem Ohr. »Wenn du die Hoffnung aufgegeben hast, dann hoffe ich für uns beide«, raunt er.

Flüchtig sehe ich zu ihm auf. Sein Anblick löst so vieles in mir aus. Liebe und Verzweiflung reichen sich die Hand. Lucius besitzt mein Herz. Es wird nie anders sein.

Als er mich loslässt, bewege ich mich schnellstmöglich von ihm fort. An diesem Tag sind uns die Götter so nah wie nie. Sie werden nicht dulden, dass Lucius und ich den von ihnen gesegneten Pakt gefährden.

»Helvia!«, ruft jemand.

Wie ertappt erstarre ich, als Larentia auf mich zuhält. Sie ergreift meine Hand und zieht mich mit sich. »Die Zeit drängt. Wir warten schon auf dich.« An der Empore angelangt steigen wir wenige Stufen hoch. Säulen säumen die erhöhte Bühne, deren Boden von Blumen in jeglichen Rottönen übersät ist. Der Anblick der Masse an Menschen und Wesen, die sich in der Arena und auf der Tribüne des Theaters drängt, verschlägt mir den Atem.

Larentia ergreift meine Hände und sieht mich eindringlich an, um meine

Aufmerksamkeit zu erregen. »Dieser Tag ist wichtig für das gesamte Reich. Zügle deine Magie«, bläut sie mir ein und sieht zur Sonne, die ihren Höchststand erreicht hat. Ihr Untergang wird Vulcanus' Ankunft einläuten. Ich zucke zusammen, als sich Larentia mir wieder zuwendet und dabei meine Hände schmerzhaft drückt. Tief sieht sie mir in die Augen, als wollte sie etwas sagen. Doch dann entlässt sie mich und steigt zum Altar, um ihre Position einzunehmen. Augenblicklich verstummen die Gespräche im gesamten Theater, als hätte sich die Stille wie ein Tuch über die Stadt gelegt.

Die übrigen Baciato haben sich in einem Kreis um das Podest mit dem Altar zusammengefunden. Milonia winkt mir zu und weist mich an, den Platz zwischen ihr und Iulia einzunehmen. Meine Freundin ist bleich, ihre Hand zittert, als ich sie ergreife. Aufmunternd drücke ich sie.

»Möge Dianas Name nicht gezogen werden«, flüstere ich ihr zu und bitte Hecate stumm, sie möge ihre schützende Hand über Iulias Schwester halten.

Die Gestaltwandlerin nickt mit zusammengepressten Lippen. Dann sieht sie mit starrer Miene zur Princeps, die hinter dem Altar steht und die Arme feierlich gen Himmel hebt. Als ich Milonias Hand ergreife und den Kreis des Zirkels vollende, erhebt Larentia die Stimme. In der uralten Sprache der Götter singt sie zu einer Melodie, die mein Herz flattern lässt. Ein Gefühl von Geborgenheit erfüllt und trägt mich wie auf Wolken. Ich schließe die Augen und lausche dem Gesang der Princeps, der jegliche Gedanken verstummen lässt. Für die Dauer des Liedes fühle ich mich frei. Frei von Angst, Zweifeln und Zorn. Hecates Präsenz streift mich wie wärmende Sonnenstrahlen. Ich spüre ihren Kuss als zarte Berührung auf der Stirn. Wir sind ihre Kinder. Uns gehört ihr göttliches Herz.

Als ich die Augen öffne, liegt ein Leuchten über dem Himmel, als funkelte dort oben Staub aus purem Gold. Die Nähe der Göttin lässt die Magie erwachen. Unaufdringlich erfüllt sie mich und schenkt mir Zuversicht, alle Hürden zu überwinden, die mir den Weg versperren.

Erst wird Larentias Stimme leiser, bis ihr Gesang vollends verstummt. Schauder jagen meinen Rücken hinab, die Fußsohlen kribbeln unangenehm.

Die Götter sind hier ... Ich fühle ihre Auren. Unaufdringlich und dennoch so machtvoll, dass sie mich mit Ehrfurcht erfüllen.

Tief atme ich ein und spüre dabei, wie ein Beben durch meinen Körper kriecht. Nie zuvor waren mir die Götter so nah. Diejenigen, die mir Mutter nahmen und mein Schicksal besiegelten.

Diesmal ist es Iulia, die meine zitternde Hand drückt. Tränen schimmern in meinen Augen, ich blinzle sie weg. So viel brennt mir auf der Seele, das ich den Göttern entgegenschmettern will. Doch ich bleibe stumm und senke demütig das Haupt, als der Himmel in unzähligen Farben schimmert.

»Ihr Götter, erweist uns Wesen aus Fleisch und Blut eure Gnade und schenkt uns euren Segen. Wir wollen euch huldigen und ein Opfer darbieten«, erhebt Larentia die Stimme.

Neugierig luge ich zu ihr hoch. Mit erhobenen Armen sieht sie in den Himmel. Ihr Blick wirkt abwesend, als wäre ihre Seele zu den Göttern aufgefahren und die Princeps nur eine Hülle.

Sanfte Winde streichen um mich, schlängeln sich in kaum spürbaren Berührungen meinen Körper empor und hinterlassen eine Gänsehaut.

»Tredecim«, wispern Stimmen unaufhörlich, bis sie abrupt verstummen und die Lichter am Himmel verblassen.

»Am heutigen Ehrentag des Gottes der Vulkane, des Feuers und der Schmiedekunst wollen wir Vulcanus huldigen, meine Brüder und Schwestern«, spricht Larentia weiter. Ihre Stimme hallt im Theater wider, als wäre die Princeps allgegenwärtig und nicht an ihren Körper aus Fleisch und Blut gebunden. Undeutlich murmelt sie in einem Singsang Worte vor sich hin, während sie einen Arm ausstreckt und die Hand über der Vase kreisen lässt.

»Der Augenblick ist gekommen«, raunt Milonia.

Sofort verkrampfen sich Iulias Finger um meine Hand.

Mein Herz schlägt schneller, ich spüre sein Pochen schmerzhaft im Hals.

Es ist, als hielte jedes Lebewesen in Pompeji den Atem an. Einzig das leise Heulen des Windes und das entfernte Rauschen des Meeres untermalen Larentias Summen, als sie ihre Hand in die Vase steckt und darin wühlt. Beinahe meine ich das Rascheln der Papyri zu hören, durch die ihre Finger gleiten.

»Mögen die Götter und das Schicksal entscheiden«, ruft sie und schließt die Augen. Für einen Augenblick zeichnet sich Trauer auf ihrer Miene ab, ehe die Princeps durchatmet und sich versteift. Sie hat ein Los gegriffen. Jegliche Muskeln spannen sich an, während ich auf die Vase starre. Es ist still. Würde ich die Augen schließen, könnte ich denken alleine im Theater zu sein.

»Die Götter haben entschieden«, verkündet Larentia und zieht den Arm quälend langsam aus der Vase. Mein Blick haftet auf ihrer Faust, in der sie das Los hält.

»Bitte verschone sie, Hecate«, wispert Iulia unaufhörlich in einer Art Gebet.

Die Anspannung ist kaum mehr auszuhalten. Jeder Atemzug verstärkt das Engegefühl in meiner Kehle.

Larentia presst sich die Faust gegen die Brust, auf der Höhe ihres Herzens. Ihr Blick wird liebevoll. »Worte können nicht ausdrücken, wie dankbar wir der mutigen, jungen Frau sind, die ihr Leben opfert, um unseres zu schützen. Ihr Opfer schenkt uns weitere einhundert Jahre Frieden zwischen Vulcanus und Rom«, sagt sie und sieht auf ihre Hand hinab. Die Augenblicke verstreichen, während sie sich nicht rührt, als wagte sie selbst den Schritt nicht. Doch dann strafft sie die Schultern und öffnet die Faust. Knisternd entfaltet die Princeps das Los. Jeder Herzschlag erschüttert meinen Körper, während ich Larentia abwartend ansehe. Doch sie starrt regungslos auf den Namen.

Unruhe breitet sich in der Arena und auf den Rängen des Theaters aus. Leise unterhalten sich die Besucher. Fragend runzeln viele die Stirn, während sie die Princeps beobachten. Gehört Larentias Starre zum Ritual? Die Anwesenden scheinen sich dasselbe zu fragen wie ich. Selbst die Baciato werden unruhig.

Mit einem Ruck hebt Larentia den Kopf. Erst ist ihre Gesichtsfarbe bleich, dann glühen ihre Wangen rot. Zornig verzieht die Princeps das Gesicht, ehe sie kraftvoll das Los in ihrer Hand zerknüllt.

»Wer hat sich diesen grausamen Scherz erlaubt?«, zischt sie so leise, dass nur die Baciato und ich sie hören. Sie dreht sich, um ihren hektischen Blick über uns schweifen zu lassen. »Dieses Opfer ist zu wichtig, um es nicht ernst zu nehmen.«

Verwirrt sehe ich mich nach den anderen um. In ihren Mienen erkenne ich dieselbe Ahnungslosigkeit, die ich fühle.

Erschrocken versteife ich mich, als Larentias Blick auf mir verharrt. Die Princeps steigt die wenigen Stufen hinab, streckt den Arm aus und präsentiert uns das zerknüllte Stück Papyrus. »Auf dem Los steht Helvias Name«, flüstert sie.

Mich trifft ein Schlag, als hätte mir jemand einen Stein an den Kopf geworfen. »Mein Name?« Mir wird schwindlig. Der Gedanke, einer der Baciato könnte mir Böses wollen und deshalb meinen Namen auf ein Los schreiben, zieht mir das Herz zusammen. Sie sind für mich doch wie Familie.

»Das würde niemand von uns wagen«, versichert der Faun Cornelius eilig. Sein Blick wandert über die anderen, die zustimmend nicken, bis er mich ansieht. »Helvia ist unsere Schwester.«

Iulia ergreift meine Hand und zieht sie zu sich heran, während sie mir ernst in die Augen sieht. »Glaube bitte nicht, das wäre jemand von uns gewesen.«

»Aber wer war es dann? Niemand sonst hatte Zugang zur Vase«, sagt der Gestaltwandler Fabius. »Stets stand einer von uns Wache.«

Das anschwellende Gemurmel der Besucher nehme ich nur als Hintergrundgeräusch wahr. In meinem Kopf brummt etwas, während ich zu verstehen versuche, was vor sich geht.

»Welcher Name wurde gezogen?«, fragt jemand aus der vordersten Reihe. Auf einen Schlag kehrt wieder Stille ein. Alle Augen sind auf Larentia gerichtet.

Nachdem sie ihren Blick ein letztes Mal über uns streifen lässt, geht sie die Treppen zum Altar empor und nimmt steif Haltung an. »Ich bin zutiefst erschüttert, Brüder und Schwestern. Jemand hat sich einen geschmacklosen Scherz erlaubt und den Namen einer Hexe aufgeschrieben, die nicht als Opfer auserwählt werden darf.«

Ein Raunen geht durch die Menge.

»Wie respektlos«, ruft jemand.

»Ein Frevel an den Göttern«, klagt ein anderer.

Immer mehr Stimmen werden laut, bis die Besucher wild durcheinanderreden. Sie verstummen, als Larentia einen Arm hebt.

»Die Götter sehen alles. Derjenige wird seine Strafe erhalten, seid euch gewiss«, spricht sie und betrachtet kurz das Los, ehe sie es über eine der Kerzen auf dem Altar hält und das in Flammen aufgehende Stück Papyrus auf den Boden fallen lässt.

»Aber das Schicksal hat dieses Los auserwählt«, ruft jemand aus der Menge.

Larentias Blick schnellt in die Richtung, aus der der Ruf kam, ihre Miene verhärtet sich. »Es wurde manipuliert«, entgegnet sie erzürnt. »Wir folgen Regeln, die nicht gebrochen werden dürfen.« Ihr strenger Gesichtsausdruck erstickt jedes weitere Widerwort im Keim. Flüchtig sieht sie zu mir. Ihr Mitleid reicht nicht aus, um meine Enttäuschung zu lindern. Wer hasst mich, dass er mir so etwas antut?

Ich spanne den Unterkiefer an, bis er schmerzhaft verkrampft. Selbst wenn mein Name zu Unrecht auf dem Los steht, wurde es unter unzähligen anderen Losen gezogen. Nicht nur jemand aus Fleisch und Blut hat sich einen grausamen Scherz erlaubt, auch die Götter, die das Schicksal lenken, meinen es nicht gut mit mir. Soll es ihre Art sein, mir zu drohen?

Auch meine Magie gerät in Aufruhr. Wie peitschende Wellen jagt sie durch mein Inneres und zerrt an den Resten meiner Selbstbeherrschung. Hitze dringt aus meinem Körper.

»Beruhige dich, Helvia. Ich stehe dir bei«, sagt Iulia und drückt abermals meine Hand. Eindringlich sieht sie mir in die Augen, bevor sie ihren Blick über die Menge gleiten lässt. »Denke an all die Besucher. Du willst sie doch nicht in Gefahr bringen.«

»Nein«, wispere ich und schließe die Augen, um mich zu besinnen. Ich schiebe die Enttäuschung und den Schmerz über das Geschehene weit von mir. Zumindest für den Augenblick. Die Magie reagiert und lässt sich von mir bändigen.

Zufrieden nickt Iulia, als sich mein Körper und die Luft um uns herum abkühlen.

»Lassen wir das Schicksal erneut entscheiden«, sagt Larentia, als sie bemerkt, dass ich mich beruhigt habe. Ein weiteres Mal greift sie in die Vase, wühlt darin und zieht ein Los heraus. Ohne zu zögern, öffnet sie es. Wie ein Sturm schlägt mir ihre auflodernde Aura entgegen. Die anderen Baciato bemerken es ebenfalls. Viele ziehen geräuschvoll die Luft ein.

»Das kann nicht …«, murmelt Larentia gepresst und lässt das Stück Papyrus fallen. Ein weiteres Mal zieht sie ein Los aus der Vase. »Bei den Göttern!« Ihre Stimme schwankt zwischen Zorn und Entsetzen. Ohne den Namen zu offenbaren, greift sie wieder hinein und zieht ein viertes, dann ein fünftes Los heraus. Leise flucht sie vor sich hin, während sie ein Los nach dem anderen entfaltet und es zerknüllt auf den Boden schmettert. Eine ungute Ahnung erfüllt mich. Unruhe breitet sich unter den Besuchern aus.

Milonia steigt die Stufen zum Podest hoch. »Larentia …«, sagt sie zögerlich und streckt eine Hand nach ihr aus.

Schlagartig brüllt die Princeps zornig, ergreift die Vase und schmettert sie neben dem Altar auf den Boden des Podests. Klirrend zerspringt das Gefäß. Erschrocken wenden wir uns ab, als die Scherben durch die Luft fliegen. Die Lose ergießen sich über die Stufen und die Empore.

Alle starren die Princeps an.

»Wer war das?«, brüllt sie und wirbelt zu uns herum.

Milonia zuckt erst zusammen, ehe sie wie erstarrt in ihrer Bewegung verharrt.

»Was steht auf den Losen geschrieben? Weitere Namen von Baciato?«, fragt Cornelius.

Stumm schüttelt Larentia den Kopf, die Lippen zornig zusammengepresst.

Milonia bückt sich und klaubt mehrere Lose auf. »Das kann nicht sein«, haucht sie, dreht sich um und starrt mich entsetzt an. Ihr Blick verschafft mir eine Gänsehaut. Wortlos streckt sie mir die Zettel entgegen.

Mit wenigen Schritten bin ich bei ihr und nehme die Lose in die Hand. Mir wird schlecht. Auf jedem steht mein Name. Geschrieben in roter Tinte, in derselben filigranen Handschrift. Immer wieder mein Name! Der Anblick brennt sich ins Bewusstsein.

»Aber … wie …«, stammle ich und sehe hilflos zu Larentia.

Den Lärm, der in der Arena und auf den Rängen anschwillt, nehme ich nur als Rauschen wahr. Am liebsten würde ich mir die Hände auf die Ohren pressen, um die Geräusche verstummen zu lassen.

»Das geht nicht mit rechten Dingen zu«, raunt Milonia. Die alte Hexe betrachtet erst das Durcheinander aus Scherben und Losen, dann blickt sie voller Mitleid zu mir.

»Und wenn es die Götter waren?«, fragt Tertius, einer der Zentauren im Zirkel. Nervös tänzelt er umher, wobei seine Hufe bei jedem Schritt Staub aufwirbeln.

»So ein Unfug!« Larentia wirft ihm einen vernichtenden Blick zu. »Die Götter respektieren, dass Hecates Geküsste nicht als Opfer auserwählt werden. Helvia kann Vulcanus nicht in sein Reich folgen. Sie darf es nicht!«

»Also will mir jemand aus Fleisch und Blut schaden«, sage ich tonlos, weil die Erkenntnis schmerzt.

»Wie soll das geschehen sein? Niemand kam ungesehen an diese Vase heran«, beharrt Fabius und schnaubt.

»Und wenn sie ausgetauscht wurde?«, fragt Cornelius.

Larentia schüttelt den Kopf. »Die Muster habe ich eigenhändig hineingebrannt. Das ist unsere.«

Kurz verfallen alle ins Schweigen, bis die Rufe der Besucher so laut werden, dass die Princeps sie nicht mehr ignorieren kann. Tief atmet sie durch, ehe sie ein weiteres Mal zum Altar hinauf geht.

Als wäre ich betäubt, beobachte ich regungslos, wie sie die Menge mit beschwichtigenden Gesten beruhigt. Meine Magie lauert wie ein Raubtier darauf, dass ich sie entfessle und denjenigen büßen lasse, der mir das angetan hat. Doch wer war es? Und was bezweckt er damit?

»Die Götter mögen uns verzeihen, aber ein Ungläubiger macht es uns unmöglich, die Auserwählte zu ziehen«, spricht Larentia und unterbindet empörte Zwischenrufe mit harschen Gesten. »Ich teile euren Zorn, Brüder und Schwestern. Jemand riskiert den Frieden, unser aller Leben, indem er auf die Lose ein und denselben Namen geschrieben hat.« Sie schüttelt den Kopf. »Aus diesem Grund muss ich einen Weg gehen, der nicht einfach ist. Nicht die Götter entscheiden, sondern ihr.«

Verwirrung zeichnet sich auf den Mienen der Anwesenden ab. Die Besucher werden sichtlich nervös, manche blicken sich panisch um, als könnte es nun sie treffen.

»Ich lege die Entscheidung in die Hände derjenigen, die heute bangen mussten«, spricht Larentia weiter. Ihre angespannte Körperhaltung zeigt, wie sehr ihr das Folgende widerstrebt. »Welche Jungfrau opfert sich, um uns weitere einhundert Jahre Frieden zu schenken? Welche mutige, junge Frau folgt Vulcanus in sein Reich, um uns vor seinem Zorn zu bewahren?«

Jegliche Gespräche und die Unruhe enden so abrupt, als hätte Larentia alle Anwesenden mit eiskaltem Wasser übergossen. Nervös reibe ich die Stola zwischen den Fingern, während ich zurück in den Kreis meines Zirkels trete, ohne dabei den Blick von den Anwesenden zu nehmen. Keiner regt sich, als hoffte jeder, der Kelch würde an ihnen vorübergehen.

Mein Herz rast. »Princeps«, spreche ich Larentia an. »Wenn sich niemand meldet ...«

Ihr strenger Blick trifft mich wie ein Peitschenhieb. »Du wirst Vulcanus nicht in sein Reich folgen! Niemals!«, zischt sie mir zu. »Dein Schicksal ist ein anderes.« Mit diesen Worten wendet sie sich wieder den Anwesenden zu.

»Ich opfere mich«, ruft mit einem Mal jemand.

Wie auf einen stummen Befehl hin teilt sich die Menge bis hin zu einer Familie, die im Mittelpunkt der Aufmerksamkeit steht.

»Ich werde Vulcanus in sein Reich folgen und euch Frieden schenken.« Alle Augen sind auf das junge schwarzhaarige Mädchen in dem feierlichen weißen Gewand gerichtet. Ihre Stimme klingt fest, die Miene ist entschlossen.

Tränenspuren glänzen auf den Gesichtern ihrer Eltern. Der bekannte Anblick der jungen Frau schneidet mir tief ins Herz.

Mit vor Schreck starrer Mimik sehe ich zu Iulia, die neben mir bleich geworden ist und wie abwesend auf ihre Schwester starrt.

»Nein«, haucht sie und schüttelt wie benebelt den Kopf, bis sie ihre Schultern strafft und die Fäuste ballt. »Nein! Nicht Diana!« Bevor ich sie zurückhalten kann, rennt sie zu Larentia und zerrt an ihrem Arm. »Verwehre es ihr, Princeps! Du kannst das nicht zulassen!« Der flehende Klang ihrer Stimme schnürt mir die Kehle zu.

Traurig betrachtet Larentia die Wölfin. »Das geht nicht, Iulia, und das weißt du«, sagt sie und streicht ihr sanft über die Wange.

Iulias Lippen beben, leise schluchzt sie, während ihr Körper erzittert. Als sie auf die Knie sinkt, eile ich zu ihr, um sie in die Arme zu schließen. An mich gestützt ergibt sich Iulia ihrem Kummer und klammert sich weinend an mich. Stumm sehe ich zu Larentia hoch. *Wir können doch nicht zulassen, dass sich Diana opfert!* Nur weil mich jemand so sehr hasst, dass er die Wahl manipuliert hat. Weil ich als Tredecim nicht geopfert werden kann ...

Die Princeps presst die Lippen zusammen, als kämpfte auch sie mit den Tränen. »Wir wollen Dianas Mut und Zuversicht nicht schmälern, indem wir zusammenbrechen. Vor allem während sie erhobenen Hauptes hier steht und sich für uns opfert.« Sie streckt beide Hände aus, um uns aufzuhelfen. »Lass uns ihre Tat ehren«, sagt sie zu Iulia. »Geleite sie auf dem schwersten Weg ihres jungen Lebens und sei ihr als große Schwester eine Stütze.« Larentia umfasst Iulias Gesicht und haucht ihr einen Kuss auf die Stirn. »Und nun geh und stehe ihr bei.«

Ehrfürchtig senkt Iulia den Kopf, bevor sie zu mir sieht. Ich lege all die Liebe für sie in meinen Blick und ergreife ihre Hand. Meine Freundin versucht sich an einem dankbaren Lächeln, das jedoch schnell kippt, da ihre Lippen beben. Dann hastet sie die Stufen der Empore hinab auf ihre Schwester zu, um sie in die Arme zu schließen.

»Diana, Tochter des Wolfes, das gesamte Römische Reich legt dir seine Dankbarkeit zu Füßen«, erhebt Larentia feierlich die Stimme und streckt die Arme gen Himmel. »Vulcanus, Gott der Vulkane, des Feuers und der Schmiedekunst, mögest du das Opfer dieser Jungfrau in Ehren halten.« Sie verfällt in ein melodisches Summen. Die Lichter am Himmel erwachen erneut und segnen damit Dianas Opfer.

Während das Mädchen in Begleitung seiner Familie die Schneise inmitten der Menge entlang schreitet, senken die Besucher ihr Haupt vor der Auserwählten. Viele gehen sogar vor der Wölfin auf die Knie, ergreifen ihre Hand und legen sie sich an die Stirn. Diana erträgt alles mit einem tapferen Lächeln auf den Lippen. Ihr Mut beeindruckt und berührt mich tief im Herzen. Doch auch das nagende Gefühl der Schuld zerrt an mir. Das Mädchen wird seiner Familie entrissen, meine Freundin verliert ihre kleine Schwester. Wegen mir! Innerlich zerreißt es mich, dass ich nichts dagegen tun kann. Dass ich Iulia den Schmerz nicht nehmen kann.

Inbrünstig bete ich zu Hecate, dass mich mein Gefühl nach dem Zusammentreffen mit Vulcanus' Aura getäuscht hat und der Gott Diana gut behandelt. Wäre es anders, könnte ich mir das nie verzeihen.

KAPITEL 15

2018 N. CHR., TAORMINA

Nach der Ruine und einer kurzen Pause, die gefüllt von Gelächter und gutem Essen war, steigen Nevio und ich wieder auf sein Motorrad und fahren zu einem Strand in der Nähe des Restaurants. Dort nimmt er meine Hand und führt mich über eine Sandbank. Unsere nackten Füße versinken leicht im feuchten Sand, als wir durch das seichte Wasser laufen. Schon von Weitem ist die Isola Bella eine Augenweide. Die kleine Insel ist gesäumt mit Bäumen und Pflanzen, in dessen Mitte zwei Häuser emporragen.

Mein Herz pocht aufgeregt in der Brust bei der ganzen Pflanzenpracht, die sich uns offenbart. Es ist wie ein Paradies auf Erden. Ich schließe die Lider und strecke meine Kräfte aus – direkt zu der Insel. Dabei ertaste ich einen verbindenden Punkt, der voller Magie ist. Wie ein Netz umfassen diese Verbindungen die Welt, immer wieder unterbrochen von sammelnden Knoten, durch die Magie geleitet wird. Überrascht reiße ich die Augen auf. »Dort ist ein Knotenpunkt!«

»Genau zu dem wollen wir.« Ein zufriedenes Lächeln taucht auf Nevios Lippen auf.

Verwirrt runzle ich die Stirn. Die Punkte liegen unter der Erde, tief im Inneren. »Wie …?«

»Du kannst schwimmen, oder nicht?«

»Nev …«

»Warte es ab, okay?«, unterbricht er mich.

Mit abgebrochenem Protest auf den Lippen lasse ich mich von ihm ins dichte Blätterwerk der Insel ziehen. Nevio hält die Äste zur Seite, damit sie mir nicht die Haut aufkratzen.

»Was hast du vor?«, frage ich.

»Wir nehmen eine Abkürzung«, sagt er begleitet von einem Schulterzucken, wobei sein Grinsen erneut dieses Grübchen zeigt, das ich am liebsten küssen möchte. Nevio scheint meine dunkelsten Seiten hervorzubringen und ich fange an es zu genießen.

»Du weißt, dass so Horrorfilme anfangen?«

»Aber auch die größten Abenteuer«, hält er mit einem Zwinkern dagegen und zieht mich an einer Hand weiter.

In seiner Gegenwart fühle ich mich geborgen. Er hat etwas an sich, das mich sofort angezogen hat. Was es auch ist, ich lasse es zu. Er besitzt mein volles Vertrauen, was sonst nur Alex und Leonie behaupten können. Ich ducke mich unter dem niedrigen Geäst hindurch, um Nevio zu folgen.

»*Principessa,* hab keine Angst, ich weiß, was ich tue«, meint er über die Schulter.

Niemals hätte ich zu Hause so etwas getan. Mich bei einem Fremden aufs Motorrad gesetzt, um mit ihm zu einer verlassenen Bucht zu fahren. Oder in nicht zurechnungsfähigem Zustand eingewilligt, dass er mich fortbringt – geschweige denn darum gebeten. »Du weckst meine schlimmsten Seiten«, spreche ich meinen vorherigen Gedanken aus.

Ein Glucksen erklingt als Antwort. »Darf ich dich daran erinnern, dass du angefangen hast?«

Ich kann das Schmunzeln nicht verhindern, das sich auf meinen Lippen ausbreitet. »Davon weiß ich nichts«, sage ich gespielt unschuldig.

»Wir sind da.«

Ich folge Nevio durchs Geäst und ein Steinstrand kommt in Sicht.

»Na komm«, ermuntert er mich.

»Wir werden in der Hölle schmoren«, murmele ich.

»Aber hey, immerhin sind wir zusammen«, meint Nevio.

Seine Worte lassen meine Wange glühen. Hastig räuspere ich mich, weiche seinem Blick aus und laufe an ihm vorbei auf den Steinstrand. Das Meer ist indigoblau und die Sonnenstrahlen funkeln verheißungsvoll auf den Wellen. Sofort beruhigt sich mein Herz bei dem Anblick. »Es ist wunderschön«, hauche ich.

Allein für dieses Bild hat sich der Weg gelohnt. Wir sind die einzigen Menschen am Strand und die Ruhe, die nur vom Rauschen der Wellen unterbrochen wird, hat eine hypnotisierende Wirkung. Für mich wäre es kein Problem, einfach hierzubleiben und dem Raunen der Gezeiten zu lauschen.

»Natürlich ist es das, aber ich kann dir etwas Besseres zeigen.«

Ich hebe die Augenbrauen und greife nach Nevios Hand, die er mir hinhält. Zusammen gehen wir über den Strand die Küste entlang, bis er an einer Felswand innehält, mich loslässt und anfängt sich auszuziehen. »Bereit?«, fragt er.

Für einen kurzen Moment zögere ich. »Ich weiß nicht ...« Zweifel bohren sich in meine Eingeweide.

Er kommt auf mich zu – nur in seinen Boxershorts – und legt seine warmen Hände auf meine Wangen. »*Principessa,* ich werde dich zu nichts zwingen, das du nicht möchtest. Ich verspreche dir hiermit, dass ich auf dich achtgebe und du mir vertrauen kannst. Tust du das?«

Seine Nähe macht mich wirr. Meine Gedanken summen wie Insekten ziellos durch die Gegend. Sein Geruch und seine Wärme hüllen mich zusehends ein. »Ich glaube, ich werde die Antwort bereuen.«

Ein Grinsen breitet sich auf seinen vollen Lippen aus. »Nein, das wirst du nicht. Komm.«

»Dreh dich um«, sage ich.

Nevio betrachtet mich für einen Moment, ehe er sich umdreht. Hastig schlüpfe ich aus den Klamotten, bis ich nur noch in Unterwäsche in der Öffentlichkeit stehe. Ich muss aussehen wie eine verdammte Tomate, so heiß, wie sich mein Gesicht anfühlt. Die Sachen lege ich zu Nevios und gehe dann zu ihm. Meine Hand schmiegt sich perfekt in seine. Und ein bisschen verliebe ich mich in das Gefühl seiner rauen Haut auf meiner.

»Bereit?«

»Nein«, antworte ich ehrlich.

Leise lacht er neben mir. Ich bin mir sicher, niemals einen schöneren Klang gehört zu haben. »Gut.« Er zieht mich mit ins Meer. Die Brandung heißt uns willkommen, nimmt uns gierig auf. Wir lassen unsere Hände los, damit wir besser schwimmen können. Nevio positioniert sich vor mir und hält sich nah an der Felswand, die neben dem Strand in die Höhe ragt.

»Es ist nicht weit«, verspricht er.

»Okay.« Sobald ich mich aufs Wasser und nicht mehr auf Nevio konzentriere, bemerke ich das Prickeln meiner Kräfte, die durch das Wasser geweckt werden. Ich lasse sie hervorkommen, merke, wie das Element und die Kraft in mir sich miteinander verbinden. Es ist ein Gefühl von Nachhausekommen, in die Umarmung einer liebenden Person. Ich unterdrücke ein genüssliches Seufzen und folge Nevio durch die Wellen hindurch.

»Hier!«, ruft er. An einen Vorsprung in der Felswand geklammert, um nicht von den Wellen wieder nach hinten getrieben zu werden, streckt er mir seine freie Hand entgegen. Mit einer einzigen kräftigen Bewegung zieht er mich zu sich. Direkt neben ihm ist eine kleine Höhe, in die er mich hineinbugsiert. Sofort habe ich wieder Fels unter meinen Füßen und klettere hinauf.

Nevio kommt neben mir ebenfalls hoch und greift nach meiner Hand, als würde er die Nähe vermissen, sobald wir uns nicht mehr berühren. Schmetterlinge regen sich in meinem Bauch, die ich versuche mit einem inneren Befehl zum Verstummen zu bringen, aber sie lassen sich davon nicht beirren. Stattdessen scheinen sie nur aufgeregter zu flattern.

»Na komm.«

Ich folge ihm in die Höhle, deren Wände feucht glänzen. Kurz nachdem wir hineingegangen sind, sehe ich, was er mir zeigen will. Inmitten der Grotte gibt es ein weiteres, tieferes Becken, aus dessen Mitte ein blaues Leuchten hervorgeht, das wie ein Herzschlag pulsiert. Es erhellt die gesamte Höhle und durch die Wellen im Becken werden Muster an die Wände gezaubert, sodass es glitzert und funkelt.

Mit offenem Mund drehe ich mich um meine eigene Achse. Wir Hexen ziehen durch Kraftpunkte unsere Kraft. Einen sichtbaren Punkt wie diesen habe ich noch niemals zuvor gesehen. Das, was Nevio mir hier zeigt, ist etwas Besonderes. Ich sehe zu ihm, mit einem breiten Grinsen auf den Lippen.

»Willst du rein?«

»In das Becken?«, frage ich überrascht.

»Wo rein sonst? Ich glaube, der Kraftpunkt ist zu tief, um sich dort reinzustürzen, auch wenn er sichtbar ist. Aber vor allem bezweifle ich, dass die göttliche Tredecim sich in das magische Netz der Welt werfen sollte.«

Ich lache und schlage direkt die Hand auf den Mund, als es laut in der Höhle widerhallt.

»Also?«

Ohne weitere Worte lasse ich mich langsam ins Becken gleiten. Obwohl keinerlei Sonnenlicht in die Höhle dringt, ist die Temperatur wie in einer Badewanne.

Nevio gleitet ebenfalls ins Wasser und schwimmt zu mir.

»Es ist wunderschön hier«, sage ich.

»Ja, ist es«, stimmt er zu und sieht zu mir.

Ein Kribbeln breitet sich in meinen Gliedern aus. Alles an und in mir prickelt, als hätte ich in eine Steckdose gefasst. Er war in den letzten Tagen für mich da, ich mag und vertraue ihm, was mich selbst erstaunt. Vor allem habe ich ihn gern in meiner Nähe – vielleicht ein wenig zu gerne. Der Werwolf nimmt einen langsamen Schwimmzug, sodass er direkt vor mir zum Halten kommt. Es ist überraschend, wie nah sich zwei Fremde nach nur so wenigen Tagen kommen können. Obwohl wir uns kaum kennen, habe ich das Gefühl, dass er einen Platz in meinem Leben eingenommen hat, den ich selbst noch nicht gänzlich fassen kann.

Mein Herz schlägt mir bis zum Hals.

»Ich mag die Aussicht sehr gerne«, wiederholt er, sieht dabei aber unverwandt mich an.

Nervös lecke ich mir über die schlagartig trockenen Lippen. Ich will etwas sagen, doch Nevio schüttelt mit dem Kopf. Es bedarf keiner Worte. Wir kennen uns kaum und dennoch spüren wir es beide; diese Anziehung, die alles mit dem anderen so leicht macht.

Nevio beugt seinen Kopf zu mir hinunter. Ich bin nervös. Meine Lider flattern. Ich will das. Unbedingt. Die Schmetterlinge in meinem Bauch scheinen Amok zu fliegen. Das Kribbeln auf der Haut wird schlimmer, als würden Tausende kleine Blitze auf mich niederfahren. Es ist kein bisschen wie damals auf der Lichtung. Das hier ist anders. Nevio ist nicht wie der andere Kerl.

Unsere Blicke treffen sich. Ich versinke in seinen Bernsteinaugen, dessen grüne Jadefunken intensiver im blauen Schein leuchten. Die Frage, ob es okay ist, steht deutlich in seinen Zügen. Aber das ist es nicht. Es ist nicht okay, wenn er mich jetzt küsst. Es ist notwendig wie die Luft zum Atmen. Ich strecke den Hals und er überbrückt die letzte Distanz zwischen uns.

Durch meinen gesamten Körper fährt ein Feuerwerk. Die Schmetterlinge fliegen Loopings. Gleichzeitig verstummt die restliche Welt. Das Rauschen der Wellen, die draußen gegen die Felsen schlagen, ist fort. Nichts dringt an meine Ohren. Seine Lippen üben sanften Druck aus. Vorsichtig drängt er mich an den Rand des Beckens, sodass ich den unnachgiebigen Stein im Rücken spüre und seine Haut, die sich feucht an meine presst. Seine Arme kesseln mich ein, als er Halt am Beckenrand sucht. Ich greife in sein Haar, das sich nass und weich zwischen den Fingern anfühlt.

Ich will mehr. Mehr von Nevio. Ein Keuchen dringt aus seinem Mund und ich nutze die Möglichkeit, um mit meiner Zunge in seinen Mundraum vorzustoßen. Er kommt mir entgegen, presst mich enger an den Stein. Unsere Zungen streicheln übereinander. Heiße Blitze schießen durch meine Nerven und bringen meinen gesamten Körper zum Kribbeln. Ich will ihn spüren. So unbedingt. Meine Gefühle spielen verrückt. Jedes der Nervenenden fühlt sich zum Zerreißen gespannt an. Um uns herum fängt das Wasser an zu blubbern. Wasserblasen steigen um uns hoch und zerplatzen in der Luft. Die Erde erzittert in meinem Rücken.

Nevio löst sich als Erster und betrachtet mich genauso atemlos, wie ich es bin. Keuchend treiben wir in dem Becken des Kraftpunktes und versinken in unseren Blicken. Ich kann ihm ansehen, dass es für ihn ebenso verwirrend und berauschend ist wie für mich. Mein Herz klopft hektisch gegen den Brustkorb. Sein Blick fährt mein Gesicht entlang. Ich lasse die Hände von seinen Haaren hinab in seinen Nacken gleiten. Sanft zwirble ich die wenigen dunklen, lockigen Strähnen, die sich auf seiner Haut kräuseln.

»Deswegen habe ich dich nicht hergebracht«, versichert er und versucht sich an einem schiefen Lächeln, welches das Grübchen auf seiner linken Wange hervorlockt.

»Das beruhigt mich«, gebe ich ernst zu, wobei aber ein breites Grinsen auf meinen Lippen ist. »Ich hab's auch nicht geplant.«

Er wendet den Blick lachend ab und schaut in das blau leuchtende Wasser, noch immer schweben vereinzelte Blasen in die Luft und lassen das Licht darin glitzern. »Wie machst du das?«, fragt er.

Überrascht mustere ich ihn. »Ich bin das ni–«, will ich schon abstreiten, doch innerlich merke ich, wie meine Kraft sich selbstständig gemacht hat. »Das liegt an dir«, raune ich und lächle unsicher.

»Es ist irre schön«, murmelt er.

»Absolut«, stimme ich ihm zu und folge seinem Blick.

»Sophia?«

»Ja?«

»Ich mag dich.«

Seine Worte lenken meine Aufmerksamkeit zurück zu ihm. Ein beinahe schüchterner Ausdruck ist auf seinem Gesicht zu erkennen, der mein Herz glücklich stolpern lässt. Wir wissen beide, dass wir keine Zukunft haben. Nach diesem Sommer werde ich zurück in die Heimat kehren. Doch die Zeit, die wir haben, will ich gänzlich auskosten. Mit allem, was uns möglich ist. »Ich mag dich auch«, gebe ich leise zu.

Er seufzt und lehnt seine Stirn gegen meine. Für wenige Augenblicke verharren wir so. Still. Regungslos. Genießen die Zweisamkeit und die Ruhe, die nur von dem sanften Plätschern des Wassers unterbrochen wird.

Dieses Mal bin ich es, die sich zurückzieht und eine Grimasse zieht. »Was meinst du, wie sauer wird Acca sein?«

Nevio prustet. »Ich kann froh sein, wenn sie mir nicht das Fell über die Ohren zieht, wenn wir zurückkommen.«

***

An Nevios Rücken geschmiegt genieße ich den Weg zurück. Dabei lasse ich keinerlei Gedanken an Acca und Maria zu. Gerade Maria wird mir mit großer Wahrscheinlichkeit die Leviten lesen. Aber das ist okay. Die heutigen Erlebnisse sind den kommenden Ärger absolut wert. Durch das offene Visier peitscht mir der Wind ins Gesicht und ich schließe kurz die Augen.

Die Gerüche Siziliens stürmen auf die mich ein. Mein gesamter Körper fühlt sich an, als hätte ich an einen Strommast gefasst, säße ich nicht auf dieser Todesmaschine, würde ich wohl nicht stillhalten.

Als das Restaurant am Ende der Gasse in Sicht kommt, drosselt Nevio das Tempo, gleitet in eine Nebengasse und bleibt stehen. Er wartet, bis ich abgestiegen bin, und stellt das Motorrad ab, ehe er ebenfalls aufsteht und den Schlüssel herauszieht.

Ich nehme den Helm ab, schüttle die Haare durch und sehe zu Nevio, dessen Locken platt an seinem Kopf gepresst liegen. Ein Grinsen schleicht sich auf meine Lippen und ich verwuschele seine Haare.

Er zieht seinen Kopf weg, fängt die Hand aber auf und presst einen hauchfeinen Kuss auf mein Handgelenk. Mir bleibt für einen Moment die Luft weg bei der zärtlichen Geste. »Der Tag war wunderschön, Sophia«, raunt er.

Ich presse die Lippen grinsend zusammen und nicke. »Ja, das war er. Danke.«

»Wo. Wart. Ihr?«

Überrascht drehe ich mich zu Acca, deren zornerfüllter Blick schon von Weitem erkennbar ist. Es sieht aus, als würde die heiße Luft über ihre Haut wabern. Selbst ihre dicken braunen Haare schweben elektrisiert um ihren Kopf, wie ein Abbild der Medusa. Ich bekomme einen Kloß im Hals und sehe für einen Moment zu Nevio, der komplett entspannt an meiner Seite steht.

Er lässt mich los und geht locker auf Acca zu. Ein schelmisches Grinsen umschmeichelt seine Lippen. »Wir hatten nur ein wenig Spaß.«

Der Blick, den sie Nevio zuwirft, könnte selbst Tote zur Flucht antreiben. Doch er scheint sich davon nicht beirren zu lassen. Ich beneide ihn um diese Gelassenheit und wünsche, nur einen Bruchteil davon zu besitzen.

Ein weiteres Knurren dringt aus Accas Kehle, das mir eine Gänsehaut über den Rücken jagt. »Mit dir habe ich später ein Hühnchen zu rupfen. Geh rein und hilf Angelo!«, befiehlt sie und richtet dann ihre ungeteilte Aufmerksamkeit auf mich.

Wie eingefroren bleibe ich stehen und bete zur Natur, zu all den bekannten und unbekannten Göttern, dass mich Accas Zorn nicht mit voller Wucht treffen möge. Aber selbst diese stellen sich taub, sicherlich aus Angst vor der Werwölfin.

»Was hast du dir dabei gedacht?«, grollt sie und kehrt mit von Wut angetriebenen Schritten ins Restaurant zurück.

Leise folge ich ihr, während wir gemeinsam an vollbesetzten Tischen vorbeigehen. Zielsicher führt sie mich durch eine Tür, an der in Druckbuchstaben *Privato* steht. Die schwere Metalltür fällt hinter mir wieder ins Schloss und wir gehen in einen weiteren Raum. Acca lässt mich an ihr vorbei, ehe sie die Tür schließt und mich mit ihren zornig blitzenden Augen durchbohrt. »Was bei den Göttern hast du dir mit dieser Aktion gedacht?«, fährt sie aus der Haut.

Ihre Stimme ist durchdringend. Die Magie regt sich. Ich darf Acca nicht vor den Kopf stoßen, das ist mir bewusst. Sie ist die Lehrerin, die ich brauche. Dennoch macht es mich wütend, dass sie direkt laut wird, statt erst zu fragen, was geschehen ist.

»Was ich mir dabei gedacht habe, als ich einen einzigen Tag vergessen wollte, was mit mir passiert? Was für eine Verantwortung auf meinen Schultern liegt? Keine Ahnung, sag du es mir! Aber warte … Du verrätst mir ja nichts!« Die Worte sprudeln über meine Lippen, ohne dass ich eine Kontrolle habe. Wut befeuert den Mut, obwohl mein Verstand an deren Ketten zieht, um sie an ihren Platz zu verweisen – vergeblich.

Acca knurrt und kommt bedrohlich auf mich zu. »Du bist die Tredecim. Du hast keine Zeit mehr zu vergessen, wer du bist und welche Verantwortung du trägst. Du hast nicht nur eine Pflicht dir selbst, sondern auch den Wesen und der ganzen verdammten Menschheit gegenüber.«

Meine Fingernägel bohren sich in die Handballen. »Ich bin sechzehn Jahre alt. Ich will nicht die Verantwortung der ganzen Welt auf den Schultern tragen!«, erwidere ich und meine Stimme hallt laut von den Wänden wider.

Acca schüttelt den Kopf. Es funkelt noch immer Zorn in ihren braunen Augen, doch ihr Blick wird weicher. »Kind, die Götter nehmen keine Rücksicht auf dein Alter. Oder auf das, was du willst. Du bist – genauso wie jeder von uns – eine Spielfigur auf ihrem Brett.«

Die Resignation in ihrer Stimme lässt mich innehalten.

»Keiner von uns kann sich aussuchen, welche Rollen wir in diesem Leben spielen. Unser Herz sehnt sich nach Dingen, die wir nicht besitzen können, das war schon immer so. Und wird selbst in den kommenden Jahrtausenden so bleiben.« Sie holt tief Luft und scheint mich erst jetzt wieder richtig anzusehen. Ich habe das Gefühl, sie sieht zum ersten Mal wirklich *mich* an und nicht die Rolle, die ich durch das göttliche Erbe in mir verkörpere. »Dass Hecate nach so vielen Jahren wieder eine Tredecim erwählt hat, kann kein Zufall sein. Vor allem nicht, weil du der letzten so ähnlich bist. Enttäusche die Hoffnungen der Göttin nicht«, sagt sie ruhiger.

Ihr Blick ist weich, doch ein Schleier der Trauer hat sich vor ihre Augen gelegt. Ich will weder Acca noch die Göttin vor den Kopf stoßen, aber viel dringender will ich wissen, was für Pläne das sind, von denen jeder spricht. Warum diese Kraft und auch Hecate glauben, dass ich für irgendwas Besonderes geschaffen bin. »Vulcanus hat mich aufgesucht«, sprudelt es hervor.

Schlagartig versteift sich Accas Körperhaltung. »Was?«

Ich konzentriere meinen Blick ganz auf die Wölfin, damit ich keine Regung verpasse, während ich ihr antworte: »Er will mir Wissen geben, das Hecate und du mir verweigern. Und mir erzählen, was mit der letzten Tredecim passiert ist.«

Keiner ihrer Muskeln zuckt. Nichts verrät ihre Gedanken. Sie ist wie eine verdammte Statue. Nervös balle ich die Fäuste, nur um die Finger wieder locker zu lassen. »Ich war fertig nach der Begegnung. Meine Magie ...« Es ist mir nicht möglich, in Worte fassen, wie durcheinander und zerstreut ich war. »Ich merkte, dass ich ihm nicht trauen sollte, dass ich ihm nicht zu nahe kommen sollte. Deswegen habe ich Nevio gebeten mich abzulenken. Er hat mir nur geholfen«, erkläre ich und die Spannung sackt aus meinen Schultern.

Acca fährt sich mit ihren Fingern über die Stirn und lässt sich gegen die Wand sinken. Als sie ihre Abwehr aufgibt, scheint mit einem Schlag jegliche Kraft aus mir zu weichen. Ich habe es satt, mich gegen Acca behaupten zu müssen. Zwar habe ich die Magie zur Zeit unter Kontrolle, doch mir ist selbst schmerzlich bewusst, dass ich mich noch nicht vollkommen gegen sie behaupten kann. Aber ich bin bereit zu lernen und entschlossen meine Ferien damit zu verbringen, diese Macht in mir zu kontrollieren. Dafür bin ich nicht bereit die Hoffnung für eine Welt zu sein, wenn ich nicht einmal weiß, für was genau.

»Du weißt, dass Pompeji untergegangen ist?«, fragt Acca.

»Natürlich.«

»Es war Helvias Fehler, dass es so weit gekommen ist«, bringt sie hervor. Jedes ihrer Worte klingt, als müsste Acca sie mit aller Kraft hervorwürgen. »Ich war nicht für sie da und sie hat eine Entscheidung getroffen, durch die all die Wesen und Pompeji dem Untergang geweiht waren.«

Ich bin nur in der Lage, Acca anzustarren. Mir fehlen die Worte. Ihre Worte sind verständlich, doch mein Kopf weigert sich, die Informationen anzunehmen. Wie kann ein einziges Mädchen an dieser Katastrophe schuld sein? Und wieso hat Vulcanus dann erzählt, dass er die Lava gelenkt hat? Dass er der Grund war, dass Pompeji untergegangen ist?

»Geh nach Hause«, sagt Acca mit einem Seufzen und tritt von der Tür weg. »Wir trainieren morgen – und bitte, vergiss nicht, dass du einen wichtigen Platz in unserer Welt einnimmst. Du kannst dich nicht ablenken lassen. Vor allem nicht von einem dahergelaufenen Wolf. Dafür ist deine Rolle zu bedeutend.«

Ich schlucke den schweren Kloß in meinem Hals herunter. Sie spricht von ihrem Ziehsohn, als wäre er ein Niemand. Dabei ist er das nicht. Zwar kenne ich Nevio nicht lange und ich würde nicht behaupten, dass ich mich auf einen Schlag unendlich in ihn verliebt hätte. Aber ich genieße seine Anwesenheit, seine Nähe, sein warmes Wesen und dass er mich mit einer unglaublichen Leichtigkeit fasziniert und auf andere Gedanken bringt wie bisher kein zweiter.

»Geh«, wiederholt sich Acca.

Überrascht sehe ich zu ihr und entdecke die Tränen in ihren Augen.

»Acca …« Ich will auf sie zugehen, doch sie tritt einen Schritt zurück.

»Geh!« Sie verweist mit ihrem Arm auf die Tür.

Eine Schnur schlingt sich um mein Herz. Ich erinnere mich an Marias

Worte, dass Acca ebenfalls nur eine Frau sei, die lebt und liebt. Sie trauert. Irgendwas muss passiert sein, das sie bis heute nicht verkraftet hat. Was genau hat die ehemalige Tredecim getan, dass es Acca nach Jahrtausenden noch so aus der Fassung bringt? Was hat sie getan, dass selbst eine Göttin getrauert hat? Was für einen Fehler hat sie begangen, der die Zerstörung einer gesamten Stadt zur Konsequenz hatte?

Ich beiße mir auf die Lippe und erweise Accas Wunsch Folge. Hastig eile ich aus der Tür, die direkt hinter mir wieder ins Schloss fällt. Kurz bleibe ich stehen und nach ein paar Herzschlägen erklingen Schluchzer. Ich schließe die Augen und greife mir an die Brust. In diesem Augenblick wünsche ich mir, dass ich Accas Wunde nicht erneut aufgerissen hätte, doch gleichzeitig bin ich froh, endlich mehr zu wissen. Selbst wenn das nur noch weitere Fragen hervorruft. Helvia muss etwas getan haben, was all die Wesen und Pompeji verdammt hat. Das die einstige Wesen-Metropole dem Erdboden gleichgemacht hat und dessen Ausmaße Jahrtausende danach noch als eine der schwersten Katastrophen der Menschheit betitelt wird.

Ich gehe zurück in den Hauptraum, in dem ich Nevio sehe. Er serviert einem Gast das Essen, als er mich entdeckt und mir ein zaghaftes Lächeln zuwirft.

Ich erwidere es halbherzig und fahre mir durch die Haare.

Mit dem Tablett unterm Arm kommt Nevio auf mich zu. »Alles in Ordnung?«, erkundigt er sich. Sein Blick schweift durch den Raum, ehe er meine Hand ergreift. Als wollte er sichergehen, dass keiner die Berührung mitbekommt, was einen überraschend schmerzenden Stich im Herzen hinterlässt. Er drückt sanft meine Finger.

»Ja.« Meine Gefühle überspiele ich mit einem Lächeln und hole tief Luft. »Aber ich glaube, bei Acca nicht. Du … Könntest du nach ihr sehen?«

Verwirrt mustert mich Nevio, ehe er nickt, sich bei seinem Kollegen auf Italienisch entschuldigt und nach hinten eilt.

Mit zittrigen Beinen gehe ich los. Gerade in diesem Moment sehne ich mich nach meinem Zuhause. Nach der Umarmung meiner Mutter, die mir das Gefühl gibt, dass alles wieder gut werden wird. Nach meinem Vater mit seinen tröstlichen Augen und seinem Willen, alles ins Gute zu verwandeln. Und nach Leonie und Alex. Ich will mit ihnen reden – auch wenn mir bewusst ist, dass ich das nicht kann. Sie sind Menschen. Wissen nichts von den Wesen, die um sie herum leben, sondern denken, dass das größte Übernatürliche in dieser Welt ein Ouijabrett ist, was tatsächlich Schwachsinn ist. Ich reibe mir über die Stirn und trete aus dem Restaurant hinaus in die Abendluft. Ein Windzug erwischt mich und schickt einen Schauer den Rücken hinunter. Statt auf direktem Weg zu Maria zurückzukehren, gehe ich Richtung Strand. Für meine Mutter war sofort klar, dass ich dem Wasser zugetan bin. Und jetzt verlangt es mich nach der Ruhe, die das Gewässer in sich trägt.

Meine Füße gleiten über den Steinstrand. Kurz entschlossen ziehe ich die Schuhe aus und lasse sie locker an den Finger baumeln, während ich gemütlich am Strand spaziere. Die Steine sind noch warm von der Sonne, die den ganzen Tag über geschienen hat.

Sanft streicheln die Wellen über meine Knöchel, als das Meer zum Land gedrückt wird. Wie ein rot leuchtender Teller, senkt sich die Sonne langsam in weiter Ferne ins Wasser.

Ich will mehr wissen. Widerwillig verschränke ich die Arme vor der Brust und drehe mich von der Sonne zum Inneren des Landes, wo der Ätna brodelt. Vulcanus' Heim. Seine Versprechungen reizen mich – so ungern ich das zugebe.

Nevio hat mir angeboten zu helfen herauszufinden, was damals passiert ist. Nur wie? Die Wesen sind nach dem Untergang Pompejis im Untergrund verschwunden, weil die Römer Jagd auf sie gemacht haben. Sie haben alles auf ihrem Weg niedergebrannt, um unsere Macht zu vernichten.

Gänsehaut breitet sich bei den Gedanken über meine nackten Oberarme aus. Um sie zu vertreiben, versuche ich darüberzureiben, doch wirklich funktionieren tut es nicht. Es muss eine grauenvolle Zeit für die Wesen gewesen sein. Nirgendwo in Sicherheit zu sein, immer auf der Flucht vor den Römern. Ich mag mir nicht einmal vorstellen, wie viel Angst, wie viel Verzweiflung in jedem Einzelnen von ihnen gesteckt haben muss.

Gedankenverloren laufe ich weiter. Begleitet von dem Rauschen des Meeres und dem abkühlenden Wind, ehe ich endlich bei Maria ankomme. Das Licht leuchtet hinter den Fenstern und ich bin mir sicher, dass Acca Maria Bescheid gesagt hat, dass ich nicht bei ihr war.

Ich öffne die Tür und trete ins kleine Häuschen. Wärme und der Duft von Kräutertee umfangen mich.

Maria erscheint im Türrahmen zur Küche – der Raum, in dem sie sich am meisten aufhält. Ihr Blick wird streng. »Wieso?«, fragt sie nur.

Ich hole tief Luft, suche nach den richtigen Worten, wobei mir bewusst ist, dass es für nichts die absolut korrekten Silben gibt. »Ich kann das nicht«, gebe ich ehrlich zu. »Diese Kraft gehört zu mir. Daran kann ich nichts ändern und ich bin bereit diese zu bewahren. Meine Eltern haben mich hergeschickt, damit ich lerne – das habe ich. Zumindest so weit, dass ich keine wandelnde Zeitbombe mehr bin. Aber ich kann diese Unwissenheit nicht ertragen. Ich will wissen, was hier vorgeht und wieso Hecate glaubt, dass ausgerechnet ich irgendwas ausrichten könnte.« Trost suchend umschlinge ich meinen Rumpf. Trotz der Macht im Inneren fühle ich mich klein.

Maria lehnt sich gegen den Türrahmen. In ihrem Blick entdecke ich Mitgefühl. »Niemand von uns kann sich aussuchen, welchen Weg das Schicksal bereithält«, sagt sie mit ruhiger Stimme. »Unsere Aufgabe ist es, das Beste aus dem zu machen, was wir haben. Und das ist nicht immer leicht, aber das ist das Leben. Alles, was geschieht, hat einen Sinn. Alles folgt einem Plan, selbst wenn wir den bisher nicht kennen.«

»Ganz ehrlich? Mir ist das Schicksal egal. Ich habe es satt, unwissend zu sein.«

»Dir mag es egal sein, dennoch bist du in seinem Griff. Die Antworten auf deine Fragen kommen – sobald die Zeit reif ist. Niemand kann dir besser zeigen, was passiert ist, als die Magie. Weder Acca noch ich waren damals in Pompeji.«

Es gibt einen anderen, der mir helfen kann, meine Fragen zu beantworten, aber ich weigere mich, auf einen Deal ausgerechnet mit diesem Gott einzugehen – zumindest noch.

Maria tritt auf mich zu. »Wir wollen dir nichts Böses, Sophia. Das Einzige, was wir wollen, ist, dass du für das, was die Göttin mit dir vorhat – was auch immer das sein mag –, vorbereitet bist.«

»Und was ist, wenn sie mich für gar nichts auserwählt hat?«

Sie schenkt mir ein kurzes Lächeln. »Glaubst du das wirklich?«

Mir entweicht ein Seufzen, was Antwort genug ist.

KAPITEL 16

POMPEJI IM JAHRE 79 N. CHR.

»Bei den Göttern …«, haucht Milonia neben mir, als wir den Anstieg geschafft und den Gipfel des Vesuvs erklommen haben. Zögerlich folgt die alte Hexe den übrigen Baciato, während ich wie versteinert stehen bleibe und auf das rot glühende Leuchten starre, das aus jeder Ritze zwischen dem Gestein dringt. Auf dem Gipfel herrscht eine Hitze, als stiege ich in einen Kochtopf. Sofort bricht mir der Schweiß aus, der sich auf der Haut in Perlen sammelt.

In Erinnerung sehe ich die glühende Wolke, die vor wenigen Tagen auf mich zugerollt ist. Ich presse eine Hand gegen die Brust, in der mein Herz wild klopft. Die Aura von damals ist am gesamten Gipfel zu spüren und doch weiß ich, dass sie nur ein Vorgeschmack ist. Als ließe Vulcanus uns seine Macht wie vor wenigen Tagen nur erahnen.

Steif vor Anspannung drehe ich mich in die Richtung, in der Pompeji schemenhaft am Horizont zu sehen ist. Dahinter funkelt das Meer rötlich im Licht der untergehenden Sonne. Mein Blick wandert die Strecke entlang, die wir gemeinsam mit den Besuchern des Opferfestes gegangen sind. Die Wesen und Menschen warten am Fuße des Vesuvs darauf, dass wir nach vollbrachtem Opfer hinabsteigen und den bestehenden Frieden verkünden. Mit einem mulmigen Gefühl im Magen sehe ich zu Diana und ihrer Familie, die sich von Larentia geleitet eine geeignete Stelle auf dem Gipfel suchen. Nur wenige Augenblicke bleiben der jungen Wölfin an der Seite ihrer Liebsten.

Obwohl nicht ich diejenige bin, die Vulcanus geopfert wird, dreht mir die Aufregung den Magen um. Ich bin rastlos, würde am liebsten meine Anspannung hinausschreien. Die Aura, die den Gipfel erfüllt, ertrage ich kaum, ohne an die Flammen zu denken, die mir nachgejagt sind. Ich spüre sie wie Klauen, die nach mir greifen und mich in die Tiefen des Vesuvs ziehen wollen. Hinab in Vulcanus' Reich des Feuers. Was will der Gott bloß von mir? Das Gefühl, dass mein Aufeinandertreffen mit seiner Aura nur der Anfang eines grausamen Spiels ist, lässt mich nicht los.

»Helvia«, ruft Larentia und winkt mich zu sich.

Nur widerwillig setze ich den Weg fort und geselle mich an die Seite der Princeps. Die anderen haben bereits einen Kreis gebildet und umringen das glühende Leuchten des Vulkans. Durch das nebelartige Licht erscheinen die Wesen auf der anderen Seite wie verzerrte Schemen. Unter unseren Füßen brodelt die göttliche Macht, die wir mit Dianas Opfer für die nächsten einhundert Jahre besänftigen werden.

Larentia ergreift meine Hand. Ihre Berührung ist wie ein rettender Anker, der mir das Bedürfnis nimmt, fortzulaufen und die Begegnung mit Vulcanus zu meiden.

Auf meiner anderen Seite ist Milonia, die mich schon seit der Geburt kennt und mir den Umgang mit dem Element Feuer beigebracht hat. Ihre Hand zittert, als sie meine ergreift. »Es ist eine Ehre, einem Gott Angesicht zu Angesicht gegenüberzustehen«, versucht sie mich zu beruhigen, wobei es eher so klingt, als wollte sie sich selbst ihrer Worte vergewissern.

Das Leuchten im Vulkan beginnt zu erzittern, als spürte es die Magie des Zirkels, die sich um das Tor zu Vulcanus legt. Larentia blickt hinab und erhebt ihre Stimme: »Ihr untersteht meinem Schutz. Sowie Hecates. Sorgt euch nicht.« Die Princeps klingt selbstsicher und stark, doch ich kenne sie gut genug, um den Hauch des Zweifels zu spüren. Bisher ist nichts verlaufen wie geplant.

»Denke an meine Worte, Helvia«, raunt sie mir zu. »Der Ursprung deiner Macht liegt bei den Göttern. Die dreizehnte Magie ist die mächtigste Waffe, die wir haben. Und nicht nur Tiberius begehrt sie. Halte deine Gabe im Zaum, um Vulcanus nicht zu reizen.«

Ohne mir die Möglichkeit zu lassen zu antworten, wendet sie den Blick von mir ab und beginnt zu summen. Sofort besitzt sie die Aufmerksamkeit aller Anwesenden, die sich an den Händen fassen und damit den Kreislauf der Magie erschaffen. Sie fließt durch die Berührungen und umspült uns wie die Wellen des Meeres. Wasser, Luft, Erde und Feuer – ich spüre die Elemente in unserem Kreis an Stärke gewinnen. Bis das Feuer die Oberhand gewinnt und sich das rote Leuchten in der Mitte des Kreises in Flammen wandelt, die zum Himmel emporschlagen.

Der Gestank nach Rauch schwängert die Luft. Unter ihn mischt sich schnell der nach Schwefel und geschmolzenem Eisen. Als gerieten seine Gesteinsschichten in Bewegung, bebt der Vesuv. Es fühlt sich an, als stiege ein Ungeheuer aus den Tiefen des Vulkans empor.

Larentias Summen wird tiefer, kehliger. Die Melodie jagt mir einen Schauder über den Nacken. Je lauter sie wird, desto mehr Hitze entsteht in meinem Inneren. Bis sie sich auf einen Schlag ausbreitet und durch unsere Berührungen durch jeden Anwesenden fließt. Diejenigen, die dem Element der Erde, des Wassers oder der Luft zugeneigt sind, ringen geräuschvoll um Atem, während ich die Hitze willkommen heiße. Ich beherrsche zwar jedes Element, doch das Feuer ist mir am meisten zugetan.

Die Magie des Feuers dringt aus jeder unserer Poren und lässt unsere Hände rot glühen. Sie ruft ihren Gott herbei!

Das Gestein des Vesuvs ächzt, als das Beben an Stärke gewinnt. Steinchen tanzen über den Boden und schlagen mir schmerzhaft gegen die Fußknöchel. Risse ziehen sich knackend durch den Untergrund. Angespannt krampfe ich die Hände um die meiner Nachbarinnen.

»Was, wenn uns der Vesuv verschlingt?«, frage ich und sehe zu Milonia, die mit geweiteten Augen in die Flammen in unserer Mitte starrt.

»Wir würden in Vulcanus' Reich stürzen«, murmelt sie und dreht mir ihr bleiches Gesicht zu.

»Schweigt!«, unterbricht uns Larentia mit schneidender Stimme. »Und vertraut.«

Beschämt wende ich den Blick ab. Dennoch kann ich mein rasendes Herz nicht beruhigen. Zaghaft sehe ich zu Diana, die mit regloser Miene in die Leere starrt. Ich will mir nicht vorstellen, was in diesem Augenblick in ihr vorgeht.

Schlagartig wallt die Aura, die uns seit dem Aufstieg umgeben hat, auf. Einige Baciato taumeln leicht zurück, als sie uns wie ein tosender Sturm entgegenschlägt. Die Flammen in unserer Mitte dehnen sich ruckartig aus, als explodierten sie. Die Druckwelle zerrt an uns, Larentia und Milonia verstärken den Griff um meine Hände. Ich höre jemanden schreien, doch das grelle rote Licht, das uns einhüllt, nimmt mir die Sicht.

Ein dunkles Grummeln dringt aus den Tiefen des Vesuvs. Dann ziehen sich die Flammen zurück und bilden die rot leuchtende Wolke, die ich vor wenigen Tagen gesehen habe. Sie wächst in die Höhe, bis sie sich zu einem riesigen Monstrum wandelt, das aus glühender, flüssiger Lava besteht. Leuchtende Adern ziehen sich über den massigen Körper und vereinen sich im Gesicht zu zwei stechenden Augen ohne Pupillen.

Ich muss den Kopf in den Nacken legen, um die Bestie im Ganzen zu sehen. Mein Instinkt brüllt mich an zu fliehen, doch ich klammere mich zitternd nur noch stärker an die Hände meiner Schwestern. Ist das der Gott der Vulkane, des Feuers und der Schmiedekunst?

»Wir sind hier, um dich zu ehren, Vulcanus«, sagt Larentia mit erstaunlich fester Stimme. Unnachgiebig sieht sie dem Lavaungetüm in die Augen. »Erweise uns die Ehre und nimm unser Opfer an.«

Es neigt den Kopf und stiert die Princeps an. Glühende Risse ziehen sich über das Gesicht, ehe ein Mund zum Vorschein kommt, aus dessen Tiefen es flackert. Lava quillt daraus hervor und tropft vor Larentias Füße. Doch sie bleibt erstaunlich gelassen.

»Für einhundert Jahre Frieden«, entgegnet das Monstrum mit einer gurgelnden Stimme, die dem Vesuv zu entspringen scheint. Es schließt den Mund, sodass es wieder wirkt, als besitze es keinen. Der Anblick verschafft mir eine Gänsehaut.

»So sei es.« Larentia entzieht mir ihre Hand und tritt vor.

Rasch greift der Zentaur Tertius nach meinen Fingern, um den magischen Kreis aufrechtzuerhalten.

Das Ungeheuer weicht zurück, den Kopf, der sich durch die fließende Lava ständig verformt, weiterhin der Princeps zugewandt.

Unbeirrt schreitet sie zu Diana und legt ihr die Hände um das Gesicht. »Dir gebührt unsere Liebe und Dankbarkeit«, sagt sie und haucht ihr einen

Kuss auf die Stirn, als diese ihren Kopf senkt. »Dein Opfer wird nie vergessen sein.« Sie entlässt die junge Wölfin, damit diese sich von ihrer Familie verabschieden kann.

Erneut brennen Tränen in meinen Augen, als Iulia und ihre Eltern Diana ein letztes Mal in die Arme schließen. Neben mir schluchzt Milonia leise. An niemandem auf diesem Gipfel geht das Opferfest spurlos vorüber.

»Es ist eine Ehre, für den Frieden geopfert zu werden«, bringt Diana mit zittriger Stimme heraus, als sie sich Larentia zuwendet und deren Hand ergreift.

Die beiden treten in unsere Mitte, woraufhin Iulia zu ihrer Nebenfrau aufrückt und den Kreis wieder schließt. Ihre Eltern ziehen sich zurück und beobachten das Geschehen aus sicherer Entfernung. Diana ist kreidebleich, während Larentia sie auf die Lavakreatur zu führt.

»Einhundert Jahre, Vulcanus«, erhebt die Princeps die Stimme. »Für das Opfer der Jungfrau, die unserem Volk entspringt.«

Das Ungetüm beugt sich zu Diana hinunter, die ihm mit aufgerissenen Augen entgegensieht. Jeder Herzschlag lässt meinen Körper beben, während ich darauf warte, dass Vulcanus die Wölfin in sein Reich zieht. Doch das Monstrum bewegt sich nicht, als wäre die Zeit stehen geblieben. Jetzt merke ich auch Larentia die Angespanntheit an, als sie mit ihrem Kiefer mahlt.

»Das ist nicht die Auserwählte«, grollt die Lavakreatur und bleckt die Zähne, die aus Flammen bestehen.

Den Worten folgt ein Beben, das sich durch den Vesuv gräbt und das Gestein am Gipfel zum Tanzen bringt. Wir taumeln und schwanken, drohen den Halt zu verlieren. Diana klammert sich erschrocken an Larentia. Als sich der Fels unter unseren Füßen verschiebt, wird der Kreis auseinandergerissen, meine Hände gleiten aus denen meiner Nachbarn. Mit wackligen Bewegungen versucht jeder nicht zu stürzen, als sich die Risse im Gestein ausweiten und Spalten bilden, die tief in den Vesuv führen. Doch schlagartig endet das Beben, aber niemand wagt es, sich zu bewegen.

»Wie kannst du unser Opfer infrage stellen?« Larentia weist auf Diana. »Wie kannst du diese mutige Wölfin anzweifeln?«

»Ich will sie nicht!«, poltert das Ungetüm so laut, dass der Klang die Erde erzittern lässt. Die Lava seines Körpers kocht und wirft Blasen, die platzen. Glühende Tropfen spritzen umher. Mit einem Aufschrei weichen alle den Lavatropfen aus, ohne die Verbindung zu unterbrechen.

Schlagartig erkaltet die Lava der Kreatur und wandelt sie zu Stein. Grelle Risse jagen über die Hülle und brechen sie knackend auf, ein Leuchten dringt aus dem Inneren. Dann zerfällt das Ungeheuer vor unseren Augen. Die mir bekannte rot glühende Wolke kommt zum Vorschein. Sie wird aufgewirbelt, als fegte ein Sturm hindurch, ehe sie an Larentia und Diana vorbei- und auf mich zusaust. Mir stockt der Atem, als sie nur eine Armlänge vor mir innehält und sich innerhalb weniger Herzschläge zu einer Gestalt aus Fleisch und Blut formt, die mich um fast zwei Köpfe überragt.

»Nein!«, ruft Larentia. Hinter der Gestalt sehe ich die Princeps, die sich in Bewegung setzt.

Mich bannt jedoch der Mann, der sich aus dem Leuchten geschält hat. Seine Gesichtszüge sind ebenmäßig, wirken wie gemeißelt. Ein rotbräunlicher Bartschatten bedeckt das markante Kinn, die Wangen und die Haut über der Oberlippe. Dunkelrotes, leicht gelocktes Haar hängt dem Gott in die Stirn. Eine weiße Tunika umschmeichelt seine stattliche Figur, bedeckt die breite und muskulöse Brust jedoch nicht annähernd. Hell setzt sich das Kleidungsstück, das bis zu den Knien reicht, von der sonnengeküssten Haut ab.

»Ich will sie«, raunt er und bohrt den Blick aus rot glühenden Augen in meinen. Seine Aura ist so übermächtig, dass mir schwindlig wird. Sie lässt meine Kehle eng werden und beschwört das Gefühl, gejagt zu werden, wieder herauf. Doch ich bin wie versteinert und kann den Gott bloß mit großen Augen anstarren.

»Das ist nicht die Auserwählte!«, sagt Larentia mit Nachdruck. Zornig grummelt sie, als sich ein rot glühendes Leuchten vom Boden erhebt und sich wie eine Ranke um ihren Körper schlingt, um sie aufzuhalten. »Wage es nicht, Vulcanus!« Ein tierisches Grummeln schwingt in ihrer Stimme mit. Sie steht kurz davor, sich in einen Wolf zu wandeln.

Der Gott ignoriert ihre Einwände mit einem arroganten Lächeln. »Ich dachte, ich hätte meinem Begehr genug Ausdruck verliehen, indem ich den Namen der Tredecim auf jedes Los schrieb«, sagt er.

»Du warst das«, wispere ich. Erschrocken sauge ich Luft ein, als sich das Leuchten vom Boden erhebt und um meine Fußknöchel schlängelt. Die Magie erwacht pulsierend. Rauschend erfüllt sie mich und lockt mein Element hervor. Hitze bringt die Luft zum Flirren.

Vulcanus' Lächeln wird breiter. Mit dem Handrücken streicht er mir über die Wange.

Ohne darüber nachzudenken, schnellt mein Arm empor und ich umschlinge sein Handgelenk, um es von mir zu schieben. Zornig funkle ich ihn an, während Flammen um meine Hand entstehen und an Vulcanus' Haut lecken. Zu spät wird mir bewusst, was ich getan habe. Doch den Gott scheint meine Reaktion zu erheitern.

Betont langsam sieht er auf meine in Flammen stehende Hand hinab, die ich um sein Handgelenk geschlungen habe. »Eben diese Macht ist es, die mich reizt.« Er sieht mir wieder in die Augen. »Für einhundert Jahre Frieden verlange ich nicht weniger als die Tredecim.«

Rasch lasse ich ihn los und will zurückweichen, doch die Flammenranken halten mich an Ort und Stelle.

»Die Auserwählte kann nicht dem Zirkel entspringen, das sind die Regeln. Das weißt du, Vulcanus«, zischt Larentia und kämpft vergeblich gegen die Ranken an, die sie mittlerweile umschlungen haben wie ein Kokon. »Du hast dieser Regel einst zugestimmt. Hecate ist meine Zeugin.«

Der Gott schnaubt und sieht über die Schulter zur Princeps. »Was interessiert mich mein Wort vor so vielen Jahrhunderten?«

»Das wird Hecate nicht zulassen.« Larentia bäumt sich auf, ihre Miene ist verzerrt. Als sie den Mund verächtlich verzieht, sehe ich Reißzähne aufblitzen. »Außerdem ist Helvia Teil eines Paktes zwischen dem Kaiser und mir. Einer Vereinbarung, die von euch Göttern gesegnet wurde.«

Vulcanus macht eine wegwerfende Handbewegung in ihre Richtung. »Eine Absprache unter sterblichen Wesen ist für mich nicht von Belang.« Mit einem Grinsen wendet er sich mir wieder zu. »Es ist mir ein Leichtes, diesen

Pakt aufzuheben und unseren Segen zurückzunehmen.« Er schnippst mit den Fingern, woraufhin sie golden aufleuchten. »Schon ist die Absprache mit dem Kaiser nichtig und interessiert die Götter nicht mehr. Ihr müsst sie nicht mehr einhalten.« Ein Raunen klingt in seiner Stimme mit. »Die Tredecim dürfte es mir danken, dass ich ihr diesen lästigen Legatus erspart habe.«

»Selbst als Gott kannst du nicht tun, was du willst«, wendet Larentia ein. »Kaiser Titus wird uns büßen lassen, wenn wir den Pakt nicht erfüllen.«

Sein Kopf schnellt zu ihr herum. »Wer soll mir verbieten solch einen lächerlichen Pakt aufzuheben? Iuppiter? Was interessiert den Göttervater, wer wen heiratet? Der Kaiser ist euer Problem, nicht meins.« Als Larentia ihn bloß zornig anfunkelt, sieht er mich wieder an.

Trotz der bedrohlichen Lage spüre ich, wie sich etwas um mein Herz löst. Geräuschvoll atme ich durch. »Der Pakt ist nichtig?« Mein Blick huscht umher, während die Gedanken rasen. »Die Götter würden mich nicht strafen, wenn ich Tiberius ablehne und wir einen anderen Weg finden, den Kaiser zu besänftigen?« Ich sehe wieder zu ihm auf und verdränge die Erkenntnis, dass er mich die ganze Zeit beobachtet haben muss. Sonst könnte er nicht von Tiberius wissen.

»Helvia! Lass dich nicht darauf ein!«, warnt Larentia.

Vulcanus verzieht die Lippen zu einem breiten Lächeln. »Du bist frei, Tredecim.« Aufgeregt starre ich ihn an, bis sich sein Grinsen in eine Fratze wandelt. »Frei, mich in mein Reich zu begleiten«, spricht er weiter.

Seine Worte sind wie ein Schlag ins Gesicht. Wie konnte ich nur so dumm sein und vergessen, dass er nichts aus Nächstenliebe tut? Ich presse die Lippen aufeinander und lege all meinen Widerwillen in den Blick. In mir brodelt die Magie, die sich von Vulcanus' Nähe bedroht fühlt.

»Ich gehe nirgendwo mit dir hin!«, schleudere ich ihm entgegen, als er nach mir greift. Kräftig zerre ich an den flammenden Ranken um meine Fußgelenke, bis sie sich in Rauch auflösen und ich im letzten Augenblick von ihm zurückweiche, ehe seine Fingerspitzen mich berühren können.

Larentia stößt ein tierisches Knurren aus, ihre Gestalt wandelt sich in einen riesigen, grauen Wolf. Sie sprengt die Flammen, die sie gefangen hielten, und prescht auf uns zu, um sich schützend zwischen den Gott und mich zu stellen. Finster funkelt sie ihn aus tiefschwarzen Augen an.

»Zwinge mich nicht dazu, meine Macht gegen dich einzusetzen, Vulcanus«, erklingen ihre Gedanken, die die Magie uns zuträgt. Bedrohlich stellt sich ihr Fell auf.

Der Gott verzieht verächtlich das Gesicht. »Wir wissen beide, dass ich dich und deine Macht zermalmen würde.«

»Lassen wir es darauf ankommen«, entgegnet sie grollend und fletscht die Zähne.

Vulcanus reckt das Kinn, während er die Wölfin, die auf allen vieren ebenso groß ist wie er, mit dem Blick durchbohrt. Bis auf das gefährliche Ächzen, das sich durch den Berg zieht, ist es still. Mein Herzschlag klingt viel zu laut in den Ohren. Jeder Schlag erschüttert meinen Körper, während ich darauf warte, wer von beiden nachgibt. Doch es scheint, als würde weder Larentia noch Vulcanus weichen. Panik flammt in mir auf. Ich wünschte, die ungute Vorahnung hätte sich nicht bestätigt.

Nichts tun zu können zerreißt mich schier. Die anderen scheinen ebenfalls den Atem anzuhalten, während sie starr vor Schreck zur Princeps und dem unnachgiebigen Gott blicken.

»Einhundert Jahre Frieden im Gegenzug für die Auserwählte«, durchbricht Vulcanus endlich die Stille. »Ich halte mich trotz unseres Zwists an den Pakt, wenn du es ebenso tust. Die Absprache mit mir sowie mein Schutz sollten dir wichtiger sein als die Vereinbarung mit einem unbedeutenden, sterblichen Kaiser.«

Larentia dreht den Wolfskopf, bis ihr Blick auf Diana ruht. »Sie ist deiner würdig, Vulcanus«, offenbart uns die Magie ihre Gedanken.

»Aber sie ist nicht meine Auserwählte!«, entgegnet er harsch. »Ich will die Tredecim. Keine andere!« Ruckartig weist er auf Diana. Flammen nehmen Gestalt an und schießen in Form einer Schlange auf die Wölfin zu. Das Ungetüm reißt das Maul auf und verschlingt Diana, die erschrocken schreit. Ein Blinzeln genügt und sie zerfällt zu Asche. Es geht so schnell, dass niemand etwas tun kann.

»Diana!«, kreischt Iulia und stürzt zu dem Häufchen, das von ihrer Schwester geblieben ist. Ihr Vater sinkt mit ihrer in Ohnmacht fallenden Mutter auf den Boden.

»Nein!«, brüllt Larentia und starrt Vulcanus finster an. »Das wirst du büßen!« Knurrend zieht sie die Lefzen hoch. »Du bekommst Helvia nicht!«

»Dann soll euch mein Zorn treffen«, sagt er mit gefährlich ruhiger Stimme. Innerhalb eines Herzschlags löst sich seine Gestalt in roten Rauch auf, der sich ausbreitet und den Gipfel verschlingt. Der stechende Gestank nach Schwefel raubt mir den Atem. Schrille Schreie erklingen, als bläuliche Flammen aus den Spalten im Untergrund züngeln und in den Abendhimmel schlagen. Feine Rinnsale aus Lava graben sich durch den Felsen. Die Erde bebt so stark, dass das Gestein unter unseren Füßen bricht und fortrutscht. Viele verlieren den Halt, stürzen und klammern sich an Felsen, die sich wie Wellen im tosenden Meer bewegen. Brocken lösen sich vom Gipfel und rollen polternd die Hänge hinab. Innerlich bete ich, die Menschen und Wesen am Fuße des Vesuvs würden sich in Sicherheit bringen. Das Grollen des hinabstürzenden Gesteins muss bis nach Pompeji zu hören sein.

Larentia rettet sich mit einem Sprung, als der Untergrund unter ihren Pfoten nachgibt und in die Tiefe stürzt. Ich verliere den Halt und sacke auf die Knie, klammere mich am Gestein fest. Hektisch sehe ich nach den anderen. Ich entdecke bloß Iulia, die sich mit ihren Eltern an den Rand des Gipfels rettet.

Plötzlich reißt der Untergrund auf und offenbart in unserer Mitte einen Schlund, aus dessen Tiefen es rot glühend leuchtet. Zischend atme ich ein, als ich mich vornüberbeuge und Lava entdecke, die wie in einem Kochtopf brodelt.

Schreie werden vom Grollen des Vesuvs übertönt. Manche klammern sich an Felsen, andere stolpern, wie Iulia und ihre Eltern, auf einen der Abhänge zu.

Der Nebel wird zu der glühenden Flammenwolke, die mich vor wenigen Tagen verfolgt hat. Vulcanus' Aura hüllt mich ein wie ein unliebsamer Mantel.

»Ich werde nicht zulassen, dass du meine Brüder und Schwestern verletzt«, vermischen sich Larentias Gedanken mit dem Lärm.

Suchend blicke ich umher, entdecke ihre gewaltige Wolfsgestalt aber nirgendwo.

Vulcanus' tiefes Lachen hallt über den Gipfel.

Der Dunst ist so dicht, dass ich auf den Knien verharre, aus Angst, ein falscher Schritt könnte mich das Leben kosten. Ich balle die Hände zu Fäusten, die Fingernägel schrammen über das Gestein. Meine Freunde sind in Gefahr und ich kauere auf dem Erdboden. Ich, die Tredecim – neben Larentia die mächtigste Geküsste. Angst hat meine Magie in Schach gehalten. Aber Zorn ist es, der sie entfesselt. Energisch dränge ich die Furcht nieder und konzentriere mich auf die Wut, die sich in meinem Magen ballt. Ich darf nicht zulassen, dass Vulcanus alles zerstört!

Heiß schießt die Magie durch mein Inneres und schenkt mir Kraft. Das Zittern meiner Muskeln endet, steif erhebe ich mich. In den Fäusten entstehen Flammen, die an meiner Haut züngeln.

»Wo bist du, Vulcanus?«, schreie ich in den Nebel hinein. »Versteckst du dich wie ein Feigling hinter Flammen?«

Sein dunkles Lachen ertönt aus allen Richtungen. Mein Herz schlägt aufgeregt in der Brust. Ich muss lebensmüde sein einen Gott wie ihn zu reizen.

Plötzlich haucht mir jemand heiß über die Wange. »Es wäre zu schade, dich zu vergeuden«, raunt mir Vulcanus ins Ohr. Ich spüre seinen Körper hinter mir. Er schlingt die Arme um meine Taille, doch ich bin unfähig mich zu rühren. »Ich gebe dir sechs Tage Bedenkzeit, Tredecim. Sechs Tage, um über das Leben deines Volkes und deiner Liebsten zu entscheiden. Begleite mich in mein Reich und ich verschone sie und ihre Nachfahren. Für die kommenden einhundert Jahre. Verweigerst du dich mir auch noch nach sechs Tagen, wird nicht nur dich mein Zorn treffen. Ganz Pompeji wird untergehen.«

»Sechs Tage«, wispere ich.

»Sechs Tage, nicht mehr und nicht weniger«, erwidert er und weicht von mir zurück.

Der Bann lässt nach und ich wirble zu ihm herum. Doch er ist verschwunden. Einzig der dichte, rote Nebel umgibt mich, als gäbe es sonst nichts in dieser Welt.

Vulcanus' Worte hallen in meinem Kopf wider, während das Beben des Vesuvs allmählich endet. Als sich der rot glühende Dunst auflöst, bleibt nichts als der dunkle Himmel mit seinen funkelnden Sternen. Nur aus dem Schlund dringt das rötliche Leuchten der Lava und erhellt die einkehrende Nacht.

Sanfte Schritte nähern sich. Ich spüre Larentias tierische Aura.

»Sechs Tage gibt er uns«, sage ich, ohne sie anzusehen. Aus dem Augenwinkel bemerke ich ihre gewaltige Wolfsgestalt, als sie in den Schlund blickt.

»Sechs Tage, um das Unheil abzuwenden«, erklingen ihre Gedanken. »Vulcanus hat leider recht. Ich bin nicht mächtig genug, um ihn aufzuhalten. Selbst gemeinsam als Zirkel werden wir es schwerhaben, ihn in sein Reich zu verbannen. Es muss einen anderen Weg geben.«

Während Vulcanus' Forderung in meiner Erinnerung erwacht, schüttle ich den Kopf. »Er will mich und keine andere.« Trauer schießt glühend heiß durch meine Brust, als ich an Diana denke. »Er scheut nicht davor zurück, uns das deutlich zu machen.« Larentia bleibt stumm, weshalb ich sie anschaue. »Warum ich? Warum will er meine Macht?«

Die Princeps senkt den Wolfskopf. »Wenn ich das wüsste.«

Eindringlich sehe ich sie an, doch sie wendet mir ihren Kopf nicht zu. Sie lügt, das spüre ich deutlich.

»Dann beantworte mir eins: Weshalb ist es ihm so wichtig, dass ich freiwillig mitkomme? Ich war durch seine Aura wie gebannt, er hätte mich mit sich nehmen können.«

»Du trägst göttliche Macht in dir, deshalb kann er dich nicht gegen deinen Willen mit in sein Reich holen«, erklingen ihre Gedanken. »Das ist die Regel des Göttervaters Iuppiter. Vulcanus mag sein eigenes Wort brechen, wie ihm beliebt, und Regeln missachten, die vor Jahrhunderten mit Hecate und mir ausgemacht wurden. Doch an die Regeln des Göttervaters muss selbst er sich halten.«

Schwer atme ich, während die Gedanken rasen. Vulcanus kann mich nicht entführen und in sein Reich zwingen. Doch er versteht es, uns unter Druck zu setzen.

Ich sehe zum Mond, der am Himmel schimmert, als wäre nichts geschehen. Wie eine schlechte Erinnerung hängt schwacher rötlicher Nebel in der Luft.

Sechs Tage, bis Vulcanus meine Antwort erwartet.

KAPITEL 17

2018 N. CHR., ACI CASTELLO

»Stell dir vor, wie sich die Kraft zwischen deinen Fingern formt«, souffliert mir Acca.

Das Prickeln in meinen Händen nimmt zu. Feine, elektrische Schläge jagen über die Haut. Mein Herzschlag und der Puls der Magie sind in einem Rhythmus, was ich vor drei Tagen noch für unmöglich gehalten habe. Ich muss zugeben, dass Acca eine gute Lehrerin ist. Ihre Anweisungen sind präzise und leicht zu verstehen, was mir die Lektionen einfach macht. Ich öffne die Hände, die ich zu einer Kugel zusammengelegt habe, um der Magie mehr Freiraum zu bieten. Dabei schaue ich auf das Licht, das zwischen den Fingern hervorleuchtet und sich mit jedem Klopfen meines Herzens ausbreitet, bis es den gesamten Kellerraum erhellt.

»So ist es gut«, lobt Acca und bleibt vor mir stehen.

Ich sehe zu ihr, ein Lächeln zupft an meinen Mundwinkeln. »Danke«, sage ich.

»Dafür nicht.« Sie lässt sich vor mir in den Schneidersitz sinken und mustert mich. Es wirkt, als ränge sie mit sich, das Kommende auszusprechen. »Hat sich Vulcanus bei dir gemeldet?«, fragt sie.

Ich schüttle den Kopf. Obwohl mir sein Angebot immer in den Gedanken schwirrt, bin ich froh, dass er mich nicht noch einmal aufgesucht hat. Dass Nevio genauso wie ich herauszufinden versucht, was mit Helvia passiert ist, hilft mir. In den drei Tagen, die Acca und ich miteinander trainieren, haben wir kein einziges Mal über Pompeji oder Helvia gesprochen, geschweige denn über Vulcanus. Insgeheim war ich sogar etwas froh darüber, selbst wenn die Neugierde wie Ratten an mir nagt. Doch jetzt ist das Thema wieder auf dem Tisch.

»Gut.« Sie stößt erleichtert die Luft aus. »Der Mistkerl ist hartnäckig. Wir sollten uns vorbereiten, dass er bald zuschlagen wird.«

Ich runzle die Stirn. »Ihr kennt euch schon länger, nicht wahr?«

»Ja und ich wäre froh, wenn mich die Götter vor dieser Begegnung bewahrt hätten.«

Kurz ringe ich mit mir. Acca Fragen zu stellen ist wie ein Drahtseilakt und ich bin offensichtlich nicht sehr gut darin, mein Gleichgewicht zu wahren. »Wie … Wie habt ihr euch kennengelernt?«, überwinde ich die Vorsicht dann doch. Für einen Moment sieht sie mich bloß schweigend an.

Dann lässt sie ihre Schultern sinken und stützt sich mit ihren Händen hinter sich auf. »Du bist neugierig. Das ist gut. Interesse zu zeigen ist eigentlich eine positive Sache, doch in meinem Fall wirkt es wie eine lästige Angewohnheit, Sophia«, sagt sie. Wobei dieses Mal keine Wut in ihren Worten mitschwingt. Eher Resignation. Als wüsste sie, dass ich mich nicht länger mit etwas Halbem zufriedengeben werde.

»Also kannst du mir darauf antworten?«, bohre ich weiter.

»Vulcanus und ich haben uns kennengelernt, als ich mit den anderen Wesen nach Pompeji geflüchtet bin.«

Verwirrt blinzle ich. Nevio hatte schon mal erwähnt, dass Acca alt ist – sehr alt –, aber das von ihr in einem eher beiläufigen Satz zu hören macht es real. Sie hat Reiche wachsen und untergehen sehen. Genauso wie Länder und Völker. Es muss berauschend und gleichzeitig wie ein Fluch für sie sein. Jeder, den sie liebt, ist ein Untertan der Zeit. Alle Beziehungen, die sie eingeht, sind bloß ein Wimpernschlag. Mir wird schwindelig bei dem Gedanken. Dieses Leben zu führen hört sich bei näherer Betrachtung nach einer Strafe an.

»Wir Wesen waren ausgezehrt von dem Kampf und der Flucht, die wir hinter uns hatten. Vulcanus nutzte das für seine Zwecke aus. Er versprach uns Pompeji vor den Blicken der Feinde zu schützen, wenn wir ihm im Gegenzug alle hundert Jahre ein Opfer darbringen.«

»Ein Opfer?«, unterbreche ich sie.

»Ja, eine Jungfrau, die er zur Frau und mit in sein Heim nehmen konnte.«

Ein Schauer rinnt eiskalt meinen Rücken hinab. »Ihr habt zugestimmt«, erwidere ich matt.

Sie nickt. »Ich verfluche es bis zum heutigen Tag, dass wir uns nicht geweigert haben. Aber damals schien es so simpel: Was ist ein Leben im Vergleich zu Tausenden?«

Ich schlucke den schweren Kloß, der sich in meinem Hals bemerkbar macht, hinunter. Es ist unvorstellbar, was Acca und die restlichen Wesen damals durchgemacht haben. Sie wurden gejagt, bekämpft. In ihrer Vorstellung muss das wie eine einfache Gleichung geklungen haben. »Als er hier war, sagte er, dass du ihm ein Opfer schuldest.«

Accas Mundwinkel verhärten sich, ihre Züge wandeln sich zu einer strengen Maske. »Was genau möchtest du wissen, *mia amore?*«

»Alles? Ich bin es leid, eine unwissende Spielfigur auf einem Brett zu sein, dessen Regeln ich nicht kenne«, erwidere ich und bemühe mich darum, meine Stimme ruhig klingen zu lassen, wobei ich nicht verhindern kann, dass ein angespannter Unterton mitschwingt.

»Die Vergangenheit ist geschehen«, meint sie mit einem Seufzen. »Sie ist verflossen und längst Geschichte. Wir können nichts mehr daran ändern.«

»Und dennoch sagtest du mir, dass ich das Vergangene akzeptieren muss«, halte ich ihr ihre eigene Regel vor.

Ihre Mimik weicht etwas auf. »Du bist ihr so ähnlich.«

»Aber sie hat einen Fehler begangen«, wiederhole ich.

»Ja. Das hat sie. Und es ist nicht an mir, dir davon zu erzählen.« Mit einem Ruck rappelt sich Acca von der blauen Matte auf. »Ich weiß nur, dass ich sie in ihrem Zustand niemals hätte allein lassen dürfen.«

»Was für einen Zustand?«

»Sophia, es reicht!«, sagt Acca streng. »Wir brauchen dieses Gespräch nicht wieder hervorholen. Meine Meinung wird sich nicht ändern. Die Magie wird dir alles offenbaren, was für dich wichtig ist, und wenn sie das bis zum jetzigen Zeitpunkt nicht getan hat, wird das seinen Grund haben.«

»Und genau wegen dieser Worte klingt Vulcanus' Angebot mit jedem Tag verführerischer!«, werfe ich Acca hinterher, die sich erneut Richtung Ausgang gewendet hat.

»Wenn es so hinreißend ist, wieso bist du dann hier und nicht bei ihm?«, fragt sie und marschiert die Treppe hoch.

Wut und Frust köcheln in meinem Inneren. Ich stoße einen unterdrückten Schrei aus und haue mit geballter Faust auf die Matte. Ein Zittern geht durch die Erde. Der Schlag hallt durch meinen Arm hinauf bis zur Schulter. Ich hasse es! Dass ich immer wieder versuche auf sie zuzugehen und sie mich jedes Mal abweist.

Ich rapple mich auf und stampfe ebenfalls die Treppe nach oben, durchs Restaurant hinaus in die sommerliche Hitze Siziliens. Möwen kreischen über meinem Kopf, auf Beutesuche, die sie den unwissenden Touristen abluchsen können.

»Sophia!«

Nevios Stimme lässt mich innehalten. Er ruft über die Schulter Angelo zu, dass er Pause mache, und folgt mir auf die Straße. »Sie hat dich wieder abblitzen lassen, oder?«

Ich gebe bloß ein undeutliches Grummeln von mir, das Antwort genug ist.

Gemeinsam gehen wir in die Nebengasse des Restaurants, in der sein Motorrad geparkt ist. Und erst im Schutz der Mauern nimmt er mich in den Arm. Ich kuschle mich in seine Wärme. In den letzten Tagen ist Nevio zu einer überraschenden Konstante geworden. Zwischen uns ist es, als wären wir auf eine Art miteinander verbunden, die uns aneinanderschweißt. »Sie werden nicht immer darum herumkommen, dir Antworten zu geben«, murmelt er in mein Haar und küsst mich zärtlich auf den Scheitel.

Mein Blick wandert an ihm hinauf. Seine braunen Augen funkeln in dem Zwielicht der Gasse. »Ich glaube, wenn Acca könnte, würde sie mir eher einen Maulkorb anlegen, als nur ein weiteres Wort über Pompeji zu verlieren.«

»Selbst mit einem Maulkorb würdest du verdammt gut aussehen«, raunt er.

Spielerisch boxe ich ihm gegen seine feste Brust. »Das ist nicht witzig, Nev.« Seufzend nehme ich etwas Abstand zu ihm und lehne mich stattdessen an sein Höllengefährt.

Er lässt sich lässig neben mir sinken. »Die Magie hat dir noch nichts verraten?«

Bedrückt schüttle ich den Kopf. Das macht den Drang nach mehr Wissen nur schlimmer. Ich knabbere an meiner Unterlippe. Mit verschränkten Armen starre ich auf den Gassenboden. Dass die Magie nichts offenbart, lässt mich zweifeln. Was ist, wenn Hecate gemerkt hat, dass ich niemand Besonderes bin? Dass ihre Hoffnungen in mich vergebene Mühe waren? »Hast du schon etwas herausfinden können?«, frage ich, um mich von den bedrückenden Gedanken abzulenken.

»Nein.«

Ich schnaube. »Bei Wikipedia gibt es wohl keinen Eintrag, wegen welches Fehlers der Vesuv ausgebrochen ist?«

Nevio schlingt seinen Arm um meine Schultern. »Ich halte die Augen und Ohren offen, versprochen.«

Dankbar lehne ich mich an ihn. »Danke schön«, wispere ich an seiner Schulter und genieße seine Nähe, ehe ich mich zurückziehe. »Maria wartet bestimmt schon auf mich. Sicherlich hat Acca ihr berichtet, dass der Unterricht in einer Explosion geendet ist.«

»Dabei habe ich nur ein kurzes Beben gespürt«, sagt Nevio und lächelt mich aufmunternd an.

»Ich meine auch eher Accas und mein explosionsartiges Gespräch.« Bei den Worten strecke ich den Arm aus und die Magie materialisiert sich in Lichtfunken, die über meine nackte Haut tanzen. »Wir sind Freunde geworden«, sage ich. »Überraschenderweise. Ich hätte nicht gedacht, dass es doch so einfach ist.«

»Es liegt wohl daran, dass du und sie eins sind.«

»Ja, vielleicht.« Trotzdem reicht es nicht, um endlich alles zu erfahren.

Nevio umfasst mein Handgelenk und zieht mich zögerlich zu sich. Zwischen seinen Beinen komme ich zum Stehen. Sein natürlicher Duft hüllt mich ganz und gar ein. »Wir finden die Wahrheit raus, wie lange es auch dauern mag«, versichert er mir.

Ich möchte seinen Worten Glauben schenken. Möchte, dass sie wahr sind, dass es beinahe im Herzen schmerzt. »Ich weiß.«

Seine Hände wandern von den Armen sanft hinauf bis in den Nacken. Er umfasst meine Wangen und kommt mir näher. Seine Lippen streifen hauchzart über meine. Es ist nur die Andeutung einer Berührung, die sofort den Hunger nach mehr in mir weckt. Ich lehne mich vor, vergrabe die Finger in seinem losen T-Shirt und verschließe seinen Mund mit meinem.

Überall, wo Nevio mich anfasst, tanzen Funken über die Haut. Sie lassen meine Nervenenden prickeln. Sanft löse ich mich von ihm, öffne die Augen und sehe geradewegs in seine dunklen Iriden.

»Kann ich dich begleiten?«, flüstert er.

Ein neckisches Grinsen breitet sich auf meinen Lippen aus. »Du bist doch nur nach mehr aus.«

Seine Mundwinkel gleiten in die Höhe, das Grübchen lässt mein Herz aus dem Takt kommen. »Ich bin ein Wolf. Wir sind schon von unserem Tierwesen her am Verhungern und bei der Köstlichkeit, die du bist ...« Seine Worte gehen unter, als er seine Lippen auf meine drückt.

Ich versinke in seiner Nähe. Gebe mich ihr hin und lasse mich vollkommen auf die durcheinanderwirbelnden Gefühle ein, die der Werwolf in mir weckt. Seine Nähe ist ein Rausch, von dem ich mir nicht sicher bin, ob ich jemals genug davon bekomme.

»Ich sollte wirklich los«, murmle ich schweren Herzens und lasse den Kopf gegen Nevios Brust sinken.

Mit seinen Fingern umschließt er sanft mein Kinn und bringt mich dazu hochzuschauen. Er haucht einen zarten Kuss auf die Stirn. »Ich begleite ...«

»Nevio!« Angelo steht am Eingang der Gasse. Die dunklen Haare des Werwolfes sind streng nach hinten gegelt, wo sie sich in feinen Löckchen kringeln. »Ich brauche deine Hilfe«, ruft er und ist bereits wieder dabei, sich umzudrehen, als er noch einmal über die Schulter schaut. »Und davon habe ich nichts gesehen«, sagt er, während er auf uns beide deutet.

Nevio seufzt. »Es tut mir leid.«

»Muss es nicht«, beruhige ich ihn und stelle mich auf die Zehenspitzen, um ihm einen unschuldigen Kuss auf die Lippen zu geben. »Ich bin ein großes Mädchen und finde den Weg. Wir sehen uns morgen.«

»Bis dann, *principessa*.«

Zum Abschied hebe ich die Hand, ehe ich wieder auf die Straße gehe. In den paar Minuten haben sich die Menschen aus ihren Hotels und Häusern gewagt. Was vor allem daran liegt, dass die Hitze der Mittagssonne abflaut und es angenehm unter dem sizilianischen Himmel wird. Statt auf direktem Weg zu Maria zu gehen, wende ich mich Richtung Strand. Obwohl die Touristen den idyllischen Flecken überschwemmen, büßt die Umgebung kein bisschen ihrer Schönheit ein. Das Meer wirkt schier unendlich. Wobei ich am Horizont die Umrisse des Festlandes entdecke. Tief atme ich die salzige Luft ein.

»Es ist behaglich hier, nicht wahr?«

Schlagartig versteife ich mich. »Ich habe mich schon gefragt, wann du wieder auftauchst«, sage ich in bemüht ruhigem Tonfall, obwohl mein Herz wie bei einem Marathon rennt. Trotzdem gehe ich weiter, als wäre der Besucher kein Gott, sondern irgendein dahergelaufener Mensch, den ich nie in meinem Leben gesehen habe. Vulcanus setzt sich ebenfalls in Bewegung und begleitet mich erneut auf einen Spaziergang.

»Dich ohne diesen Wolf anzutreffen ist schwierig, junge Tredecim. Anscheinend ist dir der Ernst dieser Situation nicht bewusst.«

Meine Nackenhaare stellen sich auf. »Ist das eine Drohung?«

Er bleibt stehen und zwingt mich damit ebenfalls innezuhalten. »Eine Drohung? Mitnichten. Es ist ein Versprechen, Tredecim.«

Ein Schauer rieselt über meinen Rücken. »Warum?«

Ohne ein weiteres Wort geht er weiter und übernimmt die Führung. Ich beiße die Zähne aufeinander.

»Warum bist du nicht gekommen?«, fragt er stattdessen. »Habe ich dir nicht genügend geboten, um dich zufriedenzustellen?«

»Du hast mir nicht den Preis genannt, den ich im Austausch für die Wahrheit zahlen müsste. Es gibt immer einen Preis – vor allem bei jemandem wie dir.«

»Bei jemandem wie mir?«, wiederholt er mit einem Schmunzeln, das ihn fast sympathisch wirken lässt – aber auch nur *fast*. »Aber du hast recht. Es gibt immer einen Preis zu zahlen.«

»Welchen?«

Er schweigt. Doch das Lächeln, das ich auf seinen Lippen entdecke, spricht Bände.

Mir wird eiskalt. Am liebsten möchte ich mich abwenden und davonlaufen. So weit weg wie nur möglich, um alles hinter mir zu lassen. Aber der Verdacht, dass es egal ist, wohin ich mich verkrieche, pocht hartnäckig in meinem Hinterkopf. Früher oder später wird Vulcanus fündig werden.

»Details, liebe Tredecim, die nicht von Bedeutung sind.«

»Für dich vielleicht nicht. Aber für mich.«

»Ist der Preis wirklich relevant im Gegenzug für das Wissen, das du erhalten wirst? Das du dir so sehnlichst wünschst?«

Ich bleibe stehen. Vor Wut balle ich die Hände zu Fäusten. »Ja, das ist er. In deinen Augen mag das alles ein Spiel sein, aber es geht hier um mein Leben.« Der Boden bebt unter unseren Füßen. Im Gegensatz zu sonst hat sich die Magie gegenüber dem Gott nicht zurückgezogen. Wie ein Geysir schießt sie durch meine Venen; lässt mich ihre Macht spüren, erinnert mich daran, dass ich nicht hilflos bin. »Und ich bin nicht bereit eine Spielfigur zu sein. Weder für dich noch für Hecate.«

Vulcanus betrachtet mich mit einem lässigen Grinsen auf den Lippen. »Dieses Spiel geht seit Jahrtausenden. Keiner entkommt, nicht einmal eine so mächtige Frau wie du. Das beste Beispiel dafür ist Helvia. Sie war so imposant und trotzdem war sie Teil des Spektakels«, er beugt sich bei seinen Worten weiter vor, sodass ich seinen warmen Atem auf meinem Gesicht spüre, »und hat verloren.«

Von einem auf den anderen Moment ist er verschwunden. Ohne eine Rauchwolke oder einen Knall. Als wäre er nie dagewesen. Ich schlucke den Kloß in meinem Hals hinunter und drehe mich zu den Weiten des Meeres. Angst schnürt mir die Kehle zu. Das nimmt Ausmaße an, die ich niemals für möglich gehalten habe. Vulcanus ist gefährlich. Um das zu wissen, benötige ich nicht die Magie oder Accas Abneigung dem Gott gegenüber.

Das Einzige, was ich endlich brauche, sind Antworten. Eine Chance herauszufinden, was für ein Spiel Vulcanus meint, um ihn zu besiegen. Mit einem Seufzen wende ich mich von der Sonne ab, die über dem Ozean steht, und gehe zu Maria.

Die Sträucher erzittern unter dem kühlenden Wind und flüstern sanfte

Klänge. Der Weg vom Strand dauert nicht lang genug, um mich von Vulcanus' Worten abzulenken. Im Gegenteil. Jeder meiner Schritte scheint ihren Klang mit sich zu tragen.

Maria steht bereits an der Eingangstür und wartet auf mich. Ihre Lippen sind zu einem schmalen Strich zusammengepresst.

»Warum, Sophia?«, begrüßt sie mich. »Du bist ein ungeduldiges Kind.«

»Vulcanus hat mich erneut besucht«, antworte ich ihr, ohne auf die Vorwürfe einzugehen.

Maria lässt sich erschöpft gegen den Türrahmen sinken. »Verflucht. Komm rein«, murrt sie und tritt einen Schritt zurück. »Wo?«

»Am Strand.«

Sie geht in die Küche und setzt sich dort an den Tisch. Sobald ich den Raum betrete, rieche ich den Duft von Lasagne, die im Ofen backt. Mir läuft das Wasser im Mund zusammen. Marias Kochkünste sind einzigartig. Ich weiß nicht, wie sie es macht, aber jedes ihrer Gerichte ist eine Köstlichkeit.

»Was hat er dir gesagt?«

»Dass ich früher oder später auf sein Angebot eingehe.«

Maria starrt auf die Tischplatte vor sich. Ihre Finger hat sie ineinander verschränkt und stützt sich nun darauf. »Wirst du es tun?«

»Ich habe es nicht vor. Aber ... Maria, über mir schwebt ein Damoklesschwert, mit diesem Schicksal, das Hecate für mich auserkoren hat, wovon wir noch nichts wissen. Jeder von euch erwartet, dass ich Helvias Fehler nicht wiederhole. Wie soll mir das gelingen, wenn ich nicht weiß, was sie getan hat?«

Marias Blick wandert von ihren Händen zu mir. »Ich wünschte, es wäre mir möglich zu helfen.«

Um ehrlich zu sein, bin ich mir sicher, dass Maria mehr weiß, als sie zugeben möchte. Doch das behalte ich für mich. »Hast du irgendwas, was mir Infos zu Vulcanus geben könnte? Oder zu Hecate?«

Verwirrt runzelt meine Mentorin die Stirn. »Wieso möchtest du etwas über Hecate erfahren?«

»Offensichtlich bin ich als Tredecim in ein Spiel zwischen den beiden Gottheiten geraten und ich will zumindest diese angeblichen Spielmeister kennenlernen, wenn ich schon eine blinde Figur auf ihrem Brett bin.«

Maria sieht mich einen Augenblick lang stumm an, ehe sie sich aufrafft und ins Wohnzimmer geht. Die aberdutzenden Bücher zwingen die Regalbretter in die Beuge. Sie mustert die Rücken akribisch, bevor sie mir eins in die Hand reicht. »Vielleicht hilft dir das.«

Dankbar nehme ich es ihr aus der Hand. »Wissen ist immer etwas Gutes, oder nicht?«

Kapitel 18

Pompeji im Jahre 79 n. Chr.

Die Sonne geht am Horizont auf, als wir in die Stadt einmarschieren – gefolgt von Wesen und Menschen, in deren Gesichtern sich der Schreck abzeichnet. Manche eilen geradewegs zu ihren Häusern, um ihr Hab und Gut zusammenzupacken und so weit wie möglich von Pompeji fortzugehen. Dabei wird Vulcanus nicht nur meine Heimatstadt zerstören.

Erschrocken betrachte ich die Häuser, an denen wir auf unserem Weg zum Tempel vorbeiziehen. Die Fassaden sind rissig, manche Säulen und Dächer eingestürzt. Zerbrochene Ziegel wurden am Rande der Gassen zusammengefegt. Auch hier muss die Erde gebebt haben, als der Gott uns einen Vorgeschmack auf seine Macht gegeben hat.

Viele Bewohner Pompejis stürzen aufgeregt aus ihren Häusern, als sie uns sehen. Ihre Fragen prasseln auf uns ein, doch Larentias ernste Miene reicht schon aus, um ihnen die Antworten zu geben, die sie fordern. Ängstliche Blicke schweifen zum Vesuv, über dessen Gipfel seit Sonnenaufgang eine rot glühende Wolke wie ein Mahnmal schwebt. Als wollte Vulcanus uns an sein Ultimatum crinnern.

Sechs Tage, höre ich seine drohende Stimme in meiner Erinnerung. Bei Sonnenuntergang sind es nur noch fünf. Vulcanus hat mit Dianas Tod bewiesen, dass er kein Erbarmen mit uns Sterblichen hat. Ich zweifle nicht daran, dass er seinen Worten grausame Taten folgen lässt, wenn wir keine Lösung finden.

Bekümmert sehe ich zu Iulia, die ihre Eltern stützt. Die Augen sind gerötet, der Staub, der auf dem Vesuv aufgewirbelt wurde, klebt auf den Tränenspuren in ihrem Gesicht. Schluchzend hatte sie sich an mich geklammert, als ich sie nach dem Abstieg in die Arme genommen hatte. Sie gibt mir nicht die Schuld an Dianas Tod, doch ich weiß, dass ich ihn hätte verhindern können. Wenn ich nur auf Vulcanus' Forderung eingegangen wäre. Noch nie habe ich mich so elend gefühlt.

»Helvia!« Vater drängt sich durch die Menge und zieht mich an sich.

Für einen Augenblick schmiege ich mich in seine Umarmung, als könnte er mich vor dem Grauen, das über uns hereingebrochen ist, beschützen.

Nachdem ich von ihm zurückgewichen bin, streicht er mir fürsorglich das Haar aus der Stirn und mustert mich besorgt. »Die ganze Stadt ist in Aufruhr. Stimmt es, dass Vulcanus Diana abgewiesen hat und an ihrer Stelle dich verlangt?«

»Er hat sie getötet«, entgegne ich leise und presse die bebenden Lippen zusammen.

Vater entgleisen die Gesichtszüge. Ohne zu zögern, zieht er mich wieder an sich und streicht mir tröstend über den Kopf. »Die Götter haben mir deine Mutter genommen. Ich werde nicht zulassen, dass sie mir dich auch noch entreißen.«

Seine Worte rühren mich. Mit einem traurigen Lächeln sehe ich zu ihm hoch. »Vulcanus ist ein mächtiger Gott.«

»Und ich bin ein Vater, der seine Tochter liebt«, raunt er und ergreift meine Hände. »Ich habe den Fehler gemacht, dich nicht vor dem Pakt mit dem Kaiser zu bewahren. Das geschieht nicht noch einmal.«

Kurz entschlossen stelle ich mich auf die Zehenspitzen und hauche ihm einen Kuss auf die bärtige Wange. »Danke«, wispere ich und spüre das erste Mal vollkommenen Rückhalt. Leider dürfte es für Vaters Sinneswandel zu spät sein.

Gerade als ich mich von ihm wegdrehe, taucht Tiberius auf und baut sich vor mir auf.

»Das Opferfest ist vorüber. Ich habe lang genug gewartet!«, herrscht er mich an und ergreift mein Handgelenk.

»Lasst mich los!«, zische ich und zerre an seinem Griff.

Vater packt den Legatus an der Toga und reißt ihn von mir fort, sodass Tiberius mich freigeben muss. »Meine Tochter ist nicht mehr Teil des Paktes«, verkündet er und stellt sich dem Römer in den Weg, bevor er mir wieder zu nah kommen kann. »Sucht Euch eine andere Verlobte aus gutem Hause.«

»Euer Wort bindet Helvia an unsere Vereinbarung. Oder wollt Ihr den Kaiser verärgern, Marcus?« Mit siegesgewisser Miene lässt Tiberius den Blick über Vater schweifen. »Ihr solltet dankbar sein, mich in Eurer Familie aufnehmen zu dürfen.«

Vater stößt ein abfälliges Lachen aus. »Eure Arroganz hat mich von Anfang an gestört. Zu lange habe ich zugelassen, wie Ihr Euch Helvia und mir gegenüber verhaltet.« Er tritt auf den Legatus zu, bis ich fürchte, die beiden könnten sich prügeln. »Nehmt Eure Männer und verlasst Pompeji! Am besten jetzt sofort.«

Tiberius verengt die Augen und hält Vaters Blick stand. »Ihr ahnt nicht, mit wem Ihr Euch anlegt«, droht er und sieht zu mir. »Nicht nur die Strafe des Kaisers trifft Euch, wenn Ihr den Pakt missachtet.«

»Ihr müsst taub und blind sein.« Langsam trete ich auf Tiberius zu, damit mir keine seiner Regungen entgeht. »Vulcanus hat unser Opfer abgewiesen. Stattdessen will er mich.«

»Was interessiert mich Vulcanus? Dieser Pakt ist von den Göttern gesegnet. Ich werde Pompeji nicht ohne meine Verlobte verlassen.«

»Der Pakt ist nichtig«, wende ich ein und bemerke mit einem Gefühl der Genugtuung, dass seine Mundwinkel nervös zucken. »Vulcanus nahm den Segen der Götter zurück.«

Tiberius wird bleich. »Das kann er nicht machen«, stammelt er, doch fängt sich wieder. Seine Miene wirkt eisern, als er mich ansieht. »Du bist mein, Helvia. Deine Magie gehört mir!«

»Euch gehört gar nichts!«, schreie ich ihn an.

Flink wirbelt er an Vater vorbei und steht vor mir, den Arm erhoben, bereit mir eine Ohrfeige zu verpassen. Bevor Vater oder ich reagieren können, taucht Lucius hinter dem Römer auf und packt ihn am Arm.

»Wagt es nicht«, knurrt er gepresst, nachdem er sich zu dem Legatus vorbeugt, und weist auf die anderen Werwölfe, die uns umgeben. Jede von Tiberius' Bewegungen wird mit Argusaugen beobachtet. »Mein Rudel wird Euch in der Luft zerfetzen, solltet Ihr unserer Tredecim schaden.«

Der Legatus schüttelt Lucius' Hand ab und weicht von dem Gestaltwandler zurück. Seine Lippen beben, als er sie zusammenpresst. Er brodelt vor

Zorn. »Ihr begeht einen Fehler, mich derart vor den Kopf zu stoßen. Weder der Kaiser noch ich nehmen das hin!« Eindringlich sieht er mir in die Augen. »Ich lasse mir meine Verlobte weder von einem Gott noch von einem dreckigen Köter wegnehmen«, schnauzt er und wirft Lucius einen abfälligen Blick zu. »Meine Ziele sind zu wichtig, um sie mir von so einem Pack durchkreuzen zu lassen.« Er schiebt eine Hand unter seine Toga, als griffe er nach einer Waffe, und geht langsam auf den Gestaltwandler zu.

»Nur zu«, zischt Lucius und grinst. »Ich warte auf einen Grund, mich verteidigen zu dürfen.« Ein tierisches Grummeln dringt aus seiner Kehle, als bräche der Wolf gleich hervor.

Tiberius stockt kurz, ehe er seine Hand wieder hervorzieht – ohne Waffe. Schweigend starrt er Lucius an, bis ich die Anspannung nicht mehr ertrage.

»Es reicht!«, sage ich und trete zwischen die beiden. Entschlossen sehe ich Tiberius ins Gesicht. »Das letzte Wort ist gesagt. Akzeptiert es und macht Euch nicht lächerlich.«

»Ich mochte deinen Willen, weil ich ihn brechen wollte. Doch nun verärgert er mich bloß«, grummelt er leise und beugt sich zu mir hinab. »Dein Wille und Stolz werden eines Tages deinen Tod bedeuten.« Ruckartig richtet er sich wieder auf und wendet sich Vater zu. »Ihr werdet Eure Entscheidung noch bereuen, Marcus.«

»Ich denke nicht«, sagt er und hält Tiberius' zornigem Blick stand.

Der Legatus mahlt angespannt mit dem Unterkiefer, bevor er sich umdreht und mit schnellen Schritten davonmarschiert.

Mit klopfendem Herzen sehe ich ihm hinterher, bis er inmitten der Menge verschwindet. Tiberius wird unser Handeln nicht hinnehmen. Die Gier nach Macht treibt ihn an und in mir sieht er das Mittel, um sich zum mächtigsten Mann Roms zu erheben. Sollten wir es tatsächlich schaffen, Vulcanus von seiner Forderung abzubringen, werden Tiberius und Kaiser Titus uns das Leben schwermachen. Ich fühle mich machtlos. Der Frieden kam seit dem Krieg zwischen Menschen und Wesen vor so langer Zeit noch nie derart ins Wanken.

***

Unaufdringlich fallen die Strahlen der Morgensonne in die Tempelhalle und bringen die Mosaike auf dem Boden zum Leuchten. Die Risse im Untergrund gleichen einer bohrenden Erinnerung an meinen Kontrollverlust. Nach dem Beben des Vesuvs sind auch die Säulen und Wände brüchig. Doch die Magie hält den Tempel aufrecht. Noch eine Erschütterung solcher Stärke würden viele Häuser allerdings nicht überstehen.

Die meisten Bewohner versuchen die Schäden notdürftig mit Lehm zu reparieren, während andere ihre Behausung aufgegeben haben und sich auf den Weg gen Norden oder Osten machen. In Städte, die weit genug vom Vesuv entfernt sind. Dünne Rauchschwaden hängen über dem Vulkan und schüren die Angst in den Menschen und Wesen. Ich ertappe mich immer wieder dabei, wie ich besorgt zum Gipfel sehe und auf ein Zeichen achte, dass Vulcanus früher aus seinem Reich emporsteigt. Weshalb stellt er uns ein Ultimatum, anstatt sofort anzugreifen? Giert er so verzweifelt nach der Macht, dass er hofft, ich knicke ein? Es geht ihm nicht darum, Pompeji und seine Bewohner zu vernichten. Vulcanus nutzt sie als Druckmittel, um von mir zu bekommen, was er will. Nur so gelangt er an die Macht der Tredecim. Es muss ihn ärgern, dass er die Magie nicht einfach an sich reißen kann.

Tief atme ich durch und lasse den Blick über die Anwesenden schweifen, die aufgeregt miteinander reden. Mein Zirkel, die Oberhäupter der anderen römischen Zirkel und deren Mitglieder haben sich hier versammelt, um nach Lösungen zu suchen. Die Tempelhalle ist brechend voll. Seit einer gefühlten Ewigkeit werden Vorschläge gemacht und wieder verworfen. Ich sehe den anderen die Verzweiflung an. Manche hocken am Boden, die Hände vor das Gesicht geschlagen, die Körperhaltung eingesackt. Sie ahnen nicht, wie kurz ich davorstehe, Vulcanus' Forderung nachzugeben, um sie zu schützen. Die Schuldgefühle quälen mich und rumoren in meinen Eingeweiden. Meinetwegen musste Diana sterben. Wegen mir sind alle in Gefahr. Weil ich die Magie nicht unter Kontrolle hatte – weil ich mich verliebt habe.

Das schlechte Gewissen nagt an mir, als ich zu Lucius sehe, der wie ein getriebenes Tier im Käfig in der Halle seine Runden dreht. Seine Aura brodelt wie die Lava im Vesuv. Sein Blick wandert ständig zu mir, doch ich stehe im Mittelpunkt der Aufmerksamkeit. Lucius wagt es nicht, mir zu nahe zu kommen. Ich sehe ihm an, dass er mich am liebsten an sich ziehen und beschützen will. Doch vor einem Gott kann er mich nicht bewahren. Kann es überhaupt jemand?

»Uns bleiben fünf Tage, um alle in Sicherheit zu bringen. Wir könnten nach Rom und dort um Schutz bitten. Der Kaiser wird sein Volk nicht abweisen«, sagt der Faun Maximus, das Oberhaupt des weströmischen Zirkels. Hoffnungsvoll sieht er in die Runde.

»Du denkst, Vulcanus findet uns in Rom nicht?«, fragt Larentia, die hinter dem Altar steht und sich mit beiden Händen darauf stützt. Missbilligend schüttelt sie den Kopf. »Vielleicht kann der Großteil fliehen, doch Helvia kann nirgendwohin gehen. Vulcanus wird sie finden, egal an welchem Ort.«

Betreten sieht Maximus zu mir.

»Wie sollen wir gegen einen Gott bestehen, sollte es zum Krieg mit ihm kommen?«, fragt der Hexer Marius, das Oberhaupt des nordrömischen Zirkels. »Damit will ich nicht sagen, dass ich mich vor der Verantwortung drücke. Ich werde kämpfen, ebenso wie meine Brüder und Schwestern. An deiner Seite und an der der Tredecim. Doch wir brauchen Hoffnung und den Gedanken, dass wir siegen können. Aber gegen Vulcanus?« Er runzelt die dunklen Brauen.

Die Princeps verzieht angestrengt die Lippen. Sie weiß darauf keine Antwort, das sehe ich ihr an.

»Vulcanus' Zorn wird grausam sein, Larentia. Du kennst ihn besser als jeder andere von uns.« Marius sieht sie unbeirrt an. »Unsere Brüder und Schwestern haben Angst. So ungern ich es zugebe, aber ich finde keinen Weg, wie wir das Unheil abwenden können. Niemand von uns vermag gegen einen Gott zu bestehen.«

Stille kehrt ein, die mich nervös macht. Ich ertrage die Verzweiflung und Furcht nicht mehr. Ich lasse nicht zu, dass noch jemand stirbt, weil ich zu schwach bin. »Ich werde verhindern, dass Vulcanus euch etwas antut!«, sage ich laut und sehe in die Runde, vermeide es jedoch, Lucius anzusehen. Mein

Blick streift Iulia, die mich mit Tränen in den Augen beobachtet. Die Trauer in ihrer Miene trifft mich tief im Herzen. Doch ich sehe auch ihre Sorge.

»Wie willst du das anstellen, Helvia?«, fragt der Faun Cornelius. »Verzeih mir meine Worte, aber du bist noch nicht so weit, dich einem Gott zu stellen.«

»Das weiß ich«, entgegne ich und straffe die Schultern, um Haltung zu bewahren. »Deshalb werde ich mit ihm gehen.«

»Nein!«, ruft Larentia und schlägt mit der flachen Hand auf den Altar. »Vulcanus' Forderung nachzugeben steht nicht zur Debatte.«

»Auf keinen Fall lasse ich das zu!«, wird auch Lucius laut und will auf mich zutreten. Als die Princeps ihn jedoch warnend ansieht, hält er inne und starrt mich bloß fassungslos an.

»Aber wenn sie sich aus freien Stücken opfert«, wendet Marius ein. »Ein Leben für unzählige andere.«

»Nein!«, beharrt Larentia.

»Weshalb unterscheidest du zwischen einer gewöhnlichen Jungfrau aus unserem Volk und der Tredecim?«, hakt Marius nach. »Ihr Schicksal ist es, uns zu retten, sollte es nötig sein. Das täte sie, indem sie Vulcanus' Forderung nachgibt.«

Eine bedrückende Stille legt sich über die Halle, alle Blicke ruhen auf der Princeps.

Ich fühle mich innerlich zerrissen. Einerseits will ich mein Volk und meine Liebsten vor einem grausamen Schicksal retten, andererseits habe ich Angst davor, Vulcanus zu folgen. Ich würde Vater, Lucius und den Zirkel nie wieder sehen. Außerdem macht mich Larentias Beharrlichkeit skeptisch. Wenn sich alle zusammenschließen, wären die Baciato bestimmt auch ohne mich in der Lage, bei einem Krieg mit den Menschen die Wesen zu verteidigen. Weshalb also will sie um jeden Preis vermeiden, dass ich Vulcanus in sein Reich folge? Und warum reizt die Magie den Gott so?

»Vulcanus darf die Macht der Tredecim nicht erlangen«, sagt Larentia vollkommen ruhig.

»Sie soll ihm nicht ihre Macht übertragen, sondern ihn begleiten.« Irritiert schüttelt Marius den Kopf.

»Das ist ein und dasselbe«, erwidert sie und seufzt. Die Anspannung weicht aus ihrer Miene und schlagartig wirkt sie unglaublich müde. »Alle einhundert Jahre folgt eine Jungfrau aus unserem Volk Vulcanus in sein Reich, um ihm zu dienen. Er besiegelt dies mit einem Kuss.« Ihr Blick huscht zu mir. »Mit dem bindet er das Opfer an sich und zehrt von dessen Macht. Vulcanus würde die Kontrolle über die Tredecim und somit über ihre Magie erlangen.«

Geräuschvoll atme ich ein. Hecate hat mich vor Vulcanus' Kuss gewarnt!

Marius runzelt die Stirn. »Er ist ein Gott. Er besitzt bereits unvorstellbare Macht.«

»Falsch«, sagt die Princeps, tritt hinter dem Altar hervor und steigt die Stufen hinab, ehe sie durch die Halle auf mich zu schreitet. »Vulcanus' Macht mag uns gewaltig erscheinen, aber sie ist nichts im Vergleich zu Iuppiters.«

Fragende Blicke liegen auf der Princeps, als sie vor mir stehen bleibt. »Vulcanus braucht Helvia, um Iuppiters Regeln zu brechen und Hecate zu vernichten. Besitzt er die Macht der Tredecim, könnte er sogar den Göttervater stürzen.«

Ein schockiertes Raunen geht durch die Reihen. Mich trifft ein Schlag, als hätte mir jemand einen Stein an den Hinterkopf geworfen. In meinen Ohren rauscht es, während mir kurz schwindlig wird.

»Nie zuvor war die dreizehnte Magie so stark wie in Helvia. Und damit nie so schwer zu kontrollieren«, spricht sie weiter. »Ich wusste von Beginn an um die Gefahr, die von Vulcanus ausgehen könnte, sollte er von der Tredecim und ihrer Macht erfahren. Wie auch ihre Vorgängerinnen lehrte ich Helvia die Magie zu leiten. Sie zu beherrschen, damit Vulcanus nicht auf sie aufmerksam wird. Doch ich habe versagt.« Sie ergreift meine Hände und zieht sie sich an die Brust über die Stelle ihres Herzens. »Verzeih mir, Helvia. Ich hätte dich besser schützen müssen.«

»Nein, du hättest mir die Wahrheit sagen müssen«, entgegne ich und kann die Enttäuschung nicht verbergen, als ich ihr meine Hände entziehe. »Wenn ich gewusst hätte ...«

»Was hätte es geändert?«, fragt sie und unterbricht mich damit.

Betreten presse ich die Lippen zusammen. Hätte ich verhindern können, dass ich mich in Lucius verliebe? Hätte ich mich und die Magie dann besser unter Kontrolle? Hätte der Kaiser nicht Tiberius für mich auserwählt, der meine Magie für seine Ziele nutzen will? Hörbar stoße ich den Atem aus. Larentia hat recht. Es hätte nichts geändert, die Wahrheit zu wissen. Zu vieles geschieht im Leben, das uns aus dem Gleichgewicht bringt. Alleine Mutters Schicksal reicht aus, um an meiner Fassung zu kratzen.

»Ich werde zu Hecate beten und um ihren Beistand und Rat bitten. Vulcanus und sein Durst nach Rache sind ihr seit jeher ein Dorn im Auge. Seine Macht wird ihre bei Weitem übertreffen, sollte er die dreizehnte Magie erlangen. Das wird sie nicht zulassen«, sagt Larentia.

Plötzlich pocht jemand so laut und mit Nachdruck an die verschlossene Tür des Tempels, dass ich zusammenzucke. Schauder jagen meinen Rücken hinab, ich werde unruhig, als eine ungute Ahnung in mir hochsteigt. Ein weiteres Mal hämmert jemand so kraftvoll gegen die Tür, dass sie erzittert.

»Gebt die Tredecim heraus, Acca Larentia! Tut Ihr es nicht, werden meine Männer den Tempel stürzen und jeden niedermetzeln, der sich darin befindet!«, brüllt jemand. Beim Klang von Tiberius' Stimme spanne ich die Muskeln an.

Unruhe entsteht unter den Anwesenden, die sich nach der Princeps umsehen.

»Wer ist das?«, fragt Marius. »Rotten sich die Leute jetzt schon zusammen, um Vulcanus die Tredecim zu opfern?«

Larentia verzieht abfällig das Gesicht, während sie auf die Tür zu schreitet. »Nein, Tiberius geht es einzig um seinen eigenen Vorteil«, grummelt sie und sieht über die Schulter zu uns. Ihr Blick streift mich, ehe sie den Hexer aus dem Norden ansieht. »Er ist ein Ärgernis, das wir wohl oder übel beseitigen müssen.«

»Nichts lieber als das«, sagt Lucius und knetet seine Faust, während er seiner Ziehmutter folgt. Seine Aura ist in Wallung, er steht kurz davor, sich zu verwandeln. Prüfend sieht er zu den anderen Gestaltwandlern, die aus der Menge hervortreten und ihm zunicken. Nur die ranghöchsten Werwölfe des südlichen Rudels haben sich im Tempel eingefunden. Es sind die besten Krieger, die ich kenne. Eine Handvoll von ihnen in ihrer Wolfsform reicht aus, um eine Legion von Römern in Schach zu halten.

Auch die anderen Oberhäupter der Zirkel treten aus der Menge hervor und wenden sich der Tür zu.

»Die Römer nehmen sich zu wichtig«, raunt der Zentaur Tertius und stampft mit den Hufen auf. Er zieht sein Kurzschwert und wiegt es locker in der Hand. »Lasst uns dieses Ärgernis schnellstmöglich beseitigen.«

Immer mehr Anwesende bereiten sich auf ein Aufeinandertreffen mit den römischen Soldaten vor. Waffen werden gezogen, viele Auren schlagen um. Der Tempel knistert förmlich vor der angestauten Wut über Tiberius' Dreistigkeit, uns zu drohen.

Mehrere Gestaltwandler flankieren die Princeps und Lucius, die vor der Tür stehen.

»Kein einziger Römer soll einen Fuß in Hecates Tempel setzen.« Larentia sieht zu uns zurück, die stumme Aufforderung im Blick.

»Dafür werden wir sorgen«, versichert Marius. Der Hexer entkorkt die lederne Trinkblase, die an seinem Gürtel hängt. Ich nehme das Wasser darin wahr, das darauf wartet, geformt zu werden.

Larentia schaut sich noch einmal um, ihr Blick findet mich. Es ist das erste Mal, dass ich in solch einer bedrohlichen Situation meine Kräfte einsetzen muss. Obwohl die Princeps sich bemüht Entschlossenheit auszustrahlen, sehe ich ihr die Sorgen an. Doch es gibt kein Zurück mehr – für niemanden von uns.

»Ich habe Euch gewarnt, Acca Larentia«, brüllt Tiberius. Ohne die Römer zu sehen, spüre ich, wie sie sich zusammenrotten, bereit die Tür mit Gewalt aufzubrechen. Es ist, als wäre ich mit der Erde, auf der sie wandeln, verbunden. Es sind unzählige Soldaten, die dicht aneinandergedrängt auf den Befehl ihres Legatus warten.

Larentia nickt. Mein Puls schießt in die Höhe, meine Magie erfüllt mich, jagt bis zu den Füßen hinab und sendet Wellen ins Erdreich aus. Leicht bebt der Untergrund, als rumorte meine Macht wie ein unterirdisches Wesen, das aus den Tiefen hervorbrechen will.

Zwei Gestaltwandler öffnen so ruckartig die Tür, dass die Soldaten in vorderster Reihe nur verblüfft ins Tempelinnere starren. Sie schaffen es gerade noch, ihre Schilde abwehrend zu heben, als sich die Wesen in Wölfe verwandeln, auf sie stürzen und die ersten Römer mit sich reißen.

Sofort folgen wir anderen. Neben mir taucht Iulia auf, die mir zunickt, ehe sich ihre Gestalt in einen dunkelgrauen Wolf wandelt. Kurz nach ihr trete ich ins Freie, bereit mich mit der Magie zu verteidigen. Hitze pocht in meinen geballten Fäusten.

Die Soldaten werden zurück auf den Vorplatz gedrängt, fort vom Tempel, in dem nur die Schwächsten zurückbleiben. Schnell schließen diese hinter uns die Tür, damit kein Römer unbemerkt in die heiligen Hallen treten kann.

Unbeteiligte auf den Straßen suchen Schutz in den angrenzenden Häusern. Innerhalb weniger Augenblicke befinden sich nur die römischen Soldaten und Wesen auf dem Platz vor dem Tempel.

Befehle werden gerufen, doch die Römer wurden von unserem Sturm so überrascht, dass sie auseinandergetrieben wurden. An eine Formation ist nicht mehr zu denken. Überall gehen die Soldaten mit Kurzschwertern auf ihre Gegner los. Wölfe preschen durch die Menge und stürzen sich auf die Römer. Manch einer flieht im Angesicht der riesigen Tiere, deren Fell so dick ist, dass eine Dolchklinge es kaum durchdringen kann.

Eisen klirrt, als die großgewachsenen Zentauren mit Schwertern von oben herab auf ihre Gegner eindreschen.

In meiner Nähe kreischt ein Soldat schrill auf, als sich ein Wolf auf ihn stürzt, dessen Reißzähne den Brustpanzer durchstoßen und sich in den Torso bohren. Die Pflastersteine des Vorplatzes sowie Hecates Statue sind von Blutsprenkeln übersät. Vor Schmerz schreiende, übel zugerichtete Römer kriechen auf dem Boden. Andere rühren sich nicht mehr.

In Rom scheint es keine Gestaltwandler oder Zentauren zu geben. Tiberius muss ihre gewaltige Kraft unterschätzt haben. Doch die Römer kämpfen, als wollten sie sich ihre drohende Niederlage nicht eingestehen.

Hektisch lasse ich den Blick schweifen. Meine Brüder und Schwestern scheinen die Römer von mir fortzudrängen, um mich zu schützen. Dabei bin ich diejenige, die für sie kämpfen sollte. Zornig balle ich die Fäuste, als sich verletzte Wesen auf mich zuschleppen, um sich zur Tür des Tempels zu retten. Dicht gefolgt von Soldaten, die nach den Verwundeten greifen. Innerhalb eines Atemzugs entfessle ich die Magie.

Während ich auf die Flüchtenden zu renne, forme ich meine Macht zu Flammen und schleudere sie auf die vordersten Soldaten. Mit einem Aufschrei springen sie beiseite, doch die beiden Männer hinter der Front sind nicht schnell genug. Mein Feuer frisst sich in den Stoff ihrer Kleidung, die sie unter dem Scheibenpanzer tragen. Das Eisen ihrer Schutzkleidung glüht vor Hitze und der Geruch von verbranntem Fleisch steigt mir in die Nase. Die Schmerzensschreie der Männer erschüttern mich und drehen mir den Magen um. Wie gebannt vom Schrecken beobachte ich die beiden Soldaten, die zusammenbrechen und sich auf dem Boden winden, ehe sie leblos liegen bleiben. Die Männer, die ihnen gefolgt waren, starren mich erschrocken an, bevor sie kehrtmachen und sich auf andere stürzen.

Wie Schatten huschen die verletzten Wesen an mir vorbei zum Tempel, während ich den Blick nicht von den Toten lösen kann.

Plötzlich umgibt mich eine Aura, die mir die Luft raubt. Ketten schlingen sich eiskalt um meine Brust. Dann spüre ich den heißen Atem im Nacken.

»Deine ersten Toten?«, fragt Vulcanus. Der Klang seiner Stimme jagt mir Schauder den Rücken hinab.

Unfähig ihm zu antworten presse ich die Lippen zusammen. Mir ist schlecht.

»Mit der Zeit wird das Töten leichter. Vertrau mir, ich habe genug Kriege erlebt. Irgendwann stumpft das sterbliche Herz ab.«

Seine Worte reißen mich aus der Starre. Steif drehe ich den Kopf, bis ich Vulcanus im Augenwinkel erkenne. Ein zufriedenes Grinsen liegt auf seinen Lippen.

»Wir Wesen töten nur, wenn wir unser Leben retten müssen«, protestiere ich. »Nicht wir haben diese Fehde losgetreten.«

»Tiberius war es«, sagt er und schnalzt tadelnd mit der Zunge. »Die Gier bringt die schlechtesten Seiten in euch Sterblichen zum Vorschein.«

Ich wirble zu ihm herum und funkle ihn wütend an. »Es ist die Gier in den Menschen, nicht in uns Wesen!«

Aufmerksam mustert er mich aus rot glühenden Augen, seine Mundwinkel zucken belustigt. »Dennoch willst du alle retten, nicht wahr?«

»Es gibt auch gute Menschen.«

»Wie deinen Vater?«, fragt er. »Es wäre zu schade, wenn ihm etwas zustößt, nicht wahr?«

Erst zieht mir die Angst um Vater das Herz zusammen, dann explodiert meine Wut über den Gott und seine Drohung. Meine Gefühle stacheln die Magie an. Wie ein pochender Herzschlag dehnt sie sich aus und beeinflusst die Elemente. Der Boden erzittert, Steinchen springen auf den Pflastersteinen umher, als rüttelte jemand an der Erde. Der Wind frischt auf und treibt die Hitze, die von mir ausgeht, über den Vorplatz des Tempels. Das Wasser, das weit unter uns durch das Erdreich fließt, brodelt, bereit aus jeder noch so kleinen Ritze in die Höhe zu schießen. Angestrengt zittern meine Muskeln, als ich die Fäuste balle, um meine Macht zurückzuhalten, bevor sie alles um uns herum zerstört.

»Du bist so voller Zorn, Tredecim«, raunt Vulcanus und streicht mir mit einem Finger über die Wange. Als ich seine Hand fortschlage, lacht er. »Die Leidenschaft und Inbrunst, mit der du mich hasst, reizen mich nur mehr. Du glaubst gar nicht, wie sehr ich dich begehre. Wie verzweifelt ich dich besitzen will. Dich und deine Magie. Du wirst mir gehören – und wenn dafür ganz Pompeji untergehen muss.« Er beugt sich zu mir hinab und ich wappne mich ihm die Kraft entgegenzuschleudern. Doch bevor er mir zu nahe kommt, löst sich seine Gestalt in rot glühenden Rauch auf, der wie eine unliebsame Berührung über meine Haut streicht, ehe er verblasst. Nur noch sein anrüchiges Lachen hängt in der Luft.

Erst jetzt wird mir der Lärm der Kämpfenden wieder bewusst. Es ist, als hätte Vulcanus uns von allem abgeschottet.

Mein Herzschlag trommelt schmerzhaft gegen meinen Hals und die Drohung des Gottes schnürt mir die Kehle zu.

»Du kannst das alles beenden, indem du mit mir kommst, Helvia«, sagt jemand hinter mir.

Als erwachte ich aus einer Starre, sehe ich zu Tiberius. Sein Anblick lässt mich nach Luft schnappen. Schief grinst der Legatus, als er meine Reaktion bemerkt, und drückt die Dolchklinge fester gegen den Hals der Hexe, um die er seine Arme geschlungen hat.

»Milonia«, hauche ich.

Erleichtert stelle ich fest, dass sie nur das Bewusstsein verloren hat, aber noch atmet.

»Ich verschone ihr Leben, wenn du deinen Teil des Paktes erfüllst. Gib mir dein Wort und schwöre auf eure Göttin«, verlangt Tiberius.

Meine Gedanken rasen. Wie kann ich Milonia retten?

Tiberius verengt die Augen. »Komm näher und die Hexe ist tot, Wolf.«

Hinter ihm pirscht sich ein schwarzer Wolf heran.

»Lass sie gehen!«, offenbart uns die Magie Lucius' Gedanken. Er knurrt bedrohlich, doch er hält Abstand. Milonias Kehle wäre aufgeschlitzt, bevor er den Legatus erreicht.

»Nur wenn Helvia mit mir geht«, entgegnet Tiberius und sieht wieder zu mir.

»Ihr und Eure Männer seid uns unterlegen, das wisst Ihr. Wie ein Feigling versteckt Ihr Euch jetzt hinter einer wehrlosen Frau.« Lucius zieht die Lefzen hoch.

»Mir ist jedes Mittel recht.« Tiberius sieht sich um. Noch sind die Kämpfe im Gange, doch nicht mehr lange und seine Männer sind in der Unterzahl. »Entscheide dich, Helvia!«, schreit er mich an. Seine Hand, mit der er den Dolch hält, zittert. Er wird bleich.

Flatternd schlägt Milonia die Augen auf. Ein Blick auf mich genügt und sie weiß, was zu tun ist. Sie entfacht ihr Feuer, Tiberius verbrennt sich an ihr und lässt sie mit einem Aufschrei los.

Im selben Augenblick preschen Lucius und ich auf den Römer zu. Der Wolf schleudert ihn von Milonia fort und in meine Richtung. Ich bringe die Erde zum Beben, Gesteinsplatten schieben sich übereinander und formen einen Wall um den Legatus. Flammen züngeln an meinen Händen, als ich auf ihn zutrete. Mit aufgerissenen Augen starrt er zu mir hoch, während er sich hastig aufrappelt und von mir fortkriecht, bis er mit dem Rücken gegen den Steinwall stößt.

»Ihr habt uns so viel Leid gebracht«, gebe ich gepresst von mir und lasse die Flammen meine Arme empor wandern.

Tiberius' Miene schwankt zwischen Zorn und Unglaube. »Du nutzt deine Magie gegen einen unbewaffneten Menschen?«

»Ich benutze sie gegen ein Scheusal, das uns alle töten wollte.«

Er verzieht das Gesicht, als sähe er die Schuld nicht bei sich. »Wir hätten gemeinsam so viel erreichen können, Helvia. Wenn ich Kaiser wäre ...«

Innerlich stehe ich kurz davor, wie ein Vulkan auszubrechen. Hitze jagt durch den Körper und bringt mein Gesicht zum Glühen. Sofort schießen die Flammen in die Höhe. Unter uns erzittert die Erde. »Es gibt kein Wir!«, schreie ich ihn an und beuge mich zu ihm hinab. »Eure Ambitionen waren nie die meinen.« Nur am Rande bekomme ich mit, dass die Kämpfe enden und uns jeder anstarrt.

»Helvia«, sagt Larentia sanft, als sie hinter mir auftaucht und mir eine Hand auf die Schulter legt.

Schwer atmend starre ich den Legatus an, während ich die Magie zügele. Larentias Berührung fühlt sich immer drängender an, bis ich mich widerwillig aufrichte. Ich hätte Tiberius gerne eine Kostprobe meiner Macht gegeben, nach der er so verlangt.

»Es klebt genug Blut an deinen Händen«, redet die Princeps auf mich ein und sieht auf den Römer hinab. »Lass ihn gehen, es gibt Wichtigeres, um das wir uns kümmern müssen.«

Überrascht von ihrem Sinneswandel runzle ich die Stirn. »Er wird geradewegs zum Kaiser marschieren und unsere Köpfe fordern.« Ich werfe Tiberius einen Blick zu. »Du wolltest ihn beseitigen«, flüstere ich so leise zu Larentia, dass er mich nicht hören kann.

»Meine Pläne haben sich geändert«, entgegnet sie bloß.

»Aber ...«

»Töten wir einen der wichtigsten Männer des Kaisers, können wir nicht mehr auf dessen Wohlwollen hoffen. Und das brauchen wir, wenn wir gegen Vulcanus bestehen wollen«, sagt sie.

»Was hast du vor?«

»Hab Geduld, meine kleine Tredecim. Ich werde euch noch vor Sonnenaufgang einweihen.« Ohne mir die Möglichkeit auf Nachfragen zu geben, wendet sie sich dem Römer zu. Ihre Miene ist die der stolzen Princeps, ihr Blick strahlt Härte aus. »Geht, Legatus, und kehrt nach Rom zurück. Der Kaiser wird Antworten verlangen.«

Abfällig beobachte ich Tiberius, wie er sich aufrappelt und seine Toga richtet. Er betrachtet uns, als wären wir bloß Würmer, die er gerne zertreten würde.

»Meine Antworten werden Euch nicht gefallen.« Mit einer stummen Drohung im Blick sieht er mir in die Augen, bevor er sich an mir vorbei aus dem Steinwall quetscht und mit großen Schritten über den Platz marschiert. »Spannt die Pferde ein, Männer, wir reisen nach Rom«, ruft er den Soldaten zu, die unser Aufeinandertreffen überlebt haben.

Ohne uns aus den Augen zu lassen, ziehen sich die Römer zurück.

»Sollte er mir je wieder unter die Augen treten, werde ich ihn in der Luft zerreißen«, erklingen Lucius' Gedanken.

»Das darfst du«, entgegnet Larentia und tätschelt ihrem Ziehsohn den Wolfskopf. »Lasst uns nach den Verletzten und Toten sehen.«

Während sich die anderen in Bewegung setzen, schaue ich zum Vesuv, der in der Ferne in den Himmel ragt. Als das Adrenalin abflaut, fühle ich mich erschöpft und betäubt zugleich. Ein penetranter Schauder kriecht über die Schulterblätter, als ich mich an Vulcanus' heißen Atem im Nacken erinnere. Ich muss mich dazu zwingen, mich nicht umzudrehen und zu vergewissern, dass er nicht hinter mir steht. Die Muskeln im Rücken ziehen sich zusammen und ich schiebe die Schultern zurück, während dieser verdammte Schauder nicht enden will. Als könnte mein Körper Vulcanus' Nähe nicht vergessen.

»Helvia?« Larentia tritt in mein Blickfeld und betrachtet mich besorgt.

»Er wird nicht aufgeben«, antworte ich gedankenversunken.

»Nein, das wird er nicht. Dafür will er deine Macht zu sehr.«

»Wir können ihn nicht besänftigen, oder?« Zerknirscht sehe ich ihr in die

Augen. Nach außen hin wirkt sie gefasst, doch in ihrem Inneren brodelt es, das weiß ich.

Stumm schüttelt sie den Kopf.

»Wie sollen wir bloß gegen einen Gott wie ihn bestehen?« Die Angst, wir könnten alle verloren sein, treibt mir Tränen in die Augen.

»Indem wir Hecate dazu bringen, ihm Einhalt zu gebieten«, sagt sie. »Als unsere Schutzpatronin wird sie nicht zulassen, dass wir untergehen. Doch sie darf Iuppiters Regeln nicht brechen. Wir müssen Vulcanus hinhalten und uns mit allem, was wir aufbringen können, gegen ihn stellen, bis Hecate einschreiten darf.«

Fragend runzle ich die Brauen. »Welche Regeln?«

»Die Götter können unsere Welt nicht ständig betreten, wenn ihnen danach ist«, erklärt sie. »Iuppiter gestattet es nur in dem Zeitraum um ihr eigenes Opferfest, unter uns zu wandeln.«

»Das Fest zu Ehren Hecates war erst vor wenigen Wochen ...«

»Aus diesem Grund muss sie Iuppiter um Erlaubnis fragen, damit sie aus ihrem Reich aufsteigen darf. Bisher ist sie nur in der Lage, mit uns zu sprechen.« Gequält verzieht sie das Gesicht. »Pompeji wird untergehen, wenn Iuppiter kein Erbarmen mit uns zeigt und Hecate dazu verdammt ist, tatenlos zuzusehen.« Sie drückt mir die Hand und folgt den anderen, die unsere Verletzten in den Tempel bringen.

Jeder Herzschlag erschüttert mich, meine Beine können mich kaum noch tragen. »Bei den Göttern«, hauche ich und sehe in den Himmel. »Hecate, steh uns bei!«

KAPITEL 19

2018 n. Chr., Aci Castello

Ausgelaugt. Müde. Mein momentaner Zustand umfasst keine geeigneteren Worte. Der Wecker hat zu einer ungnädig frühen Uhrzeit geklingelt, und das nur, damit ich erneut einer grummeligen Werwölfin gegenüberstehe, die mich bloß mit Informationshäppchen füttert.

Mein Handy liegt mit schwarzem Bildschirm auf dem Nachttisch. So lange Zeit habe ich es bisher noch nie ignoriert. Ich sehne mich danach, die Stimmen meiner Eltern zu hören. Außerdem fehlen mir Alex und Leonie. Ihre Art, wie es ihnen allein mit Worten gelingt, mich aufmuntern. Wie sie sich gegenseitig aufziehen. Ein Lächeln zupft an den Mundwinkeln. Sehnsucht durchfährt mein Herz. Aber ich kann mich nicht bei ihnen melden. Zumindest noch nicht. Hier ist zu viel im Argen und ich kann nicht so tun, als wäre ich immer noch dasselbe Mädchen, das ich bei meiner Hinreise gewesen bin. Sobald der Gedanke im Kopf Form annimmt, weiß ich, dass es wahr ist. Diejenige, die ich war, existiert nicht mehr. In den zwei Wochen, die ich jetzt hier bin, gab es so viele Informationen, die mein gesamtes Weltbild auf den Kopf gestellt haben.

Ich fahre mir durch die Haare und stehe endlich auf. Schnell werfe ich mir Anziehsachen über, packe das Buch von Maria ein, um nachher mit Nevio nach Passagen zu suchen, die uns weiterhelfen. Mit meinem Rucksack bewaffnet gehe ich runter.

Maria steht bereits in der Küche. Neben ihr schmiert ein Messer von selbst die Brote, wie jeden Morgen, seitdem ich bei ihr bin. »Bist du bereit?«

»Bereit mich erneut Acca zu stellen? Nein.«

Die Zirkeloberste dreht sich zu mir. Das Messer hält mitten in der Luft inne. »Du verbohrst dich.«

»Ich verbohre mich nicht. Ich hab nur keine Lust mehr, eine Spielfigur zu sein, die keine Ahnung hat, worum es geht.«

Maria seufzt und deutet auf das Brot. »Iss. Versuche bitte dich nicht mit Acca zu zerstreiten. Sie ist eine der wenigen Verbindungen, die wir zu den Wandlern haben.«

»Ich werde heute nach dem Unterricht nicht direkt zurückkommen. Nevio möchte mir etwas zeigen.«

»Du verbringst viel Zeit mit ihm«, stellt Maria beiläufig fest, doch der Unterton in ihrer Stimme hebt sich deutlich hervor.

»Er ist nett. Und der Einzige, den ich in meinem Alter hier auf der Insel kenne«, sage ich mit einem Schulterzucken. Dabei schlägt mir das Herz bis zum Hals. Das, was zwischen Nevio und mir ist, ist nicht verboten. Soweit ich es weiß, war es das nie. Tatsächlich wurde jede Beziehung in Pompeji gefeiert. Liebe bestärkte die Verbindung der Wesen und sorgte so für ein großes, harmonisches Miteinander. Trotzdem fühlt sich das zwischen uns nach etwas Geheimen an. Als sollte es nicht jeder wissen. Vielleicht liegt das aber nur daran, dass wir ein Ablaufdatum besitzen. Ich werde nicht für immer auf Sizilien bleiben – und er ist hier zu Hause. Unsere Wege trennen sich, sobald ich wieder in den Flieger Richtung Heimat verschwinde.

»Und es ist nicht mehr?«, hakt Maria nach.

»Nein. Wir sind einfach Freunde«, beharre ich und merke, wie meine Wangen sich langsam erhitzen. »Ich sollte los.« Mit einer Hand winke ich zum Abschied, während ich in der anderen das von ihr geschmierte Brot halte und mich auf den Weg zu Acca und meiner Unterrichtsstunde mache.

Ein kühler Wind begrüßt mich, als ich aus dem Haus trete. Statt den direkten Weg zu nehmen, gehe ich erneut in Richtung Strand, an dem sich zu dieser Uhrzeit keine Menschenseele verlaufen hat. Immerhin ein Pluspunkt, dass Acca und Maria beide so früh aufstehen. Es gibt mir Zeit, die Welt in ihrer ruhigsten Stunde zu fühlen. Generell herrscht auf Sizilien eine andre Atmosphäre als in Deutschland. Ich habe das Gefühl, leichter zu sein. Es gibt weniger Stress. Aus den Straßen erklingt mehr lautes, von Herzen kommendes Lachen. Die Menschen scheinen nicht nur fröhlicher, sondern auch freundlicher zu sein. Wüsste ich es nicht besser, würde ich behaupten, dass hier mein Zuhause ist. Aber das ist es nicht. Wenn Acca und Maria das Okay geben, bin ich so schnell wie möglich fort von hier. Und wieder wird der Gedanke von einem schmerzenden Stich begleitet, was nicht nur an Nevio liegt, auch wenn er einen großen Teil davon ausmacht – wahrscheinlich sogar den größten.

Feine Steinchen rieseln mir in die Sandalen, sobald ich den Strand betrete. Die Sonne ist nur ein schmaler, rötlicher Strich am Horizont und taucht das Gewässer in einen hauchfeinen roten Glanz. Ich schlüpfe aus den Schuhen und gehe barfuß aufs Meer zu. Die Flut benetzt meine Zehen mit frischem, eiskaltem Wasser. Ich schließe die Augen und atme die salzige Luft ein. Hier, genau in diesem Augenblick, bin ich lebendig. Mit jeder Welle scheinen die Gedanken geordneter zu werden, klarer. Ein Gefühl, das ich in den letzten Tagen sehnlichst vermisst habe.

Helvias Leben ist mir ein Rätsel. Ich würde so gern wissen, was genau sie verbrochen hat, dass ihr jeder die Schuld am Untergang ihrer eigenen Heimat gibt. Ich kann es mir nicht vorstellen. Mit Sicherheit besaß sie Schwächen. Aber wer hat diese nicht? Keiner von uns ist perfekt. Wir alle haben Kanten. Narben. Doch die sind es, die uns ausmachen.

»Guten Morgen.«

»Was …?!« Erschrocken zucke ich zusammen und springe zur Seite.

Nevio sieht mich mit einem Lächeln auf den Lippen an. Seine Haare stehen wild in jede Richtung ab, als wäre er erst aus dem Bett gefallen.

»Götter! Bist du wahnsinnig?«, frage ich und halte die Hand auf das rasende Herz in meiner Brust.

Er legt den Kopf schief und sein Mundwinkel zieht sich dabei nach oben, sodass er das Grübchen sichtbar macht, in das ich mich ein klein bisschen verliebt habe.

»Entschuldige. Ich dachte, da du jeden Morgen hier entlanggehst, dass ich dir auf deinem Weg entgegenkomme, damit wir etwas Zeit für uns haben.« Bei den Worten sieht er stur aufs Meer, als hätte er Angst, mir bei dem Geständnis in die Augen zu sehen.

Lächelnd gehe ich auf ihn zu, nehme seine Hand und streiche zärtlich mit dem Daumen über seinen Handrücken. Es ist so absurd. In meinem Leben hat kein Junge das mit mir angerichtet, was Nevio innerhalb weniger Tage vollbracht hat. In seiner Nähe fühle ich mich ... vollständig. Als hätte ich die ganze Zeit unbewusst eine Hälfte von mir vermisst, die ich in seiner Gegenwart endlich finde. »Vulcanus hat mir gestern einen Besuch abgestattet.«

Seine ganze Haltung versteift sich bei meinen Worten. »Was wollte er?«

»Mir Wissen anbieten, aber nicht verraten zu welchem Preis.«

Nevios Kiefer spannt sich an. »Du bist hier.«

»Ja, ich habe keine Lust, dem Gott irgendwohin zu folgen«, meine ich mit einem Grinsen, um die Situation aufzulockern.

»Das ist nicht witzig, Sophia.« Seine Mimik ist verkniffen. Der Schalk, der sonst in seinen Augen schimmert, ist verschwunden.

Ein Seufzen kommt über meine Lippen. »Ich weiß. Aber mir ist gestern eine Idee gekommen«, sage ich.

»Eine Idee?«, fragt Nevio.

»Ja. Wir können zwar nicht wissen, was in Pompeji passiert ist, aber vielleicht können wir herausfinden, was zwischen Hecate und Vulcanus geschehen ist.«

»Warum gehst du davon aus, dass da was ist?«

»Es ist ein Spiel, zumindest sagte das Vulcanus.«

»Also hat er unwissentlich etwas verraten?« Sein Grinsen kommt zurück.

»Er hat es nicht abgestritten, als ich es ihm vorgeworfen habe«, gestehe ich und lächle ihn ebenfalls an.

Nevio schüttelt den Kopf, doch das freudige Funkeln in seinen Augen spricht Bände. Er greift mit seiner Hand in meinen Nacken und gibt mir einen kurzen, stürmischen Kuss auf die Lippen, der in mir Feuer entfacht. Ich lehne mich in seine Berührung, ehe wir uns voneinander lösen.

»Also ein Spiel zwischen Hecate und Vulcanus. Was glaubst du, was die beiden verbindet?«

»Ich weiß es nicht – noch nicht. Aber als Acca mit anderen Wesen Pompeji erreichte, bot ihr ausgerechnet der Gott des Feuers Unterschlupf an, im Gegenzug sollten sie alle hundert Jahre eine Frau opfern.«

Nevio schüttelt sich. »Das ist grausam.«

»Eine Frau für den Schutz von Tausenden? Wenn du und deine Familie seit Jahren gejagt und verfolgt werden, ist das in meinen Ohren ein kleiner Preis, um Sicherheit zu bekommen.«

Er presst die Zähne aufeinander. »Worauf willst du hinaus?«

»Ich denke, dass genau da dieses Spiel zwischen den beiden angefangen hat. Vulcanus wollte Frauen aus Pompeji, die zu Beginn alle Wesen waren. Wieso sollte ein Gott ein Wesen an seiner Seite haben wollen?«

»Er wollte Hecate unter die Nase reiben, dass er Zugriff auf ihre Schützlinge hat«, erkennt Nevio.

Hastig nicke ich. »Die Idee ist mir auch gekommen. Nur weswegen? Und deshalb brauchen wir alles, was wir über Vulcanus und seine Beziehung zu Hecate finden können.« Mein Herz schlägt mir vor Aufregung bis zum Hals.

»Das sollte doch etwas Leichtes sein.« Er runzelt die Stirn. »Wäre es möglich, von einem Ort, der eine Verbindung zu Vulcanus hat, etwas zu erfahren?«

»Ich werde nicht mit dir den Ätna besteigen, mich direkt vor seine Haustür setzen und versuchen eine Verbindung herzustellen.«

»Aber es wäre möglich, dass du so Informationen bekommen könntest?«

»Theoretisch ja, ich habe es nur noch nie gemacht.«

Nevio holt sein Handy heraus und wählt eine Nummer. »Im Tal der Tempel steht ein Tempel des Hephaistos.«

»Hephaistos?« Doch sobald ich den Namen ausgesprochen habe, dämmert es mir. »Die griechische Version von Vulcanus.« Endlich verstehe ich, worauf er hinauswill. Hoffnung breitet sich in meiner Brust aus. »Das ist eine Möglichkeit.«

»Hey, Acca«, spricht Nev in den Hörer.

Ich versteife mich, als er ihren Namen sagt.

»Sophia kommt heute nicht zum Unterricht.« Sein Grinsen vertieft sich.

»Was soll das heißen, *stupido giovanotto* – dummer, junger Mann?«, höre ich Accas zornige Stimme, die sicherlich selbst die Götter in Schrecken versetzt, obwohl Nevio das Telefon an seine Wange gedrückt hält. Sein Grinsen vertieft sich. »Ich entführe sie heute. Mach dir keine Sorgen, okay?«

»Nevi–!« Der Rest ihres Protestes erstirbt, als er auflegt.

»Sie wird dir das Fell über die Ohren ziehen«, warne ich ihn mit einem Lächeln auf den Lippen, weil ich weiß, dass er das alles nur für mich macht, und ich könnte nicht dankbarer dafür sein.

»Ich sagte ja, dass du meine dunkelsten Seiten hervorlockst, *principessa*.«

Verwirrt ziehe ich die Augenbrauen in die Höhe. »Irgendwie erinnere ich mich anders an dieses Gespräch.«

»Lüge«, raunt er und verschließt meine Lippen, bevor auch nur ein Wort des Widerspruchs über sie kommt. Sein Mund auf meinem hat eine hypnotische Wirkung. Ich vergesse alles andere. Mit den Fingern kralle ich mich an sein T-Shirt, vergrabe die Nägel in dem weichen Stoff und ziehe ihn zu mir, um den Kuss zu vertiefen. Es ist egal, wie oft wir uns nah kommen, ich kann nicht genug bekommen. Sein erdiger Geruch ist wie eine süchtig machende Droge.

»Wie kommen wir zum Tal der Tempel?«, frage ich mit noch geschlossenen Augen, als wir uns voneinander lösen.

»Die Maschine steht – zufälligerweise – nicht beim Restaurant.«

Ich öffne meine Augen und sehe geradewegs in seine vor Schalk blitzenden Iriden. »Hast du das etwa geplant?«

Er zuckt mit den Schultern. »Nicht genau das, aber die Entführung? Vielleicht ein bisschen.«

Mir entschlüpft ein Lachen. »Okay, dann lass uns zum Tempel des Hephaistos, um herauszufinden, weswegen Vulcanus und Hecate angefangen haben ein Spiel miteinander zu spielen.«

Ich folge Nevio in Richtung seiner Höllenmaschine, die ich nach den letzten Malen schon beinahe ein bisschen lieb gewonnen habe.

Er hält mir den Beifahrerhelm hin. »Wenn du nicht mehr kannst, sag Bescheid, okay? Nach Agrigent fahren wir etwas über zwei Stunden.«

»Ich sitze nur hinter dir. Die Frage ist eher, bekommst du das hin?«

Ein überhebliches Grinsen erscheint auf seinen verführerischen Lippen. »Natürlich. Ich bin schon längere Strecken mit ihr gefahren.« Sanft streichelt er über das lackierte Metall seiner Maschine.

»Gut, dann lass uns los.«

»Wie gesagt, wenn was ist, melde dich«, wiederholt er seine Worte, als ich mich hinter ihn auf die Maschine setze.

Ich drücke mich fest an ihn. »Geht klar.«

»Gut.« Er dreht den Schlüssel und fährt mit einem Ruck los.

***

Zwei Stunden Fahrt auf dem Höllending haben mich daran erinnert, wieso ich kein Fan von diesen Maschinen bin. Mir tut alles weh. Muskeln melden sich in meinem Körper zu Wort, die ich vorher noch nie gespürt habe. Steif stehe ich auf und sehe mich auf dem Parkplatz um. Wir haben gerade mal kurz nach acht Uhr morgens und trotzdem ist der Platz schon überfüllt von Touristen. Die Sonne steht schon jetzt hoch am Himmel und die Temperaturen sind in unangenehme Höhen geklettert. Obwohl die Luft trocken ist und der Fahrtwind uns merklich abgekühlt hat, klebt mein T-Shirt bereits am Rücken und ich bin froh, dass ich den Rucksack weiterhin trage, damit niemand die Schweißflecken sieht.

»Wieso stehen die hier alle rum?«, frage ich.

»Die Anlage macht erst in einer halben Stunde auf«, erklärt Nevio, zieht aber schon sein Telefon aus der Hosentasche.

»Lass mich raten«, sage ich, »du kennst wieder jemanden?«

Er zuckt mit den Schultern. »Sizilien ist eine Insel, *principessa,* hier kennt jeder jeden.«

»Sie erscheint mir größer als ein Dorf«, merke ich an.

»Nicht unter den Wesen.«

Lächelnd schüttle ich den Kopf und sehe mich weiter um, während Nevio seinen Kontakt anruft. Ich beobachte eine Familie dabei, wie sie Kinderwagen und Verpflegung ausräumen. Die Umgebung um den Parkplatz ist trocken. Nur einige hartnäckige Sträucher wachsen hier. Gegenüber von uns entdecke ich ein Krankenhaus.

»*Ciao,* ich stehe mit einer Freundin vor dem Tal der Tempel, kannst du uns reinlassen?« Ein raues Lachen erschüttert seinen Körper. »Das ist keine Antwort, Liebes. Also, kannst du oder nicht? Danke, du hast was gut.«

»Liebes?«, wiederhole ich ihn, als er aufgelegt hat.

Er greift um meine Hüfte, um mich zu sich zu ziehen. »Bist du etwa eifersüchtig?«

Ein Kloß breitet sich im Rachen aus. »Nö«, sage ich schnell und versuche absichtlich cooler zu klingen, als ich mich fühle. Diese Gefühle für Nevio sind gefährlich. Und ich werde immer tiefer hineingezogen. Mit jeder Begegnung und jedem gewechselten Wort fühle ich mich bei ihm wohler.

Seine Finger streicheln über meine Seite und rutschen dabei unters Shirt. Hitze schießt in meine Wangen und ich muss aussehen wie eine Tomate.

»Sie ist eine alte Freundin«, klärt Nevio mich auf.

»Okay. Sollen wir los?«, frage ich, noch immer kurz angebunden.

Er legt seine Finger um mein Kinn und zwingt mich seinen Blick zu erwidern. »Was ich in der Höhle gesagt habe, meinte ich ernst, Sophia. Ich mag dich.«

Zaghaft gleiten meine Mundwinkel in die Höhe. »Ich weiß. Ich dich auch.« Dabei ignoriere ich, dass im Hinterkopf die Uhr ruhelos tickt und mir deutlich macht, dass unsere Zeit beständig abläuft.

Seine Lippen streifen hauchzart über meine. Es ist nur eine sanfte Berührung, die meinen Körper komplett unter Strom setzt. Ich lehne mich in seine Wärme und vertiefe den Kuss.

»Wir sollten zu Angela. Sie wartet nicht gern«, haucht Nevio an meinen Lippen.

Ein widerstrebendes Murren kommt aus meiner Kehle, dennoch trete ich einen Schritt zurück, damit er von der Maschine aufstehen kann. Er hängt sich eine Tasche über die Schulter, die zuvor am Motorrad befestigt war, und greift nach meiner Hand. Gemeinsam schlängeln wir uns durch die wartende Meute.

Nevio führt mich zu einem Souvenir-Shop, bei dem eine junge Frau an die Wand gelehnt steht und genervt auf ihr Handy schaut. Sie hat dunkelbraune Haare, die ihr in sanften Wellen um das herzförmiges Gesicht fallen. »Da bist du endlich«, begrüßt sie uns auf Italienisch.

Ich bin froh, dass diese Magie die Sprachen automatisch in meinem Kopf übersetzt und ich nicht ratlos neben Nevio stehen muss.

Die Frau wirft mir einen abwertenden Blick zu. »Von dir reden hier also alle«, merkt sie auf Deutsch an.

»Alle?«, frage ich verwirrt.

Nevio drückt sanft meine Hand und zieht mich weiter, bis wir vor Angela stehen bleiben. »Ich weiß, dass es eine nette Seite an dir gibt, das ist genau der richtige Zeitpunkt, um diese zu zeigen«, rät Nevio und schenkt Angela ein Lächeln, das ich nicht ganz sortieren kann. Es sieht für mich nicht ehrlich aus.

Die Angesprochene stößt ein Schnauben hervor. »Was wollt ihr hier?«, fragt sie auf Italienisch.

»Wir wollen uns die Tempelanlage ansehen«, antworte ich.

Überrascht sieht sie mich an und verzieht ihre Lippen. »Na gut. Dann will ich euch nicht im Weg stehen. Hier.« Sie reicht Nevio eine Schlüsselkarte. »Damit habt ihr freien Einlass, aber ich brauche sie später wieder.«

»Danke dir, Angela.«

»Ja, kein Ding.« Eine wegwerfende Handbewegung begleitet ihre Worte.

Erst jetzt bemerke ich dieselbe erdige Note, die von Nevio ausgeht. »Du bist auch eine Werwölfin«, stelle ich fest.

»Und du bist eine Hexe. Riecht man schon kilometerweit.« Abfälligkeit dominiert ihre Stimme.

»Angela«, warnt Nevio.

»Ist schon okay«, gehe ich dazwischen und lächle sie an. »Ich bin stolz auf mein Blut.«

Ihr Blick richtet sich wieder auf Nevio. »Du solltest dich darauf besinnen, wer du bist«, hält sie ihm vor. »Viel Spaß euch beiden.« Abrupt dreht sie sich weg und lässt uns stehen.

Verwirrt sehe ich zu Nevio. »Darauf besinnen, wer du bist?«.

Er dreht sich in Richtung einer Unterführung zur Tempelanlage. »Sie meint damit, dass mein Vater der Alpha des sizilianischen Rudels war«, bringt er hervor.

»Ich dachte, Acca …?«

»Acca hält sich sonst im Hintergrund. Meistens ist sie eher eine Beraterin. Doch nachdem mein Vater gestorben ist …« Er zuckt mit den Schultern. »Nach ihm bin ich der Alpha.«

»Und solltest deine Zeit nicht mit einer Hexe verbringen«, schließe ich und presse die Lippen zusammen, während Nevio mithilfe der Karte ein Tor öffnet, das zwischen uns und der Unterführung ist. Nevio hält mir die Pforte auf und ich betrete die Anlage.

»Das hat damit nichts zu tun. Vermischungen sind kein Problem – solange du niemand bist, der etwas zu sagen hat. Und eine Tredecim und ein Alphawolf …«

Mir wird schlagartig schwer ums Herz. »Wir haben beide Verantwortungen«, stelle ich tonlos fest. Versuche dabei, die Gefühle, die sich wie eine Welle in mir auftürmen, zu verbergen, obwohl sie drohen mich in ein bodenloses Loch zu reißen.

»Ja. Aber ich bin kein Alpha. Noch nicht, und ich werde nicht damit anfangen, wegen so was meine Gefühle wegzusperren. Das hat nie jemandem geholfen – am wenigsten uns Wölfen.«

Verwirrt runzle ich die Stirn. »Wie meinst du das?«

»Als Gestaltwandler hast du nicht nur eine menschliche Seite in dir, sondern auch ein Tierwesen. Das Tier wird angetrieben durch Gefühle und Instinkte. Wenn der Mensch etwas unterdrückt …«

»Kann es sein, dass das Tier dieses hervorholt?«, versuche ich seinen Satz zu beenden.

»Nicht ganz. Das Tierwesen reagiert dementsprechend und wenn die Gefühle stark sind … dann kann es sein, dass der Mensch und das Tier sich entzweien.«

»Entzweien?« Wir passieren die Unterführung und folgen einem schmalen Weg, der gesäumt von einer trockenen Landschaft ist, die einzig von dürren Sträuchern und Zitronenbäumen unterbrochen wird.

»Es kann passieren, dass der Mensch die Kontrolle über das Tier verliert.«

»Das klingt nach einer Katastrophe.«

»Das ist eine Katastrophe«, bestätigt Nevio.

Kurz herrscht Stille zwischen uns. Ich versuche das Gehörte zu verdauen und meine Gedanken zu sortieren. Mich sollte es nicht stören, dass Nevios und meine Beziehung unter einem schlechten Stern steht. Immerhin hat sie ein Ablaufdatum. »Meine Zeit hier ist begrenzt«, spreche ich es laut aus.

Sein Griff um meine Hand wird fester. »Ich weiß. Deswegen will ich die Zeit, die wir haben, genießen«, sagt er. »Und das tue ich.«

Automatisch wandeln sich meine Lippen zu einem Lächeln. »Ich auch.« *Viel zu sehr ...*

Er erwidert das Grinsen und gemeinsam spazieren wir weiter.

Nach einem kurzen Fußmarsch verläuft der Asphalt zu einem Holzweg, an dessen Seiten links und rechts ein Geländer befestigt ist. Neben uns erheben sich Steine, die bereits eine grobe Vorstellung bieten, wie es hier einmal ausgesehen haben könnte.

»Hier ist der erste Tempel.«

Ich bleibe bei dem Anblick stehen und weiß nicht, ob ich enttäuscht oder beeindruckt sein soll. Um uns herum liegen lose Steine, die einen vagen Umriss andeuten von dem, was hier mal war. Einzig vier Säulen, die ein Eck bilden, sind übrig von der einstigen Pracht und stehen als letztes Monument einer längst vergangenen Zeit aufrecht. »Ist das Vulcanus' Tempel?«

»Nein, für den haben wir noch einen kleinen Marsch vor uns.«

»Klein?«, frage ich.

»Zehn Minuten, wenn es hochkommt.«

»Okay. Dann los.«

Gemeinsam folgen wir dem ausgetretenen Weg, dem deutlich anzusehen ist, dass schon Tausende von Füßen hier entlanggewandert sind. Die Umgebung ziert eine Mischung aus Sand, Erde und Pflanzen, die sich an das trockene Klima gewöhnt haben. Wir passieren ein Schild, an dem *Il Giradino della Kolymbetra* steht, und gehen durch ein hölzernes Tor, das uns geradewegs in eine andere Welt führt. Der Weg wird schmaler, besteht aber wieder aus Asphalt, während sich an den Kanten dichte Büsche säumen, die ein angenehmes Aroma verbreiten. Im Gegensatz zu dem Rest, den ich bisher in der näheren Umgebung entdeckt habe, ist es hier ein Paradies auf Erden.

Meine Hand schließt sich fester um Nevios.

»Wir können froh sein, dass wir so früh reinkonnten«, murmelt er. »Ansonsten ist es hier wie in einer Sardinenbüchse.«

»Es ist jetzt schon nicht viel Platz«, gebe ich schmunzelnd zurück.

»Aber wenn wir nicht alleine wären, könnte ich das nicht machen.« Er zieht mich in Richtung eines Busches und erstickt den erschrockenen Schrei mit seinen Lippen. Die Blätter kitzeln im Nacken. Für einen Moment gebe ich mich ihm hin. Erlaube dem sehnsuchtsvollen Prickeln meiner Nervenenden, sich auszubreiten, ehe ich mich schweren Herzens von ihm löse.

»Wir sollten zu Vulcanus' Tempel«, wispere ich in dem Versuch, vernünftig zu bleiben.

Nevio streicht mir sanft eine Strähne meiner blonden Haare hinters Ohr. »Ich weiß.«

Der Weg scheint provisorisch angelegt worden zu sein. Ich habe das Gefühl, umso weiter wir uns entfernen, desto schmaler wird er und die Vegetation immer dichter. Zitronen- und Olivenbäume drängen sich an den Weg, lassen ihre Äste hinunterhängen, sodass ich mit meinen knappen eins siebzig gezwungen bin ihnen auszuweichen. Die verschiedensten Blüten und Pflanzen streuen ihr Aroma in die Luft und lassen meine Sinne verschwimmen. Ich möchte gar nicht wissen, wie Nevios empfindlichere Nase auf diese Eindrücke reagiert.

Nach knappen zehn Minuten überqueren wir Gleise, die direkt neben einem rechteckigen Platz herlaufen. Auf diesem liegen vereinzelte Steinbrocken und zwei einsame Säulen ragen in den wolkenlosen Himmel. An den gegenüberliegenden Seiten des Platzes stehen zwei Häuser, die recht modern aussehen und deren Fenster mit Holz verkleidet sind, um das Innere vor neugierigen Blicken zu schützen.

Skeptisch sehe ich mich um. Kaum etwas ist von der alten Pracht übrig. Einzig die Atmosphäre, die den Platz umhüllt, als hingen die Erinnerungen der treuen Gläubigen in der Luft, gibt ein Indiz, dass dies ein bedeutsamer Ort war. Ich gehe in die Mitte der Säulen, sodass sie zu meinen beiden Seiten aufragen. Den Tempel habe ich mir größer vorgestellt, als er schlussendlich ist. Etwas enttäuscht stelle ich fest, dass die Ruinen am Anfang des Tals eindrucksvoller waren. Selbst in dem griechischen Zeitalter scheint Vulcanus nicht gut wegzukommen. Mittendrin lasse ich mich auf den Boden sinken und unterschlage die Beine zu einem Schneidersitz.

»Wie funktioniert das?«, fragt Nevio.

»Ich muss versuchen mich auf diesen Ort einzulassen, sodass er eine Verbindung mit mir aufbauen will.«

»Eine Verbindung?«

»Um etwas herauszufinden, muss ich mich in die Erinnerungen des Tempels einklinken.«

Nevio lässt sich auf einen der Steine nieder. »Dann mach dein Hexending.«

»Dafür brauche ich Ruhe.«

Er zieht seine Lippen mit einem imaginären Reißverschluss zu und deutet mir dann fortzufahren.

»Okay«, murmle ich und bemühe mich zu entspannen. Wir haben Glück, dass Angela uns so früh hereingelassen hat, sodass keinerlei Touristen hier sind und ich meine Kräfte nutzen kann. Wobei mir auch bewusst ist, dass uns nicht mehr viel Zeit bleibt, ehe die ersten Menschen herkommen.

Ich atme bewusst ein und aus. In der Luft liegt das saure Aroma der Zitronenbäume. Feiner Sand wirbelt durch den Wind, fährt über meine Haut. Die Sonne strahlt erbarmungslos vom Himmel hinab, verteilt ihre Wärme und lässt mich die kühlende Brise vom Meer herbeiwünschen. Der Ort wird präsenter und die Atmosphäre lädt sich statisch auf, sodass meine feinen Härchen zu Berge stehen. Ein Gefühl der Ehrfurcht erfüllt mich. Aber auch Ekel. Neid. Missgunst. Und das Bedürfnis von schwelendem Rachedurst. Ich will mich unter ihnen hindurchwinden. Etwas fühlen, das mehr aussagt. Bilder entdecken. Eine Szene finden, die ich nutzen kann …

»Du hättest nicht diesen Umweg auf dich nehmen müssen, kleine Tredecim. Ich habe dir gesagt, wo du mich finden kannst.« Sein heißer Atem trifft auf meine Haut, als er sich über mich beugt und mir die Worte ins Ohr raunt.

Kapitel 20

Pompeji im Jahre 79 n. Chr.

Die Sonne geht unter, rötlich schimmert der Himmel über dem Atrium des Tempels. Tief atme ich den Duft der Pflanzen und Büsche ein, in deren Mitte ich sitze, um Ruhe zu finden. Doch er kann den Gestank nach Rauch nicht überdecken, der mir seit Vulcanus' Auftauchen in der Nase hängt.

Ich sehe zu Vater, der neben dem Hexer Marius durch einen der Korridore geht, die an das Atrium und den innenliegenden Garten angrenzen. Nach der Drohung des Gottes habe ich Vater umgehend und trotz seines Protests zu uns holen lassen. Seiner starren Miene merke ich an, wie sehr es ihm missfällt, nicht tun zu können, was er will. Er hat nur mir zuliebe nachgegeben. Der Tempel ist durch Hecates Segen geschützt, nur hier kann Vulcanus Vater nicht gefährlich werden.

Ich lasse den Blick schweifen, bis er auf Lucius liegt, der am anderen Ende des Atriums sein Rudel instruiert, sollte Tiberius gelogen haben und den Tempel in der Nacht erneut angreifen.

Sehnsucht überschwemmt mein Herz, ich kann die Augen nicht von Lucius nehmen. Seine Haltung strahlt Selbstbewusstsein aus, sicher verteilt er die Aufgaben, als wäre er der Einzige, den unsere Lage nicht aus dem Gleichgewicht bringt. Durch seine Beherrschung vermittelt er nicht nur seinem Rudel Sicherheit. Auch den anderen Wesen tut sein selbstsicheres Auftreten gut. Seine tiefe Stimme hallt von den Steinen des Tempels wider und ich kann nicht verhindern, dass ich ihn in meiner Erinnerung höre, wie er mir seine Liebe gesteht. Wie er mich anfleht mit ihm fortzugehen. Ich sehne mich nach seiner Nähe, nach seinem Duft. Nach der Sanftheit seines Blicks, die er nur mir entgegenbringt.

»Bist du in Gedanken?«

Erschrocken zucke ich zusammen, ehe ich Larentia ansehe, die sich neben mir auf der steinernen Bank niedergelassen hat. Als ihr Blick zu Lucius schweift, brennen meine Wangen vor Scham. »Ich suche nach einer Lösung«, lüge ich.

Zweifelnd runzelt sie die Stirn, während sie mich mustert. »Habe ich dir je erzählt, was die Magie der Tredecim so stark macht?«

Stumm schüttle ich den Kopf und wende ihr den Oberkörper zu, weil Lucius' Anblick meine Ruhe gefährlich ins Wanken bringt.

»Die Liebe«, verkündet sie, legt mir eine Hand an die Wange und lächelt. »Die Macht lebt von deinen Gefühlen. Ich war so dumm, diese Tatsache zu verdrängen. Wir wollten dich in eine Ehe zwingen, die dein Herz hätte verkümmern lassen. Sowie deine Macht.«

Das Herz schlägt mir bis zum Halse. Nervös starre ich Larentia an, während die Berührung ihrer Hand auf meiner Wange brennt.

»Verzeih mir, dass ich verbohrt war und stur daran festgehalten habe, dass eine Ehe zwischen dir und einem Gesandten des Kaisers der einzige Weg ist, den Frieden zu erhalten. Ich habe es mir zu leicht gemacht, fürchte ich«, sagt sie und lässt die Schultern sinken, als sie seufzt. »Du bist unglücklich, das ist nicht zu übersehen. Und jetzt kenne ich den Grund. Endlich verstehe ich, warum du in der letzten Zeit ständig die Kontrolle über deine Gabe verloren und einem brodelnden Vulkan geglichen hast.«

Ich halte den Atem an, während ich sie anstarre. Wird sie meine Gefühle für all das verantwortlich machen?

»Du, als Hecates mächtigste Geküsste, wirst gemeinsam mit mir den Zirkel gegen Vulcanus anführen. Deine Brüder und Schwestern vertrauen auf dich, meine kleine Tredecim. Sie alle legen ihr Leben in deine Hände.« Die Milde in ihrer Stimme verunsichert mich. Wiegt sie mich erst in Sicherheit, bevor ihre Predigt über mich hereinbricht?

»Ich weiß«, entgegne ich und schlinge die Finger um ihre. »Aber ich habe Angst, dass ich sie nicht beschützen kann.«

Sie drückt mir die Hand. »Das kannst du. Wenn du zu deiner wahren Stärke findest und dich der Fesseln entledigst, die ich dir angelegt habe.«

Verwirrt schüttle ich den Kopf. »Ich verstehe nicht.«

Kurz sieht sie zu Lucius hinüber, ihr Blick ist voller Zuneigung. »Zu lange habe ich die Augen davor verschlossen, wollte nicht sehen, was ich als Mutter doch immer gespürt habe.«

Mein Herz stolpert.

Sie schaut wieder zu mir, beugt sich nach vorne und haucht mir einen Kuss auf die Stirn. »Du liebst ihn, ebenso wie er dich liebt.« Während ich mich versteife, weicht sie langsam von mir zurück und ergreift meine Hände. »Du musst in dir ruhen und im Reinen mit deinen Gefühlen sein. Das kannst du nicht, wenn du gegen sie ankämpfst. Ich habe gelernt, dass ich wahre Liebe nicht verbieten kann. Und es auch nicht darf. Vor allem nicht, wenn sie wichtig ist, damit du dein Gleichgewicht wiederfindest und die Magie beherrschst.« Ihre Lippen formen ein tiefes Lächeln. »Nicht nur, dass ich dir helfen will zu der mächtigsten Version deiner selbst zu werden, es hätte mir schon viel früher wichtig sein müssen, dass Lucius und du glücklich werdet. Es war mein Fehler, den ihr mir hoffentlich irgendwann verzeihen werdet.«

Wie gebannt starre ich sie an, während ihre Worte in meinem Kopf widerhallen. Stumm bewege ich die Lippen, unfähig ein Wort herauszubringen. Ich kann nicht begreifen, was gerade geschieht.

Larentia seufzt nachsichtig. »Worauf wartest du? Die Götter werden euch nicht strafen und ich tue es auch nicht.« Flüchtig mustert sie Vater, der an einer Säule lehnt und mit Marius diskutiert. »Marcus dürfte der Letzte sein, der dir verbietet deinem Herzen zu folgen. Sollte er dennoch stur sein, werde ich ihm den Kopf zurechtrücken.« Sie zwinkert mir zu. »Immerhin ist er mir etwas schuldig.«

In meinem Magen erwacht ein sanftes Flattern, doch ich wage nicht, es zuzulassen. Zumindest für den Augenblick. Tief atme ich ein, um mich zu besinnen. Endlich gehorchen mir die Stimmbänder wieder. »Die Baciato dürfen nur an die Götter gebunden sein«, sage ich.

»Wenn wir schon dabei sind, mit alten Traditionen zu brechen, sollten wir diese Regel auch überdenken«, entgegnet sie und lacht, als ich bloß ihre Hände in meinen zerquetsche. Die Erkenntnis, dass Larentia es ernst meint, füllt mein Herz.

»Du bist frei zu lieben, wen du willst, Helvia. Und zu heiraten, wen du begehrst«, sagt sie, steht auf und zieht mich mit sich. Meine Beine zittern so sehr, dass ich schwanke. Ich will Halt bei ihr suchen, doch sie schiebt mich mit Nachdruck in Lucius' Richtung. »Die Liebe ist das Kostbarste, das wir besitzen. Zu lange habe ich es nicht sehen wollen. Lass sie erstrahlen, meine kleine Tredecim. Damit deine Magie leuchtet wie der hellste Stern am Nachthimmel.«

Mit ihrem liebevollen Lachen im Ohr schwanke ich auf Lucius und sein Rudel zu. Niemand verbietet es mehr, uns zu lieben. Ich darf meinem Herzen folgen und werde nicht von den Göttern bestraft. Schließlich hat Vulcanus den Pakt aufgelöst. Als mir der Atem stockt, presse ich mir eine Hand auf die Brust, wo ich meinen kräftigen Herzschlag spüre. Kurz bleibe ich stehen und konzentriere mich auf die Atmung, bis sich nicht mehr jeder Atemzug anfühlt, als raubte er mir das Bewusstsein. Meine Wangen glühen, als ich den Weg fortsetze.

Als Erstes entdeckt mich Iulia, die Lucius' Instruktionen lauscht. Aufmerksam mustert sie mich, sie runzelt die Brauen, als sie meine Hände betrachtet, die ich nicht stillhalten kann. Ihr Blick huscht zu Larentia hinter mir und schlagartig zeichnet sich Erkenntnis in ihrer Miene ab. Sie versucht ein Lächeln zu unterdrücken, doch scheitert kläglich.

»Lasst uns die Straßen abgehen und sicherstellen, dass Tiberius wirklich das Weite gesucht hat«, wendet sie sich an die übrigen Gestaltwandler und unterbricht Lucius damit.

»Iulia! Ich war noch nicht fertig«, beschwert er sich, doch da stößt sie ihn mit dem Ellbogen in die Seite und weist auf mich.

»Ich glaube, es gibt momentan Wichtigeres als dein Rudel«, sagt sie und scheucht die anderen fort.

Irritiert dreht sich Lucius zu mir um. »Helvia …«, haucht er und streckt die Arme nach unten, als müsste er sich beherrschen, mich nicht zu berühren. »Ist etwas geschehen?«

Meine Gefühle wüten in mir, sodass ich mich zurückhalten muss, mich nicht in Lucius' Arme zu werfen. Ich verdränge Vulcanus und unsere Lage mit aller Macht. Zumindest für diesen Augenblick will ich nichts mehr, als mich dem berauschenden Flattern hingeben, das mich von innen heraus wärmt.

Ich ignoriere die Blicke, die auf Lucius und mir ruhen, und lege eine Hand auf seine Brust. Sein Herz schlägt ebenso schnell wie meins. Ohne zu zögern, ergreift er meine Hand und verwebt unsere Finger miteinander. Sanfte Schauer wandern über meinen Körper.

»Was tust du?«, fragt er leise. Seine Miene schwankt zwischen Sehnsucht und Sorge. Prüfend sieht er sich um und erstarrt. Ohne hinzusehen, weiß ich, dass er Larentias Blick begegnet ist.

Aufgeregt beobachte ich seine Miene, die weicher wird, als fiele ihm eine Last von den Schultern. Als er versteht, erstrahlt seine sonst so drückende und finstere Aura. Sanft lächelt er, senkt den Kopf und sieht mir in die Augen. Mit seiner freien Hand streicht er mir liebevoll das Haar hinter das Ohr.

»Wir haben ihren Segen?«, flüstert er. Das sehnsüchtige Raunen in seiner Stimme nährt das aufgeregte Gefühl im Magen, bis ich es kaum aushalte. Meine Fußsohlen kribbeln, als könnte ich nicht mehr still stehen. Mit jedem Atemzug pocht die Magie vor Freude und es würde mich nicht wundern, wenn ich gleich zu leuchten beginne.

Breit lächelnd nicke ich.

Seine Gesichtsmuskeln zucken, bis er sich nicht mehr beherrschen kann und lacht. Nie zuvor habe ich ihn so gelöst gesehen. Der Klang seines Lachens lässt mein Herz hüpfen. Leicht beugt er sich zu mir hinab, eine Hand an meiner Wange.

»Augenblick!«, ertönt Vaters panische Stimme, die durch das Atrium hallt.

Lucius richtet sich wieder auf, ohne meine Hand loszulassen, und wir wenden uns Vater zu, der polternd auf uns zu stürmt.

»Beruhige dich, Marcus«, wirft die Princeps ein und stellt sich ihm in den Weg. »Du bist wahrlich ein blinder Esel.«

»Larentia!« Sein Blick huscht zwischen uns und ihr hin und her. Seine Miene wirkt zerknirscht, er atmet schwer.

»Die beiden lieben sich, Marcus. Meinen Segen haben sie. Erhalten sie auch deinen?«, fragt Larentia und sieht Vater abwartend an. Ihr Blick ist so bohrend, dass er sich darunter windet.

»Aber die Götter …«, wendet er ein.

»Werden Helvia nicht mehr strafen, weil Vulcanus den Segen zurücknahm. Das Schicksal deiner Tochter liegt nicht mehr in ihren Händen, sondern hängt von unserer Entscheidung ab.«

Sein Blick huscht umher, während er Larentias Worte anscheinend zu begreifen versucht. Dann sieht er fragend zu mir. Seine Sorge rührt mich. Mit einem Lächeln auf den Lippen sehe ich zu Lucius, bevor ich mein Gesicht wieder Vater zuwende. Endlich entspannt sich seine Miene, er lässt die Schultern sinken. Tief atmet er durch und erwidert das Lächeln.

»Ich wollte meine Tochter immer nur beschützen. Wer bin ich, ihr jetzt noch zu verbieten dem Herzen zu folgen, nachdem die Götter es ihr nicht mehr verwehren?«, sagt er.

Neckend und belustigt verzieht Larentia das Gesicht, als sie ihn betrachtet. Doch sie spart sich eine Erwiderung.

Mit Tränen der Rührung in den Augen laufe ich auf ihn zu und schmiege mich an ihn, als er mich in seine Arme schließt. »Danke, Vater«, wispere ich.

Liebevoll streicht er mit der Hand über meinen Rücken. »Deine Mutter wäre stolz auf dich«, raunt er und weicht zurück, um mich anzusehen. Tränen schimmern in seinen Augen, sein Lächeln ist zittrig. »Verzeih mir, dass ich so lange ein sturer, alter Mann war. Ich habe die Götter für ihren Tod gehasst, doch sie haben mir dich geschenkt. Sieh nur, zu welcher starken und mutigen Frau du herangewachsen bist. Deine Mutter lebt in dir. Sowie ihr Stolz und ihr Herz. Sie wäre so glücklich, wenn du den Mann heiratest, den du liebst.«

Wärme streicht über meinen Körper, als wäre Mutter mir nah und würde Vater zustimmen. Die Trauer über ihren Verlust zieht mir nicht mehr den Boden unter den Füßen fort. Vielleicht habe ich die Vergangenheit endlich angenommen.

Ich sehe zu Lucius, der uns an Larentias Seite beobachtet. Die Liebe in seinem Blick lässt mein Herz höherschlagen.

»Geh schon«, sagt Vater und weist mit dem Kinn auf Lucius. »Ehe ich es mir anders überlege.« Dann nickt er dem Gestaltwandler zu.

Lucius streckt seine Hand nach mir aus. Nachdem ich Vater einen Kuss auf die bärtige Wange gehaucht habe, gehe ich zu Lucius und ergreife seine Hand.

»Bevor die Sonne untergeht, wollen wir Hochzeit feiern«, verkündet Larentia und sieht in die Runde. »Ihr werdet gewiss verzeihen, dass wir in Anbetracht der Lage auf die Traditionen verzichten und uns auf die Zeremonie beschränken.« Sie zwinkert mir zu. »Wir holen die große Feier nach, wenn wir Vulcanus in sein Reich verbannt haben.«

Erst jetzt fällt mir auf, dass unzählige Wesen in den Korridoren um das Atrium stehen und uns beobachten. Alle lächeln uns zu, als wäre dieser Augenblick wie ein Hoffnungsschimmer im finstersten Albtraum. Zu gerne will ich Larentias Zuversicht teilen und daran glauben, dass es nur eine Frage der Zeit ist, bis wir Vulcanus besiegen und Pompeji den Frieden zurückbringen.

Fest drücke ich Lucius' Hand. An seiner Seite kann ich das Unmögliche schaffen. Es muss so sein!

***

Nur schwach fallen die rötlichen Strahlen der untergehenden Sonne in die Tempelhalle. Am Himmel funkeln die ersten Sterne. Der Duft des brennenden Öls in den tönernen Lampen erfüllt die Halle. Lucius und ich stehen am Fuße der Treppe, die zum Altar emporführt. Von der obersten Stufe aus lässt Larentia ihren Blick über die Anwesenden streifen. Alle Wesen, die im Tempel Zuflucht gefunden haben, haben sich in der Halle versammelt, um diesem besonderen Augenblick beizuwohnen.

Aufgeregt klopft mein Herz. Lucius scheint die Nervosität zu spüren und drückt meine Hand. Dankbar schenke ich ihm ein Lächeln und lehne mich gegen seine Seite. Mein Blick streift Iulia, die neben Vater seitlich der Treppe steht. Es ist erst zwei Tage her, dass sie ihre Schwester verloren hat. Dennoch ist sie hier und begleitet uns bei diesem großen Schritt. Uns zuliebe.

Als Milonia zu uns tritt, strecken Lucius und ich die miteinander verwobenen Hände aus. Leise summt die alte Hexe, während sie ein goldenes Band um unsere Handgelenke schlingt.

»In den Augen der Götter sollt ihr verbunden sein«, erhebt Larentia die Stimme. »Hecates Segen soll über euch wachen und diese Verbindung schützen. Auf dass niemand euch trennen kann. Weder Mensch noch Wesen noch Gott.«

Sie breitet die Arme seitlich aus und sieht zur Decke empor. Das rötliche Licht der Abendsonne färbt sich golden. Es ist, als badete Larentia in dem Leuchten, das ihre Gestalt erstrahlen lässt. Langsam schreitet sie die Stufen hinunter, bis sie vor uns steht. Lucius beugt sich zu ihr hinab, damit sie ihm einen Kuss auf die Stirn hauchen kann. Dann wendet sie sich mir zu und küsst mich ebenfalls auf den Haaransatz.

»Möge eure Liebe auf ewig bestehen«, sagt sie und legt eine Hand an Lucius' Wange und die andere an meine. Stolz lächelt sie uns an. »Die Liebe ist die mächtigste Waffe, die wir besitzen. Haltet sie in Ehren.« Mit diesen Worten tritt sie von uns zurück und steigt auf die unterste Stufe. »Lasst uns feiern, meine Brüder und Schwestern, und für diese Nacht vergessen, was vor den Toren Pompejis lauert. Lasst uns die Tredecim und meinen Sohn feiern, deren Liebe so stark ist, dass sie jedes Hindernis überwindet.« Dann schaut sie uns an. »Möge sie auch den Zorn eines Gottes überstehen.«

Gänsehaut bedeckt meinen Körper, während Jubel ausbricht und die Anwesenden ihre Wünsche für uns hinausrufen.

Milonia streicht mit einer Hand über das goldene Band, das daraufhin in Flammen aufgeht, ohne uns zu verletzen, und brennend zu Boden sinkt. Das Flattern in meinem Magen breitet sich aus und lässt mein Herz stolpern. Glücklich lehne ich mich an Lucius, der mich hält, als wollte er nie wieder loslassen.

»Ich bin dein. Auf ewig«, raunt er mir ins Ohr, nachdem er sich zu mir hinabgebeugt hat.

»Auf ewig dein«, erwidere ich, stelle mich auf die Zehenspitzen und sehe ihm in die Augen. Während um uns herum gefeiert wird, scheint für uns die Zeit stillzustehen. Ich versinke in dem Bernsteinbraun seiner Iriden.

Lucius senkt den Kopf, er verharrt, kurz bevor sich unsere Lippen berühren. Jeder Herzschlag erschüttert meinen Körper. Doch da weicht er zurück. »Nicht hier«, raunt er bloß, ergreift meine Hand und zieht mich mit sich durch die Menge, die uns zujubelt und mit ihren guten Wünschen überhäuft.

Lachend folge ich Lucius, der uns aus der Halle führt. Wir huschen den Korridor hinunter bis zum Atrium. Der Mond taucht den Garten in silbernes Licht. Die Klänge von Zupfinstrumenten und Gesang dringen aus der Halle, es duftet nach Pflanzen und Erde. Mir schwirrt der Kopf vor Glück, als Lucius innehält und sich mir zuwendet. Er legt die Arme um meine Taille und zieht mich an sich heran. Mir stockt der Atem, als er sich zu mir hinabbeugt und mich küsst. Funken sprühen in meinem Inneren und fachen die Magie an, die wie ein zweiter Herzschlag pulsiert.

Der Wind frischt auf und streift kühlend über uns, während ich vor Hitze vergehe. Lucius' Körper zu spüren entfacht das Feuer in mir nur noch mehr. Seine Lippen sind so weich. Neckend streicht er mit der Zunge über meine und lässt die Fingerspitzen meinen Rücken hinaufwandern. Schauer reizen mich und lassen meine Beine schwach werden. Lucius stöhnt sehnsüchtig, als ich die Arme um seinen Nacken schlinge und mich enger an ihn presse. Der Klang entfacht ein aufregendes Ziehen im Unterleib.

Doch auf einmal lässt Lucius von mir ab. Schwer atmend und mit glühenden Wangen sehe ich zu ihm auf. Nein, mein ganzer Körper glüht!

Lucius sieht mich an, als wollte mich der Wolf in ihm verschlingen. Seine Aura ist in Aufruhr. Ich bin von seinem Anblick gebannt. Nie will ich vergessen, wie es sich anfühlt, ihm nahe zu sein.

»Ich liebe dich, Helvia«, sagt er mit rauer Stimme. Seine Miene wirkt so ernst. »Die Götter sind Zeuge, dass ich für dich sterben würde.«

Seine Worte versetzen mir einen Stich. Ich lege eine Hand auf die Stelle seines Herzens und schüttle den Kopf. »So weit wird es nie kommen. Das lasse ich nicht zu.« Allein der Gedanke zieht mir den Boden unter den Füßen fort. »Wir werden Vulcanus aufhalten. Wir finden einen Weg. Wir ...«, plappere ich aufgeregt und sehe hektisch im Garten umher.

Lucius unterbricht den Redeschwall, indem er den Daumen unter mein

Kinn legt und mich dazu bringt, ihm in die Augen zu sehen. »Du und ich, Helvia – auf ewig. Daran kann Vulcanus nichts ändern«, verspricht er und lächelt sanft. »Wir haben Tiberius überstanden und so tun wir es auch mit dem Gott.«

Stumm nicke ich. Ich will ihm nicht gestehen, dass meine Zuversicht schwankt.

Hauchzart streicht Lucius mit den Fingerkuppen seitlich meinen Hals hinab und über die Schulter. Erschauernd ringe ich nach Atem, was ihm ein Lächeln entlockt.

Das Geräusch von Hufen, die über den Boden eilen, hallt von der Wand des Korridors wider, der an das Atrium angrenzt. Überrascht wenden wir uns Cornelius zu, der am Übergang vom Gang zum Garten stehen bleibt und die Hände vor der nackten Brust ringt. »Ich störe euch nur ungern, aber die Princeps lässt nach euch rufen«, sagt er und streicht sich nervös über eines seiner Hörner. »Sie lässt alle im Tablinum versammeln.«

»Warum?«, fragt Lucius.

Der Faun zuckt mit den Schultern. »Das werden wir gleich herausfinden.« Er schenkt mir ein mitleidiges Lächeln, ehe er davonläuft. Das Klackern der Hufe auf dem marmornen Boden verklingt in den Tiefen des Gangs.

Nachdenklich sehe ich ihm hinterher, als Lucius meine Hand nimmt, sie zum Mund führt und einen Kuss darauf haucht. »Du ahnst nicht, wie sehr ich mit dir alleine sein und das hier fortführen will«, raunt er und entfacht das Prickeln von Neuem. »Aber es muss von Bedeutung und großer Dringlichkeit sein, wenn meine Mutter uns zusammenrufen lässt.«

»Ich ahne, dass mir der Grund nicht gefallen wird.« Innerlich ringe ich mit der Enttäuschung, dass unsere Zweisamkeit so abrupt endet, und dem unguten Gefühl, was uns im Tablinum erwartet.

Was hat Larentia bloß vor?

***

Aufgeregt reden die Oberhäupter der römischen Zirkel durcheinander, als Lucius und ich den Raum betreten, der am anderen Ende des Tempels liegt. Die Princeps scheint sie alle in ihre Räumlichkeiten beordert zu haben.

Wir gesellen uns zu den Baciato meines Zirkels.

»Wisst ihr, was Larentia vorhat?«, fragt Iulia, als ich neben ihr Platz finde.

Bevor ich antworten kann, betritt die Princeps den Raum. Sofort verstummen alle. Die Miene der obersten Gestaltwandlerin ist ernst, nichts ist mehr von ihrer Ausgelassenheit auf der Feier zu spüren. Sofort breitet sich die Anspannung auf die Wesen aus.

»Meine Brüder und Schwestern, ich verlasse euch nur ungern in dieser Zeit, aber es ist unabdingbar«, sagt sie.

Fassungslos starren sie alle an.

»Der Legatus und seine Männer brauchen zu Pferd zwei Tage nach Rom. Wenn ich sie überhole, bin ich vor ihnen bei Kaiser Titus. Ich werde ihn von den Geschehnissen um Vulcanus unterrichten und ihn vor Tiberius' Vorhaben, ihn zu stürzen, warnen«, erklärt sie.

»Kaiser Titus ist im Augenblick unsere geringste Sorge, Larentia«, wendet Marius in belehrendem Tonfall ein.

»Er wird zur größten, sollte sich Vulcanus besänftigen lassen und den Frieden bewahren«, kontert sie.

»Du willst wirklich nach Rom reisen? Jetzt?«, vergewissert sich Marius und starrt die Princeps ungläubig an. »Vulcanus droht das Römische Reich zu zermalmen!«

»Was im Grunde auch den Kaiser interessieren dürfte.« Sie lässt ihren Blick über uns schweifen. »Außerdem hoffe ich auf Kaiser Titus' Dankbarkeit, wenn ich ihm von Tiberius' verräterischem Vorhaben berichte. Womöglich hat er ein Einsehen und entsendet seine Armee, um uns gegen Vulcanus zu unterstützen. Es dürfte ihm daran liegen, Rom nicht in Flammen aufgehen zu sehen.«

Als Marius und die übrigen Oberhäupter sie weiterhin kritisch anstarren, seufzt sie. »Habt ihr einen besseren Vorschlag, wie wir uns gegen einen zornigen Gott wappnen?«

Betreten senkt Marius den Kopf. Auch den anderen ist die Ratlosigkeit anzusehen.

»Ich reise in meiner Wolfsgestalt. Schon am Abend des kommenden Tages bin ich in Rom. Ich werde mich so schnell wie möglich wieder auf den Rückweg machen. Hoffentlich an der Seite einer Armee. Uns bleiben vier Tage bis zum Ablauf des Ultimatums. Ich muss jetzt aufbrechen, wenn ich mit Kaiser Titus' Soldaten rechtzeitig zurück sein will.«

»Ich habe kein gutes Gefühl dabei«, gesteht Marius und wirft mir einen Blick zu. »Willst du die Tredecim wirklich ungeschützt zurücklassen?«

»Ich bin nicht ungeschützt«, widerspreche ich und sehe erst zu Lucius, dann lasse ich den Blick über die Anwesenden schweifen. »Meine Brüder und Schwestern sind bei mir.«

Zustimmend nicken die Baciato des Zirkels.

»Ich werde nicht von Helvias Seite weichen«, sagt Lucius und sieht in die Runde. »Mein Rudel wird sich außerdem in Pompeji verteilen, sollte Vulcanus auftauchen und die Bewohner unserer Stadt bedrohen.«

Marius' Mimik bleibt skeptisch, während er mich ansieht. Träge mahlt er mit dem Kiefer, ehe er geräuschvoll den Atem ausstößt. »Das gefällt mir nicht, aber ich fürchte, Larentia kann niemand umstimmen.« Er wendet sich der Princeps wieder zu. »Wir werden die Stellung halten, bis du zurückkehrst – hoffentlich rechtzeitig. Mögen die Götter uns beistehen und dein Vorhaben gelingen. Du bist die Einzige, die Kaiser Titus überzeugen kann uns zu helfen. Immerhin ist dir so was bereits in der Vergangenheit geglückt.«

»Es bedarf einer Armee aus Menschen und Wesen, um sich einem Gott entgegenzustellen. Ich weiß keinen anderen Weg, um Pompeji zu retten.« Larentias Miene gefriert zu einer Maske, doch ich spüre ihre Verzweiflung. Es nagt an ihr, den Kaiser um Hilfe zu bitten.

»Möge dich unser Segen auf deinem Weg begleiten.« Marius legt ihr die Hand auf die Schulter. »Wir beten weiterhin zu Hecate, sie möge uns ebenfalls rechtzeitig zu Hilfe eilen.« Dann nickt er und verlässt den Raum.

Die übrigen Oberhäupter sowie die Baciato meines Zirkels folgen ihm, nachdem sie Larentia ihre Wünsche mit auf den Weg gegeben haben.

Ich verharre, unsicher, was ich von ihrer Entscheidung halten soll. Angst gräbt sich in meine Eingeweide. Kann ich ohne Larentias Beistand bestehen?

Was, wenn Vulcanus erneut auftaucht? Aber Marius hat recht, einzig die Princeps kann es schaffen, den Kaiser zu überzeugen.

»Ehe du es dich versiehst, bin ich zurück«, sagt Larentia und ergreift meine Hände. »Glaube an dich und deine Macht. Die anderen tun es bereits.«

»In drei Tagen bist du zurück?«

Sie nickt. »Wir werden Seite an Seite stehen, wenn Vulcanus seinen Zorn entfesselt. Gemeinsam werden wir ihn in seine Schranken weisen und zurück in sein Reich verbannen. Mit Hecates Segen.« Zuversichtlich lächelt sie, dann haucht sie mir einen Kuss auf jede Wange. »Ich liebe dich wie eine Tochter, Helvia. Und ich könnte nicht stolzer sein.« Liebevoll streicht sie mir durch das Haar. »Auf bald, geliebte Tredecim.«

Mir schnürt der Abschied die Kehle zu. Ich presse die Lippen aufeinander und nicke widerwillig, ohne ihrem Blick auszuweichen. Sie wendet sich Lucius zu und umarmt ihn, während ich wie erstarrt danebenstehe. Ich will sie nicht gehen lassen, doch es ist die einzige Möglichkeit, die uns bleibt.

»Gebt aufeinander acht, während ich fort bin«, sagt Larentia, dann verschwindet sie in den Korridor hinaus. Lucius legt seinen Arm um meine Schultern und zieht mich an sich, als spürte er, dass ich mich verloren und einsam fühle.

Dumpf pocht etwas in mir, das ich nicht begreife. Ich kann nur beten, dass Larentia rechtzeitig zurück ist.

KAPITEL 21

2018 n. Chr., Tal der Tempel

Erschrocken springe ich auf, stolpere über die eigenen Füße und wäre beinahe hingefallen, hätte Nevio mich nicht aufgefangen. Doch meine Aufmerksamkeit liegt auf dem Mann, der gerade noch hinter mir gestanden hat, aber nun mit einem raubtierhaften Grinsen meinen Blick erwidert.

»Warum so überrascht? Bin nicht ich es, den du besuchen wolltest?«, erkundigt sich Vulcanus mit einer Gelassenheit, die jede in der Sonne liegenden Katze in den Schatten stellt. »Der Ätna wäre näher gewesen, aber ich akzeptiere, dass du dein Opfer offizieller machen möchtest. Auch wenn die Zeiten des Glanzes hier offensichtlich lang her sind.« Er sieht sich in der Ruine um, seine Mundwinkel zucken enttäuscht.

»Ihr Opfer? Deswegen ist sie nicht hier«, wehrt Nevio Vulcanus' Vorschlag vehement ab.

Endlich löst der Gott seine prüfenden Augen von mir und mustert stattdessen meinen Begleiter, als nähme er ihn erst jetzt wahr. Ein beinahe mitleidiger Ausdruck erscheint auf dem göttlichen Gesicht. Zumindest sieht die Regung in seiner Mimik diesem Gefühl zum Verwechseln ähnlich, wäre ich mir nicht sicher, dass Bedauern ein fremder Begriff für Vulcanus ist. »Du bist also dieser verlauste Köter, der der Tredecim nicht mehr von der Seite weicht.«

Ein tiefes Knurren rollt aus Nevios Kehle. Seine Muskeln spannen sich unter meinen Fingern an. Ich fühle, wie sich etwas in ihm ballt, bereit sofort zuzuschlagen, sollte Nevio es von der Leine lassen.

»Wir sind nicht hier, damit ich den Deal einfordere, Vulcanus.« Endlich finde ich meine Stimme wieder und trete aus Nevios Schatten und stelle mich neben in.

»Also irre ich mich, dass du Informationen gesucht hast?«, erkundigt er sich.

Mein Mund wird staubtrocken. Zu lügen ist keine Option. Aber die Wahrheit ist es noch weniger.

»Ich wollte Sophia die Tempel zeigen. Die guten alten Zeiten sozusagen«, springt Nevio ein und macht genau das, was ich vorhatte zu vermeiden. Das Knurren rollt beständig in seiner Kehle.

Der Gott stößt ein Lachen hervor. »Lüge!« Seine Hand schießt nach vorne und mit ihr ein Schwall Lava, der geradewegs auf Nevio zurast. Ohne darüber nachzudenken, stelle ich mich zwischen die beiden und befehle der Erde sich zu erheben. Der Boden bricht hoch, die Lava schlägt am Wall auf und der Widerhall zittert in meinen Knochen nach. Ich stolpere einen Schritt zurück, direkt an Nevios Brust, der mich hält.

»Hat euch denn niemand beigebracht, dass man einen Gott nicht belügen soll?«, fragt Vulcanus mit einem amüsierten Unterton in der Stimme.

Mein Herz schlägt mir bis zum Hals. Wir müssen von hier verschwinden. So schnell wie möglich. Hastig sehe ich mich um, doch auf der einen Seite ist nur eine weite, offene Fläche. In die Richtung, aus der wir gekommen sind, steht uns Vulcanus im Weg. Schweiß benetzt meine Hände, während ich fieberhaft eine Möglichkeit überlege, wie wir fliehen können.

»Wer sagt denn, dass es eine Lüge ist?«, erwidert Nevio.

Ich kralle meine Fingernägel in seine Hand. Muss er den Gott wirklich weiter reizen?

»Vulcanus!«

Mein Blick schnellt zu der nur allzu bekannten Stimme. Noch nie war ich erleichterter sie zu sehen. Über die Schienen hinweg rennt Acca geradewegs auf die Tempelruine zu, in der wir uns befinden.

Schweiß läuft mir über die Schläfen. Mein Herz pumpt in einem Rekordtempo Adrenalin in die Blutbahnen. Ich klammere mich an Nevio. Seine Hände umfassen meine mit festem Griff.

»Acca Larentia, wie schön, dass sich manche Dinge mit der Zeit doch nicht ändern. Ich bin nach wie vor nicht erfreut dich zu sehen. Es wird besser sein, du nimmst deine Brut und lässt Sophia mit mir den Deal beschließen.«

»Es wird keinen Deal geben, Vulcanus«, verkündet sie und betritt dabei die Umrisse des ehemaligen Tempels.

Der Gott schnaubt. Vorsichtig dränge ich Nevio raus aus den Überbleibseln der heiligen Wände.

»Die Tredecim ist hier, um einen Teil unserer Absprache einzuhalten. Sie wollte Informationen – die ich ihr gewillt bin zu geben«, teilt Vulcanus mit.

Acca ignoriert Nevio und mich. Ihre gesamte Aufmerksamkeit liegt auf dem Gott. »Nein, das wird sie nicht.«

»Wie wäre es, wenn wir die Tredecim selbst fragen, was sie hier vorhatte?«

Der Kloß in meinem Hals meldet sich mit brachialer Wucht.

Mit einem Krachen verschwindet die schützende Erdwand, die ich zwischen Vulcanus und uns hochgezogen habe.

Die göttlichen Augen brennen wie gefangenes Feuer. »Also, Tredecim, was hattest du und dein treuer Wachhund hier vor?«, erkundigt sich Vulcanus mit süßholzraspelnder Stimme.

Ich presse die Lippen fest aufeinander. Eine Spinnenarmee rieselt mir vom Nacken eiskalt den Rücken hinunter. Wir sind in eine Falle getappt. Der Gedanke rammt sich in mein Bewusstsein und ich weiß sofort, dass es wahr ist. Zu lügen hat keinen Sinn. Mein Blick wandert zu Acca, die ebenfalls überfragt, aber gleichzeitig entschlossen aussieht.

»Ich habe deinem Preis niemals zugestimmt«, sage ich in der Hoffnung, dass es die Situation entschärft und ich um die eigentliche Antwort rumkomme.

»Das beantwortet meine Frage nicht, Tredecim. Was. Hattest. Du. Hier. Vor?«

Hilfe suchend schaue ich wieder zu Acca. Unsere Blicke treffen sich und ich erkenne sofort, dass dieses Aufeinandertreffen wie eine tickende Zeitbombe ist. Wir können das Chaos nicht eindämmen. Nicht entkommen. Wir sind verloren. Die Erkenntnis trifft mich wie ein Schlag. Dass ich hergekommen bin, um Informationen zu bekommen, muss für Vulcanus ausgesehen haben, als wollte ich diesen Deal mit ihm eingehen, obwohl mir nichts ferner liegt.

»Ich wollte Sophia *bella Sicilia* zeigen«, sagt Nevio und drückt fest meine Hand, als wollte er sichergehen, dass ich ihm nicht in den Rücken falle.

Vulcanus stößt ein bellendes Gelächter aus. »Hast du es nicht gelernt, elende Töle? Ich erkenne deine Lügen!«

Das rote Leuchten seiner Augen wird intensiver. Der Boden unter unseren Füßen grollt und zittert. Erschrocken sehe ich runter, wo einzelne Steinchen über die Erde tanzen. Nur mit Mühe kann ich mich auf den Beinen halten, trotzdem lasse ich Nevios Hand nicht los.

»Lauft!«, schreit Acca.

Mein Blick schnellt zu ihr und ich sehe nur, wie ein Leuchten sie einhüllt, und als dieses erlischt, steht statt der menschlichen Frau eine graue Wölfin dort. Die Wölfe im Trainingsraum waren beeindruckend, aber Acca ist eine andere Hausnummer. Im Stand könnte ich locker unter ihr hindurchlaufen. Sie springt auf Vulcanus zu, doch ehe ich weiterschauen kann, werde ich zur Seite gezogen. Nevio zerrt mich aus dem Inneren des Tempels. Gemeinsam rennen wir in den paradiesischen Garten.

Äste kratzen über meine Haut. Blätter klatschen mir ins Gesicht, als ich Nevio blind hinterherrenne. Hinter uns höre ich, wie Vulcanus Acca anbrüllt und sie zurückknurrt. Nevios und meine Finger sind fest ineinander verflochten. Ich werfe einen Blick über die Schulter, kann durch das dichte Blätterwerk die Ruine jedoch nicht mehr erkennen.

Als wir das Tor zum Garten durchschreiten, fühlt es sich an, als würde ich durch einen Vorhang hindurchgehen. Acca muss einen schnellen Bann über den Abschnitt gelegt haben, damit keiner der Touristen uns zu nahe kommt.

Als uns die ersten Leute begegnen, die sich im Tal der Tempel aufhalten, erlauben wir uns langsamer zu werden. Meine Brust hebt und senkt sich unter heftigen Atemzügen, während das Herz droht von der Anstrengung zu zerspringen. Ich bin definitiv keine Läuferin. Erneut schaue ich über die Schulter, doch nichts deutet darauf hin, dass wir verfolgt werden. Weder von Vulcanus noch von Acca.

»Meinst ... meinst du ... ihr geht es gut?«, frage ich keuchend.

Er sieht nun ebenfalls in die Richtung, aus der wir gekommen sind. »Mit

Sicherheit«, erwidert er und zieht mich in seine Arme. Seine Atmung ist bei Weitem nicht so aus dem Takt wie meine, was mir fast peinlich ist.

Acca hat uns gerettet. Für unsere Dummheit hält sie gerade den Kopf hin.

»Wir hätten das nicht tun dürfen«, wispere ich. »Wir sind ihm in die Arme gelaufen. Mir hätte klar sein müssen, dass ...«

Nevio drückt mich fester an sich. »Sssch. Keiner von uns wusste, dass ...«

»Das ist absolut logisch!«, unterbreche ich ihn und rücke von ihm ab. »Es ist sein Tempel, natürlich ist es, als würde ich in sein Hoheitsgebiet eindringen und mich auf dem Silbertablett servieren.« Verzweifelt raufe ich mir die Haare. »Ich war dumm.«

Seine Gestalt zuckt zusammen. »Es tut mir leid, es war meine Idee ...«

Doch ich schüttle heftig den Kopf. »Du konntest nichts dafür. Ich hätte es wissen müssen. Die Zusammenhänge erkennen müssen. Und jetzt ...« Mein Herz zieht sich schmerzhaft zusammen, als ich an Acca denke. Mir wird schlecht bei dem Gedanken, was der Gott mit ihr anstellen könnte. »Wir müssen zurück«, sage ich aus dem Gefühl heraus. »Wir ...«

Nevio umfasst meine Arme. »Nein. Acca kann auf sich aufpassen. Sie hat uns gesagt, dass wir laufen sollen. Wenn wir wieder zurückgehen, war alles umsonst. Genauso wie der ganze Besuch«, fügt er mit schmerzverzerrtem Gesicht hinzu.

Unsicher sehe ich von dem paradiesischen Garten, hinter dem Acca und Vulcanus miteinander kämpfen müssen, wieder zu Nevio, der mich mustert.

»Lass uns gehen«, sagt er ruhig. »Sie wird uns finden – und mir den Weg in den Orcus weisen.«

Er friemelt sein Handy aus der Hosentasche und wählt eine Nummer. Ich kann mich kaum auf seine Worte konzentrieren. Immer wieder sehe ich über die Schulter, in der Hoffnung, Acca zwischen den dichten Büschen zu entdecken, die den Weg zu Vulcanus' Tempel versperren.

»Hey ... Kann ich dir die Schlüsselkarte irgendwohin legen? Ja. Danke. Bis dann!« Er legt wieder auf und nimmt meine Hand. Beruhigend streichelt er über die Haut. »Sie kommt klar. Acca ist quasi eine Million Jahre alt. Sie hat schon Schlimmeres überlebt als einen Gott.«

Zweifelnd mustere ich ihn. »Bist du dir sicher?«

»Klar. Lass uns zum Motorrad, okay? Ich spreche ihr auf die Mailbox, dass wir dort auf sie warten.« Kurz schweigt er. »Obwohl es wahrscheinlich besser ist, wenn wir fahren. Am besten weit weg, damit sie uns niemals findet.«

»Glaubst du, dass es einen Ort gibt, an dem das möglich wäre?«, scherze ich in der Hoffnung, mich von meinen Gedanken abzulenken.

Nevio verzieht die Lippen. »Leider nein. Sie ist eine Meisterin im Aufspüren von vom Weg abgekommenen Jugendlichen.«

»Vom Weg abgekommenen Jugendlichen?«, wiederhole ich.

Er lacht, wobei deutlich ist, dass es nicht von Herzen kommt. »Ich habe dir doch erzählt, dass ich ein paar Schwierigkeiten hatte.«

»Aber ich habe nicht damit gerechnet, dass sie solch ein Ausmaß hatten.«

»Es ist vielleicht besser, wenn du nicht alles weißt, *principessa*«, murmelt er und legt seinen Arm um mich.

Gemeinsam gehen wir zurück. Die Sonne ist kaum gewandert, obwohl es sich anfühlt, als wären Stunden vergangen. Ich fahre mir durch die Haare und unterdrücke den Impuls, erneut über die Schulter zu schauen. Acca geht es gut, rede ich mir ein und hole tief Luft, um die Zweifel, die in meinem Bauch keimen, zu ersticken.

»Der Besuch war nicht umsonst«, sage ich.

Nevio bleibt überrascht stehen. »Nicht?«

»Nein.« Kurz überlege ich, wie ich die Eindrücke im Tempel zusammenfassen soll. »Es waren keine … konkreten Bilder«, erkläre ich langsam. »Eher … Abdrücke? Gefühle, die ich aber nicht zuordnen kann. So was wie Ekel, Scham und Wut. Eine ganze Menge an Wut sogar, die ausreicht, um Rachedurst zu wecken.«

»Meinst du, das waren Vulcanus' Gefühle?«

»Zumindest würde ich das vermuten. Sonst dürfte niemand anderes eine so enge Verbindung zum Tempel haben.«

Nevio nickt nachdenklich. »Also muss etwas Tiefgreifendes vorgefallen sein, das diese Empfindungen in ihm ausgelöst hat?«

Ich nicke. »Wir müssen nur herausfinden, was genau das war. Vielleicht hatte Hecate damit zu tun. Wenn wir Glück haben, steht etwas dazu in einem von Marias Büchern.«

Er greift nach meiner Hand und gibt einen sanften Kuss auf die Fingerknöchel. »Das klingt doch nach einem Plan.«

Wir durchqueren die Unterführung und landen bei dem Souvenir-Shop. Nevio holt die Karte von Angela aus der Hosentasche und versteckt sie in einem Blumentopf. Gemeinsam gehen wir weiter zu seinem Motorrad. Der Parkplatz hat sich merklich gefüllt. Kinder schreien in der prallen Sonne. Verzweifelte Eltern, die versuchen die Kleinen zu beruhigen und aufzumuntern. Überall höre ich das Klicken von Kameras und die verschiedensten Sprachen, die in meinem Kopf automatisch übersetzt werden.

»Wir sollten Acca anrufen«, wende ich mich an Nevio, der den Rucksack gerade im Helmfach seiner Maschine verstaut hat.

»Das ist nicht nötig.«

Erschrocken springen wir auseinander. Acca kommt geradewegs auf uns zu, mit einem leichten Hinken, das sie gestern noch nicht hatte.

»Geht es dir gut?«, fragt Nevio sie direkt.

Sie wirft ihrem Ziehsohn einen glühenden Blick zu, der selbst Jupiter zum Schweigen bringen würde. »Du fährst mit deinem Motorrad nach Hause, Nevio. Danach hast du Restaurantdienst. Die kommenden Tage wirst du keine einzige freie Stunde ohne Aufsicht bekommen. Haben wir uns verstanden?«

Er senkt seinen Kopf. »Jawohl.«

Seine Augen huschen zu mir und eine Entschuldigung schwebt in ihnen. Ich schenke ihm ein aufmunterndes Lächeln, das sich wie eine Lüge auf meinen Lippen anfühlt. Accas Wut ist förmlich zu spüren. Sie knistert in der Luft wie eine Tausend-Volt-Leitung.

»Du kommst mit mir«, befiehlt sie und läuft an mir vorbei.

Obwohl ich kein Freund von Nevios Maschine bin, würde ich es vorziehen, sechs Stunden auf dem Höllending zu sitzen als zwei zusammen mit Acca in einem beengten Raum, aus dem es keinerlei Entkommen gibt. Trotzdem folge ich ihren eiligen Schritten.

An der Seite ihrer Jeans erkenne ich einen dunklen Fleck. Sofort steigt das schlechte Gewissen in mir hoch. Vulcanus hat sie verletzt – und ich bin schuld daran. Ich verflechte meine Finger ineinander, bis es schmerzt.

Sie öffnet einen Geländewagen, der eine große Ladefläche hinten hat, vermutlich um Wölfe zu transportieren.

Ohne ein Wort steige ich auf der Beifahrerseite ein und beobachte, wie Acca die Schlüssel ins Schloss steckt und rückwärts ausparkt. Das Schweigen ist wie eine Eiswand, die immer enger um meinen Körper zusammenschrumpft. Die Stille als Erste zu durchbrechen traue ich mich nicht. Ich weiß nicht mal, was ich sagen soll. Das Schlimme ist, mir tut es nicht leid, dass Nevio und ich uns auf die Suche nach Informationen gemacht haben. Selbst wenn wir kaum etwas herausgefunden haben, ist das, was wir haben, ein Anfang. Dass wir dabei in eine Falle gelaufen sind und sie deswegen leidet, tut mir hingegen wahnsinnig leid.

Ich stoße schwer die Luft aus, die ich unbewusst in meiner Lunge gehalten habe, und wage einen Blick auf die Fahrerseite. Accas Mimik ist hart. Unnachgiebig. Wie eine Statue, die in ihrem Zorn festgehalten wurde. Hastig schaue ich aus dem Fenster und beobachte, wie die Landschaft an uns vorbeizieht, ehe Acca sich in den Verkehr der Autobahn einfädelt. Nevio bleibt mit seinem Motorrad konsequent hinter uns. Vielleicht aus Angst, dass Vulcanus uns folgt, oder weil er sich nicht traut, aus Accas Sichtfeld zu verschwinden.

»Was habt ihr euch dabei gedacht?«, fragt sie plötzlich.

Ich weiß nicht, ob ich froh bin, dass sie endlich spricht, oder nicht. »Wir … Nein, ich wollte mehr erfahren. Nevio hat damit nichts zu tun. Er … er –«

»Hör auf ihn in Schutz zu nehmen!«, grollt sie. »Der Junge ist alt genug, um die Konsequenzen zu kennen. Und er wusste genau, was das für Folgen nach sich zieht.«

»Aber er hat es für mich getan!«

Acca beißt die Zähne zusammen. Ihre Kieferpartie hebt sich deutlich ab, als sich die Muskeln anspannen. »Du solltest keinen Einfluss auf ihn haben.«

»Ich habe ihn nicht dazu genötigt«, verteidige ich mich.

»Natürlich nicht, der Junge ist ein Narr.« Sie macht eine kurze Pause, doch ihre Kiefer arbeiten weiterhin, als kaute sie auf Wörtern, die ihr nicht schmecken. »Ich will, dass du dich von ihm fernhältst.«

Die Welt scheint für einen Moment stillzustehen. Eisige Kälte breitet sich in meinen Adern aus und lässt mich erstarren. Es dauert, bis ich mich wieder daran erinnere, wie ich spreche. »Was?«

»Du hast das sehr wohl verstanden, Sophia. Ich will, dass du und Nevio nie wieder Kontakt zueinander habt.«

Ihre Forderung tut überraschend weh. Es sollte nicht so sein. Dass wir auf kurz oder lang ein Ablaufdatum haben, ist mir bewusst. Trotzdem schmerzt es, ihre Ablehnung so deutlich zu spüren. »Wie soll das funktionieren? Ich komme jeden Tag ins Restaurant, um zu trainieren, wo er ebenfalls ist«, erinnere ich sie und versuche die Tatsache wegzuschieben, dass ich nicht aufhören will, Nevio zu sehen. Dass der Gedanke, ihn nie mehr zu sehen, mein Herz in kleine, feine Stücke reißt.

»Du brauchst kein Training mehr, Sophia. Die Magie und du, ihr harmoniert. Wie Hecate es gewollt hat.«

Ich öffne den Mund und schließe ihn wieder; wie ein Fisch auf dem Trockenen. So viel Ungesagtes liegt auf meiner Zunge, doch ich finde keine Worte.

»Maria wird noch ein paar Szenarien mit dir durchgehen, danach kannst du nach Hause. Zu deinen Freundinnen, das ist es doch, was du wolltest. Du kannst dein Leben wiederhaben.«

Mit weit aufgerissenen Augen starre ich die Werwölfin an. »Nein«, ist alles, was ich hervorbringe.

Überrascht sieht mich Acca von der Seite an. »Nein?«, wiederholt sie.

»Nein. Ich werde nicht verschwinden, ehe das Problem mit Vulcanus gelöst ist, und ich werde nicht aufhören Nevio zu sehen. Er ist mir wichtig. Ich mag ihn.«

»Und genau deswegen solltest du es lassen!«, fährt Acca mich an. Sie schlägt voller Zorn aufs Lenkrad, dass ich zusammenzucke.

»Wovon zum Orcus sprichst du?« Meine Stimme wird genauso laut wie ihre. Ich habe es satt, dass sie ständig irgendwelche Befehle brüllt, ohne mir nur eine Erklärung zu bieten.

Sie holt zittrig Luft, konzentriert sich dabei auf die Straße. »Werwölfe verlieben sich nur ein einziges Mal Hals über Kopf in ihrem Leben«, offenbart sie endlich. »Wenn sie verliebt sind, werden sie nie dasselbe für jemand anderen empfinden. Sie werden Zuneigung fühlen, auch Loyalität, aber keine so bedingungslose Liebe wie dieses eine Mal. Ich erkenne, wie mein Ziehsohn dich ansieht. Er ist ein Narr, dass er wie eine Motte am Licht an dir interessiert ist.«

Überrumpelt lasse ich mich in den Sitz zurückfallen. Mir wird kalt. Damit habe ich nicht gerechnet. Schützend schlinge ich die Arme den Rumpf. »Das, was wir füreinander empfinden, ist weit weg von Liebe«, sage ich und merke selbst, dass die Worte bitter wie eine Lüge auf der Zunge schmecken.

Acca schnaubt. »Das mag dir so erscheinen. Aber wenn dir nur ein bisschen an Nevio liegt, wirst du dich von ihm fernhalten. Verstanden?«

Mir ist flau im Magen bei dem Gedanken. Wir haben keine Zukunft. Ich lebe in Deutschland, er auf Sizilien. Es gibt keine Möglichkeit, wie wir jemals ein funktionierendes Wir werden. Zumindest nicht in den nächsten Jahren. Ich werde mein Abi machen, studieren … Und ich habe keine Ahnung, was Nevios Pläne für seine Zukunft sind. Wir haben nie darüber gesprochen. Wir wussten von Anfang an, dass das zwischen uns nicht von Dauer ist. Und wenn Acca die Wahrheit sagt, will ich nicht der Grund sein, wegen dem er eine Beziehung führt, in der er keine Liebe empfindet. »Verstanden«, raune ich leise und höre das Klirren meines Herzens, als es innerlich in tausend winzige Scherben zersplittert. Ich bemühe mich den Schmerz, der in mir wütet, zu ignorieren. Mich den Gefühlen nicht hinzugeben, denen ich am liebsten freien Lauf lassen möchte. Nicht hier. Nicht jetzt.

»Danke«, sagt Acca und fährt sich durch ihr dickes braunes Haar. »Was wolltet ihr bei Vulcanus' Tempel?«

Tränen verschleiern meine Sicht. »Wir haben herausgefunden, dass ihn etwas gedemütigt hat. Irgendetwas, das seine Rachelust geweckt hat und von Hecate ausgegangen sein muss.«

Acca wirft mir einen nachdenklichen Blick zu. »Wie lange wart ihr bei dem Tempel, ehe Vulcanus euch gefunden hat?«

»Keine Ahnung. Nicht lang. Ein paar Minuten«, antworte ich.

»Das ist eine erstaunliche Entdeckung für so wenig Zeit.«

»Es reicht aber nicht.«

Die Werwölfin seufzt und reibt sich über die Stirn. »Es gibt ein Gerücht, dass Vulcanus versucht haben soll sich Hecate aufzudrängen. Und sie ihn zur Strafe verflucht hat. Angeblich sieht er in seiner göttlichen Form aus wie ein Monster.«

»Und ist das wahr?«

»Ich habe Vulcanus nie so gesehen.«

»Aber es könnte erklären, wieso er Hecate leiden sehen will. Indem er zum Beispiel alle hundert Jahre Wesen als Eigentum in die Welt der Götter bringt.«

»Und damit demonstriert, dass er mächtiger als Hecate ist und Einfluss auf ihre Schützlinge hat«, beendet Acca.

»Und wie hilft uns das weiter ihn zu stürzen?«

Sie sieht mit aufgerissenen Augen zu mir. »Was?«

»Hecate musste Jahrhunderte lang zusehen, wie Vulcanus immer und immer wieder junge Frauen in seine Hand gezwungen hat, die ihrem Schutz unterstellt waren. Helvia hat einen Fehler begangen, einen, von dem mir niemand berichten will. Ich denke, dass das, was Hecate erreichen will, ein Sieg des Spiels ist, das zwischen Vulcanus und ihr herrscht. Und dafür müssen wir ihn besiegen.«

Accas Blick ist wieder auf der Straße, aber ich erahne, wie sie in ihrem Kopf das Für und Wider meiner Aussage durchgeht. »Er ist ein Gott«, erinnert sie mich.

»Aber er war es auch, der das Feuer gelenkt hat. Derjenige, der die Lava über Pompeji gespuckt hat. Zumindest laut seinen eigenen Worten«, sage ich in der Hoffnung, dass es sie umstimmt.

Ruckartig tritt sie auf die Bremse, dass ich nach vorn geschoben werde. Ihre Augen sind vor Schrecken geweitet. »Was hast du gesagt?«

Hinter uns hupt jemand. Nevio fährt an das Fahrerfenster heran und schiebt sein Visier hoch, wodurch seine fragende Mimik erkenntlich wird.

»Ich habe gesagt, dass Vulcanus mir verraten hat, dass er das Feuer und die Lava gelenkt hat«, wiederhole ich.

Ein Zittern läuft über Accas Körper. Sie nickt Nevio zu und deutet ihm weiterzufahren. Wie ferngesteuert zieht sie ihr Handy aus der Tasche und wählt eine Nummer. Hektische schaue ich mich um, doch die Autobahn ist bis auf Nevio frei von anderen Autos.

»Hallo, Maria ... Ja, ich habe sie. Keine Sorge, ihnen geht's gut ... Ich weiß ... Sag ihrer Mutter, dass sie das Rückflugticket bestellen kann.«

»Was?«, frage ich empört und beuge mich vor. »Nein!«

»Ich lasse nicht zu, dass Vulcanus noch eine Tredecim in die Finger bekommt«, unterbricht Acca meinen Widerspruch.

»Wir unterhalten uns später, Maria«, sagt sie ins Telefon und legt auf.

»Aber –«

»Nein!« Acca wirft mir einen harten Blick zu. »Ich habe eine Tredecim verloren, das wird mir nicht noch einmal passieren. Du wirst nach Hause fahren. Ich kümmere mich um Vulcanus.« Für einen Moment herrscht Stille. »Das hätte ich schon viel eher tun sollen«, murmelt sie hinterher.

Ich lasse mich zurück in den Sitz sinken und wische schnell eine heiße Träne von meinem Augenwinkel.

***

Acca stellt das Auto in der Gasse ab, in der Nevio sein Motorrad geparkt hat und auf uns wartet. »Denk dran, was ich dir gesagt habe«, erinnert sie mich, bevor ich aussteige, und deutet mit dem Kinn auf Nevio.

»Es hat sich doch eh erledigt«, werfe ich ihr vor. »Ich fliege nach Hause.«

»Das, was du die ganze Zeit wolltest«, erinnert mich Acca.

Ich presse die Lippen aufeinander und steige aus. Nevio bemerkt sofort meinen Gesichtsausdruck und geht auf mich zu. »Was ist los? Ist etwas ...«

»Hatte ich nicht gesagt, dass du Restaurantdienst hast?«, knurrt Acca ihn an.

»Deswegen darf ich doch eine Freundin fragen, ob alles in Ordnung ist«, grollt Nevio. Zum ersten Mal jagt mir seine Stimme einen Schauer über den Rücken.

Acca baut sich zu ihrer ganzen Größe auf. »Es ist alles in Ordnung.«

»Ich rede mit ihm«, gehe ich dazwischen und lege die Hand auf Accas Schulter, um sie zu beruhigen und ihr mitzuteilen, dass ich verstanden habe, selbst wenn es mein Herz zerfetzt.

»Na gut. Ich erwarte dich drinnen, Nevio.« Sie geht, ohne sich noch ein einziges Mal zu mir umzudrehen.

In den wenigen Tagen, in denen wir uns nicht an die Gurgel gegangen sind, habe ich gedacht, dass wir eine zarte Verbindung geknüpft haben. Aber vielleicht war das nur Einbildung. Ich schlucke die Enttäuschung hinunter und sehe zu Nevio. Seine braunen Augen mustern mich besorgt.

»Was ist passiert?«, raunt er mit tiefer, tröstender Stimme. Seine Finger streichen zärtlich über meine Wange. Am liebsten möchte ich in die Wärme flüchten. Seine Arme um mich fühlen. »Ich fahre nach Hause«, sage ich taub. Ich will das nicht. Ich will nicht gehen. Ihn nicht verlassen.

Nevio stolpert einen Schritt zurück. »So … plötzlich?«

»Acca hat es vorhin im Auto beschlossen.«

Er greift nach meinen Händen. Seine Finger streicheln über meine Handrücken und ich liebe das Gefühl. Liebe jedes einzelne Prickeln, das seine Berührung in mir hervorruft, und die Blitze, die zwischen uns entstehen, wenn wir einander nah sind. Ich will nicht verzichten. Nicht auf ihn.

»Wir sollten unbedingt endlich unsere Handynummern austauschen, meinst du nicht, *principessa?*«, schlägt er mit einem Schmunzeln vor, das sein Grübchen zeigt, in das ich mich verliebt habe.

Ein Kloß sitzt in meinem Hals. Setzt sich auf die Atemwege und verhindert, dass ich Luft holen kann. »Ich denke, dass das keine gute Idee ist.« Die Worte zerfetzen mich wie Scherben, die in meinem Inneren explodieren. Es tut so weh.

Seine braunen Augen weiten sich. »Warte, was?« Er umfasst meine Finger mit neuer Kraft, als versuchte er sich verzweifelt an mich – an uns – zu klammern. »Sophia, ich mag dich.«

Ich will sagen, dass ich ihn auch mag – sogar mehr als dieses simple Wort ausdrückt. Dass ich mich in den wenigen Tagen verliebt habe. In ihn. Unwiderruflich. Unwiderlegbar. Ich bezweifle, dass irgendjemand anderes jemals solche Gefühle wie er in mir weckt. Es ist eine Ironie des Schicksals. Ich verlasse ihn, um ihn vor ebenjenen Gefühlen zu schützen, die mich befallen haben. Innerlich wappne ich mich vor den Worten, die nicht nur mich verletzen werden. Die ich ihm entgegenschleudern muss, damit er versteht. Damit er mich gehen lässt. Damit er mich hasst. Ich trete einen Schritt zurück, verliere seine Finger und ihn. »Sorry, das zwischen uns, das war echt nett, Nevio. Aber es war klar, dass das nur ein Sommerflirt ist.«

Ich sehe, wie er zerbricht. Seine Augen sind ein Spiegel meiner eigenen Gefühle, die mich innerlich schreddern. Es ist unfair. Ich hoffe, dass er erkennt, dass es mich genauso zerreißt wie ihn, und gleichzeitig klammere ich mich an die Hoffnung, dass er mich hassen kann.

»Ein Sommerflirt?«, fragt er tonlos.

»Ja, hast du etwa gedacht, dass das mehr ist? Ich meine, du siehst toll aus und das zwischen uns war echt cool. Aber mehr nicht.« Ich hasse mich. Für jedes einzelne Wort, das sich anfühlt wie ein Messer, das ich uns beiden in den Körper ramme. Wie kann es sein, dass mich dieser Abschied umbringt? Dass er mich zerstört?

»Okay, ich … ähm, ich gehe dann jetzt besser zu Acca. Nett, dich kennengelernt zu haben«, sagt er und dreht mir hastig den Rücken zu.

Ihn nicht aufzuhalten fühlt sich falsch an. Ihn gehen zu lassen widerspricht all den Gefühlen, die wirbelsturmartig in mir wüten. Ich will meine Arme um ihn schlingen und ihn nie wieder loslassen. Zittrig hole ich Luft und warte, bis er um die Ecke verschwunden ist, ehe ich mich auf den Weg zu Maria mache. Meine Füße bewegen sich von selbst, als ich den bekannten Weg vom Restaurant zurückgehe. Der Unterschied ist, dass ich dieses Mal etwas zurückgelassen habe. Es fühlt sich an, als klaffte in meiner Brust ein Loch. Eines, bei dem ich mir sicher bin, dass es nie wieder gefüllt werden kann.

Auf dem Rückweg bekomme ich nichts mit. Weder den Wind, die Sonne, das Meer oder sonst was. Ich bin wie ein Roboter, der funktioniert. Jegliche Gefühlsregungen, abgesehen von dem Schmerz, habe ich zurückgelassen. Das Schlimmste ist, dass Nevio es nicht weiß. Dass er nicht einmal ahnt, dass ich ihn nicht nur mag. Dass ich ihn liebe. So verrückt das klingt. Ich liebe ihn und würde alles tun, um ihm das zu sagen. Doch wenn Acca recht hat, und ich gehe nicht davon aus, dass sie lügt, dann ist es besser, wenn er mich hasst. Irgendwann wird unsere Zeit zu einer Erinnerung verblassen und Platz für Neues machen und hoffentlich findet er jemanden, der seiner Liebe würdig ist. Der in der Lage ist, ihm zu geben, was er verdient.

Marias Haus wird sichtbar. Ich beschleunige die Schritte, absolut bereit mich aufs Bett zu schmeißen und den Tränen nachzugeben, die seit dem Gespräch in meinen Augen brennen.

Die Tür öffnet sich, statt Maria stehen Leonie und Alex im Rahmen und winken mir übertrieben fröhlich zu. Hinter ihnen sehe ich die Zirkelleiterin, die mir ein kleines Lächeln schenkt. Und genau das ist es, was den Damm bricht. Die Kraft meiner Beine schwindet abrupt. Ich sinke auf dem aufgeheizten Asphalt zusammen. Schluchzer erschüttern mich. Tränen laufen mir über die Wangen. Der innerliche Schmerz zerreißt mich. Ich krümme mich, versuche zusammenzuhalten was noch existiert, aber ich bin gebrochen. Nur hat es niemand gesehen. Selbst ich habe nicht gemerkt, wie tief Nevio in mir verwurzelt ist.

»Soph!« Leonies Stimme ist schrill in meinen Ohren.

»Was ist los?«, fragt Alex und ich spüre, wie sie ihre Arme um mich schlingt. Wie sie bemüht ist mich zu halten, obwohl ich nur aus Splittern bestehe.

»Lasst uns rein«, sagt Maria.

Ich gebe dem Drängen meiner Freundinnen nach, die mich in Richtung Haus lotsen, ohne mich mit Fragen zu löchern. Sie sind einfach da. Und in dem Moment könnte ich nicht dankbarer für sie sein.

KAPITEL 22

POMPEJI IM JAHRE 79 N. CHR.

Zarte Lichtstreifen am Horizont kündigen die aufgehende Sonne an, als ich nach einer durchwachten Nacht vor dem Tempel stehe und in die Richtung starre, in die Larentia vor einer Weile in ihrer Wolfsgestalt aufgebrochen ist.

»Willst du nicht schlafen?«, fragt Lucius und legt einen Arm um meine Taille. Seine Wärme tut in der kühlen Morgenluft gut.

»Ich kann nicht.« Mein Blick schweift zum Vesuv, dessen Umrisse sich selbst bei den schummrigen Lichtverhältnissen wie ein Riese hinter Pompeji abzeichnen. Wie erkläre ich Lucius dieses Rumoren in meinem Inneren? Die Unruhe und die Befürchtung, dass wir einen schrecklichen Fehler begangen haben, indem wir Larentia gehen ließen?

Lucius beugt sich hinunter und haucht mir einen Kuss auf den Haarscheitel. »Würdest du auch in meinen Armen keine Ruhe finden?«

Seine Worte drängen die Unruhe für einen Augenblick nieder. Mit einem Lächeln auf den Lippen schmiege ich mich an ihn. »In deinen Armen will ich andere Dinge tun als schlafen«, gestehe ich und stelle mich auf die Zehenspitzen.

Heiser lacht er und kommt mir entgegen. Ich spüre seinen warmen Atem auf dem Gesicht, seine Lippen berühren meine nur hauchzart.

Plötzlich fegt Vulcanus' Aura wie ein glühend heißer Sturm über mich hinweg. Die Hitze droht mich zu versengen, ich ringe japsend nach Atem und verkrampfe in Lucius' Armen.

»Helvia, was …?«

In der Ferne erwacht ein Grollen, etwas explodiert. Nur kurze Zeit später erfasst uns heißer Wind, der wie eine Welle durch Pompeji fegt und den Staub auf den Straßen aufwirbelt. Lucius schlingt seine Arme um mich und dreht mich schützend zur Tempeltür hin. An seiner Brust spüre ich seinen klopfenden Herzschlag, der in die Höhe getrieben wird.

Erschrocken sehe ich ihm ins Gesicht, als der Wind abflaut. Sein Blick huscht über mich, dann wenden wir uns beide dem Vesuv zu.

»Bei den Göttern …«, haucht Lucius.

Eine dunkelgraue Wolke steigt vom Gipfel auf.

Druck schießt mir in den Kopf. »Vulcanus«, wispere ich. Eine eisige Faust schließt sich um mein Herz. Ich spüre die Aura des Gottes, als wäre er allgegenwärtig.

Um den Tempel herum stürmen Menschen und Wesen aus den Häusern und blicken voller Sorge ängstlich zum Vesuv. Wie ein Ungetüm erhebt sich die Aschewolke weiter in die Höhe.

»Was war das für ein Lärm?«, ertönt Marius' Stimme. Gefolgt von anderen Wesen tritt er hinter uns aus dem Tempel und auf den Vorplatz hinaus, um zum Vesuv zu schauen. »Heilige Hecate …« Ihm entgleisen die Gesichtszüge. »Was hat das zu bedeuten?«

»Es ist ein Vorgeschmack auf Vulcanus' Macht«, sagt Milonia, die Stirn sorgenvoll gerunzelt. Ihr Blick streift über die Bewohner Pompejis, die auf den Straßen stehen, unschlüssig, was sie tun sollen.

»Uns bleiben noch vier Tage, bis sein Ultimatum endet«, begehrt Marius auf.

»Vulcanus ist nicht blind und muss mitbekommen haben, dass Larentia fort ist.« Milonia dreht sich zu mir um. »Ich vertraue nicht auf sein Wort, Helvia. Er ist ein hinterhältiger Gott, dem jedes Mittel recht ist, um zu bekommen, was er will.«

»So wie Tiberius«, sage ich.

Sie nickt. »Lasst uns in den Tempel gehen und zu Hecate und Iuppiter beten. Vielleicht erhört der Göttervater die Gebete und entsendet unsere Schutzpatronin auf die Erde. Nur sie kann Vulcanus aufhalten und ihn in sein Reich verbannen. Wir können ihn lediglich hinhalten, vor allem ohne Larentia. Ohne sie ist unser Zirkel unvollständig.«

»Beten wir, dass die Princeps es rechtzeitig zurückschafft, bevor Vulcanus genug davon hat, uns nur einen Vorgeschmack zu geben«, stimmt der Zentaur Tertius zu und scheucht die anderen in den Tempel.

»Wir können doch nicht bloß abwarten und beten, während es im Vesuv brodelt!«, erhebe ich in dem Versuch, sie aufzuhalten, die Stimme und weise auf die Aschewolke über dem Gipfel.

Marius wendet sich mir wieder zu. »Was sollen wir deiner Meinung nach sonst tun?«, fragt er provokativ. »Wir wissen nicht einmal, was Vulcanus vorhat. Willst du zum Gipfel des Vesuvs emporsteigen, um ihn zur Rede zu stellen? Wagst du dich dort hoch?« Er schnaubt, als ich keine Antwort darauf finde und bloß die Lippen aufeinanderpresse. »Vulcanus lässt nicht mit sich reden.«

»Uns bleiben noch vier Tage, Helvia«, wiederholt Tertius. »Auch wenn es dir widerstrebt, lass uns beten und abwarten. Vulcanus will uns einschüchtern. Und wie wir sehen, gelingt ihm das mühelos.« Mit klackernden Hufgeräuschen verschwindet er im Inneren des Tempels.

»Ich habe kein gutes Gefühl dabei, Lucius«, gestehe ich und sehe zur Straße. Die Ersten eilen auf die Stadtmauer zu, um Pompeji zu verlassen. Panik treibt sie voran, sodass sie sogar ihr Hab und Gut zurücklassen. Anspannung liegt in der Luft, ich kann es den Flüchtenden nicht verdenken, beim Anblick der Aschewolke das Weite zu suchen.

»Womöglich hat Tertius recht und Vulcanus will uns bloß Angst machen, damit du nachgibst. Immerhin weiß er, dass Larentia fort ist und dich nicht aufhalten kann, solltest du ihm in sein Reich folgen, um uns zu schützen.«

»Er will mich mürbe machen«, murmle ich. Ketten schlingen sich um meine Brust und erschweren mir das Atmen. Oder ist es dieser graue Dunst, der auf einmal über Pompeji liegt und die Luft verpestet? »Sollte er zu weit gehen und erneut jemanden töten, um mich gefügig zu machen, werde ich nicht mehr abwarten und bloß beten.« Entschlossen verziehe ich den Mund.

»Sollte es so weit kommen, kämpfe ich an deiner Seite«, sagt er und legt seine Hand an meinen Rücken, um mich zur Tür zu schieben. »Lass uns zu den anderen hineingehen. Deine Nähe wird sie beruhigen.«

Mir entgeht nicht, wie er zum Vesuv zurücksieht, das Gesicht starr vor Sorge. Seine Aura ist finster, erfüllt von derselben Unruhe, die mich plagt. Vulcanus ist erneut aus seinem Reich emporgestiegen und das kann nichts Gutes bedeuten.

***

Am späten Vormittag erschüttert ein erneutes Beben den Tempel. Wieder grollt etwas in der Ferne. Es knackt und grummelt bedrohlich in den Wänden und der Decke, Gefäße tanzen über Tische, bis sie am Boden zerschellen. Mit einem Aufschrei klammern sich viele Anwesende aneinander und sehen ängstlich zu den Oberhäuptern der Zirkel, die von den Stufen zum Altar aus die Gebete geleitet haben. Staub rieselt von der Decke, die Lichter der Öllampen flackern.

Ich quetsche mich durch die Menge und reiße die Tür auf, um ins Freie zu stürzen. Vulcanus' Aura umhüllt mich seit den Morgenstunden, doch jetzt frisst sie sich in mein Bewusstsein, sodass mir schwindelig wird. Erschrocken öffne ich den Mund und sauge die Luft beim Anblick des Vesuvs ein.

Mit einem ohrenbetäubenden Krachen und Donnern entlädt sich Vulcanus' Macht und sprengt den Gipfel. Gestein schießt in die Luft, gefolgt von einer dunkelgrauen, mit Flammen durchsetzten Wolke. Wie eine Säule bäumt sich die gewaltige Aschewolke in den Himmel auf. Sie muss höher sein als der Vesuv selbst. Flammende, glühende Flüsse aus Lava und Schwefel schlängeln sich wie Adern den Vulkan hinab. Der obere Teil der Wolke dehnt sich aus, bis sie an eine Baumkrone erinnert. Wie feiner Nebel breitet sich die Asche aus und verschluckt die Strahlen der Sonne. Der Himmel verdunkelt sich, Finsternis legt sich über meine Heimat.

Ich schwanke, als der Untergrund erneut bebt, als wühlte sich ein Ungetüm unter Pompeji hindurch. Ein beißender Gestank senkt sich gleichsam mit der Asche auf die Stadt nieder. Mit einem Knall schlägt hinter mir die Tür zu. Erschrocken zucke ich zusammen und wirble herum, um sie wieder zu öffnen. Doch sie ist verschlossen. Ich rüttle am Griff, während von innen jemand gegen die Tür pocht.

»Helvia?«, ruft Lucius.

Die Tür rührt sich nicht. Mit hämmerndem Herzen drehe ich mich wieder dem Vorplatz zu.

Panische Schreie mischen sich unter das Grollen des Vesuvs. Menschen stürmen aus ihren Häusern und strömen die Gassen hinunter, um aus der

Stadt zu fliehen. Es dauert nicht lange und die Straßen sind überfüllt. Überall herrscht Chaos, während ich nur wie erstarrt zusehen kann, als wäre ich in meinem Körper gefangen. Die Sicht wird zunehmend schlechter, bis ich von den Nachbarhäusern nur noch die Umrisse erkenne. Die Flüchtenden werden von der dichten Aschewolke verschluckt. Als schattenhafte Gestalten irren sie durch das Grau, begleitet von Schreien und hilflosen Rufen.

In meiner Lunge sticht es, weshalb ich nach Atem ringe und mir eine Hand vor den Mund schlage. Ich sehe in die Richtung, in der der Vesuv liegt, und spüre die Blitze, die in der Aschewolke zucken, mehr als dass ich sie erkenne. Die Kraft, die von ihnen ausgeht, lässt mein Herz schneller schlagen und die Beine zittern. Mir schießt ein Gedanke durch den Kopf: *Es hat begonnen ...*

»Du brichst dein Wort, Vulcanus«, wispere ich, während mir die Angst die Kehle zuschnürt.

Seine Aura umgibt mich so schlagartig, dass ich rückwärts taumle, bis ich mit dem Rücken gegen die Tür des Tempels stoße, an der unentwegt von innen gerüttelt wird.

Hitze umgibt mich, windet sich wie ein Reptil meinen Körper hinauf. Es ist, als striche jemand mit heißen Fingerkuppen über die Haut. Vor mir verdichtet sich der Rauch und formt eine großgewachsene Gestalt. Rot glühende Augen blicken auf mich hinab, dann erkenne ich Vulcanus' zornig verzogenes Gesicht.

»Bist du wirklich so töricht zu denken, ich würde nicht sehen, was in Hecates Tempel vor sich geht und was ihr hinter meinem Rücken treibt?«, fragt er und wird mit jedem Wort lauter, bis seine Stimme donnernd von den Mauern des Tempels widerhallt.

»Larentia ist jeden Augenblick zurück«, lüge ich und beuge mich ihm mit eiserner Miene entgegen, damit er mir die Unsicherheit nicht anmerkt.

»Es geht mir nicht um eure Princeps!«, schreit er und stemmt die Hände ruckartig neben meinen Schultern gegen die Tür des Tempels, sodass ich erschrocken zusammenzucke und zurückschrecke. Steif beugt er sich zu mir hinab, sein Gesicht zu einer Fratze verzogen, die mich erschauern lässt. »Du hast dich mit dem Wolf vermählt. Du hast mich hintergangen!«

»Ich war dir nie versprochen«, entgegne ich und versuche das Beben meines Körpers zu unterdrücken, während ich Vulcanus' bohrendem Blick standhalte. So gut es geht, richte ich mich auf, während er mich weiterhin zwischen sich und der Tür einklemmt. Die Magie pocht in mir. Als sie die Luft um uns herum zum Flirren bringt, entlockt das Vulcanus ein Schmunzeln. Er ist das gestaltgewordene Feuer. Ich muss mit mehr aufwarten, um ihm zu schaden.

Der Gott zieht einen Mundwinkel in die Höhe und stiert mich an, als wäre er ein Raubtier, das mich verschlingen will. »Es muss Schicksal sein, dass mein Element dein stärkstes ist«, sagt er, legt den Kopf schief und wandert mit seinem Gesicht nah an meinem vorbei, als schnupperte er an mir. Ich kann den Drang, ihn von mir zu stoßen, kaum unterdrücken. »Es ist nicht zu spät, Tredecim. Noch hat er dir nicht deine Unschuld geraubt und du kannst mir in mein Reich folgen.«

Seine Worte sprengen die Fassung, die ich zu bewahren versucht habe. Meine Magie wallt auf und formt sich zu Flammen, im selben Augenblick stemme ich die Hände gegen seine Brust und schmettere ihm die Macht entgegen.

Zu überrascht von meiner Gegenwehr reißt Vulcanus die Augen auf, kurz bevor er von mir geschleudert wird und in dem dichten Rauch verschwindet.

Schwer atmend starre ich in das Grau, Flammen lecken an meinen geballten Fäusten.

»Du weist mich zurück, Tredecim?«, grollt Vulcanus' Stimme über den Vorplatz, als wäre er überall gleichzeitig.

Mein Blick huscht umher, auf der Suche nach der Gestalt des Gottes, die sich im Rauch abzeichnet. Doch ich sehe nur die Umrisse der Häuser und den schattenhaften Strom der Flüchtenden, die nichts von unserer Auseinandersetzung bemerkt haben.

Ein Zittern gräbt sich durch meinen Körper. Was, wenn Vulcanus seinen Groll an den Wesen und Menschen auf den Straßen auslässt? Unsicher trete ich vom Tempel weg. Was soll ich tun? Was würde Larentia machen? Mir wird schlecht.

Plötzlich teilt sich der Rauch vor mir. Vulcanus prescht vor, packt mich und reißt mich mit sich, bis ich mit dem Rücken gegen die Tür pralle.

Schmerz schießt durch meinen Körper und ich ringe gequält nach Atem. Vulcanus klammert die Hände schmerzhaft fest um meine Oberarme. Ich spanne jeden Muskel an und winde mich in seinem Griff, doch er ist erbarmungslos. Die Magie wütet in mir, will mich befreien. Unter uns erzittert die Erde, Flammen fressen sich in Vulcanus' Hände.

Doch er zeigt sich unbeeindruckt. »Wollen wir sehen, ob ich dich nicht überzeugen kann.« Endlich lässt er mich los. Ohne den Blick von mir zu nehmen, weicht er zurück. Mit jedem Schritt nimmt das Beben der Erde zu. In der Ferne grollt der Vesuv. Vulcanus verzieht die Lippen zu einem hämischen Grinsen und streckt das Gesicht dem Himmel entgegen.

Ich folge seinem Blick und presse mich mit dem Rücken gegen die Tür, als Steine auf uns hinabregnen. Rhythmisch klackernd prallen sie auf Dächer und Straßen.

»Nur du kannst den Untergang Pompejis jetzt noch aufhalten, Tredecim«, raunt Vulcanus. Sein glühender Blick bohrt sich in mich. Ein Blinzeln genügt und er ist verschwunden.

Hinter mir wird die Tür aufgerissen. Ich verliere den Halt und strauchle, doch lande in starken Armen.

»Helvia, den Göttern sei Dank!«, stößt Lucius aus und drückt mich an sich.

»Bei den Göttern, es regnet Steine!«, haucht Marius und tritt ins Freie. Schützend hält er die Arme über den Kopf und weicht zurück.

»Vulcanus hat sein Wort gebrochen«, gebe ich atemlos von mir und richte mich zittrig auf. Es fühlt sich an, als schlänge jemand seine Arme um meinen Brustkorb und drückte zu. Jeder Atemzug schmerzt und erschöpft mich. Flüchtig sehe ich zu Lucius, bevor ich den Blick über die anderen Oberhäupter schweifen lasse. Mein Kiefer knackt, als ich die Muskeln verspanne. »Seine Wut wird uns überrollen.«

Fassungslos starren mich alle an.

»Aber das Ultimatum ...« Marius schüttelt ungläubig den Kopf.

»Weshalb sollte Vulcanus sich daran halten? Er ist ein Gott, er stellt Regeln auf und bricht sie«, sagt Milonia. Ihre Miene wirkt starr, ich erkenne die Angst in ihr.

»Was können wir tun, um Pompeji zu retten?«, fragt Tertius.

»Kämpfen!« Iulia tritt vor, das Kinn entschlossen gereckt. »Vulcanus soll für Dianas Tod büßen!« Sie sieht zu mir. »Ich folge der Tredecim auch ins Gefecht gegen einen Gott. Gemeinsam können wir ihm standhalten.«

»Hecate schenkte uns ihren Kuss, damit wir das Volk gegen die Menschen schützen, sollte es je wieder zum Krieg kommen«, wendet der Gestaltwandler Fabius ein und lacht verzweifelt. »Vulcanus ist ein Gott! Er wird uns zermalmen. Uns und ganz Pompeji.« Seine Stimme bebt, wie gehetzt huscht sein Blick hin und her, bis er auf Lucius liegen bleibt.

»Es steht jedem frei, die Stadt zu verlassen«, versichert dieser und ergreift meine Hand. »Ich werde bleiben und kämpfen. Für unsere Heimat und für unser Volk. Für die Tredecim.«

Einen Augenblick lang verfallen alle ins Schweigen. Betreten schauen einige zu Boden.

»Ich trage es niemandem nach, der sein Leben retten will. Aber je mehr wir sind, desto mehr haben wir Vulcanus entgegenzusetzen«, sage ich.

In vielen Gesichtern erkenne ich Zweifel. Ich kann es ihnen nicht verdenken. Immerhin bitte ich sie gegen einen der mächtigsten Götter in den Kampf zu ziehen. Kaum zu glauben, dass ich erwarte, wir könnten siegen. »Pompeji ist meine Heimat. Ihr seid es. Bis zum letzten Atemzug werde ich für euch kämpfen.« Entschlossen balle ich die Fäuste. Vulcanus hat mich vorhin überrascht. Gelähmt durch den Schock war ich unfähig ihm die Macht entgegenzuschleudern. Vielleicht war es auch die unsinnige Hoffnung, er möge ein Einsehen haben. Doch er hat deutlich gemacht, dass er kein Erbarmen mit uns zeigt. Entweder ich folge ihm und schenke ihm meinen Kuss und somit die Magie der Tredecim oder er lässt Pompeji und alle Lebewesen darin untergehen.

Als sich die ersten Wesen zögerlich in Bewegung setzen, weiche ich von der Tür zurück, um ihnen Platz zu machen. Entschuldigende und beschämte Blicke treffen mich. Aber ich mache niemandem einen Vorwurf.

»Ich bleibe und kämpfe.« Marius nickt mir zu und sieht zu den Baciato seines Zirkels, die sich hinter ihm versammelt haben. »*Wir* bleiben.«

Manch einer, der zur Tür hinauswollte, verharrt, um kurz darauf umzukehren und sich uns anzuschließen. Immer mehr Wesen kommen zusammen.

Die Baciato meines Zirkels sammeln sich ebenfalls.

»Wie gehen wir vor?«, fragt Cornelius.

»Lasst uns einen Schutzwall um den Vesuv legen. Vereinen wir die Magie, können wir Vulcanus' Macht eindämmen. Seine Macht wird nicht so verheerend sein und er wird viel Kraft darauf verwenden, unseren Schutz zu zerstören. Das könnte uns die nötige Zeit verschaffen, bis Larentia zurückkehrt«, schlage ich vor und erhalte zustimmendes Nicken.

»Die Princeps wird spüren, dass Vulcanus seine Macht entfesselt hat, und Kaiser Titus unter Druck setzen. Wir müssen darauf vertrauen, dass sie schnell zurück ist und unseren Zirkel vervollständigt. Mit der vereinten Macht aller und der Tredecim können wir Vulcanus in seine Schranken weisen. Hecate wird den geschwächten Gott in sein Reich zurück verbannen.« Milonia sieht voller Zuversicht in die Runde.

»Jeder, der nicht zum Schutzwall beitragen kann, hilft dabei, die Menschen aus der Stadt zu schaffen«, sagt Lucius.

»Die Alten und Kranken sollen sich in den Tempel retten. Hecate wird sie schützen.« Marius sieht zur Decke, als schickte er ein stummes Gebet an unsere Schutzpatronin. »Und jetzt lasst uns keine Zeit verlieren!« Er weist die Anwesenden mit einer Geste an, ihm zu folgen, und verlässt den Tempel.

Ich lasse mich von dem Strom mitziehen, bis ich im Freien bin. Wesen aller Art verteilen sich, um Marius' Anweisungen zu befolgen. Unaufhörlich regnet es kleine Steine. Sie sind zwar nicht schwer, doch es zwickt und schmerzt bei jedem Aufprall. Es sind so viele, dass sie bereits die gepflasterte Straße bedecken und sich in den Gräben anhäufen. Das Prasseln der Steine übertönt alles.

Mein Blick schweift zu Lucius, der umringt von den Wölfen seines Rudels steht und ihnen Stadtteile zuweist. Er muss schreien, damit die anderen ihn verstehen. Das dichte Fell dürfte die Gestaltwandler vor dem Gesteinsregen schützen.

Mittlerweile rieselt auch Asche vom Himmel. Bei jedem Atemzug fühlt es sich an, als verklebte etwas in meiner Lunge. Hin und wieder fallen glühend heiße Schlammmassen auf uns herab und brennen sich in Stoffe und Haut.

Als die Wölfe davonjagen, bebt die Erde erneut, sodass viele schreien und auf die Knie gehen. Mit ausgestreckten Armen versuche ich die Balance zu halten und nicht zu stürzen. Die Magie streckt ihre Fühler aus und verbindet mich mit der Erde. Ich schließe die Augen und spüre den Vesuv so genau, als würde ich ihn sehen können. Ein wenig sackt die säulenartige Wolke in sich zusammen und ergießt sich samt Gestein auf den Vulkan, ehe er das Gemisch wieder in die Luft schleudert. Glühende Aschewolken, in die sich Geröllmassen mischen, rasen wie eine todbringende, dunkle Welle die Hänge des Vulkans hinab. In der Ebene vor dem Vulkan kommt der zerstörerische heiße Schwall zum Erliegen. Ich blinzle, bis der Vesuv vor meinem inneren Auge verschwindet. Das nächste Beben wird eine weitere verheerende Glutwolke auslösen, welche uns treffen wird, wenn wir nicht schleunigst den Schutzwall heraufbeschwören.

Hektisch sehe ich mich nach den anderen um, als Vater in der Tür des Tempels auftaucht und entsetzt ins Freie starrt. Schnell bin ich bei ihm. Er drückt mich an sich und stößt erleichtert den Atem aus.

Doch ich entziehe mich ihm und umfasse seine Arme, ehe ich ihn eindringlich ansehe. »Geh wieder hinein, Vater! Hier draußen bist du Vulcanus schutzlos ausgeliefert.« Verzweifelt rüttle ich an seinen Armen.

»Nein, ich werde dich nicht im Stich lassen«, entgegnet er und schüttelt den Kopf. »Ich kann ein Schwert führen.«

»Ein Schwert wird dich nicht vor Vulcanus' Flammen bewahren! Das kann nur Magie. Bei den Göttern, sei nicht so stur und geh in den Tempel! Dort schützt dich Hecates Segen.« Die Angst, ihm könne etwas zustoßen, raubt mir die Geduld.

»Sie hat recht«, sagt Lucius, der neben uns auftaucht. »Dein Wille, Helvia zu schützen, ehrt dich. Aber als einzelner Mensch hast du Vulcanus nichts entgegenzusetzen. Ich werde nicht von ihrer Seite weichen, du hast mein Wort.«

Schweigend sehen sich die beiden wichtigsten Männer in meinem Leben in die Augen. Ich halte die Unruhe kaum mehr aus, bis Vater endlich nickt.

Dann wendet er sich mir wieder zu und schließt mich in seine Arme. »Gib auf dich acht«, wispert er an meinem Ohr und drückt mich enger an sich.

»Das werde ich.«

Die Sorge in seiner Miene ist nicht zu übersehen, als er sich abwendet und in den Tempel zurückgeht.

»Was, wenn wir sie enttäuschen?«, frage ich, schlinge die Arme um die Taille und sehe Lucius voller Sorge an. »Wenn wir sie nicht beschützen können?«

Ratlos betrachtet er mich. »Wir dürfen den Glauben nicht verlieren. Wenn nicht wir, wer soll dann noch Vulcanus' Macht standhalten?« Er greift nach meiner Hand und drückt sie. »Hab Vertrauen.«

»In wen?«

»In Hecate und Larentia. In dich.« Die Zuversicht und Hoffnung, die sich in seiner Mimik spiegeln, springen auf mich über.

Stumm nicke ich. Er hebt meine Hand zu den Lippen und haucht einen Kuss darauf.

»Lucius!«, ertönt in der Ferne ein Ruf. »Lucius!« Das Brüllen wird lauter.

Wir versuchen in dem Tumult und dichten Rauch etwas zu sehen, da stürzt ein dunkelbrauner Wolf auf uns zu.

»Rufus, was ist passiert?«, fragt Lucius.

»Mehrere Häuser sind in den Arkaden unter der Last der Steine zusammengebrochen. Wir brauchen Hilfe, um die Leute zum Hafen zu schaffen. Boote brechen in Kürze auf und haben noch Platz«, erklingen seine Gedanken. Unruhig tänzelt der Wolf auf der Stelle.

Neben mir spannt sich Lucius an, aber er zögert.

»Geh mit ihm«, sage ich. »Sie brauchen dich.«

»Ich habe deinem Vater versprochen ...«

»Vergiss, was du ihm versprochen hast!«, unterbreche ich ihn harsch. »Geh und rette Leben!«

Sein Blick huscht über mich. Als ich die Brauen auffordernd hochziehe, umfasst er mein Gesicht und küsst mich. »Ich liebe dich«, raunt er an meinen Lippen.

Sanft lege ich die Hände um seine Handgelenke und lehne die Stirn an seine. »Ich liebe dich.« Flüchtig lächle ich, als ich etwas zurückweiche und ihm in die Augen sehe. »Und jetzt geh!«

Nachdem er nickt, wandelt er sich innerhalb eines Atemzugs in einen schwarzen Wolf, der mir bis zu den Schultern reicht. Er streift an meiner Seite entlang, dann prescht er gemeinsam mit Rufus davon.

Ich zucke zusammen, als Milonia neben mir auftaucht und meine Hand ergreift. »Dann lass uns den Vesuv magisch verriegeln«, sagt sie.

Mein Blick schweift über sämtliche Baciato der römischen Zirkel, die sich an den Händen halten und eine Kette bilden. Die Magie fließt durch die Berührung durch uns hindurch. Als Iulia zu mir aufschließt und somit den Kreis schließt, bildet sich eine schützende goldschimmernde Hülle über uns, die den Steinregen abhält. Wir schließen die Augen und entsenden die Magie. Ich spüre, wie sich über dem Gipfel des Vesuvs eine schimmernde Kuppel bildet, die Vulcanus' Kraft eindämmt. Unser Wall wird die Folgen des Ausbruchs nicht enden lassen. Doch er wird es dem Gott erschweren, seine Macht erneut zu entfesseln.

Als Milonia und Iulia meine Hände loslassen, fegt heißer Wind über uns hinweg. »Dieser lächerliche magische Wall wird die Bewohner Pompejis nicht davor bewahren zu sterben«, wispert Vulcanus.

Erschrocken wirble ich herum, doch er ist nicht zu sehen. Panik durchflutet mich wie flüssiges Eisen und treibt den Herzschlag in die Höhe. Schwer atmend presse ich eine Hand auf die Brust, um mich zu beruhigen. *Vulcanus will uns nur Angst machen*, geht es mir durch den Kopf. Doch ich kann nicht verhindern, dass seine Drohung die Hoffnung, meine Heimat zu retten, ins Wanken bringt. Hektisch sehe ich mich um. Mein Körper bebt, mir wird abwechselnd heiß und kalt. Die Magie gerät in Wallung und lässt den Wind auffrischen, der um mich fegt. Ich darf mich nicht einschüchtern lassen! Bewusst atme ich langsam durch und besänftige meine tobende Magie. Wenn ich jetzt den Glauben an uns verliere, hat er sein Ziel erreicht. »Wir müssen die Wölfe dabei unterstützen, so viele wie möglich aus der Stadt zu schaffen«, wende ich mich an Marius. Je weniger Unbeteiligte in Pompeji sind, desto besser.

»Verteilen wir uns«, entgegnet er mit einem Nicken und eilt los, um die anderen zu informieren.

»Lass uns gehen«, sagt Iulia, die meine Worte mitbekommen hat. Sie verwandelt sich in einen dunkelgrauen Wolf, der mir bis zur Brust reicht. Vielsagend sieht sie mich an, bis ich auf ihren Rücken springe und sie losprescht. Mitten hinein in den Steinregen und den Strom aus Flüchtenden, die sich durch den dichten Rauch kämpfen.

KAPITEL 23

2018 n. Chr., Aci Castello

Meine Augen brennen von den geweinten Tränen. Es ist mitten in der Nacht, doch an Schlaf ist nicht zu denken. Nicht einmal die Erschöpfung lässt mich in die gnädige Dunkelheit gleiten, die ich mir sehnsüchtig wünsche. Auf dem Boden neben dem Bett höre ich Alex' und Leonies regelmäßigen Atem und bin neidisch, wie leicht sie ins Land der Träume geglitten sind.

Nachdenklich lege ich die Hand auf meine Brust über das gleichmäßig pochende Organ. Ich verstehe nicht, wie es trotz des Kummers, des Schmerzes weiterhin funktioniert. Dass es nicht wie eine zusammengeschrumpfte Rosine nur minimal zuckt. Aber es schlägt. Pumpt kraftvoll Leben durch die Venen.

Seufzend setze ich mich aufrecht, stehe leise auf, um meine Freundinnen nicht zu wecken. Sie haben Schlafsäcke und Isomatten mitgebracht, nachdem sie ihre Eltern überzeugt hatten, dass sie mich auf Sizilien besuchen, um mir Gesellschaft bei meiner Großmutter zu leisten. Ich bin überrascht, dass Maria ihnen erlaubt hierzubleiben. Gleichzeitig bin ich froh, sie in meiner Nähe zu haben. Vorsichtig öffne ich die Tür und schlüpfe aus dem Schlafzimmer. Im Augenwinkel bemerke ich noch Licht im Untergeschoss.

Mit sachten Schritten schleiche ich die Treppe runter und gehe in die Küche. Am Tisch sitzt Maria, vor ihr steht eine Tasse, in der ein Löffel durch Magie angetrieben rührt. »Möchtest du darüber reden, was passiert ist?«, fragt sie, ohne von dem Buch aufzuschauen, das aufgeschlagen vor ihr liegt.

»Es ist nichts«, murmle ich, obwohl mir klar ist, dass Maria diese miese Lüge sofort durchschaut. Ich gehe an den Kühlschrank und hole mir die Glasflasche mit frischer Milch. Aus einem Schrank fische ich mir ebenfalls eine Tasse, ehe ich mich an den Tisch setze.

»Nichts bringt dich also zum Weinen?«

Vor mir auf dem Tisch steht ein kleines Glas mit frischem Honig, von dem ich etwas in meinen Becher gleiten lasse, ehe ich es mit Milch aufschütte und die Hände darum lege. Die Magie regt sich und folgt meinem Wunsch. Die Tasse erwärmt sich und in ihr die Flüssigkeit. »Erinnerst du dich an unser Gespräch über Nevio?« Ich will nicht darüber reden und gleichzeitig möchte ich in die Welt hinausschreien, wie unfair alles ist.

»Natürlich.«

»Ich lag falsch.«

»Das war nicht zu übersehen. Was ist geschehen?«

»Wusstest du, dass Werwölfe sich nur ein einziges Mal aus vollem Herzen verlieben?«, stelle ich ihr die Gegenfrage.

»Ich habe es gelesen, war mir aber nie sicher, ob es der Wahrheit entspricht.«

Enttäuscht zucke ich mit den Schultern. »Laut Acca stimmt es. Deshalb habe ich mich gestern von Nevio verabschiedet.«

Marias Blick ruht auf mir. Skepsis steht in ihren Augen, aber auch eine Nuance Mitleid. Als wüsste sie, wie ich mich in diesem Moment fühle.

Zittrig hole ich Luft. Vor meinem inneren Auge erscheint Nevios Grübchen, sein Lächeln und der schalkhafte Glanz in seinem Blick. In der Hoffnung, das Bild zu verscheuchen, reibe ich mir übers Gesicht.

Die oberste Zirkelleiterin steht auf, nimmt ihren Tee und lässt sich auf dem Stuhl neben mir nieder. Ihre faltige Hand umfasst meinen Arm und drückt ihn zuversichtlich. »Kein Abschied ist leicht. Aber manches Lebewohl ist richtig. Selbst wenn es schmerzt.«

Ich kneife die Lippen aufeinander; will den Schmerz nicht hochkochen lassen, der in mir pulsiert wie ein Lebewesen und nur neue nichts bringende Tränen hervorruft. Ihre Worte sind wahr. Es ist richtig, mich von Nevio zu verabschieden. Ihn zu vergessen. Aber es tut so weh. Mehr als alles andere, was ich bis hierhin kannte.

»Es ist in Ordnung zu weinen«, raunt die alte Frau und streichelt über meinen Arm. »Du darfst die Trauer und den Schmerz zulassen. Diese Gefühle unterscheiden uns von anderen Lebewesen, sie machen uns menschlich.«

»Es tut weh«, gebe ich zitternd und flüsternd zu.

»Ich weiß.« Sie greift meine Schultern und zieht mich an sich. Ihr Duft nach Kräutern umschmeichelt meine Nase. Wärme erfüllt mich. In diesem Moment ist es möglich, der Lüge, Maria sei meine Großmutter, zu glauben. In ihren Armen lasse ich den Schmerz zu. Tränen rinnen über meine Wangen. Erneut wird mein Körper von Schluchzern geschüttelt.

»Schhh, es ist gut«, murmelt Maria und streichelt mir dabei übers Haar. »Es wird alles wieder gut. Mit Zeit. Das ist alles, was du benötigst, Kind.«

Ein Beben erschüttert das Haus. Die Schüsseln auf den Oberflächen zittern und stoßen klirrend aneinander, von der Decke rieselt Staub. Ruckartig richte ich mich auf. Das Grummeln der Erde erinnert an Schritte eines Riesen. Mein Puls peitscht in die Höhe. »Was ist das?«

Maria steht von ihrem Stuhl auf. Panik spiegelt sich in ihrer Mimik. »Bitte, Hecate, tu uns das nicht an«, murmelt sie und ignoriert meine Frage. Stattdessen greift sie nach ihrem Gehstock und eilt in Richtung Treppe.

»Maria!«, rufe ich, doch die oberste Zirkelhexe bleibt nicht stehen. Ohne darüber nachzudenken, renne ich ihr hinterher.

Unsere Füße poltern über das alte Holz, hinauf in den ersten Stock, wo Leonie und Alex geschlafen haben. Ein Knall reißt das Gebäude schier auseinander. Eine Stoßwelle schleudert mich gegen die Wand, nur mit Mühe halte ich das Gleichgewicht. Schmerzen explodieren in meinem Schädel. Schrille Schreie hallen plötzlich durch das alte Haus.

Ich reiße die Augen auf. »Leonie! Alex!« Noch eine Welle lässt alles erzittern und zwingt mich stehen zu bleiben, um nicht hinzufallen. Als die Wucht nachlässt, renne ich Maria hinterher, die ein Tempo vorlegt, das ich ihr nicht mehr zugetraut habe.

Das ganze Haus bebt unter der Energie. Oder es ist meine Welt, die gerade komplett zusammenbricht. Wir erreichen das Zimmer, das in den letzten Wochen zu einem Zuhause geworden ist. Maria stößt mithilfe ihrer Magie die Tür auf. Schlitternd bleibe ich hinter ihr stehen. Innerhalb eines einzigen Wimpernschlages erfasse ich den Anblick, der sich uns bietet. Rauch und Qualm wabern durch das Zimmer, erschweren die Sicht auf die Situation. Feine Funken flirren durch den Raum, angetrieben vom Wind, der an meinen Haaren zerrt.

Inmitten des Zimmers steht er. Hochgewachsen, mit rot glühenden Augen und leuchtend goldenen Adern, die aus dem T-Shirt-Kragen herausragen. In seinem Griff zappeln Leo und Alex, die verzweifelt versuchen den zu Klauen gekrümmten Fingern zu entkommen. Schweiß rinnt mir über die Schläfen und legt sich eiskalt auf meine Haut.

»Tredecim, ich dachte, dass du hier zu finden seist.«

Hektisch jagt mein Herz im doppelten Tempo in der Brust. Ein verflucht echter schlimmer Albtraum, aus dem ich aufwachen will – sofort.

»Lass uns los!« Alex' panische Stimme lenkt meinen Blick auf sie.

Vulcanus' Hand packt fester um ihren Nacken. »Mit dir spricht keiner, Mensch.« Das letzte Wort spuckt Vulcanus aus wie eine Beleidigung.

»Hey!« Leonie versucht einen Schlag gegen den Gott zu setzen, doch er verstärkt seinen Griff und lässt sie aufschreien.

»Lass sie los!«, brülle ich. Meine Stimme rutscht Oktaven tiefer. Klingt mutiger und selbstsicherer, als ich bin.

Leonie und Alex wissen nichts von der Magie. Haben keine Ahnung, dass die Welt von so viel mehr erfüllt ist. Doch in diesem Augenblick bin ich dankbar, dass die Kraft der Göttin in mir ist. Sie gibt mir den Mut, mir meine Unsicherheiten nicht anmerken zu lassen. Die Atmosphäre um mich lädt sich auf, die feinen Härchen auf den Armen stellen sich elektrisiert auf, als ich Hecates Macht in mir sammle. Das Leuchten um meine Finger wird stärker, blendet beinahe in den Augen.

»Ach, ich weiß nicht. Sie scheinen ein akzeptabler Ersatz zu sein, um den Preis für die Informationen einzufordern, die du erhalten hast. Meinst du nicht? Vor allem da die Lava begonnen hat zu kochen.«

Schock lässt das Blut in den Adern gefrieren. *Die Lava hat begonnen zu kochen?* Verunsichert durch die Angst, die in mir wach wird. flackert das Licht um meine Hände.

»Sie haben nichts damit zu tun, Gott Vulcanus«, mischt sich Maria ein. Um sie wabert ebenfalls goldenes Licht und ihre Haare stehen in jegliche Richtungen ab.

»Gott?!«, wiederholt Alex schrill.

»Lass uns los!«, kreischt Leonie. Tränen laufen ihr über die Wangen. Ihre bittere Verzweiflung ist förmlich in der Luft zu schmecken.

Ihnen darf nichts geschehen. Sollte ihnen etwas passieren, würde ich mir das nicht verzeihen – niemals.

»Du weißt, dass sie nicht einmal annähernd ein Ersatz für die Macht sind, die du haben willst«, sage ich. Verzweifelt ringe ich um eine Chance, Alex und Leonie aus dem Griff des Gottes zu befreien und ihn loszuwerden, aber ...

»Hast du mir ein anderes Angebot zu machen, Tredecim?«, fragt Vulcanus, wobei er mich an den großen bösen Wolf erinnert, der kurz davor ist, Rotkäppchen zu verschlingen.

Hektisch hämmert mein Puls und pumpt Angst und Verzweiflung durch die Venen. Das Beben meiner Kraft wird deutlicher, umso mehr ich versuche eine andere Möglichkeit zu finden, aber ich scheitere. Es gibt nur eins, das den Gott dazu veranlasst, die beiden freizulassen. Ein schaler Geschmack breitet sich auf meiner Zunge aus. Begleitet von einem Kloß voller Bedauern und Trauer.

»Was soll das alles, Sophia?« Leonies Stimme ist markerschütternd wie nie zuvor.

»Lass sie gehen. Und versprich mir, dass keiner deiner Vulkane ausbricht.« Die elektrisierte Atmosphäre um mich verschwindet und der Wind flaut ab, als ich die Verbindung zu Hecates Macht trenne. »Und ich komme mit dir.«

»Nein!« Marias Hand umfasst meinen Arm.

Ich blicke zu ihr. »Sie haben nichts damit zu tun.« Mit einem Schütteln bringe ich sie dazu, mich loszulassen.

Vulcanus' Grinsen wird breiter. »Ihre Freiheit und Sicherheit – für dich. Klingt gut für mich.«

»Ja. Also lass sie gehen!«

Ohne Rücksicht schubst er sie nach vorn. Sie stolpern und ich will ihnen zur Hilfe kommen, doch in dem Augenblick ist Vulcanus bei mir. »Schön, dass du zur Vernunft gekommen bist, Tredecim.«

Sein rauchiger, nach Feuer schmeckender Atem streift über mein Gesicht. Ich will mich abwenden, meinen Freundinnen und Maria Lebewohl sagen, aber auf einmal wird es dunkel und etwas reißt an mir. Ich verliere das Gleichgewicht und falle, einzig gehalten von dem festen, heißen Griff des Gottes der Feuer und Vulkane.

***

Strauchelnd erfasst mich die Schwerkraft. Auf dem bröckligen Boden hätte ich fast das Gleichgewicht verloren, wenn Vulcanus' Griff meinen Arm nicht eisern umklammern würde. Ein übler Geruch nach Schwefel wird vom Wind mitgebracht und bereitet mir schlagartig Übelkeit.

Ich brauche einen Moment, um mich zu orientieren. Der Mond strahlt hell über die weite Ebene, die sich vor unseren Füßen erstreckt. In ihr entdecke ich absolut nichts außer Steine und Geröll. Die Landschaft ist tot.

Vulcanus lässt mich los und zieht tief die Luft ein. »Es ist herrlich, nicht wahr?«

Vorsichtig, um auf dem bröckligen Untergrund nicht auszurutschen, sehe ich mich um. Hinter uns glimmt etwas rot-orange wie eine hell strahlende Flamme innerhalb eines Kraters. »Wo sind wir?«

»Was denkst du denn, wo wir sind, Tredecim?«

Ich will den Gedanken nicht laut aussprechen, der in meinem Kopf spukt, seitdem wir festen Boden unter den Füßen haben. »Ich weiß es nicht«, sage ich in der Hoffnung, dass ich mich irre.

Vulcanus lacht leise. »Sieh dich um. Du wirst ihn doch erkennen?«

Das flaue Gefühl im Bauch wird schlimmer. Ein Grummeln macht sich in meinem Magen bemerkbar. »Wir sind auf dem Ätna.«

»Schlaues Mädchen. Willkommen in deinem neuen Heim.« Er umfasst meine Schultern und bevor ich mich wehren kann, fallen wir nach vorn – direkt in die leuchtende Lava.

Der Schrei steckt in meiner Kehle. Zu überrascht, um nur einen einzigen Laut von mir zu geben, kann ich dem nahenden Ende nur mit aufgerissenen Augen entgegenstarren. Vulcanus' Griff ist eisern und reißt mich in die Tiefe. Wie versteinert falle ich an seiner Seite. Selbst die Magie in mir ist tot. Nichts regt sich. Nicht einmal um mich zu schützen.

Der leuchtende Punkt wird größer, die Hitze in der Luft brennt auf meinen Wangen. Endlich löst sich der Schrei aus der Kehle. Er ist schrill, gellt in den Ohren. Der Gestank nach Schwefel verengt mir die Atemwege. Die Lava ist unglaublich nah, Hitze scheint überall zu sein. Meine Haut brennt fürchterlich. Ich kneife die Augen zusammen, als nur ein einziger Atemzug zwischen uns und dem Tod ist.

Doch auf einmal ist da fester Untergrund. Meine Knie geben nach und ich lande auf hartem, kühlem Gestein. Überrascht reiße ich die Augen auf. Wir sind in einer Höhle. Der Geruch von Schwefel liegt unterschwellig in der Luft, aber ist bei Weitem nicht mehr so Übelkeit erregend wie zuvor. Sanftes, rötliches Licht erhellt die Kammer, in der schwarze korinthische Säulen stehen, um die Last des Gesteins zu tragen. Feuerbecken flackern in regelmäßigen Abständen im Raum. Von irgendwo kommt ein sanfter Windzug, der den Qualm mit sich zieht.

Mit zittrigen Beinen stehe ich auf. Stütze mich dabei an einer der Säulen ab. Der Stein unter meiner Hand fühlt sich glatt und warm an. Ich lasse den Blick schweifen. Am Ende des runden Raumes entdecke ich einen schwarzen Thron, der aus versteinerten Flammen geformt zu sein scheint.

»Was denkst du, ist das einer Tredecim würdig?«, fragt Vulcanus und stolziert mit großen Schritten tiefer in den Raum, direkt zum Thron, der anfängt zu flackern, als sich der Gott ihm nähert.

»Was willst du von mir?« Meine Stimme hat ihre gesamte Stärke eingebüßt, die ich in Marias Zimmer noch ausgestrahlt habe. Sie zittert und ist vom Schreien rau.

»Ist das nicht offensichtlich, Tredecim?«

Ich kneife die Lippen zusammen und betrachte ihn weiterhin.

Sein Lächeln vertieft sich, wodurch die Fältchen um seine Mundwinkel deutlicher hervortreten. »Du hast herausgefunden, was Hecate mir angetan hat, nicht wahr?«

»Sie hat dich verzaubert.«

Er nickt. Ihn umschließen Flammen, die von seinen Füßen aus den Körper hinauflecken. Zuerst entdecke ich die Hufe einer Ziege, dann erscheint ein ledriges, geschundenes Bein, in dessen Adern ein goldener Schein aufleuchtet, während das Zweite von struppigem, langem Fell bedeckt ist. Sein Unterleib ist genauso von Haaren überzogen. Einzig sein Oberkörper erinnert an etwas Menschliches. Bis zu seinem Gesicht. Vulcanus beugt sich vor. Das eine Auge ist zugeschwollen, als hätte er sich geprügelt, das andere stiert mich mit einer goldenen Iride an. »Das hat sie aus mir gemacht.«

Acca hatte recht. Hecate verwandelte Vulcanus in ein Monster. Eine dubiose Form aus Stier, Mensch und ich weiß nicht, wie ich es nennen soll. Es ist undefinierbar. Als hätte die Göttin Knete genommen und alles Greifbare gemischt, ehe sie Vulcanus verzaubert hat.

»Du willst, dass ich den Zauber breche«, gebe ich tonlos von mir, darum bemüht, die Angst nicht zuzulassen, die wie ein eingesperrter Vogel in meinem Inneren flattert, mit dem Wunsch nach Freiheit.

»Du wirst den Fluch nicht auflösen können. Deine Mächte sind beeindruckend, aber sie reichen nicht annähernd an Hecates göttliche Kraft.«

»Warum bist du dann hinter uns her?«

»Um Hecate zu beweisen, dass ich ihr Schlimmeres antue.«

Mir wird schlecht. Panik schnürt meine Atemwege zu. Ich balle die Hände zu Fäusten, in der Hoffnung, die Fassung zu bewahren. »Also, was hast du vor?«, frage ich, obwohl ich kein weiteres Wort von ihm hören möchte.

Er schnippt mit seinen Fingern und ich bemerke ein Gewicht an meinem Hals. Überrascht fasse ich an das kühle Metall, das sich um die Haut schließt.

»Du gehörst mir, Tredecim. Und ich werde Hecate genau das zeigen.«

Tränen steigen mir in die Augen, aber ich will nicht weinen. Nicht vor ihm.

»Jetzt geh, ruh dich aus. Damit du bereit für den kommenden Morgen bist.«

Überrascht mustere ich den Gott. Sein Anblick ist abscheulich und ich verstehe, warum er Hecate leiden sehen will. »Für morgen?«

Er grinst mich bloß an. Unwillkürlich trete ich einen Schritt zurück.

»Lavea!«, ruft Vulcanus und schnippt.

Eine kleine, zierliche Gestalt schält sich aus den Schatten der Säulen. Glut bedeckt ihre Haut sowie Staub und Asche. Verwirrt runzle ich die Stirn. So ein Wesen habe ich noch nie gesehen.

»Ja, Herr?« Sie verbeugt sich tief vor dem Gott.

»Bringe sie in ihr Zimmer.« Er macht eine wegwerfende Handbewegung, als könnte er nicht erwarten, mich nach der ganzen Mühe endlich los zu sein.

»Natürlich.« Lavea wendet sich mir zu. »Folgt mir bitte, Tredecim«, raunt sie und neigt ihr Kinn ebenfalls vor mir.

Hastig trete ich hinter sie und verlasse durch ein großes Tor den Saal. Die Wände sind durchzogen von Lavaadern, die die Dunkelheit in ein sanftes rotes Licht tauchen. Bevor wir um eine Kurve gehen, sehe ich über die Schulter zurück. Vulcanus sitzt auf seinem Thron, der wie Feuerschein flackert, und betrachtet mich mit einem Lächeln auf den Lippen.

Der Kloß in meinem Hals wird größer. Ich erinnere mich daran, dass der Gott alle hundert Jahre ein neues Wesen an seiner Seite haben wollte. Keins dieser Opfer hat Hecate überzeugt, ihren Fluch von ihm zu nehmen. Schlagartig fühle ich mich einsam. Während des ganzen Spießrutenlaufs auf Sizilien hat sich die Göttin nicht ein Mal blicken lassen. Nicht einen Ton von sich gegeben. Ich bin auf mich allein gestellt. Niemand wird mir helfen. Der Gedanke löscht jegliche Hoffnung, die als Funke in mir gebrannt hat. Zittrig hole ich Luft und folge Lavea durch die düsteren Gänge meines Gefängnisses.

***

In Vulcanus' Reich gibt es keinen Sonnenauf- oder -untergang. Einzig die Dunkelheit herrscht vor, unterbrochen von weichem Licht, das von den Lavaadern kommt, die den Stein durchziehen. Ich bleibe im Bett liegen. Sehe keinerlei Sinn aufzustehen. Mein Leben ist vorbei. Von heute an bin ich eine Sklavin. Ein Instrument eines machthungrigen Mannes, der ein Spiel gewinnen will.

Meine Finger ertasten das Metall, das sich um den Hals schlingt. Es ist warm und schwer. Eine ständige Erinnerung, wer ich nicht mehr bin. Ich schließe die Augen, will am liebsten die ganze Welt aussperren. Nichts sehen, nichts hören, nichts fühlen klingt verführerisch. Einfach aufhören zu sein.

Leichte Schritte erklingen auf dem Stein. »Tredecim?«, haucht eine Stimme.

Widerwillig richte ich mich auf und begegne Laveas Blick. Sie schenkt mir ein Lächeln, wobei der Stein in ihrem Gesicht Risse bekommt.

»Ist es Morgen?«, frage ich, obwohl es keinen Unterschied macht. Seit ich in dem Zimmer bin, liege ich auf dem weichen Bett und habe doch nicht eine Sekunde geschlafen.

Sie nickt. »Vulcanus bittet Euch, ihm Gesellschaft zu leisten.«

»Vulcanus bittet? Ich bezweifle, dass ich eine Wahl habe.«

Das Lächeln schwindet von ihren steinernen Lippen. »Es tut mir leid.«

»Du trägst daran keine Schuld, Lavea. Das ist Vulcanus' und Hecates Werk.«

Die Dienerin des Gottes sieht zu mir auf. »Ich soll Euch für den Besuch im Garten herrichten«, erklärt sie und deutet auf die Wanne, die mitten im Raum direkt neben dem antiken Schminktisch mit fleckigem Spiegel steht. Auf ihren Fingerzeig beginnt das Wasser zu dampfen.

»Den Garten?«, erkundige ich mich, während ich die Füße unter der leichten Decke hervorstrecke und auf den warmen Boden setze.

»Den Garten der Götter.«

Erstarrt halte ich inne und sehe die Dienerin an. Doch ihre Mimik verrät absolut gar nichts. Sie ist ein Lavawesen. Geboren aus Vulcanus' Magie und dem Feuer, das in diesem Vulkan schlummert. Ihre steinernen Züge sind neutral und nicht ein Knirschen des Steins, der ihr Gesicht ziert, verrät ihre Gefühle.

»Den Garten der Götter?«, wiederhole ich.

»Ein Treffpunkt der Gottheiten.«

Damit Vulcanus mich vorführen kann. Mir wird flau im Magen bei dem Gedanken. Ich reibe mir übers Gesicht und stehe schlussendlich auf. Es bringt nichts, den Befehl zu verweigern. Ich bin gefangen und mir ist mit absoluter Klarheit bewusst, dass Vulcanus genügend Druckmittel besitzt, um mich gefügig zu machen.

Lavea schleust mich in die Wanne, schrubbt meinen Körper, die Haare und hilft mir wieder aus dem Wasser, als die Haut schrumpelig ist. Während der ganzen Prozedur fühle ich mich leer. Nicht ein Ton kommt über meine Lippen. Nicht einmal Scham breitet sich aus, als ich wie ein Roboter Laveas Berührungen standhalte, um zu einer Puppe Vucanus' zu werden. Sie bürstet mir die feuchten Strähnen und trocknet mich mit einem sanften Leinentuch ab, hüllt mich darin ein, um mich dann zum Schminktisch zu lotsen. Lavea nimmt Kohle und zeichnet damit meine Augen nach und greift zu einem sanften roten Puder, das sie mir auf Lippen und Wangen verteilt.

»Wir sind fast fertig«, murmelt Lavea und widmet sich meinen Haaren. Sie fasst sie zu einer hohen Frisur zusammen, gehalten durch Spangen. Ich beobachte in dem fleckigen Spiegel, wie mit jedem ihrer Handgriffe mehr und mehr von mir verschwindet. Die Frau im Spiegelbild ist eine Fremde. Sie wirkt erwachsen und nicht wie ein sechzehnjähriges Mädchen. Das bin nicht ich. Meine blauen Augen wirken stumpf, leblos und starr.

Schritte werden im Flur laut. Es gibt keinerlei Türen in Vulcanus' Heim. Oder zumindest nicht für diese Höhle. Der Gott betritt die Räumlichkeiten, gefolgt von einem männlichen Lavawesen. Lavea verbeugt sich hastig vor ihm, während ich wie eine Statue auf dem Hocker sitze.

»Gute Arbeit, Lavea.«

»Danke Euch, Herr.« Sie macht einen noch tieferen Knicks.

Vulcanus gibt dem Lavawesen hinter sich ein Zeichen und es hastet nach vorn, verbeugt sich vor mir und streckt mir seine Arme entgegen. Auf ihnen liegt ein orange-roter Stoff, der an Flammen erinnert. »Das ist für dich, Sophia. Ich wünsche, dass du das anziehst.«

Ich presse die Lippen aufeinander. Bringe bloß ein kurzes Nicken zustande.

Vulcanus tritt vor, bis ich seinen Atem auf der Haut spüre. Seine heißen Finger umschließen mein Kinn und zwingen mich den Blick aus den feurigen Augen zu erwidern. »Weißt du, Sophia, es könnte alles angenehmer sein, wenn du dich darauf einlässt«, grollt er.

Ich balle meine Hände zu Fäusten. Wut brennt heiß in mir, obwohl ich jegliche Gefühle wegsperren will. Unter uns bebt der Boden. Feine Steinchen fallen von der Decke. Die Lavaadern brennen heller.

Vulcanus' Griff um mein Kinn wird grober. »Halt deine Macht zurück, Tredecim.«

Ich will ihm sagen, dass ich das nicht bin. Aber Hecates Kräfte kochen in meinem Inneren wie eine Erinnerung daran, dass sie hier sind. Dass sie mir zur Seite stehen. Das Beben wird heftiger. Lavea und ihr Artgenosse klammern sich aneinander und sehen besorgt an die Decke. Doch ich habe nur Augen für Vulcanus.

In seinem Blick flackert Feuer zornig auf. »Reiß dich zusammen, Sophia«, grollt er. »Du willst doch nicht, dass die Lava des Ätnas an die Oberfläche gelangt, oder?«

Schlagartig verklingt das Beben des Vulkans. Ich ringe die Macht in meinem Inneren nieder. Die Adern finden wieder zurück zu ihrer eigentlichen Leuchtkraft. »Du hast versprochen, ihnen nichts zu tun, wenn ich mitkomme«, erinnere ich ihn. Meine Stimme klingt fremd. Leise, verloren.

»Dann lass nicht zu, dass ich bereue, dich hierhin mitgenommen zu haben. Zieh dich an.« Ruckartig dreht er sich weg und verlässt mit dem anderen Lavawesen den Raum.

»Ihr solltet vorsichtiger sein, Tredecim«, raunt Lavea, als der Gott nicht mehr in Sichtweite ist. »Vulcanus ...« Sie zögert kurz. »Er ist kein gütiger Mann.«

»Ich weiß, Lavea.«

Gemeinsam ziehen wir mir das Kleid an, das Vulcanus gebracht hat. Es besteht aus einem herrlichen Stoff, der über meine Haut gleitet wie wärmendes Quellwasser. Am Saum der Robe hat sie eine dunkelgraue Färbung, die an Gestein erinnert, während es am oberen Ende von einem hellen Gelb zu einem kraftvollen Rot wechselt. So ungern ich es zugebe, das Kleid ist wunderschön. Trotzdem fühle ich mich nackt, der Ausschnitt des Kleides reicht mir fast bis zum Bauchnabel. Die dünnen Träger sind mit schieferfarbenen Manschetten verschlossen, in derselben Farbe ist ein breiter Gürtel um die Taille gewickelt. An den Manschetten sind Ärmel befestigt, die meine Schultern freilassen, um sich dann wie Schmetterlingsflügel auszubreiten.

»Ihr seht prächtig aus«, haucht Lavea, nachdem sie einen Schritt zurückgetreten ist, um ihr Werk zu bewundern. Sie umfasst meine Hand und dreht mich zum Spiegel.

Ich schaue der fleckigen Version von mir in die Augen. Noch immer sieht mir eine Fremde zurück. Doch ich muss Lavea widerwillig recht geben. Das Kleid ist unübertrefflich und schmeichelt mir.

»Du hast fabelhafte Arbeit geleistet«, murmle ich.

Laveas Lippen verziehen sich zu einem Lächeln, bei dem hauchfeiner Staub von ihren Wangen hinabrieselt. »Ich habe kaum etwas getan, Tredecim.«

Ich erwidere ihr Grinsen aufrichtig. Sie kann nichts dafür, dass ihr Herr grausam ist. »Danke dir.«

Erneut nimmt sie meine Hand und führt mich aus der Höhle. »Vulcanus erwartet Euch sicherlich schon.«

Unwillkürlich verziehe ich das Gesicht zu einer Grimasse. »Bestimmt«, gebe ich zurück und folge ihr.

Lavea führt mich durch die Flure des Vulkans. Überraschenderweise ist es nicht heiß im Inneren des Feuerberges. Es ist sogar angenehm und der schweflige Geruch ist kaum wahrzunehmen. Wir erreichen den Thronsaal, in dem Vulcanus auf uns wartet. In seiner göttlichen monströsen Form sitzt er auf dem flackernden Thron.

Sein Blick nimmt mich gierig auf. »Das Kleid ist deiner würdig, Tredecim«, sagt er. Bewunderung liegt in seiner Stimme.

Am liebsten möchte ich kehrtmachen, den Stoff von meinem Körper runterreißen und mich unter der dünnen Decke verkriechen. Stattdessen verharre ich an Ort und Stelle.

Er steht von seinem Thron auf. Der Huf klackert dabei auf dem Untergrund. Erst jetzt bemerke ich die steinernen Flächen im Fell und der Haut, durch die sich hauchfeine Lavaadern ziehen. »Es ist Zeit.« Er hält mir den Arm hin.

Ich sehe in sein Gesicht. Seine feurigen Augen mustern mich, als erwartete er Widerworte oder zumindest eine Art der Weigerung. Abwartend hebt er seine Augenbrauen. Doch statt meinen Sehnsüchten nachzukommen, lege ich die Hand auf seinen Arm. Sofort umhüllt uns die Dunkelheit und ich spüre das Ziehen, als ich falle.

Kapitel 24

Pompeji im Jahre 79 n. Chr.

Ich weiß nicht, wie viel Zeit vergangen ist, seitdem Iulia und ich losgezogen sind, um Menschen und Wesen aus der Stadt zu leiten. Die ängstlichen Blicke der Bewohner, wenn wir sie aus ihren Häusern scheuchen und sie in die von Steinen überschwemmten Straßen hinaus müssen, graben sich tief in mein Gedächtnis. Trotz unserer Aufforderung, die Stadt zu verlassen, sind manche so stur und verschanzen sich in ihren Behausungen, um den Steinregen abzuwarten. In der Hoffnung, wir würden Vulcanus Einhalt gebieten und Pompeji vor Schlimmerem bewahren. Das Vertrauen in den Zirkel ist größer als ihre Angst. Sie wollen nicht hören, dass wir die Lage längst nicht mehr im Griff haben.

Das unaufhörliche Prasseln der Steine macht mich allmählich mürbe, mein Körper schmerzt und ist übersät von blauen Flecken. Dumpf pocht der Kopf, ich sehne mich nach Ruhe. Nach der Möglichkeit durchzuatmen. Doch wir dürfen keine Zeit verlieren. Vulcanus kann jeden Moment den Vesuv ausbrechen lassen. Und dann sind wir alle verloren.

Die Schicht aus Steinen ist mittlerweile so hoch, dass sie bis zu den Obergeschossen reicht. Die Türen sind versperrt, viele Menschen mussten von ihren Balkonen springen, um aus ihren Häusern zu entkommen.

Immer wieder fliegen meine Gedanken zu Lucius und seinem Rudel. Auf dem Irrweg durch die Stadt ist uns kein einziger Wolf über den Weg gelaufen. Vielleicht sind die Gestaltwandler am Hafen und helfen den Flüchtenden auf die Boote. Doch auch anderen Baciato sind wir nur selten begegnet. Ob die meisten die Möglichkeit genutzt haben, um zu fliehen? Ich kann es ihnen nicht verdenken. Die Stadt versinkt nach und nach unter einem Meer aus Steinen und Asche. Der Anblick zerreißt mir das Herz.

Manche Stadtteile sind wie ausgestorben. Nur noch hier und da sehen wir auf dem Weg zurück zum Tempel Flüchtende, die über die Steinmassen stolpern, um zum Hafen zu gelangen.

Iulia und ich betreten den Vorplatz des Tempels, als uns ein Krachen und Poltern zusammenfahren lässt. Eines der Dächer der umliegenden Häuser bricht unter dem Gewicht der Steine zusammen.

Eine Welle des Schocks peitscht durch mein Inneres. War noch jemand im Haus? Ich renne auf das eingestürzte Gebäude zu, um Überlebende zu suchen, stolpere jedoch immer wieder auf dem unebenen Untergrund aus aufgetürmten Steinen und falle auf die Knie. Da stürzt das nächste Haus ein. Die Geräusche des brechenden und berstenden Gesteins erschüttern mich.

»Nein!«, schreie ich und wirble mit panischem Blick zu Iulia in ihrer Wolfsgestalt um. »Wir müssen etwas tun!«

Sie sieht sich hektisch um.

Es rumpelt und schon stürzt in der Ferne ein weiteres Gebäude ein.

»Es sind die Steine. Dieser verdammte Regen muss endlich aufhören!«, lässt die Magie Iulias Gedanken erklingen.

Fieberhaft denke ich nach. Wie sollen wir die Menschen und Wesen, die in ihren Häusern ausharren, bloß retten, wenn weiterhin Steine vom Himmel regnen?

»Wo bist du, Vulcanus?«, schreie ich in meiner Verzweiflung und drehe mich, um den Rauch abzusuchen. »Oder bist du zu feige dich uns zu stellen?«

»Helvia!«, zischt Iulia und starrt mich aus ihren schwarzen Wolfsaugen an. »Reize ihn nicht.«

Ich presse die Lippen aufeinander. Wie soll ich Vulcanus sonst hervorlocken?

Mein Herz schlägt bis zum Hals, während wir warten. Ich ertrage das Geräusch der prasselnden Steine nicht mehr. Ertrage es nicht mehr, dass Menschen und Wesen sterben. Entweder verschanzt in ihren Häusern und zerquetscht von nachgebenden Decken. Oder auf der Flucht durch die Straßen und erstickt an der Asche, erschlagen von Trümmern einstürzender Gebäude. Wir müssen etwas unternehmen!

Plötzlich hört der Steinregen auf. Nur noch vereinzelt fallen Steine klackernd auf den Untergrund, dann herrscht Stille. In meinen Ohren brummt es.

»Helvia ...«, wispert Iulia. Ohne die Umgebung aus den Augen zu lassen, weicht sie bis zu mir zurück und drückt sich mit ihrem Wolfskörper an meine Seite.

Schatten huschen durch den Rauch und wirbeln ihn auf. Ich balle die Fäuste, bereit die Magie zu entfesseln. Doch ich atme auf, als ich Milonia, Cornelius und Marius erkenne, die gefolgt von vier weiteren Baciato meines Zirkels und einer Handvoll anderer Wesen auf uns zuhalten.

»Wo ist der Rest?«, frage ich. Es waren Dutzende, die losgezogen sind, um den Flüchtenden zu helfen.

Marius verzieht besorgt das Gesicht. »Wir haben sie aus den Augen verloren. Irgendetwas geht in dem dichten Rauch vor sich. Es gefällt mir nicht.« Er sieht sich um, seine Schultern beben. »Ich glaube nicht, dass die anderen geflohen sind. Sie würden uns niemals im Stich lassen.«

»Vulcanus«, hauche ich und spanne den Unterkiefer an.

Plötzlich wandert ein Beben durch die Erde, als grübe sich ein Ungetüm durch die hohe Steinschicht auf uns zu. Ich schwanke, andere stolpern wenige Schritte in dem Versuch, nicht zu stürzen.

Hektisch sieht sich jeder um, da formt sich der Rauch zu einer Gestalt, die uns weit überragt. Glühend rote Augen sehen von oben auf uns herab. Bevor wir reagieren können, schießt der Kopf des Ungetüms auf uns zu, schlingt sich wie eine Schlange um Cornelius und zerrt ihn in die Höhe und mit sich in den dichten Rauch. Der schrille Schrei des Fauns hallt über den Vorplatz, doch schlagartig verstummt er.

»Nein!«, brülle ich und renne los zur Stelle, an der Cornelius gestanden hat, und sehe hoch. Weder den Faun noch Vulcanus entdecke ich. Die Trauer um den Baciato treibt mir die Tränen in die Augen. Ich zittere am ganzen Leib. Das Gefühl, dass wir dem Gott hilflos ausgeliefert sind, überwältigt mich schier.

»Wir müssen zusammenbleiben«, ruft Marius.

Dann ertönt ein Schrei in meiner Nähe. Ich renne zu den anderen zurück, die mit vor Schreck verzerrten Mienen in die Höhe sehen. Ich folge ihren Blicken und erstarre, als ich Vulcanus erblicke. Er schwebt in der Luft, getragen von einer Wolke aus Flammen. In den Armen hält er den schlaffen Körper einer Hexe aus Marius' Zirkel. Ihr Blick geht ins Leere, sie ist tot.

Mit eiserner Miene sieht Vulcanus auf uns hinab, als er den Körper in Flammen aufgehen und fallen lässt. Bevor er auf dem Boden aufkommt, zerfällt er zu Asche, die auf uns niederrieselt.

»Das wirst du büßen!«, schreie ich Vulcanus entgegen. Der Schmerz wandelt sich in lodernden Zorn. Sofort reagiert die Magie und strahlt eine Hitze aus, die die Steine unter meinen Füßen zum Glühen bringt. Mit den Händen forme ich eine Schale, in der eine Feuerkugel entsteht.

Die anderen scharen sich um mich. Der Zentaur Tertius zieht sein Schwert, unruhig tänzelt er mit den Hufen auf den Steinen.

Vulcanus' Lippen verzerren sich zu einem überlegenen Grinsen. »Sterbliche Wesen sind so töricht. Denkt ihr wahrhaftig, ihr könnt gegen einen Gott wie mich bestehen?« Mit der Zunge schnalzend schüttelt er den Kopf. »Hier und jetzt nehme ich Hecate, was sie so sehr liebt«, raunt er und verengt die Augen, als er seinen Blick in mich bohrt. »Erst sollen alle Geküssten in Flammen sterben, dann nehme ich mir deine Magie vor, Tredecim. Hecate hätte nie den Fehler begehen und einen Teil ihrer Kräfte an ein sterbliches Wesen binden sollen. Ihr Irrtum wird ihr Verderben sein.« Das Grollen in seiner Stimme lässt mich erschauern. »Oder hast du dich umentschieden?«

Mein Kinn bebt, als ich Vulcanus das Gesicht entgegenstrecke. »Du kannst dir die Macht nicht nehmen.«

Für den Hauch eines Augenblicks huscht ein zweifelnder Ausdruck über seine Mimik, ehe sie wieder eisern und unnachgiebig erscheint.

»Es nagt an dir, dass dir die Macht der Dreizehnten ohne meinen Kuss aus freiem Willen verwehrt bleibt, nicht wahr?« Es mag gefährlich sein, ihn weiter zu reizen, doch die Wut und dieses verdammte Gefühl der Hilflosigkeit überrollen mich.

»Was ich nicht haben kann, zerstöre ich«, antwortet er grollend und streckt die Arme aus, die Hände zu Klauen geformt. »Lass mich mit den zwölf Geküssten beginnen und es mit dir enden lassen, Tredecim.« Mit angespannten Muskeln hebt er die Arme, als ließe er etwas aus dem Erdboden aufsteigen.

Die Steine unter unseren Füßen erzittern, dann bewegen sie sich wie im Strudel, sodass wir den Halt verlieren. Flammen steigen aus den Ritzen zwischen dem Geröll empor und treiben uns auseinander.

»Er will mich. Noch könnt ihr fliehen«, rufe ich den anderen zu.

»Und was ist dann mit dir? Vulcanus wird dich nicht verschonen, Helvia!«, versucht Milonia das Lärmen der sich bewegenden Steine zu übertönen und schüttelt den Kopf. »Nein, keiner von uns geht. Wir stehen dir bei, so wie du auch uns beistehen würdest.«

»Es kann euren Tod bedeuten«, stoße ich aus.

»Dann sterben wir gemeinsam. Seite an Seite«, erklingen Iulias Gedanken, ehe sie ihr Wolfsgeheul über den Vorplatz hallen lässt.

Im nächsten Augenblick prescht Vulcanus von oben herab. Erst nimmt er sich Tertius vor. Der Zentaur versucht den Gott mit seinem Schwert abzuwehren, doch Vulcanus' Körper wandelt sich in Rauch und umschlingt die Klinge.

Über den bebenden Untergrund stolpernd eilen wir anderen auf Tertius zu, der sich dem Gott mit reiner Körperkraft entgegenstellt. Glühende Funken erwachen im Rauch, der dem Zentauren in Mund und Nase dringt. Vor Schmerzen brüllt Tertius, als er innerlich verbrennt. Wir kommen zu spät. Sein Körper zerfällt zu Glutasche, die vom aufkommenden Wind davongetragen wird.

Mir bleibt keine Zeit, um zu trauern, schon wendet sich Vulcanus dem Nächsten zu. Als er zwei Wesen aus Marius' Zirkel, einen Faun und eine Nymphe, an der Kehle packt und in die Höhe hebt, schleudere ich ihm eine Feuerkugel entgegen. Doch er wandelt sich im letzten Augenblick, sodass meine Flammen durch ihn hindurchgleiten. Er weicht zurück und zerrt die beiden Wesen mit sich, bis sie vom dichten Rauch verschluckt werden.

Hektisch sehen sich alle um. In den Tiefen des Dunstes wandert ein Grollen umher. Wir versuchen uns wieder zu sammeln, doch das Feuer, das über die Steine leckt, treibt uns immer wieder auseinander.

Es rumpelt, dann erhebt sich Geröll in die Höhe und formt gemeinsam mit den Flammen eine riesige Hand, die ein Wesen nach dem anderen in die Tiefen der Gesteinsschicht zieht. Ich sehe noch, wie Marius sein Wasser auf die steinerne Hand schleudert, das an dem glühenden Gestein jedoch sofort verdampft, ehe der Hexer von einem Strudel erfasst und von der Steinschicht verschlungen wird.

Alles geht so schnell, dass ich gar nicht fähig bin das Geschehene zu begreifen. Hektisch drehe ich mich in dem Versuch vorherzusehen, wo Vulcanus als Nächstes zuschlagen wird. Ich komme gar nicht dazu, meine Macht gegen ihn einzusetzen.

Dann entdecke ich Milonia, die ihre Flammen formt und von sich schleudert. Ich renne auf sie zu, doch da reißt sie erschrocken die Augen auf. Der Rauch verfestigt sich zu einer Kreatur. Wie ein gewaltiger Schlangenkopf schießt sie zur Hexe und verschlingt sie.

Als ich sie endlich erreiche, bleibt von ihr nur eine Statue aus Asche. »Milonia«, wispere ich und strecke die Hand nach ihr aus. Als meine Fingerspitzen sie berühren, zerfällt sie.

Wie benebelt starre ich auf das Häufchen, das von ihr geblieben ist. Innerlich ist alles taub. Ich habe Milonia nicht schützen können! Erst hämmert es in meinem Kopf, dann jagt ein stechender Schmerz durch die Brust und zwingt mich in die Knie. Schluchzer stecken in meiner Kehle fest und rauben mir den Atem. Verzweifelt schnappe ich nach Luft.

Vulcanus wird einen nach dem anderen töten, bis er mir jeden genommen hat, der mir am Herzen liegt. Das kann ich nicht zulassen! Mir bleibt nur ein Weg, wie ich ihn noch aufhalten kann.

Eine Wolfsnase stupst mich an. »Du darfst nicht aufgeben!«, erklingen Iulias Gedanken.

Ohne nachzudenken, stoße ich sie von mir und komme schwankend auf die Beine. »Geh!«, brülle ich die Wölfin an. »Vulcanus hat deinen Eltern bereits Diana genommen. Sie dürfen dich nicht auch noch verlieren.« Tränen brennen in meinen Augen. »Ich will nicht, dass dir etwas zustößt, Iulia«, sage ich verzweifelt. Als sie mich stur ansieht, schwindet die Geduld. »Geh endlich und bring dich in Sicherheit!«

Mühelos stemmt sie sich gegen mich. »Ich lasse dich nicht im Stich!«

Zornig starre ich sie an. Mein Kinn zittert, als ich versuche die Fassung zu bewahren. In mir tobt die Magie wie ein Sturm und lässt die Luft vor Hitze flirren. Klackernd hüpfen Steine um unsere Füße, als die Kraft das Element Erde beeinflusst.

»Du willst dich opfern.« Sie zieht die Lefzen hoch und fletscht die Zähne. »Nein, Helvia! Du wirst nicht mit ihm gehen. Larentia würde das nie zulassen. Und Lucius auch nicht.«

»Wenn ich es nicht tue, werden wir alle sterben!« Ich weise mit zitterndem Arm auf das Häufchen Asche, das von Milonia übrig ist. »Es sind schon genug tot.«

Iulia stampft mit den Vorderpfoten auf. »Wenn du Vulcanus folgst und ihm deinen Kuss schenkst, wird er Hecate vernichten und womöglich Iuppiter entmachten. Er wird nicht bei der Herrschaft über die Götterwelt aufhören. Seine Gier wird nicht nur uns Wesen ins Verderben stürzen!«

Bevor ich etwas entgegnen kann, sieht Iulia ruckartig zur Seite. Sie knurrt und ihr Rückenfell stellt sich auf, bereit loszuspringen, doch da wird sie von glühendem Rauch erfasst und fortgeschleudert.

Mein Puls schnellt in die Höhe, als ich herumwirble und mitansehen muss, wie die Wölfin in einem Gebäude einschlägt. Im nächsten Augenblick stürzen die Wände ein, die Decke zerfällt in riesige Brocken und begräbt Iulia unter sich. Wie ein Flammensturm fegt Vulcanus über die Trümmer hinweg und frisst sich in jede Ritze.

Entsetzt starre ich auf die Flammen, die meine Freundin verschlingen. Dumpf pocht die Erkenntnis in mir, dass Iulia tot ist. *Das darf nicht sein!* Als ich zu ihr eile, knackt und kracht es hinter mir. Steif drehe ich mich zum Tempel um. Risse wandern über die Mauern, bis diese bröckeln. Mein Herz scheint stehen zu bleiben, als die Wände nach innen einstürzen, ehe das Dach folgt und jeden begräbt, der im Tempel Schutz gesucht hat.

»Nein! Vater!«, schreie ich und renne auf das Gebäude zu. Schluchzer bleiben mir im Hals stecken. Vor den Trümmern sinke ich auf die Knie, den Blick starr vor Trauer. Ich grabe die Hände in die Steine, heiß rinnen mir Tränen die Wangen hinab.

All die Wesen, die geglaubt haben, in dem Gebäude vor Vulcanus' Macht sicher zu sein. Sie sind alle tot! In meiner Kehle wird es eng, als schlänge mir jemand seine Finger um den Hals. Ich bekomme keine Luft mehr. Wellen des Schocks erschüttern mich, als ich mich vornüberbeuge, würge und unter meinen Gefühlen zu zerbrechen drohe.

Hecates Segen sollte sie doch schützen! Warum lässt die Göttin uns im Stich? Warum widersetzt sie sich nicht Iuppiters Geboten, um uns zu retten?

Ich schließe die Augen, trotzdem sehe ich die Trümmer noch. Das Gefühl der Schuld bricht mich innerlich. Ich hätte Vater nie zurückschicken dürfen.

»Habe ich dich nicht gewarnt, Tredecim? Habe ich nicht damit gedroht, dir jeden zu nehmen, der dir am Herzen liegt?«, erklingt Vulcanus' Stimme hinter mir.

Träge öffne ich die Augen, als seine Aura sich mir aufdrängt. Ich schaffe es nicht, mich zu ihm umzudrehen. Meine Gedanken kreisen um Vater, Iulia und all jene, die mir auf so grausame Weise entrissen wurden. Von dem Gott, dessen Atem ich im Nacken spüre. Ich verkrampfe mich.

»Du hättest sie alle retten können, wenn du nur vernünftig gewesen wärst«, wispert er.

Verbittert verziehe ich das Gesicht. »Ich hätte nicht nur sie ins Verderben gestürzt, wenn ich mit dir gegangen wäre«, sage ich. Dennoch bohren sich seine Worte in mein Herz. Sie würden alle leben, wäre ich dem Gott gefolgt. Schnell wische ich mir die Tränen von den Wangen und betrachte meine Hand, die unaufhörlich zittert.

Nein, nicht ich bin schuld an ihrem Tod. Vulcanus ist es!

Ich balle die Faust, als der Zorn so heiß in mir aufwallt, dass ich vor mir selbst erschrecke. Als ich zu ihm herumfahre, reagiert die Magie und breitet sich so kraftvoll aus, dass ich eine Druckwelle auslöse. Steine werden fortgeschleudert und sausen wie Geschosse durch die Luft. Überrascht weicht Vulcanus von mir zurück, die Arme schützend vor dem Gesicht gekreuzt. Hasserfüllt starre ich ihn an, während ich mich aufrichte. Es ist erschreckend still geworden. Als ich mich umsehe, entdecke ich niemanden mehr. Sie sind fort. Sie alle … Weil sie an meiner Seite gekämpft haben.

Ich brülle die Verzweiflung und die Wut in Vulcanus' Richtung. Die Magie formt sich zu Flammen, die mich wie ein Sturm einhüllen und den Rauch aufwirbeln. Das selbstgerechte Grinsen des Gottes stachelt die Kraft in mir noch mehr an. Steine erheben sich und vermischen sich mit den Flammen, als ich die Arme seitlich hebe und die Erde kontrolliere. Ich will Vulcanus mit bloßen Händen erwürgen! Getrieben von dem Sehnen nach Rache stürme ich auf ihn zu, doch da prescht ein großer schwarzer Wolf wie aus dem Nichts heran und stürzt sich mit gefletschten Zähnen auf den Gott.

»Nein, Lucius!«, rufe ich, doch es ist zu spät. In dem Augenblick, in dem der Wolf und Vulcanus aufeinandertreffen, zerbricht das Letzte, was von mir geblieben ist.

Lucius überstreckt sich in seiner Wolfsgestalt, sein Körper erzittert und er jault, als eine Klinge aus reinen Flammen aus seinem Rücken ragt. Mit einem Ruck zieht Vulcanus seine Waffe heraus. Schrill höre ich mich selbst schreien. Mein Feuer erlischt. Kurz wird mir schwarz vor Augen, während ich schon auf Lucius zurenne, der von dem Gott forttaumelt und nach nur wenigen Schritten zusammenbricht.

»Eine Waffe geschmiedet aus flüssigem Feuer«, sagt Vulcanus stolz, als er von dem Wolf zurückweicht und die flammende Klinge betrachtet. »Erschaffen vom besten Waffenschmied der Götter. Von mir.«

Ohne ihn zu beachten, sinke ich neben Lucius auf die Knie. Schwer hebt und senkt sich seine Brust, Blut tränkt die Steine unter seinem Wolfskörper. Mit zitternder Hand streiche ich ihm über den Kopf, da verwandelt er sich zurück in einen Menschen.

»Lucius ... bitte nicht ...«, schluchze ich und bette seinen Kopf auf dem Schoß.

Er ringt nach Atem und zuckt, als krampften seine Muskeln. Mein Blick huscht über ihn, der Anblick der Wunde in seiner Brust raubt mir fast das Bewusstsein. Panisch taste ich mit den Fingerspitzen über sein Gesicht. In meinen Ohren pfeift es, ich kann kaum einen klaren Gedanken fassen.

Lucius' Blick wandert träge umher, bis er mich findet. Das Zucken seines Körpers endet, seine Atmung geht nur flach.

»Larentia kann deine Wunde versorgen. Sie kann das. Du musst nur durchhalten, hörst du? Du musst durchhalten«, plappere ich kopflos drauflos und erschrecke über den schrillen Klang meiner Stimme.

Lucius hebt quälend langsam einen Arm und ergreift meine Hand. Kaum wahrnehmbar bewegt er seinen Kopf auf dem Schoß, als schüttelte er ihn.

»Du hast uns nie aufgegeben. Also gib uns jetzt nicht auf«, flehe ich und schluchze. Ich beuge mich hinab, um die Stirn gegen seine zu lehnen. »Ich liebe dich, Lucius.« Meine Stimme ist nur ein Flüstern. Tränen tropfen auf sein Gesicht, als ich mich ein Stück aufrichte.

Er sieht mir tief in die Augen, in seinem Blick liegt all seine Liebe. Dann erschlafft seine Hand in meiner, sein Herz hört auf zu schlagen.

»Nein«, wispere ich und schüttle den Kopf, als wäre dies nur ein schlechter Traum. »Nein!« Ich rüttle an seinen Schultern, aber Lucius' Blick bleibt starr, sein Herz stumm.

Wie in einem Bann gefangen sitze ich still und sehe in Lucius' Augen. Sein Anblick verschwimmt hinter einem Meer aus Tränen. Kurz fühle ich mich wie betäubt, als wäre ich innerlich gestorben. Der Augenblick währt nur kurz. Schlagartig jagt solch ein brennender Schmerz durch meine Brust, dass ich mich über seinem Körper krümme. Es tut so weh, dass ich mir am liebsten das Herz herausreißen will!

Ich klammere mich an Lucius, ertrage den Gedanken nicht, dass er fort ist. Dass alle fort sind.

Schluchzend ringe ich nach Atem und richte mich auf. In mir tobt die Magie, sodass ich sie kaum mehr zurückhalten kann. Flammen schießen aus dem Boden und bilden einen schützenden Kreis um mich und Lucius' Körper.

Durch das Feuer hindurch erkenne ich Vulcanus, der auf uns zutritt. Meine Kiefermuskeln krampfen, als ich versuche das bebende Kinn ruhig zu halten und die Miene zu einer Maske gefrieren zu lassen.

»Du hast so viele verloren, Tredecim. Was hält dich in dieser Welt?«, fragt er in einem überheblichen Ton.

Stumm starre ich ihn an und lege all den Hass in meinen Blick. Nie zuvor habe ich jemandem so sehr den Tod gewünscht wie Vulcanus.

Verärgert verzieht er das Gesicht. »Ich frage dich ein letztes Mal, Tredecim, ehe ich auch den Rest der Stadt und die Überlebenden auslösche: Folgst du mir als Auserwählte in mein Reich?«

»Niemals«, spucke ich aus.

Er brüllt seinen Zorn hinaus und prescht auf mich zu. Im selben Augenblick vergesse ich jede Vorsicht und entfessle die Magie. Ich strecke mich dem Himmel entgegen und hebe das Gesicht, als meine Macht so kraftvoll ausbricht, dass ich zu bersten glaube. Wellengleich jagt die Magie ins Erdreich. In den Tiefen der Erde grollt es. Ruckartig beuge ich mich vor und ringe nach Luft, als ich es spüre. Wie damals am Fuße des Vesuvs breitet sich die Macht wie ein unterirdisches Ungetüm aus, begleitet von einer Druckwelle, die alles niederreißt, das in der Stadt noch steht. Bis zum Strand dehnt sie sich aus, türmt das Wasser zu einer Welle auf, die hinaus aufs offene Meer rollt und die Boote gefährlich ins Wanken bringt. Das Beben, das sich zeitgleich unter Pompeji fortbewegt, rüttelt bis zur Stadtgrenze an den Häusern. Erschrocken reiße ich die Augen auf, als die Magie nicht innehält. Sie rast auf den Vesuv zu! Die Macht erschüttert den Vulkan und sprengt die schützende Hülle des Zirkels. Augenblicklich fällt die glühende Aschewolke über dem Vesuv in sich zusammen und rast die Hänge hinab. Wie eine Flutwelle aus Lava, Gestein und heißem Schlamm rollt sie auf die Stadt zu.

Nein … Nein! Das wollte ich nicht! Panisch sehe ich Vulcanus an, der lacht.

»Nicht ich lasse Pompeji untergehen«, raunt er und beugt sich zu mir hinab. »Du tust es.«

Es vergeht nur ein Herzschlag und ich verliere endgültig die Fassung. Schmerz, Trauer und Zorn vermischen sich mit einer Schuld, die mich zu verschlingen droht. Ich schreie meine Gefühle hinaus, während ich an ihnen zerbreche.

Die Magie bricht vollends aus mir heraus und erhebt sich wie ein Sturm. Steine fliegen durch die Gegend und schlagen in den Gebäuden und Trümmern ein.

Wie eine schützende Glocke schirmt mich die Macht von der Asche ab, die auf uns hinabregnet.

Durch einen Tränenschleier hindurch erkenne ich Vulcanus, der mich mit einem zufriedenen Grinsen betrachtet. Ich ertrage seinen Anblick nicht mehr! Mein Hass auf ihn schenkt mir ein letztes Mal die Kraft, die Magie zu führen. In meinen Händen sammle ich sie und forme eine Feuerkugel. Gleichsam mit meinem Herzschlag pulsiert sie und wächst in die Höhe.

»Du sollst an meinem Feuer ersticken«, zische ich und schleudere Vulcanus die Magie mit einem Schrei entgegen.

Er hebt einen Arm schützend vor sein Gesicht, als die Flammen ihn erfassen und sich in seine Toga fressen. Seine Aura flackert, kurz darauf auch seine Gestalt.

Dieser Tag hat mich zu viel Kraft gekostet. Schwach sacken meine Arme hinab, bevor ich über Lucius' Körper zusammenbreche. Meine Flammen erlöschen und Vulcanus ist verschwunden. Ob ich ihn in sein Reich verbannt habe? Ich kann nur beten, dass es so ist.

Schlagartig drängt sich Larentias Aura in mein Bewusstsein. Die Princeps ist nah! Ich spüre sie wie einen Sturm, der heranbraust. Doch sie kommt zu spät ...

Mein Körper fühlt sich so schwer an, als ich mühsam den Kopf hebe und der glühenden Wolke entgegenblicke, die auf uns zurast. Wie ein erbarmungsloses Ungetüm bahnt sie sich ihren Weg durch die Stadt, verschlingt Häuser und Lebewesen. Ohrenbetäubendes Brausen und Donnern rollen heran und verschlucken die Schreie der Sterbenden.

Es zerreißt mir das Herz. Pompeji geht unter und ich mit ihm.

Ich sehe auf Lucius hinab und streiche ihm über die Wange, während der Schutzwall verblasst. Sofort frisst sich die Hitze, die der Wolke vorausgeht, in meine Haut. Der Schmerz raubt mir die Sinne. Es ist Vulcanus' Macht, die auf uns zurollt. Und sie wird mich zerstören.

Kurz bevor uns die Wolke erreicht, schließe ich die Augen, beuge mich über Lucius und presse seinen leblosen Körper an mich. Mit den Gedanken bin ich bei ihm. Bei Vater und Iulia. Bei Larentia. Möge sie die dreizehnte Macht schützen. Vulcanus darf sie nie erhalten.

Glühend heißer Wind erfasst mich, mir stockt der Atem. Schmerz explodiert in meinem Bewusstsein. *Ich verbrenne!* Ein Schlag im Kopf und ich versinke in Stille.

Kapitel 25

2018 n. Chr., Welt der Götter

Helles Licht blendet durch meine geschlossenen Lider. Vögel zwitschern in einem lockenden Gesang. Zwischen die nackten Zehen schiebt sich weiches Gras. Ich öffne die Augen und kneife sie direkt wieder zusammen. Um mich vor der Sonne zu schützen, hebe ich die Hand und blinzle vorsichtig. Vulcanus und ich stehen im Paradies. Satte Farben überreizen meine Augen, Tausende von Gerüchen stürmen auf mich ein und überwältigen die feinen Sinne.

»Ein Anblick, für den du dankbar sein solltest, Tredecim«, murmelt der Gott.

Ich sehe zu ihm. Seine Mimik hat sich verhärtet. Die gesamte Haltung ist starr wie erkaltete Lava.

»Komm.« In seiner Hand leuchtet etwas auf und plötzlich zieht sich eine Leine von seinen Fingern zu meinem Halsband.

Ich will etwas sagen, doch mir bleiben die Worte im Hals stecken. Alles, was ich von mir gebe oder auch nur denke, kann Konsequenzen für meine Liebsten haben. Für mich gibt es keine Rettung mehr, ich bin in dieser Rolle gefangen. Ein schaler Geschmack breitet sich auf meiner Zunge aus. In meinen Augen brennt es verdächtig – gerade eben kann ich die Tränen hinunterschlucken. Vulcanus besitzt so viele Trümpfe, mich weinen zu sehen wird er nicht zu seiner Sammlung hinzufügen.

Ich verschränke die Finger vor dem Bauch und folge Vulcanus. Mit der Leine führt er mich über die sattgrüne Fläche aus Gras, hinüber zu einem riesigen Pavillon, aus dem tiefes Lachen dringt.

»Du wirst nur etwas sagen, wenn ich dazu auffordere, verstanden? Sollte jemand anderes eine Frage an dich richten, siehst du zuerst zu mir und wartest, ob ich dir erlaube zu antworten.«

Jedes seiner Worte bereitet mir Übelkeit. »Natürlich«, wispere ich und sehe auf mein Hände.

In den aus Marmor gehauenen Pavillon führt eine kleine Treppe. Gestützt durch korinthisch verzierte Säulen stehen am obersten Rand des runden Bauwerks zwölf Throne, auf denen die verschiedensten Gottheiten sitzen. Ich erkenne kaum einen von ihnen auf den ersten Blick. Ein einziger Herrschersitz ist größer als die restlichen und auf ihm sitzt Jupiter, der mächtigste aller Götter. Sein gewaltiger Körper bebt unter dem dröhnenden Lachen, das in meinen Knochen widerhallt.

Sobald Vulcanus mit mir im Schlepptau den Pavillon betritt, verstummen die Gespräche und alle Blicke sind auf uns gerichtet.

Eine Frau, die auf einem goldenen Thron in dem Kreis sitzt, erhebt sich und kommt auf uns zu. »Welch entzückendes Gesicht«, raunt sie und umfasst mein Kinn mit ihren dünnen Fingern. Ihre Haut ist angenehm warm, genauso wie die tröstende Nähe eines Kaminfeuers.

Überrascht blinzle ich.

»Juno«, brummt Vulcanus.

»Wer ist dieses Geschöpf?«, fragt die Königin der Götter.

»Darf ich euch allen vorstellen? Meine neuste Errungenschaft, die Tredecim«, sagt Vulcanus lauter und zieht damit die Aufmerksamkeit der restlichen anwesenden Gottheiten auf uns.

Juno zieht eine Augenbraue in die Höhe, sodass sie in den hellen Locken verschwindet, die ihr ins fein geschnittene Gesicht fallen. »Du hattest schon lang niemanden von denen im Anhang.«

»Aber dafür habe ich jetzt das mächtigste Wesen.« Vulcanus streckt seinen Rücken durch, als erwartete er Lob.

Ihre Finger gleiten durch mein Haar. »Sie ist machtvoll«, stimmt sie zu.

»Solltest du nicht genug von diesem Spiel haben?«, erkundigt sich eine dunkle Stimme von einem der Götter.

Durch Juno ist mir die Sicht auf den Sprecher versperrt.

»Es ist eine Abmachung mit den Wesen, nicht mit Hecate«, widerspricht Vulcanus. Er zieht an meiner Leine und stolziert zu einem der Throne, der ein Replikat dessen ist, der in seinem Saal steht. Der Gott lässt sich darauf nieder, ich bleibe mit verschränkten Fingern neben ihm stehen.

Die Blicke der Anwesenden kleben auf mir wie Heftpflaster. Ich fühle mich wie eine Attraktion. Unwohl verlagere ich das Gewicht von einem Bein aufs andere.

Juno setzt sich wieder auf ihren Platz zur Linken Jupiters. Sie beugt sich zu einem Mann neben ihr runter und flüstert ihm etwas zu, der daraufhin verschwindet.

»Wir wissen doch alle, dass du und Hecate ein Spiel hegt, das keiner von euch jemals gewinnen wird«, erwidert derselbe Gott.

Jetzt kann ich den Sprecher ausmachen. Sein schwarzes Haar legt sich in Wellen um sein kantiges Gesicht. Narben ziehen sich über seine Haut. Ein Schwert hängt an seiner Seite in der Scheide und neben ihm an seinen Thron gelehnt steht ein Speer. Das muss Mars sein. Auf dem Platz rechts von ihm sitzt eine braunhaarige Frau, die mich mit vollen, geschürzten Lippen mustert. Ihr rosafarbenes Kleid ist ein Hauch von Nichts. Ihre Kurven pressen sich gegen den hauchdünnen Stoff.

»Dass du dich von einer niederen Göttin so beeinflussen lässt«, säuselt sie und schüttelt den Kopf.

Mein Blick landet auf Vulcanus' Händen, die verkrampft auf der Leine liegen. »Hecate hat keinerlei Einfluss auf mich«, grollt er. Unter seinen Füßen bildet sich Lava, die bedrohlich köchelt. Vorsichtig trete ich einen Schritt zurück, tiefer in die Schatten von Vulcanus' Thron. Doch er zieht an der Leine und mich wieder ins Tageslicht.

»Es sieht aber anders aus, mein Freund.« Ein weiterer Gott, dessen Nase dunkelrot angelaufen ist, prostet ihm mit einem Becher zu. Weinreben sind in sein langes blondes Haar geflochten.

»Hecates Mächte sind nichts im Gegensatz zu meinen«, erwidert Vulcanus stoisch, wobei eine düstere Wut in seinem Unterton mitschwingt.

Die hübsche Gottheit im rosafarbenen Kleid kichert. Ich vermute, dass es sich um Venus handelt. »Das sehen wir nur allzu deutlich.«

Ihre Stimme ist hämisch und kein Vergleich zu ihrem verführerischen Äußeren. Sie schnippst mit den Fingern und die wahre Gestalt des Feuergottes wird sichtbar. Seine Augen glühen zornig. Ich presse die Lippen aufeinander. In mir regt sich Mitleid mit meinem Peiniger. Die anderen sind grausam. Es ist kein Wunder, dass Vulcanus zu einem Monster geworden ist. Niemand von ihnen scheint nur einen Hauch von Respekt für ihn zu empfinden. So etwas sollte keiner durchleiden müssen – nicht einmal der Gott der Feuer und Vulkane.

Die Magie reagiert auf sie, bevor ich sie entdecke. Ein Leuchten breitet sich von meinen Fingern über die Haut aus. Hecates Macht streckt sich aus. Im Augenwinkel bemerke ich, wie eine Frau die Treppe hochkommt, und richte die Aufmerksamkeit auf sie. Ihr blondes Haar ist zu einer edlen und aufwendigen Hochsteckfrisur getürmt. Feine Locken umschmeicheln ihr zierliches Gesicht. Ihre angeschrägten Augen leuchten golden. Sie sieht sich im Pavillon um. Ihr Blick gleitet über mich, als wäre ich Luft. Hecates Macht streckt sich der Frau entgegen.

»*Hüte dich vor seinem Kuss*«, hallt eine weiche Stimme in meinen Ohren. Überrascht reiße ich die Augen auf. Doch die Mimik der Göttin bleibt starr. Keinerlei Erkennen. Keine Entschuldigung, nichts taucht in dem schönen Gesicht auf.

Unwillkürlich gehe ich einen Schritt auf sie zu. »Hecate!« Ein Ruck an meinem Hals zieht mich zurück.

»Reiß dich zusammen«, schnauzt Vulcanus.

Ich bemühe mich darum, die Magie in mir zu zügeln, sie zurückzurufen, doch sie gehorcht mir nicht. Sie wirft sich gegen die Ketten, die ich ihr anlegen will. Die Erde bebt unter meinen Füßen und ich bin mir sicher, dass es die Magie ist, die aus mir herausbrechen will.

»Ihr habt nach mir gerufen, Juno?«, fragt Hecate, ohne mich eines Blickes zu würdigen.

Mit den Worten stirbt meine letzte Hoffnung auf Rettung. Die Magie bäumt sich auf. Risse erscheinen auf dem feinen Marmor. Hecate ist die Schutzpatronin der Wesen und die Göttin der Magie. Immer wieder wurde uns eingetrichtert, dass sie uns liebt, uns schützt. So viele wurden Vulcanus' geopfert, um die Wesen in Pompeji zu beschützen. So viele, die ihrer Gottheit besser gedient haben, als ich es jemals vermocht habe. Trotzdem hat sie nicht eine gerettet. Nicht für eine hat sie den Fluch gebrochen und damit das Spiel beendet, das zwischen ihnen entbrannt ist. Die Gedanken schmerzen und reißen mich nieder, obwohl ich weiterhin aufgerichtet an Vulcanus' Seite stehe. Es mag sein, dass die Göttin uns Wesen einst geliebt hat. Doch wie ein Waldbrand ist diese Liebe, die zunächst lichterloh gebrannt hat, erloschen und hinterließ nur Ruß.

»Halt dein Anhängsel unter Kontrolle!«, faucht Juno.

Vulcanus' heiße Hand umschlingt meinen Arm. Ich unterdrücke einen Schrei, als sich die Hitze in die Haut brennt und Blasen auf ihr erscheinen. Er lässt los, als sich die Magie schlagartig zurückzieht, und beachtet mich nicht weiter. Ich starre auf den Boden zu meinen Füßen. Versuche Hecates Anwesenheit zu vergessen, die Demütigung zu ignorieren, die sie mir antut. Sie hat mich auserkoren, um ihre Macht zu tragen, und dennoch tut sie so, als verbündete uns nichts. Ein Kloß breitet sich in meinem Hals aus und legt sich schwer auf die Eingeweide.

»Juno?«, richtet Hecate das Wort an die Königin der Götter.

Ihre Stimme ist wie ein Dolch, der sich in meine Innereien bohrt.

»Natürlich, Liebes, ich dachte, du möchtest unserem Zusammensein beiwohnen. Wir haben dich schon lang nicht mehr gesehen.«

Ich sehe Hecates Reaktion nicht und möchte es nicht, doch gleichzeitig will ich alles von ihr mitbekommen. Leicht hebe ich den Kopf. Die Gottheit der Magie steht steif vor den anderen.

»Danke für die Einladung, Juno.« Demütig beugt sie den Kopf und lässt sich auf einem der Hocker in Jupiters Nähe nieder, die um die Throne verteilt stehen.

»Spielt weiter Musik!«, befiehlt der oberste der Götter.

Erst jetzt bemerke ich die Musikanten, die hinter einem attraktiven jungen Mann stehen. Er bewegt im Rhythmus des Liedes den Kopf und summt dabei mit. Ab und an streicht er mit seinem Finger über eine Kithara, ein Streichinstrument, das an eine Miniharfe erinnert, und verteilt damit süße Klänge. Unter ihm wächst ein grüner Teppich, der von einzelnen Gänseblümchen gespickt ist.

Im Augenwinkel beobachte ich, wie sich Hecate zu Jupiter beugt. Sie wispert etwas in sein Ohr, woraufhin er sie einen Moment lang mustert, ehe er zustimmend nickt. Ich kneife die Lippen zusammen und wende hastig den Blick ab.

Vulcanus beugt sich zu mir. »Es wird Zeit, deine Macht zu demonstrieren, Tredecim«, murmelt er. Überrascht sehe ich zu ihm. Er richtet sich auf und spaziert in Richtung Ausgang. »Vernichte den Pavillon«, befiehlt er über die Schulter hinweg, ohne mir nur einen Blick zuzuwerfen.

»Was?«, frage ich überrumpelt. »Aber …«

Ruckartig zieht er mich mit der Leine zu sich. Ich stolpere über meine Füße, wäre beinahe auf dem Boden aufgeschlagen, wenn ich nicht einen Ausfallschritt gemacht hätte. »Ich habe nicht gesagt, dass du nichtsnutzige Fragen stellen sollst. Sondern dir befohlen den Pavillon zu zerstören.«

Geschockt starre ich den Gott an.

»Muss ich dich an die Vulkane in der Welt der Menschen erinnern?«, raunt er drohend und beugt sich vor, sodass sein warmer Atem über mein Gesicht streift.

Alles in mir zieht sich widerstrebend zusammen, als ich mich umdrehe. Die Gottheiten haben zwar Vulcanus' Fortgang bemerkt, aber scheinbar nichts von unserem Gespräch oder es interessiert sie nicht. Ich rufe Hecates Macht. Die Göttin, dessen Kräfte ich in mir trage, sieht mich mit ihren goldenen Iriden an und nickt. Eine zarte Berührung, wie ein Windhauch, streicht über mein Gesicht wie eine sanfte Liebkosung und Zustimmung.

Ich kneife die Augen zusammen und befehle der Erde zu gehorchen. Die Magie türmt sich auf und ein helles Leuchten umfasst mich. Der Boden erzittert, Risse ziehen sich durch den Marmor. Die Schreie der Götter dringen an meine Ohren, als der Pavillon unter ihren Füßen zusammenbricht. Ich hebe die Arme, bis Krater aus dem Boden brechen. Ruckartig lasse ich die Hände wieder sinken, im Sog meiner Bewegung stürzen die Säulen ein. Das schwere Dach begräbt die Götter unter sich. Staub wirbelt auf und schwebt zwischen den bunten Blumen, die den Pavillon umringen.

»Gut gemacht«, murmelt Vulcanus, ohne auch nur einen Blick zurückzuwerfen.

Ein ohrenbetäubender Knall lässt mich zusammenzucken. Gesteinsbrocken fliegen durch die Gegend, als sich Mars neben Hecate und Juno aus den Trümmern freischaufelt. Staub verschleiert meine Sicht.

»Stopp!«, ruft Hecate.

All meine Härchen stellen sich erwartungsvoll auf. Der Staub wird mit einem Schnitt zerteilt und lässt Hecate hindurchschreiten, ohne ihre Kleidung zu verschmutzen. Ihre Füße sind ebenso nackt wie meine, nur ihre Zehen schauen unter dem langen Stoff ihres Kleides hervor.

»Es reicht, Vulcanus.«

Hinter mir höre ich, wie der Gott der Feuer und Vulkane trocken lacht. »Es reicht? Glaubst du Hexe wirklich, dass du diejenige bist, die das entscheidet?«

Seine heiße Hand legt sich auf meine nackte Schulter. Die Finger scheinen sich schier in die Haut zu brennen. Ich beiße die Zähne zusammen, knicke unter dem Schmerz trotzdem ein. Doch statt loszulassen, hält mich Vulcanus nur fester.

»Es ist eine Sache zwischen uns beiden. Keine meiner Schützlinge hat jemals etwas damit zu tun gehabt und die Wut, die du auf die Götter hast, sollten sie nicht tragen.«

»Es war schön, dich zu sehen, Hecate«, murmelt er.

Ich spüre das Ziehen, das einen Ortswechsel ankündigt. Doch bevor die Dunkelheit hinzukommt, streckt Hecate ihre Hände aus und ein goldenes Band zieht sich um meine Hüften.

»Dich kann ich nicht hindern zu gehen, aber sie.«

Sofort erlischt das bekannte Gefühl. Die Finger auf meiner Schulter brennen sich tiefer in die Haut und der Gestank von verbranntem Fleisch dringt in meine Nase. Mir wird schlecht und schwindelig. Die Welt scheint sich immer schneller und schneller zu drehen. Ich strauchle unter seinem Griff, wodurch er mich nur noch härter packt.

»Was willst du, Vulcanus?«

»Ich? Ich habe alles, was ich brauche. Also lass uns gehen.«

»Nein.«

»Nein?« Endlich lässt Vulcanus von mir ab. Sobald seine Finger sich von mir lösen, geben meine Knie nach. Ich sacke auf dem weichen grünen Teppich zusammen und starre auf die Verbrennung. Fleisch blitzt unter den roten Fetzen hervor. Qualm steigt von der Wunde auf. Ein Wimmern dringt über meine Lippen. »Was meinst du mit ›Nein‹?«, faucht der Gott.

»Das, was ich dir vor Jahrtausenden erklärt habe. Du hast keinerlei Macht über mich«, erwidert Hecate.

»Nein, das habe ich nicht. Aber über sie. Sie und ich sind einen Handel eingegangen. Um ihre Welt und ihre Liebsten zu schützen, ist sie bei mir. Nicht wahr, Tredecim?«

Ich schaue auf und erwidere den Blick der goldenen Iriden der Göttin, die uns all die Jahre allein gegen eine Macht kämpfen ließ, die wir nicht besiegen konnten. »Er hat recht«, bringe ich mühevoll hervor.

Vulcanus greift nach der Leine und zieht mich grob wieder auf die Beine. »Wir werden dann jetzt gehen.«

»Das werdet ihr nicht.«

Überrascht reiße ich die Augen auf, als ich ihre Stimme höre. Wie kann das sein? Wie ist sie …?

Hinter Hecate taucht Maria gefolgt von zwei Wölfen auf. Der eine ist unverkennbar Acca. Hinter ihnen sehe ich Jupiter, der in dem Moment wieder verschwindet. Acca überragt Hecate und Maria bei Weitem, genauso wie den Wolf an ihrer Seite, den ich noch nie gesehen habe. Seine Augen richten sich auf mich und als sich unsere Blicke über die Entfernung hinweg treffen, trifft mich die Erkenntnis wie ein Pfeil. Seine braunen Augen würde ich überall, in jeder Situation wiedererkennen. Schmerzhaft zieht sich mein Herz zusammen. Ich schlucke den harten Kloß hinunter und bemühe mich dasselbe mit der Sehnsucht zu machen, die jede meiner zerfetzten Fasern heimsucht – vergeblich. Alles zieht mich zu ihm.

»Was soll das, Hecate?«, erkundigt Vulcanus sich.

»Das Spiel entscheidet sich jetzt und hier«, verkündet die Göttin.

Juno und Mars sind genauso wie die anderen Gottheiten verschwunden. Sie haben hiermit nichts zu tun und wollen sich wohl nicht einmischen. Das ist Hecates und Vulcanus' Spiel.

Magie erfüllt die Atmosphäre. Sie spielt mit meinen Haaren und umschmeichelt mich wie eine sanfte Brise. Hecates Locken werden durcheinandergewirbelt und eine düstere Wolke hüllt sie ein. Ihre Augen sind nachtschwarz, jedoch glühen Funken darin. Ihre Erscheinung raubt mir den Atem. Sie breitet die Arme aus und ein Schleier, der aus dem Sternenhimmel zu sein scheint, hüllt sie ein.

Vulcanus' göttliche Form bricht hervor. Er wächst an meiner Seite, sodass er auf einer Höhe mit der wölfischen Acca ist. Die Wölfin fletscht die Zähne. Ihre Iriden strahlen nun in einem warmen Goldton. Selbst Nevio knurrt den Gott an. Maria hebt ihre Arme und hüllt sich in ein Leuchten.

»Gib auf, Vulcanus.«

»Aufgeben? Ich bitte dich, Hecate, deine Spielkameraden können mir nichts zuleide tun. Genauso wenig wie du.«

»Doch, können wir. Mithilfe der Tredecim.« Ihr Blick richtet sich auf mich.

»Die Tredecim und ihre Macht gehören mir.« Er reißt mich an seine Seite, beugt sich zu mir runter.

Ich balle die Hände zu Fäusten. Worte liegen auf meiner Zunge. Doch Vulcanus' Warnung hallt ununterbrochen in meinen Ohren wider.

»Die Tredecim gehört niemandem«, widerspricht Maria. »Das hat sie nie und wird sie niemals.«

Ich schaue zu Maria und wünschte, es wäre möglich, ihr Vertrauen zu erfüllen. Doch ich schlucke schwer und begrabe die Hoffnung, die in mir keimen will. Sollte der Ätna ausbrechen, verlieren Millionen Menschen ihr Leben und noch mehr ihr Zuhause. Ganz zu schweigen von den anderen existierenden Vulkanen.

»Küss mich!«, befiehlt Vulcanus.

Nevio tritt knurrend vor und fixiert die Finger des Gottes, in denen die Leine liegt, die an meinem Halsband befestigt ist. Als sich Vulcanus tiefer zu mir beugt, wende ich den Blick ab. Sein Atem ist heiß, brennt auf meiner Haut. Ich will die Situation entschärfen, behaupten, dass es okay sei. Dass das alles seinen Sinn habe. Aber die Worte werden in meinem Mund zu Staub.

»Denk an die Vulkane, Tredecim.« Vulcanus' Stimme ist warnend.

Ich hebe den Blick, mustere die Menschen, die mir in den letzten Wochen ans Herz gewachsen sind und ich nicht enttäuschen will. »Es tut mir leid«, wispere ich und wende mich Vulcanus zu. Meine Finger bohren sich in die Handflächen.

»Er wird nicht aufhören«, sagt Hecate. »Wenn du jetzt aufgibst, wird er alles zerstören. Die Welt der Menschen und Götter wird Opfer seines Hasses.«

Verzweifelt presse ich die Lippen zusammen. Was soll ich nur tun? Ich will die Menschen beschützen – um jeden Preis. Aber mir ist das nicht möglich, wenn ich jetzt aufgebe. Es gibt nur eine Chance, wie ich dem Ganzen entkomme, ohne Vulcanus die Macht zu geben, nach der er sich so krankhaft verzehrt. »Was ist ein Menschenleben im Tausch für tausende?«, stelle ich die Frage und sehe über die Schulter geradewegs zu Acca.

Die Wölfin weicht ertappt einen Schritt zurück. Immerhin waren es ihre Gedanken, als sie den ersten Handel mit dem Gott annahm. Sie erwidert einen Herzschlag lang meinen Blick, ehe sie sich vorbeugt und ihr Nackenfell sich sträubt. »Es reicht. Das waren genug Leben, Tredecim.« Ihre Stimme erklingt in meinem Kopf.

»Sophia kommt wieder mit uns«, knurrt Nevio – ebenfalls in meinen Gedanken.

»Das denke ich nicht. Küss mich, kleine Tredecim!« Die Belustigung in Vulcanus' Stimme macht mich krank. Mir wird übel. Mein Magen hebt sich bedrohlich, obwohl nichts in ihm ist, was hinauskönnte.

Ein Knurren ist die einzige Warnung, die wir erhalten. Dann prescht Nevio vor, geradewegs auf Vulcanus zu. Im Augenwinkel sehe ich, wie der Gott seine Hand hebt. Ich spüre, wie das Feuer durch die Erde dringt. Die Welt verlangsamt sich, doch mein Herzschlag rennt weiter. »Nein!«, schreie ich. Rufe nach Hecates Macht, aber es ist zu spät.

Eine Säule aus Lava sprießt aus dem paradiesischen Erdboden und bohrt sich geradewegs in Nevios wölfische Gestalt. Die Welt hält an. Nichts und niemand bewegt sich – selbst mein eigener Körper scheint zu einer Statue zu gefrieren. Mir wird eiskalt. Nevio wird nach hinten geschleudert. Sein Brustfell brennt.

Ohne nachzudenken, lasse ich zu, dass die Magie mich überrennt. Die Gefühle in mir laufen Amok. Etwas explodiert. Macht schießt geysirartig durch die Adern und erfüllt mein ganzes Sein. Ich sehe zu Vulcanus. Unter ihm brechen Wurzeln aus der Erde, schlingen sich um seine Hand- und Fußgelenke, zwingen ihn in die Knie. Ich sammle das Wasser der Umgebung und forme sie zu Eispfeilen. »Du hast versprochen ihnen nichts zu tun.« Meine Stimme klingt selbst in meinen Ohren fremd. Als würde jemand anderes meinen Körper heimsuchen. Ich schaue auf meine Arme – die Adern auf meiner Haut leuchten golden. Doch das ist mir egal. Ich will Vulcanus leiden sehen. Will sehen, wie er wie eine dreckige Made zurück in seinen Vulkan kriecht. Mit einer einzigen Handbewegung lasse ich die Eispfeile los, die sich in seinen Körper bohren. Sie nageln ihn ins Gras. Ein Schrei durchbricht seine Lippen.

»Was soll das, Tredecim?«, faucht er.

»Du hast dein Versprechen gebrochen«, erinnere ich ihn. Um meine Finger sammelt sich Hitze. Flammen lecken über meine Haut, ohne sie zu verbrennen. Sie gehören zu mir. Das Halsband, das schwer um meinen Nacken liegt, zersprenge ich mit nur einem Gedanken. Nutzlos fällt es auf den Boden.

»Sophia!« Warme, zärtliche Finger streichen über meine Haut.

Ich sehe zurück zu der Göttin, die mich zurückhält. »Das ist nicht der richtige Weg. Nicht so. Es gibt einen anderen, geeigneteren Ort für ihn. Einen Unterwasservulkan. Umgeben von seiner Stärke und seiner Schwäche wird er ewig an diesen Ort gefesselt sein.«

Mein Blick wandert wieder zu dem Gott, der noch immer am Boden liegt.

»Das wagst du nicht, Hexe!«, grollt er.

Die Eispfeile sind verschwunden, stattdessen fließt nun goldenes Blut aus den Wunden, die bereits kleiner werden. Er heilt. Uns bleibt nicht mehr viel Zeit für eine Entscheidung. Die Wut hat jegliches Mitleid, das ich vorhin für den verschmähten und verspotteten Mann hatte, zunichtegemacht. Übrig ist der alles verschlingende Hass. So viel Hass, dass er mich überwältigt. Zum allerersten Mal in meinem Leben will ich jemanden tot sehen, ohne Rücksicht auf die Konsequenzen. »Das ist der einzige Weg«, widerspreche ich hart.

»Das bist nicht du.« Nevios Stimme reißt mich zurück.

Sein Brustkorb hebt und senkt sich unter schweren Atemzügen. Noch einmal richte ich den Blick auf den Gott, der zu meinen Füßen liegt. Er starrt mit feurigen Augen zurück. Keinerlei Reue ist in seiner Mimik zu erkennen. Fest beiße ich die Zähne zusammen und rufe die Macht zurück. Das Leuchten meines Körpers erlischt, der brennende Hass lässt nach. Übrig bleibt nur eine nie gekannte Gleichgültigkeit. »Schaff ihn mir aus den Augen«, bringe ich über die Lippen. Ohne einen weiteren Blick an Vulcanus zu verschwenden, laufe ich zu Nevio.

Tränen brennen in meinen Augen. »Hey«, begrüße ich ihn und knie mich an seine andere Seite.

Maria hat den Brand seines Fells bereits gelöscht. Acca schmiegt sich um ihren Ziehsohn und leckt über seine Lefzen. Nevios Lider flattern.

»Bleib hier, hörst du?«, befehle ich mit zittriger Stimme. Ich lege meine Hände auf seinen Brustkorb, will ihm helfen, aber ich weiß nicht wie.

»Sophia ... Der Sommer ...«

»Sssch, hör auf zu sprechen. Spar dir die Kraft.« Verzweiflung lässt meine Kehle eng werden. Das darf nicht passieren. Ich strecke Hecates Macht aus, will ihn heilen, doch die Magie wird von etwas abgewehrt.

»Es war göttliches Feuer«, murmelt Maria und legt ihre Hand auf meine. »Deine Kraft kommt dagegen nicht an.«

»Nein. Nein ... Sie muss!«, weigere ich mich und versuche erneut Magie in Nevio zu pumpen, damit ich helfen kann die Verletzungen zu heilen.

Acca leckt über meine Wange. »Maria hat recht. Wir können ihm nicht helfen.«

Ich starre sie an. Ihre Worte dringen zu mir durch, doch ich will sie nicht hören. Will nicht wahrhaben, was sie bedeuten. Hastig schüttle ich den Kopf. »Hecate ...« Ich schaue über die Schulter zu der Göttin, die in dem Moment mit Vulcanus in einem hellen Licht verschwindet. Mein Blick wandert zu dem eingestürzten Pavillon. Doch keiner der anderen Götter ist zu sehen. Wir sind allein. Der Sog überrumpelt mich und erneut falle ich ...

***

Mir ist schwindelig. Ich klammere mich an Nevios Fell und sein Atem stockt unter der Belastung.

»Wie zum Teufel?«

»Scheiße … Kneif mich!«

Die Stimmen bekomme ich nur am Rande mit, doch mein gesamtes Sichtfeld wird vom schwächer werdenden Nevio in Anspruch genommen. »Ich habe gelogen. Hörst du? Ich habe dich angelogen«, wimmere ich. »Du warst nicht nur ein Sommerflirt. Niemals. Vom ersten Moment an nicht. An dem Tag in der Bucht, da hab ich mich in dich verliebt. Hörst du?«

Nevios Lefzen heben sich. »Ich habe … mich … schon am Strand … in … in dich verliebt. Vielleicht sogar … in der Flughafenhalle.«

Tränen verschleiern meine Sicht. Ich will das nicht wahrhaben. »Es tut mir so leid«, schluchze ich.

Maria zieht sich zurück. Verzweifelt klammere ich mich an Nevios Fell, als könnte ich ihn dadurch hier halten. Bei mir. Bei seiner Familie. Seinen Freunden. »Hecate!«, schreie ich.

Accas wölfische Gestalt hüllt sich in Licht, bis die Frau neben mir sitzt. Sie schlingt ihren Arm um mich, während sie mit dem anderen über Nevios Gesicht streichelt und seinen Kopf auf ihrem Schoß hält. »Es … es ist zu spät«, wispert sie unter Tränen.

Doch auf einmal rankt sich ein goldenes Band um Nevio. Wind kommt auf und hebt den Wolf in die Höhe. Die Erde bebt wie damals, als Hecates Macht in mich gefahren ist. Überrascht starre ich den in Licht gehüllten Nevio an. Wasser, Wind, Erde und Feuer umkreisen seinen Körper, immer schneller, bis aus den Elementen nur ein einziger Strudel zu erkennen ist. Ein Leuchten ist im Inneren zu sehen.

»Maria …« Accas Stimme ist nur ein Flüstern.

Überrascht sehe ich zu meiner Mentorin. Das goldene Band, das sich um Nevio geschlungen hat, stammt aus ihrer Brust.

»Ich brauche Hecates Macht nicht. Meine Zeit als Baciato war lang genug. Es wird Zeit, einen Nachfolger zu wählen, mit Hecates Erlaubnis.«

»Was?«, frage ich verwirrt und schaffe es nur, die oberste Zirkelhexe anzustarren, während sich gleichzeitig Erleichterung in mir ausbreitet, die sich nicht in Worte fassen lässt.

»Danke«, wispert Acca.

Maria nickt der Werwölfin zu. Das Band verschwindet von ihrer Brust und die alte Frau sackt kraftlos zu Boden. Acca stürzt auf ihre Freundin zu, um sie zu stützen.

Mein Blick gleitet wieder zu Nevio. Die Elemente lassen ihn sanft auf den Boden sinken und lösen sich auf, als hätte es das Spektakel niemals gegeben. Er hustet und stützt sich auf einen Arm. Überwältigt starre ich den Jungen an, der mein Herz erobert hat. »Götter«, murmle ich und falle ihm um den Hals. Nevio erwidert die Umarmung, drückt mich fester und zieht meinen Duft tief in seine Nase. »Du bist wieder hier«, haucht er.

Als sein Atem auf die Haut trifft, rinnt ein Schauer über meinen Körper. »Ja«, erwidere ich erleichtert und überglücklich.

»Kann bitte einer erklären, was hier abgeht? Wieso waren da zwei Wölfe, die Menschen sind, und warum zum Henker habt ihr geleuchtet?« Alex' Stimme überschlägt sich.

Überrascht drehe ich mich und bemerke erst jetzt, dass wir uns in Marias Küche befinden, in deren Tür meine Freundinnen stehen und uns mit riesigen Augen anstarren, als hätten sie einen Geist gesehen – oder viel mehr zwei Werwölfe und zwei Hexen in voller Action.

Acca lacht. »Tredecim, ich denke, deine eigentliche Aufgabe hat erst begonnen.«

Erleichterung überfällt mich, selbst wenn ich glaube, dass Acca recht hat. Durch Pompejis Untergang haben sich die Wesen zurückgezogen. Sie haben sich in alle Teile der Welt zerstreut und sich aus den Augen verloren. Es wird Zeit, dass wir wieder zusammenfinden und einen Platz zwischen den Menschen finden.

»Es gibt da etwas, dass ich euch erzählen muss«, beichte ich meinen Freundinnen.

EPILOG

2018 n. Chr., Pompeji

Seit Jahrtausenden hat Acca keinen Schritt mehr in ihre einstige Heimat gesetzt. Die Angst vor Erinnerungen, den glücklichen sowie den schmerzhaften, hat sie zurückgehalten. Ihre Knie zittern, als ihre Füße den archäologischen Park Pompejis betreten, bevor dieser überhaupt geöffnet hat. Nevio nimmt ihre Hand und drückt sie zuversichtlich.

»Alles okay? Wir können auch …«, beginnt Sophia, wird aber von einem heftigen Kopfschütteln Accas unterbrochen.

»Nein. Es wird Zeit.«

Gemeinsam spazieren sie weiter. Einige der Gebäude erkennt sie wieder, doch die meisten sind verschollen. Zerstört von der Wut eines Gottes. Von der Zuflucht, ihrem Zuhause ist nichts mehr übrig außer Staub und Asche. Angestrengt schluckt sie und klammert sich an Nevios Hand. Eiskalter Schweiß legt sich auf ihre Haut. Niemals hätte sie damit gerechnet, dass es so schwer sein würde zurückzukehren. Einst war hier alles, was sie liebte.

»Kommt.« Sophia beschleunigt ihre Schritte.

Sie lassen die Straßen hinter sich und betreten den einstigen Hauptplatz, der zu Hecates Tempel geführt hat. Acca erstarrt, als sie inmitten des Zentrums eine Nachbildung aus Gips erkennt, die zwei ineinander verschlungene Menschen darstellt. Die Frau kniet und hält einen liegenden Mann an sich gedrückt. Tränen brennen in Accas Augen. Sie braucht Sophias Nähe der dreizehnten Magie nicht, um in dieser Gestalt ihren Sohn Lucius und Helvia zu erkennen. Jahrtausendelang dachte sie, ihre Tochter im Geiste hätte einen Fehler gemacht und die Kontrolle über die Magie verloren, als sie ihre Heimat vor Vulcanus schützen wollte. Doch sie hat alles geopfert, um Pompeji und diejenigen, die sie liebt, zu schützen. Kurz nach den Ereignissen in der Welt der Götter hat die Macht der Tredecim Sophia alles offenbart und diese hat Acca die Augen geöffnet.

Mehr torkelnd als gehend nähert sich die Werwölfin der Statue. Die Macht der Schuld legt sich auf ihre Schultern. Sie hätte bei ihnen bleiben müssen, hätte ihnen zur Seite stehen müssen. »Bei den Göttern, Helvia, Lucius …«, schluchzt sie. »Es tut mir so leid.« Accas Knie geben unter ihr nach.

Nevios Hand legt sich auf ihre Schultern. »Acca …«

Sie schüttelt den Kopf. Tränen laufen über ihre Wangen, gegen die sie sich viel zu lange gewehrt hat. »Es ist meine Schuld.«

Sophia tritt an Accas andere Seite und betrachtet die ineinander verschlungenen Körper. »Du kannst nichts dafür, meine Princeps.«

Erstarrt sieht Acca zu der jungen Hexe auf. Ihre Augen umhüllt ein goldener Schein. Die Hand ist ausgestreckt, als wollte sie das Abbild der beiden berühren.

»Nein«, haucht die Wölfin.

Die junge Hexe lächelt sie an, wie es Helvia immer getan hat. »Es ist nicht deine Schuld. Vulcanus hat sich nicht an die Abmachung gehalten. Wir haben alles …«

Mit zittrigen Knien richtet sich Acca auf und stürzt auf Sophia zu, in deren Geist Helvia gefahren ist. »Es tut mir so leid, *mia Tredecim*. Dieses Ende, das hat …«

Helvia löst sich von Acca. Ihr Blick gleitet zu ihrer Statue, in der Lucius auf ihrem Schoß liegt. »Wir waren zusammen«, sagt sie. »Wir alle. Und jetzt haben wir Ruhe. Dank dir und der Tredecim.«

Sanft streicht Acca über Helvias Wange. »Dann ruhe, Tredecim, und grüße meinen Sohn.«

Sie nickt. »Auf bald, geliebte Princeps.«

Das Leuchten aus Sophias Augen verschwindet und die junge Hexe schüttelt sich. »Was zum …?«

Acca schlingt ihre Arme um sie und presst sie fest an sich. »Danke, Sophia. Für alles.«

Die Wölfin spürt, dass die junge Hexe verwirrt ist. Ihre Hände ruhen unschlüssig auf Accas Rücken. Ohne es zu wissen, hat Sophia ihr ein großes Geschenk gemacht, mit leichterem Herzen weicht Acca von ihr zurück. »Wir haben noch einiges zu tun, nicht wahr?«, fragt sie und richtet den Blick erneut auf Helvias und Lucius' verschlungene Körper.

Trauer zerrt an ihren Gliedern, aber bei Weitem nicht mehr so schmerzhaft wie in den letzten Jahrtausenden. Sie haben Ruhe. Sie alle. Und das ist, was wichtig ist. Jetzt heißt es, die Menschen darauf vorzubereiten, dass sie nicht allein sind. Dass all das Mysteriöse und Übernatürliche existiert, und erneut den Versuch zu starten, Seite an Seite miteinander zu leben.

DANKSAGUNG

Es ist geschafft! Endlich. Die Idee zu »Die dreizehnte Magie. Göttliche Erbin« ist die, die am längsten ruhte. Was daran lag, dass sich nicht nur in dieser Geschichte zwei Leben verbunden haben, sondern auch beim Schreiben.

Ich bin Lilyan dankbar, dass sie diese Reise gemeinsam mit mir gewagt hat, und so erleichtert, dass wir es beendet haben! Nachdem wir so viele Jahre über Helvia und Sophia gesprochen haben, haben wir »Ende« unter diese Geschichte gesetzt. Und ich hätte mir keine passendere Partnerin in Crime für diesen göttlichen Ritt vorstellen können. Es war mir ein Fest, diese Story mit dir zu durchleben, auch wenn ich dir oftmals an die Gurgel wollte! Obwohl das mit Sicherheit normal ist – zumindest rede ich mir das ein. Immerhin besteht unsere Freundschaft noch und tut das hoffentlich weiterhin.

Des Weiteren danke ich dir, Janina, du hast Helvia und Sophia ein Zuhause gegeben und den rohen Diamanten geschliffen. Auch wenn Lilyan und ich dich leider enttäuschen müssen, was die epische, fünfteilige Reihe angeht. Ich hoffe, dass dieser Einzelband dir dennoch genügt.

Jessica, auch wenn wir leider nur ein kurzes Vergnügen miteinander hatten – was wirklich falsch ohne den Kontext zu lesen ist –, danke ich dir, dass du Lilyan und mir mit der Arbeit bei Impress entgegengekommen bist.

Dank Christin und Kerstin, die für uns die weltbeste Coverdesignerin ermöglicht hat, haben wir dieses wunderschöne Kleid bekommen, in das ich mich auf den ersten Blick verliebt habe. Wie schön kann ein Cover bitte sein?

Außerdem gilt mein größter Dank Caro und Brian. Die beiden wichtigsten Menschen in meinem Leben. Ihr seid der Grund, wieso ich nicht aufhöre zu schreiben und weiter für meine Träume kämpfe. Ihr seid die Besten!

Und dir. Du machst es mir mit deiner Zeit möglich, dass ich veröffentliche. Dass immer mehr Geschichten in meinem Kopf spinnen, die dich hoffentlich für einen Moment die zum Teil grausame Realität vergessen lassen und in eine Story entführen, die dir den Atem raubt und dich ein bisschen leiden lässt.

Danke!

In Liebe
Laura

***

Ich schließe mich Lauras dankenden Worten an Janina, Jessica, Kerstin und Christin an. Danke, dass ihr es möglich macht, unsere Geschichte in die Welt hinauszulassen.

Ein weiterer Dank geht an die liebe Rebecca, die sich kurzfristig als Testleserin geopfert hat, um uns ein erstes Stimmungsbild zu geben.

Mein größter Dank geht an Laura. Du hast mich ins Boot geholt, nachdem ich vor Jahren sofort Feuer und Flamme für deine Idee war und die Geschichte unbedingt lesen wollte. Es ist mir eine Ehre, dass ich ein Teil von »Die dreizehnte Magie« sein darf! Du hörst nie auf an mich zu glauben, selbst wenn ich mal wieder die Hoffnung verloren habe. Du ahnst gar nicht, wie viel mir das bedeutet. Danke, dass du mich nicht einen Kopf kürzer gemacht hast, obwohl ich dich während der Umsetzung einige Nerven gekostet habe.

Zu guter Letzt danke ich dir, liebe:r Leser:in! Danke, dass du in Sophias und Helvias Abenteuer abgetaucht bist. Eine Geschichte wird erst lebendig, wenn sie gelesen und über sie gesprochen wird. Wenn sie vielleicht sogar berührt. Danke, dass du ein Teil von alldem bist!

Deine Lilyan

DIE MACHT DER GEFÜHLE
TAUCH EIN IN ROMANTISCH-FANTASTISCHE GESCHICHTEN.
IM PRESS
#IMPRESSBOOKS
ALLES VON IMPRESS HIER:
IMPRESSBOOKS.DE

Impress

Die Macht der Gefühle

Wir produzieren nachhaltig

- Klimaneutrales Produkt
- Papiere aus nachhaltigen und kontrollierten Quellen
- Hergestellt in Europa

FSC
www.fsc.org
MIX
Papier | Fördert gute Waldnutzung
FSC® C083411

Impress
Ein Imprint der Carlsen Verlag GmbH,
Völckersstraße 14–20, 22765 Hamburg
November 2023

Lektorat: Carolin Diefenbach
Umschlagbild: shutterstock.com / ©tomertu / ©Herschel Hoffmeyer / ©Amanda Carden / ©jaras72 / ©Vandathai / ©Kanea / ©SVPanteon / ©MaryDesy
Umschlaggestaltung: Giessel Design, formlabor
ISBN 978-3-551-30549-7
www.impressbooks.de